C. S. Harris, auch bekannt als Candice Proctor und C. S. Graham, ist die USA-TODAY-Bestsellerautorin von mehr als zwei Dutzend Romanen, darunter die historische Krimi-Bestsellerserie rund um Sebastian St. Cyr. Als ehemalige Akademikerin mit einem Doktortitel in europäischer Geschichte hat Candice einen Großteil ihres Lebens im Ausland verbracht und in Spanien, Griechenland, England, Frankreich, Jordanien und Australien gelebt. Heute wohnt sie zusammen mit ihrem Ehemann, dem pensionierten Armeeoffizier Steven Harris, in New Orleans, Louisiana.

DIE
GEFALLENEN
VON
ST KATHARINE'S

Ein Sebastian St. Cyr Krimi

C.S. HARRIS

Deutsche Erstausgabe Februar 2024

Copyright © 2024 dp Verlag, ein Imprint der
dp DIGITAL PUBLISHERS GmbH
Made in Stuttgart with ♥
Alle Rechte vorbehalten

Die Gefallenen von St. Katharine's

ISBN 978-3-98998-023-5
E-Book-ISBN 978-3-98778-245-9

Covergestaltung: Buchgewand
Umschlaggestaltung: ARTC.ore Design
Unter Verwendung von Abbildungen von
stock.adobe.com: © rodjulian
shutterstock.com: © GagliardiPhotography
Korrektorat: Dorothee Scheuch
Satz: dp DIGITAL PUBLISHERS GmbH
Druck und Bindung: Books on Demand GmbH, Norderstedt

Für Ellen Edwards

Wer seine Schuld verheimlicht, dem wird es nicht gelingen, wer sie aber bekennt und lässt, der wird Barmherzigkeit erlangen.

Buch der Sprüche 28, 13.

Die französische Königsfamilie

Louis XV (1710 – 1774)

Louis, Dauphin de France (1729 – 1765)

Marie Antoinette (1755 – 1793) + Louis XVI (1754 – 1793)

Louis Stanislas, Comte de Provence, später Louis XVIII (1755 – 1824)

Comte d'Artois, später Charles X (1757 – 1836)

Louis-Charles, Dauphin de France, Louis XVII (1785 – 1795)

Marie Thérèse, Fille de France (1778 – 1851) + Louis-Antoine Herzog von Angoulême (1755 – 1844)

Anmerkung: Mitglieder der französischen Königsfamilie, die im Buch nicht erwähnt werden, wurden zum Zwecke größerer Klarheit ausgelassen.

Kapitel 1

**St Katharine's, East London,
Donnerstag, 21. Januar 1813**

Paul Gibson taumelte die dunkle, enge Gasse entlang. Die Kälte ließ die Haut in seinem Gesicht rau und seine Finger taub werden. Es gab Zeiten, in denen er diese Gassen nur in euphorischen, grell leuchtenden Traumzuständen, wie Opium sie einem bescherte, durchwanderte. Jedoch nicht an diesem Abend. An diesem Abend spannte Gibson den Kiefer an und versuchte, sich auf das Klackern seines Holzbeins auf dem eisigen Kopfsteinpflaster zu konzentrieren, auf das dünne Geschrei eines Säuglings, das der Nachtwind herantrug – alles war ihm recht, wenn es seine Gedanken nur von diesem ständigen, gierigen Bedürfnis ablenkte, das seine Gestalt mit Schweiß überzog und ihn mit Geistbildern dessen, was sein könnte, quälte.

Als er die Frau zum ersten Mal bemerkte, dachte er noch, es wäre eine Einbildung, ein Trugbild aus grauer Wolle und zerwühltem Samt, die neben dem Eingang zu einem übelriechenden Durchgang lagen. Aber als er näherkam, erkannte er blasses Fleisch und dunkel glänzendes Blut, und er wusste, sie war nur zu real.

Er blieb abrupt stehen; die feuchte, salzige Luft der Themse, die in der Nähe floss, reizte ihn in der Kehle. Cat's Hole wurde diese schmale Straße genannt; sie war eine Zuflucht für Diebe, Prostituierte und alle verzweifelten, besitzlosen Engländer und Auswärtigen. Er spürte seinen schnellen Herzschlag. Auf dem schmalen schwarzen Streifen Himmel, den er zwischen den Dächern oben erkennen konnte, funkelten die Sterne wie Glasscherben. Er zögerte, möglicherweise länger als nötig. Aber er war Arzt, sein Leben war der Fürsorge für das Leben anderer Menschen gewidmet.

Er zwang sich vorwärts.

Sie lag halb zusammengerollt auf der Seite, eine Hand ausgestreckt, die Handinnenfläche zeigte nach oben. Ihre Augen waren geschlossen. Er kauerte sich ungeschickt neben ihr hinunter und suchte mit den Fingerspitzen an ihrem dünnen Hals nach dem Puls. Ihr Gesicht war feingeschnitten, und wildes, langes feuerrotes Haar rahmte es ein. Ihre dunklen, dichten Wimpern lagen auf der blassen Haut ihrer weichen Wangen, und die Lippen waren von der Kälte blauviolett verfärbt. Oder aber vom Tod.

Bei seiner Berührung schlug sie jedoch flatternd die Lider auf, ihre Brust erbebte in einem Seufzer und einem geflüsterten Gebet. *»Sainte Marie, Mère de Dieu, priez pour nous pauvres pêcheurs ...«*

»Alles ist gut; ich bin hier, um Ihnen zu helfen«, sagte er leise und fragte sich zugleich, ob sie ihn überhaupt verstand. »Wo haben Sie Schmerzen?«

Er sah jetzt, dass die gesamte Seite ihres Kopfes von Blut verdunkelt war. Mit aufgerissenen, angstvollen Augen sah sie ihn an. Dann glitt ihr Blick zur Seite, wo sich neben ihm der Durchgang öffnete. »Damion ...« Sie hob die Hand, um nach seinem Ärmel zu greifen. »Geht es ihm gut?«

Gibson folgte ihrem Blick. Der Körper des Mannes war schwerer zu erkennen; eine dunkle, regungslose Masse im Schatten. Gibson schüttelte den Kopf. »Das weiß ich nicht.«

Sie verkrampfte die Hand um seinen Arm. »Gehen Sie zu ihm. Bitte.«

Gibson nickte, rappelte sich auf und schwankte kurz, als er das Gewicht auf sein Holzbein legte und ihn die Phantomschmerzen einer vor langer Zeit eingebüßten Gliedmaße durchschnitten.

Der Durchgang stank nach Verfall, Exkrementen und dem vertrauten Kupfergeruch vergossenen Blutes. Der Mann lag neben einem Haufen aus zerbrochenen Weinfässern und Kisten auf dem Boden. Nur schwerlich konnte Gibson die einstmals schneeweißen Falten einer Krawatte und den seidigen Schimmer einer feinen Weste ausmachen, die jetzt nur noch eine blutdurchtränkte, grässlich zerrissene Masse war.

»Sagen Sie es mir«, flüsterte die Frau. »Sagen Sie mir, dass er lebt.«

Aber Gibson konnte den Leichnam zu seinen Füßen nur anstarren. Die blicklosen Augen des Mannes standen weit offen, sein hübsches, junges Gesicht war blass, die ausgestreckten Arme steif in der Kälte. Jemand hatte den Brustkorb des Leichnams mit einer ungebremsten Wildheit zerhackt, die von Raserei gepaart mit Zorn erzählte. Wo das Herz sein sollte, klaffte eine Höhle.

Blutig und leer.

Kapitel 2

Freitag, 22. Januar

Der Traum begann wie so oft mit dem warmen, golden leuchtenden Sonnenlicht und dem Gelächter von Kindern, das eine leichte Brise zusammen mit dem Duft nach Orangenblüten hereintrug.

Sebastian St Cyr Viscount Devlin bewegte sich ruhelos im Schlaf, weil er nur zu gut wusste, was folgen würde. Das Donnern von Pferdehufen, ein gebrüllter Befehl, das zischende Geräusch, mit dem Schwerter in tödlicher Absicht aus gut geölten Scheiden gezogen wurden. Er stöhnte leise.

»Devlin?«

Das Gelächter schlug in Schreckensschreie um. In seiner Vision sah er wirbelnde Hufe, blanken Stahl und darauf das dunkle Blut Unschuldiger.

»*Devlin.*«

Er schlug die Augen auf, und seine Brust hob sich, als er mühsam einen tiefen Atemzug nahm. Er spürte, wie seine Frau mit sanften Fingerspitzen seine Lippen berührte. Dann erschien ihr Gesicht über ihm in der Dunkelheit, ihre Züge waren blass im Licht des noch brennenden Kaminfeuers in ihrem Schlafzimmer. »Es ist ein Traum«, flüsterte sie, »nur ein Traum.« Trotzdem erkannte er die Sorge, die sie die dunklen Brauen zusammenziehen ließ.

Einen Augenblick lang konnte er sie nur anschauen, verloren in der Vergangenheit. Dann schlang er die Arme um Hero und zog sie an sich, sodass sie ihm nicht mehr ins Antlitz blicken konnte. Es war nur ein Traum, ja. Aber es war ebenso sehr eine Erinnerung, die er niemals mit jemandem geteilt hatte.

»Habe ich dich geweckt?«, fragte er mit rauer Stimme. »Das tut mir leid.«

Sie schüttelte den Kopf und verlagerte auf der vergeblichen Suche nach einer angenehmen Position das Gewicht, denn sie war fast im neunten Monat schwanger mit seinem Kind. »Dein Sohn tritt mich.«

Lächelnd legte er die Hand auf den festen Ansatz ihres Bauchs und spürte eine deutliche Bewegung unter der Handfläche. »Wie ungezogen von ihr.«

»Ich glaube, langsam findet er es da drinnen zu eng.«

»Dafür gibt es eine Lösung.«

Sie lachte mit einem leisen, belegten Ton, der ohne Vorwarnung sein Herz berührte und dann sogleich umschlug. So sehr er sich danach sehnte, sein Kind im Arm zu halten, so sehr brachte der Gedanke an die bevorstehende Geburt eine Sorge mit sich, die fast schon Angst war. Er hatte einmal gelesen, dass mehr als eine von zehn Frauen bei der Geburt starben. Heros eigene Mutter hatte ein Ungeborenes nach dem anderen verloren, bevor sie beinahe selbst gestorben wäre.

Aber er hörte nichts von seiner eigenen Furcht in Heros Stimme, als sie sagte: »Nicht mehr lange.«

Er spürte, wie das Ungeborene erneut trat und dann aufhörte, als Hero es sich neben Sebastian gemütlich machte. Er streifte mit den Lippen ihre Schläfe und murmelte: »Versuch zu schlafen.«

»Schlaf du«, sagte sie immer noch lächelnd.

Er beobachtete, wie ihre Lider zufielen und ihr Atem sich verlangsamte. Doch die Anspannung, die ihn aufwühlte, blieb, und er fragte sich, ob es das bald in die Welt kommende Menschenleben war, das sein Unterbewusstes in eine Zeit zurück hatte driften lassen, die er so verzweifelt gern vergessen würde. Ein kalter Wind bewegte die schweren Samtvorhänge an den Fenstern und ließ irgendwo in der Dunkelheit einen nicht befestigten Laden klappern. In manchen Nächten schienen die hohen, kahlen Gebirge und die alten, aus Stein erbauten Dörfer Spaniens und Portugals eine ganze Lebensspanne von dem Londoner Stadthaus entfernt, das um ihn herum im Schlaf lag. Aber er wusste, dass es nicht so war.

Er lag noch wach, als eine dringende Nachricht von Paul Gibson mit der Bitte um Sebastians Hilfe in der Brook Street eintraf.

***

Die Frau lag in einem schmalen Bett im vorderen Zimmer von Gibsons Praxis am Tower Hill. Es war eine kleine, schlichte Kammer, die nur von einer Kerze und dem großen, flackernden Feuer im Kamin beleuchtet wurde. Obwohl ihre schmale Gestalt mit mehreren Decken zugedeckt war, bebte sie. Unter den Decken und der dicken Bandage, die eine Seite ihres Kopfs bedeckte, konnte Sebastian nur wenig von ihrem Gesicht sehen. Was er davon jedoch erkennen konnte, sah beunruhigend blass und blutleer aus.

»Wird sie überleben?«, fragte er ruhig und blieb auf der Türschwelle stehen.

Gibson stand neben dem Bett, den Blick wie Sebastian auf die bewusstlose Frau vor sich gerichtet. »Das ist zu diesem Zeitpunkt schwer zu sagen. Sie könnte Hirnblutungen haben. Falls ja ...« Seine Stimme erlosch.

Sebastian richtete den Blick auf das schmale Gesicht seines Freundes. Er sah ungewöhnlich ausgemergelt aus, selbst für Gibsons Verhältnisse. Die Wangen waren hohl und unrasiert, die grünen Augen eingesunken und blutunterlaufen, und seine dünne Gestalt wirkte beinahe ausgezehrt. Obwohl er erst Anfang dreißig war, zeigten sich an den Schläfen bereits graue Streifen in seinem dunklen Haar.

Die beiden Männer stammten aus unterschiedlichen Welten. Der eine war der Sohn eines armen irischen Katholiken, der andere der Erbe des mächtigen Earl of Hendon. Dennoch waren sie alte Freunde. Einst hatten sie unter den Farben des Königs in den Gebirgen Italiens bis zu den fiebergeplagten Sümpfen der westindischen Inseln und den steinigen Hochlanden Iberiens gekämpft. Als Regimentsarzt hatte Gibson die Geheimnisse von Leben und Tod auf eine so unmittelbare Art gelernt, wie seine bürgerlichen Kollegen es nur selten konnten. Als eine französische Kanonenkugel ihm einen Unterschenkel weggerissen und ihm unmenschliche, chronische Schmerzen beschert hatte, war er hierher gekommen, nach London, um seine Anatomie-

Kenntnisse in den Krankenhäusern von St Thomas's und St Bartholomew's zu lehren. Und um im Schatten des Towers von London seine kleine Praxis zu eröffnen.

»Und wenn sie Hirnblutungen hat?«, fragte Sebastian.

»Dann stirbt sie.«

»Woher kannst du das wissen?«

»Das wird die Zeit bringen. Außerdem besteht das Risiko einer Lungenentzündung ...« Gibson schüttelte den Kopf. »Ihre Körpertemperatur war gefährlich niedrig, als ich sie gefunden habe. Ich habe eingewickelte, heiße Backsteine um sie herum gepackt, aber viel mehr kann ich derzeit nicht für sie tun.«

»Was hat sie dir zu dem Überfall sagen können?«

»Nichts, fürchte ich. Sie hat das Bewusstsein verloren, als sie erfahren hat, dass ihr Gefährte tot ist, und ist seitdem nicht wieder zu sich gekommen. Ich kenne nicht einmal ihren Namen.«

Sebastian betrachtete das blutbefleckte graue Ausgehkleid und den samtpaspelierten Spenzer über der Lehne eines Stuhls in der Nähe. Beide waren abgetragen, aber von den frischen Flecken abgesehen sauber und ordentlich. Das war keine einfache Frau von der Straße.

»Und der tote Mann? Was weißt du über ihn?«

»Er ist ein französischer Arzt namens Dr Damion Pelletan.«

»Ein Franzose?«

Gibson nickte. »Laut seinen Papieren hat er sich erst vor drei Wochen als Ausländer registrieren lassen.« Mit gespreizten Fingern strich er sein zerzaustes Haar aus dem Gesicht. »Die Minderbemittelten, die sich in St Katharine's Beamte schimpfen, sind überzeugt, dass es die Tat von Straßenräubern war.«

»St Katharine's ist ein gefährlicher Ort«, sagte Sebastian. »Insbesondere am Abend. Was zum Teufel hast du denn dort gemacht?«

Gibsons Blick wanderte in die Ferne. »Ich ... Manchmal habe ich das Bedürfnis, einen Spaziergang zu machen, abends.«

Sebastian betrachtete das gerötete, halb abgewandte Gesicht seines Freundes und fragte sich, was um alles in der Welt einen einbeinigen irischen Chirurgen dazu bringen konnte, in einer der kältesten Nächte des ganzen Jahres in den Hintergassen von St Katharine's spazieren zu gehen. »Du hast Glück, dass du nicht selbst Opfer dieser Straßenräuber geworden bist.«

»Straßenräuber haben hiermit gar nichts zu tun.«

Sebastian zog eine Augenbraue hoch. »Sicher?«

Gibson nickte in Richtung der Matrone mittleren Alters, die auf einem Stuhl mit Lamellenlehne neben dem Kamin döste. »Behalten Sie die Frau im Auge«, sagte er zu ihr. »Ich bin nicht lang weg.«

Zu Sebastian sagte er: »Ich möchte, dass du dir etwas ansiehst.«

Kapitel 3

Am Ende des vom Frost braun verfärbten, ungepflegten Gartens, der sich hinter der Praxis erstreckte, stand ein niedriges steinernes Nebengebäude, in dem Gibson seine »offiziellen« Leichenschauen durchführte. Ebenso fanden dort aber auch seine heimlichen, illegalen Sektionen statt, die er an Leichen vornahm, welche Totenausgräber für ihn von den Friedhöfen der Stadt beschafften. Das eingeschossige Gebäude mit hoch sitzenden Fenstern, die Neugierige abhalten sollten, hatte einen Boden aus Steinfliesen, und darinnen war es bitterkalt. Im Zentrum stand eine Granitplatte mit strategisch angeordneten Rinnen und einem Ablauf am äußersten Ende.

Darauf lag der Leichnam eines noch vollständig bekleideten Mannes.

»Ich bin noch nicht dazu gekommen, die Leichenschau vorzunehmen«, sagte Gibson und hängte die Lampe, die er mitgebracht hatte, an den Haken, der an einer Kette über dem Tisch baumelte.

Manchmal kam es Sebastian so vor, als ob jeder Selbstmord, jede aufgedunsene Wasserleiche aus der Themse, jeder verwesende Leichnam, der durch dieses Gebäude gewandert war, einen Geruch zurückgelassen hätte, der in die Wände eingesickert war – und als ob die verstummten Qual- und Verzweiflungsschreie der Toten noch immer widerhallten.

Er atmete tief ein, dann betrat er den Raum. »Wenn die Behörden von St Katharine's überzeugt sind, dass er von gewöhnlichen Dieben ermordet worden ist, nimmt es mich wunder, dass sie einer Autopsie zugestimmt haben.«

»Man kann nicht direkt sagen, dass sie begeistert waren. Um Constable O'Keefe zu zitieren ...« Gibson blies die Wangen auf, kniff die Augen zusammen und sprach mit nasalem Tonfall weiter: »Wieso wolln Se sich diese Mühe antun? Jeder Narr kann doch sehn, was ihn das Leben gekostet hat.«« Die Lampe schwang an ihrer Kette hin und her und warf grausige Schatten auf den Tisch und seinen gruseligen Besetzer. Gibson hielt die Lampe mit der Hand an. »Ich musste versprechen, dass ich der Gemeinde keine Rechnung für meine Dienste stelle. Und die Männer, die die Leiche hergebracht haben, habe ich selbst bezahlt.«

Sebastian betrachtete den schlanken, zierlich gebauten Mann auf der Granitplatte des Arztes. Er war noch jung, wahrscheinlich nicht älter als sechs-, vielleicht achtundzwanzig Jahre, hatte ein gefälliges, ebenmäßiges Antlitz mit einer hohen Stirn, die von weichen, goldenen Locken eingerahmt war. Seine Kleidung war von guter Qualität – besser als die der Frau und noch viel neuer, nach der aktuellen Pariser Mode geschnitten und kaum getragen. Doch die einst feine, seidene Weste und das Leinenhemd waren nun zerrissen und blutgetränkt. Der Brustkorb des Mannes war geöffnet worden und enthüllte eine klaffende Höhle.

»Hölle nochmal! Er sieht aus, als wäre er mit einer Axt attackiert worden.«

»Noch schlimmer«, sagte Gibson und schob sich die Hände unter die Achseln, um sie zu wärmen. »Sein Herz ist entfernt worden.«

Sebastian wandte den Blick auf das ernste Gesicht des Iren. »Bitte sag mir, dass er schon tot war, als man ihm das angetan hat.«

»Das weiß ich ehrlich noch nicht.«

Sebastian zwang sich, erneut auf den verstümmelten Torso zu blicken. »Besteht die Möglichkeit, dass es das Werk eines Studenten der Medizin sein könnte?«

»Meinst du das ernst? Selbst ein Metzger wäre feinfühliger vorgegangen. Wer auch immer das getan hat, hat ein königliches Gemetzel angerichtet.«

Sebastian sah dem toten Mann ins Gesicht. Er hatte große, weit auseinanderstehende Augen, eine vorspringende Nase und volle weiche, fast feminine Lippen. Selbst im Tode strahlten seine Züge eine Freundlichkeit und Güte aus, die das, was man ihm angetan hatte, nur umso grausiger wirken ließen.

»Du sagtest, er war Arzt?«

Gibson nickte. »Er wohnte im *Gifford Arms* in der York Street. Die Wachtmeister haben einen Gentleman aus dem Hotel aufgetrieben – einen Monsieur Vaundreuil –, der ihn identifiziert hat.«

»Aber die Frau konnte er nicht identifizieren?«

»Er sagte, er hätte sie noch nie gesehen. Er sagte auch, er hätte keine Ahnung, was Pelletan in St Katharine's zu tun gehabt haben könnte.« Gibson rieb sich über den

Nacken. »Ich sollte noch erwähnen, dass die Wachtmeister neben seinen Papieren auch eine Börse mit Banknoten und Silber gefunden haben.«

»Und trotzdem sind sie überzeugt, dass er Straßenräubern zum Opfer gefallen ist?«

»Die Theorie lautet, dass die Diebe gestört wurden.«

»Von dir?«

»Ich habe jedenfalls niemanden gesehen. Andererseits ...«

»Was andererseits?«, fragte Sebastian.

Gibson errötete. »War ich sehr in Gedanken versunken.«

Sebastian sah, dass sein Freund erneut betont in eine andere Richtung blickte, schwieg jedoch.

Gibson sagte: »Wenn er Engländer wäre, wären die Umstände vielleicht ungewöhnlich genug, sodass die Beamten von St Katharine's aktiv würden. Aber das ist er nicht, sondern Franzose – ein Ausländer –, und das macht es furchtbar simpel, den Mord einfach als Werk von Straßenräubern abzutun. Und zu vergessen.«

Sebastian senkte den Blick auf den blassen Leichnam auf der Platte zwischen ihnen. Aus einem Grund, den er nicht näher erklären konnte, rief die Situation ein schwaches, beunruhigendes Echo seines aufwühlenden Traums dieser Nacht und all der Erinnerungen, die er ausgelöst hatte, wach. Er widmete sich seit nunmehr zwei Jahren der Aufgabe, für Mordopfer, die sonst vergessen worden wären, Gerechtigkeit zu erlangen. Und nicht zum ersten Mal dämmerte ihm, dass jene Geschehnisse in Portugal, die zeitlich und räumlich so weit weg waren, mehr mit seiner Beschäftigung zu tun hatten, als er herausfinden wollte.

Er sagte: »Wo genau in Cat's Hole waren sie?«

»Auf der Themseseite der Gasse gibt es einen schmalen Durchgang zwischen einer Küferei und einem Kerzendreher. Ich vermute, der Mann wurde auf der Straße angegriffen und dann in diesen Durchgang gezogen, bevor ihm das da angetan wurde.«

»Und die Frau?«

»Lag auf der Straße, direkt vor dem Durchgang.«

Sebastian nickte und wandte sich zur Tür. »Am besten schaue ich mir den Tatort an, bevor die Nachbarn alles zertrampeln.«

»Jetzt? Aber es ist mitten in der Nacht.«

Sebastian blieb stehen und sah zu ihm zurück. »Hältst du es etwa für dumm von mir, im Dunkeln allein in St Katharine's herumzulaufen?«

Gibson schnaubte und griff nach der Laterne. »Hier. Nimm wenigstens die mit.«

»Danke, aber die brauche ich wirklich nicht.«

Gibson lachte erkennend auf und umfasste den Griff der Lampe fester. Sebastian war für seine Fähigkeit, im Dunkeln zu sehen, genauso bekannt wie für sein gutes Gehör. »Nein, wohl nicht. Aber Devlin ... sei vorsichtig. Was auch immer dahintersteckt, ist übel. Sehr übel.«

***

Der alte Stadtteil St Katharine's lag gleich östlich des Towers of London am Nordufer der Themse. Das Gewirr aus gewundenen Straßen, vollgestopften Wohnhäusern und dunklen Hinterhöfen war nach dem Krankenhaus in seinem Zentrum, St Katharine's, benannt.

Obgleich es als Krankenhaus bezeichnet wurde, war St Katharine's weniger eine medizinische Einrichtung als vielmehr ein wohltätiges Zentrum für die Armen. Als eine von Londons mittelalterlichen »Liberties« oder Freiungen war das Areal, das die alten klösterlichen Gebäude umgab, lange eine Zuflucht für ausländische Handwerker gewesen, die den dort gebotenen Schutz vor den mächtigen Innungen im Londoner Stadtkern suchten. Aber mit den flämischen Küfern, französischen Künstlern und deutschen Bierbrauern, die sich in dem Viertel angesiedelt hatten, waren auch Diebe und Huren, Bettler und Vagabunden gekommen. In dieser Gegend ging ein kluger Mann nicht mehr nach Einbruch der Dunkelheit vors Haus, und Sebastian fragte sich nun einmal mehr, was um Himmels willen Paul Gibson allein hier zu suchen gehabt hatte, in einer solch kalten Winternacht.

Oder was Damion Pelletan und seine unbekannte weibliche Begleitung hier getan hatten.

Sebastian ging die dunkle, schmale Gasse entlang, eine Hand an seiner doppelläufigen Pistole in seiner Manteltasche. In der eisigen Stille warfen seine Schritte ein hohles Echo. Seine Sinne waren alarmbereit auf den geringsten Hinweis einer Bewegung, eines Flüsterns oder eines Geräuschs ausgerichtet. Der Wind war verebbt, und vom Ufer her kroch mit der einsetzenden trügerischen Dämmerung zäher, undurchdringlicher Nebel herauf. Zu späterer Stunde würden sich die Straßen mit Straßenhändlern, Lehrlingen und Müllmännern füllen. Doch im Augenblick war alles noch ruhig.

Er fand den Durchgang leicht, gleich hinter der baufälligen, verrammelten Fassade einer Küferei. Wie nahezu an allen Straßen in St Katharine's war es auch in Cat's Hole zu eng für Fußgängerwege. Die schäbigen, dicht bewohnten Wohnhäuser und baufälligen Ladenlokale erhoben sich gleich über den abgenutzten, von Frost überzogenen Pflastersteinen der Straße.

Sebastian brauchte nur kurz, bis er das Blut am Rand des Durchgangs fand. War es das Blut der Frau oder das von Pelletan?, fragte er sich.

Er ging neben dem Blutfleck in die Hocke und betrachtete das Gewirr an schmutzigen Fußabdrücken und zerbrochenem Eis. Doch nach Gibson, den Wachtmeistern und den Männern, die geholfen hatten, Pelletan und seine verletzte Begleitung zu Gibsons Praxis zu tragen, waren sämtliche Spuren, die der Mörder vielleicht hinterlassen hatte, hoffnungslos zertrampelt und zerstört.

Beim Geräusch eines leisen Schnaubens riss er den Kopf hoch, und sein Blick traf die sanften Augen eines halbgroßen Schweines, das in einem Abfallhaufen in der Nähe herumgewühlt hatte. »Na«, sagte Sebastian, »hast du vielleicht irgendetwas beobachtet?«

Das Schwein grunzte erneut und tappte davon.

Sebastian rappelte sich bedächtig auf die Beine und kniff die Augen zusammen, um durch den dichter werdenden Nebel die leere Straße zu betrachten. Von hier aus konnte er die massiven, rußgeschwärzten Steinmauern des Tower am westlichen Ende der Straße dräuen sehen. In welche Richtung waren Pelletan und die unbekannte Frau unterwegs gewesen?, fragte er sich. Zu dem relativ offenen Platz, der die mittelalterliche Festung umgab? Oder hatten sie in Richtung Osten gewollt, noch tiefer in St Katharine's Wirrwarr aus dunklen, gefährlichen Gassen und Hinterhöfen?

Er wandte sich wieder dem schmutzstarrenden Durchgang neben sich zu. Im Gegensatz zur Straße war er nicht gepflastert. Von dem dichten, eisüberzogenen Matsch unter den Sohlen seiner Hessischen Stiefel stieg der übelriechende Gestank nach Innereien, Dung und vergammelten Fischköpfen auf. Und trotz so vieler Füße, die alles zertrampelt hatten, konnte Sebastian den Abdruck ausmachen, den der Leichnam im Schatten eines Haufens aus zerbrochenen Kisten und Weinfässern hinterlassen hatte.

Er bückte sich und betrachtete die Stelle sorgfältig. Er bemerkte Blutflecken auf dem Holz einer Kiste, ein Stück zerrissenen, blutbefleckten Leinens, das in den Matsch getrampelt worden war, und noch mehr Fußabrücke, alle jedoch hoffnungslos verwischt. Dann dehnte er seine Suche aus und hielt Ausschau nach etwas, das einen Hinweis darauf geben könnte, wer Damion Pelletan ermordet hatte. Er suchte auch nach dem Herzen des Toten.

Das fand er jedoch nicht.

Frustriert wandte er den Blick wieder auf den Stapel blutbespritzter Kisten. Was für ein Mörder hackte sein Opfer mit einer Axt auf und stahl ihm das Herz?, fragte sich Sebastian. Ein Irrer? Das war die offensichtliche Antwort. Andererseits hatte Sebastian britische Soldaten – sogar Offiziere – gekannt, die lachend Erinnerungsstücke von ihren gefallenen Feinden mitnahmen, von abgetrennten Fingern bis hin zu Ohren. Letztendlich hatten die Briten und Franzosen den amerikanischen Ureinwohnern erst beigebracht, Skalps zu sammeln.

Hatten sie es damit zu tun? Mit einem halbverrückten Sammler von Trophäen? Das war wohl eine Möglichkeit. Aber ein Herz? Weshalb sollte ein Mörder das Herz seines Opfers stehlen? Das Herz war ein mächtiges Symbol für so viele Dinge: Liebe, Mut, Leben. War der Diebstahl des Herzens von Damion Pelletan symbolhaft? Oder war es etwas anderes, Dunkleres, etwas …

Böseres.

Und erneut hörte er das flüchtige und beunruhigende Wispern der Erinnerung.

Rasch richtete er sich wieder auf.

Er drehte sich bereits um und schickte sich an zu gehen, da sah er den klaren Abdruck eines Schuhs auf einer zerbrochenen Holzlatte, die halb in den Matsch getreten war. Es war kein vollständiger Fußabdruck, sondern nur der Absatz und ein Teil der Sohle. Der Träger des Schuhs war offensichtlich nach Damion Pelletans Tod hier entlang gekommen.

Sebastian bückte sich, um das Stück Holz aus dem Schlamm zu ziehen und achtete darauf, den verräterischen Umriss aus Matsch und Blut darauf nicht zu verwischen.

Nachdenklich betrachtete er den Abdruck. Es konnte natürlich auch sein, dass der Träger dieses Schuhs in den vergangenen paar Stunden durch diesen Durchgang gekommen war und nichts mit dem Mord zu tun hatte. Also begann Sebastian, erneut das Wirrwarr unterschiedlicher Schuhabdrücke im müllübersäten Matsch zu untersuchen.

Er brauchte eine Weile, fand aber schließlich eine Stelle, an der ein ähnlicher Abdruck deutlich vom Eindruck eines Holzbeins durchlöchert worden war. Wer auch immer diese Abdrücke hinterlassen hatte, war nach Pelletans Tod, aber vor Gibsons Erscheinen in diesem Durchgang gewesen.

Sebastian richtete den Blick wieder auf die Holzlatte in seiner Hand. Der Abdruck gab nicht sehr viel her – sicherlich nicht genug, um den Mörder identifizieren zu können. Aber er brachte Sebastian dazu, sämtliche Annahmen, die er über die Geschehnisse dieser Nacht gemacht hatte, erneut auf die Probe zu stellen, denn die gebogene Form und die modische Ausgestaltung des kleinen, schmalen Absatzes ließ keinen Zweifel zu: Es war der Abdruck eines Frauenschuhs.

Kapitel 4

Als Hero Devlin gerade einmal zwölf Jahre alt war, zog sie drei lebensverändernde Schlüsse: Es gab auf der Welt ebenso viele dumme Männer wie dumme Frauen – wenn nicht gar mehr. Sie würde nie, niemals ihre eigene Intelligenz oder ihr Wissen in dem feigen Versuch verstecken, den Erwartungen und Vorurteilen der Gesellschaft, in der sie lebte, zu entsprechen. Und solange Englands Gesetze einem Ehemann im Wesentlichen die gleiche Macht über seine Frau verliehen, wie ein Sklavenhalter sie über seine Sklaven hatte, würde Hero keinesfalls heiraten.

Eines Abends hatte sie diese Überzeugungen beim Essen verkündet. Ihr Vater Charles Lord Jarvis hatte schlicht weiter gegessen, als hätte sie gar nichts gesagt, während seine Mutter verächtlich geschnaubt hatte. Aber Heros Mutter, die liebenswerte, etwas labile Annabelle Lady Jarvis, hatte leise »Ach, *Hero*« geflüstert.

In den Jahren, die darauf folgten, war Heros kritische Sichtweise auf die Gesellschaft unangefochten geblieben. Sie las Mary Wollstonecraft und den Marquis de Condorcet. Sie ließ nicht zu, dass ihr Ekel gegen die Auswüchse der französischen Revolution ihre Bewunderung für die ihr ursprünglich zugrundeliegenden Prinzipien minderte. Und sie fing an zu schreiben. Sie setzte ihre Recherchefähigkeiten und ihre Überzeugungskraft dafür ein, einen positiven Einfluss auf die zahlreichen Ungerechtigkeiten, die sie tagtäglich um sich herum beobachtete, zu nehmen.

Auch jetzt, mit Mitte zwanzig, waren Heros radikale Ansichten unverändert. Aber ihre Entschlossenheit, niemals zu heiraten, war einem gewissen dunkelhaarigen, goldäugigen Viscount mit geheimnisumwitterter Vergangenheit und einer ebenfalls leidenschaftlichen Begeisterung für ein spezielles Thema zum Opfer gefallen.

Sie spürte, wie das Ungeborene erneut zutrat, dieses Mal so fest, dass es ihr den Atem nahm, und sie legte den neuen Artikel über die Bedürftigen von London, an dem sie gerade schrieb, zur Seite, stand auf und ging zum Fenster des Kleinen Salons, das zur Straße wies. Zwischen den hohen Häusern waberte dünner, weißer Nebel, der die aufgehende Sonne zu einem glänzenden roten Ball machte und die Geräusche der erwachenden Stadt dämpfte. Es war der richtige Morgen für einen strammen Ausritt. Leider durfte man im Hyde Park nicht galoppieren – erst recht nicht, wenn man im neunten Monat schwanger war.

Sie kämpfte gegen ihre ungewöhnliche, aufwallende Wut und Frustration an. Den größten Teil der Schwangerschaft hatte sie ohne Schwierigkeiten ertragen und ihre üblichen Tätigkeiten in der Stadt und auf dem Land fortgesetzt. Sie war oft für ihre Befragungen unterwegs gewesen, die sie für ihre Artikelserie machte. Aber in den letzten paar Tagen hatte sich das Ungeborene gesenkt. Selbst Sitzen war unbequem geworden, und das Schlafen fast unmöglich. Überdies spürte sie eine Ruhelosigkeit, die immer schwerer einzudämmen war.

Sie wollte sich wieder ihrem Artikel widmen, da hörte sie die Haustür gehen und dann Devlins rasche Schritte auf der Treppe. Er blieb im Eingang zum Kleinen Salon stehen, legte die abgebrochene Holzlatte zur Seite, die er mitgebracht hatte, und zog seinen Paletot aus.

»Ich hatte gehofft, dass du diesen Morgen ausschläfst«, sagte er, kam zu ihr und zog sie dicht an sich heran zu einem innigen Kuss, der ihren Atem beschleunigte, selbst jetzt, mit dickem Bauch. »Du schläfst dieser Tage nicht viel.«

Er roch nach Holzfeuer und Frostluft und all den belebenden Düften des frühen Morgens, und bevor sie sich bremsen konnte, sagte sie: »Ich würde so gern einen Spaziergang machen – einen richtigen, im Park.«

Er lachte und drückte ihre Hände fester. »Dann lass uns gehen.«

Sie schüttelte den Kopf. »Dr Croft hat mir geraten, dass ich am Morgen und am Abend einen kleinen Spaziergang im Garten machen darf, mehr nicht.«

Richard Croft war Londons angesehenster Geburtshelfer, ein pompöser, selbstgefälliger, kleiner Mann, der unerschütterlich von der Effizienz seines sogenannten Mäßigungssystems für die Behandlung von Damen vor der Niederkunft überzeugt war. Er hatte entsetzt mit der Zunge geschnalzt, als Hero und Devlin endlich nach London zurückgekehrt waren, nachdem sie drei Monate auf Devlins Anwesen in Hampshire mit langen Spaziergängen in der kräftigen Landluft und dem Genuss des üppigen ländlichen Essens verbracht hatten. Nach Crofts fachmännischer Ansicht konnte alles, was über eine strenge Diät und damenhafte, eingeschränkte Leibesübungen hinausging, für eine sichere Niederkunft fatal sein.

»Vor oder nach der Schale dünnen Haferschleims, die er dir erlaubt?«, fragte Devlin.

»Auf jeden Fall davor. Sich zu bewegen, nachdem man gerade etwas Gehaltvolles zu sich genommen hat, kann von Übel sein, musst du wissen – wenn du einen Spaziergang im Garten als Bewegung und eine dünne Bouillon als gehaltvoll bezeichnen willst.«

Erneut lachte er auf, doch sein Lächeln verschwand langsam, während er ihr Antlitz musterte. »Wie fühlst du dich? Ehrlich?«

»Ehrlich? Ich bin hungrig, fühle mich unwohl und mehr als entnervt. Aber lassen wir das, ich will hören, was es bei Gibson gab.«

Ein anderer Mann hätte vielleicht versucht, seiner Gattin die makabren Einzelheiten von Damion Pelletans Tod zu ersparen. Devlin wusste es aber besser. Sie hörte ihm zu, als er berichtete, wie er Cat's Hole und den Durchgang, in dem der Leichnam gefunden worden war, durchsucht hatte, und hob die Holzlatte hoch.

»Ein Frauenschuh? Sicher?«

»Hast du je einen Männerschuh mit einem solchen Absatz gesehen?«

Sie blickte auf den klaren Abdruck aus Matsch und Blut hinunter. »Nein, du hast recht. Der stammt eindeutig von einem Frauenschuh.« Sie sah zu ihm auf. »Wie schwer ist es übrigens, ein Herz zu entnehmen?«

»Das weiß ich wirklich nicht. Ich werde Gibson danach fragen müssen.«

Das Klappern der Kannen eines Milchmädchens lenkte Heros Aufmerksamkeit wieder zur Straße hinunter. Der Nebel begann sich aufzulösen. Am weißen Himmel flogen die Möwen über den Dächern ihre Kapriolen, und ihre Schreie muteten wie Sirenengeheul an. Erneut stieg in ihr der Drang auf, den kalten Dunst im Gesicht zu spüren, den Wind ihr Haar zausen zu lassen und diesem unendlichen Warten ein Ende zu setzen.

Als spürte er die Richtungsänderung ihrer Gedanken, sagte Devlin: »Wie wäre es, wenn ich die Kutsche vorfahren lasse und meine Frau für einen illegitimen, frühmorgendlichen Spaziergang in den Park hinaus bringe? Wir sagen Dr Croft nichts, und in dem Nebel und mit deiner schwersten Pelisse können nicht einmal die neugierigsten Klatschtanten Londons erkennen, dass meine seit sechs Monaten angetraute Braut nur wenige Wochen vor der Niederkunft mit meiner Tochter steht.«

Sie lächelte. »Mit deinem Sohn. Ich sage dir doch, es ist ein Junge.« Dann schüttelte sie den Kopf. »Nein. Du musst zum Hotel *Gifford Arms* und herausfinden, was man dir dort über diesen Franzosen sagen kann.«

Er kam zu ihr, umfasste ihre Wangen mit den Händen und küsste sie auf den Mund. Es war ein langer, genüsslicher Kuss, der sie daran erinnerte, dass sie sich seit Oktober nicht mehr geliebt hatten, als der geschätzte Dr Richard Croft sie streng davor gewarnt hatte, jeglichen »tierhaften Genüssen« nachzugeben.

Er sagte: »Das *Gifford Arms* kann eine Stunde warten.«

***

Das *Gifford Arms*, ein kleines, aber außerordentlich angesehenes Hotel aus gleichmäßig geschnittenen Sandsteinquadern, lag südlich des St James's Park, in der Nähe der Kreuzung der James Street und York Street. Es war Ende des vorherigen Jahrhunderts erbaut und beiderseits eines Hauptportals, das in ein kurzes, steingefliestes Treppenhaus führte, besaß es gerade Reihen mit Schiebefenstern. Wie es für Gaststätten dieser Zeit üblich war, gelangte man zur Rechten in den Caféraum und zur Linken in den Speisesaal. Sebastian zog die Tür zu und schloss damit die feuchte Kälte aus, dann atmete er die warmen, einladenden Düfte nach gegrilltem Lammfleisch, Bienenwachs und deftigem Ale ein. Aber sowohl der Eingangsbereich als auch die beiden Räume, die davon abgingen, waren leer.

»Hallo«, rief er.

Stille.

Er trat in das mit Eiche verkleidete Café, drehte sich langsam im Kreis und ließ den Blick über die Ansammlung leerer Tische und Stühle wandern. »Hallo?«

Er hörte rasche Schritte, und ein schlaksiger, hängebackiger Mann in einer Lederschürze trat durch eine Tür weiter hinten. »Kann ich helfen, Sir?« Er hatte glattes Haar, das gerade erst ergraute, und weit auseinanderstehende Glubschaugen, die ihm eine gewisse Ähnlichkeit mit einer verängstigten Makrele bescherten.

Sebastian wählte seine Worte sorgsam. »Ich bin wegen Dr Damion Pelletan hier.«

Der Mann legte das Gesicht in Falten. »Ach je. Seid Ihr ein Freund von Dr Pelletan, Sir?«

»Nicht ganz.«

»Aha. Nun, es ist nämlich so: Die Wachtmeister waren hier und haben gesagt, Dr Pelletan ist tot.« Der Mann näherte sich und senkte die Stimme zu einem vertraulichen Flüstern. »*Ermordet*. In St Katharine's, erst gestern Abend. Straßenräuber.«

»Seit wann hat Dr Pelletan hier gewohnt?«

»Ungefähr drei Wochen, würde ich sagen. Genau wie die anderen.«

»Die anderen?«, hakte Sebastian nach.

»Aye. Die haben das ganze Lokal angemietet, wisse Ihr. Sie wohnen derzeit als einzige hier, wisse Ihr.«

»Nein, das wusste ich nicht.«

»Mhm. *Franzosen*.« Er sprach das Wort aus, als würde es ausreichen, um jegliche Exzentrik zu erklären. »Haben sogar ihre eigene Köchin und Diener mitgebracht. Ich bin der Einzige von hier, wo noch da ist.«

»Sind ihre Bediensteten auch allesamt Franzosen?«

»Oh, aye. Der ganze Haufen.«

»Émigrés, vermute ich?«

Der Mann zupfte sich am Ohrläppchen und legte das Gesicht in Falten. »Na ja, das *sagen* sie jedenfalls.«

»Aber Sie zweifeln daran?«

Der Mann warf einen raschen Blick um sich und beugte sich noch etwas näher. »Das ist doch 'ne komische Sache, oder nich?«, fragte er und wurde noch leiser. »Ein ganzes Hotel wie dies hier zu übernehmen? Ich meine, warum mieten die nich 'n ganzes Haus, wie richtige Engländer?«

»Vielleicht beabsichtigen sie nicht, lange in London zu bleiben. Oder vielleicht suchen sie erst noch ein Objekt, das sie erwerben wollen.«

»Davon hab ich nix bemerkt. Wenn Ihr mich frage, is das mehr als komisch. Ich meine, warum tut man sich sowas an, nur um zusammen zu sein? Is jetzt nich so, als ob die sich gegenseitig besonders leiden können. Also, so viel is sicher.«

»Streiten sie?«

»Die ganze Zeit! Zumindst mal sieht es jedenfalls so aus, als ob die streiten – nicht dass ich verstehn tät, was die sagen, klar, weil ich sprech ja gar kein Französisch.«

»Familien streiten sich oft«, stellte Sebastian fest.

»Aye. Aber der Haufen da is keine Familie – zumindst nich der größte Teil von denen.«

»Ach? Wer ist denn außer Dr Pelletan noch hier?«

»Hm, mal sehn … Da gibt's Harmond Vaundreuil, er is der Chef – wobei ich aber den Eindruck hab, dass das dem Colonel nich so gut passt.«

»Dem Colonel?«

»Aye. Colonel Foucher nennt der sich. Den restlichen Namen von dem kenn ich nich. Dann gibt's noch Vaundreuils Kommis, dem sein Name is Bondurant. Is 'n dürrer Hering von Mann und verbringt seine ganze Zeit mit der Nase in 'nem Buch.«

»Mit Pelletan sind es also nur vier Personen?«

»Fünf, wenn man das Mädel mitzählt.«

»Das Mädel?«

»Vaundreuils Tochter.«

»Ach so. Und sie haben das gesamte Hotel angemietet?«

»Wie ich schon sagte, sie sind 'n komischer Haufen.« Er ließ den Mund offenstehen, wodurch seine Wangen noch weiter herabsackten. »Und mit nichts Gutem im

Sinn, würd ich sagen, oder ich will nich mehr Mitt Peebles heißen.«

Von oben war ein lauter Stoß zu hören. Sebastian fragte: »Wann haben Sie Dr Pelletan zum letzten Mal gesehen?«

Mitt blickte nachdenklich drein. »Hmm … Ich denke, das war gestern Abend, wo die zwei nach ihm gesucht haben.«

»Die zwei?'«

»Ein Mann und 'ne Frau. Haben ihre Namen nich gesagt.«

»Um wie viel Uhr war das?«

»Vielleicht gegen neun.«

»Wie hat die Frau ausgesehen?«

»Kann ich nich genau sagen. Die hatte 'nen Schleier, wisse Ihr.«

»Und der Mann?«

»Ich fürchte, auf den hab ich nich so geachtet. Stand im Hintergrund, der Kerl. Kann mich nich erinnern, ob er überhaupt was gesagt hat.«

»Haben sie Pelletan im Speisesaal getroffen?«

»Oh nein, Sir. Der Doktor is rausgegangen, um mit ihnen zu sprechen – als ob er nich wollte, dass einer der anderen sie sieht.«

»Und wie viel später ist Pelletan weggegangen?«

»Nich viel. Er kam zurück und ging in sein Zimmer, um den Umhang zu holen, dann is er gegangen.«

»Zu Fuß?«

»Weiß nich, hab ich nich drauf geachtet.« Mitt runzelte die Stirn. »Warum frage Ihr 'n all diese Fragen?«

»Es interessiert mich einfach. Sagen Sie: War die Frau Engländerin oder Französin?«

»Oh, die war 'ne Franzfrau – allerdings muss ich zugeben, dass ihr Englisch viel besser war als das von den
andern.«

»Wie war sie bekleidet?«

Mitt zuckte die Achseln. »Anständig, würde man wohl
sagen. Aber nich nach der allerletzten Mode, wenn Ihr
verstehe, was ich mein?«

»Wie alt war sie Ihrer Meinung nach?«

Er zuckte erneut mit der Schulter. »Nich alt, aber auch
nich richtig jung. Mit dem Schleier kann ich's nich sagen.«

Die Beschreibung passte auf die unbekannte Frau in
Gibsons Praxis. Sie würde aber auch auf Tausende an-
dere Französinnen in London passen. Sebastian sagte:
»Sagen Sie, was für eine Art Mann war Dr Pelletan?
Würden Sie ihn als angenehm bezeichnen? Oder auf-
brausend?«

»Pelletan?« Mitt hielt inne und kratzte sich an der
Wange. »Für'n Franzmann war er gar nich so übel. Man
kann nich bestreiten, dass er der Netteste von dem
Haufen war – er und Miss Madeline.«

»Miss Madeline?«

»Vaundreuils Tochter.«

»Und wie alt ist sie?«

»So fünfundzwanzig, würd ich sagen. Vielleicht 'n bissen jünger.«

Sebastian, der sich ein Mädchen mit Zöpfen vorgestellt hatte, musste sein inneres Bild korrigieren. »Haben Sie Miss Madeline heute Morgen schon gesehen?«

»Oh, aye.« Mitt zog in erneut erwachtem Misstrauen
die Augen zusammen. »Weshalb sagte Ihr noch mal,
dass Ihr all diese Fragen frage?«

»Nur aus Neugier«, sagte Sebastian.

Mitt Peebles musterte ihn mit einem langen, prüfenden Blick. »Ihr sin en reichlich neugieriger Geselle, was?«

»Das ist richtig. Können Sie sich vorstellen, ...«

Er unterbrach sich, als auf der Treppe Schritte laut wurden, die sich herunter bewegten, und dann die tiefe Stimme eines Mannes erklang: »*À quelle heure?*«

Sebastian konnte sie nun sehen: zwei Männer, einer mittleren Alters und untersetzt, der andere größer, jünger und deutlich schlanker. Er hatte den geschwungenen, blonden Schnäuzer und die unverkennbare Haltung eines Soldaten. Sie durchmaßen die kleine Eingangshalle und verließen das Gasthaus, ohne zum Café zu schauen.

Sebastian nickte ihnen hinterher. »Ich nehme an, das waren Monsieur Vaundreuil und Colonel Foucher?«

»Ja, richtig.«

Sebastian blickte durch das wellige, altmodische Glas im mehrfach verglasten Fenster und sah, wie die beiden Männer eine Kutsche herbeiwinkten. Der große, etwas hagere Mann war ihm unbekannt. Aber Harmond Vaundreuil erkannte er sogleich. Den Franzosen hatte er erst vor einer Woche kurz gesehen. Auf der Pall Mall, in einer Kutsche zusammen mit dem mächtigen Vetter des Königs, Charles Lord Jarvis.

Lord Jarvis, der sich ohne Skrupel, mit List und höchster Hingabe sowohl der Monarchie als auch Britannien widmete, kontrollierte ein persönliches Netzwerk aus Spionen und Informanten, die ihn zu einem nahezu allmächtigen Mann machten. Außerdem war er Sebastians Schwiegervater. Und ein gefährlicher Todfeind.

Kapitel 5

Paul Gibson saß auf einem Holzstuhl, den er zum Bett der unbekannten Frau gezogen hatte, und betrachtete ihr Gesicht. Sie war so blass, die geschlossenen Lider fast durchscheinend, und die Haut war straff über die feingliedrigen Gesichtsknochen gespannt. Und würde sie nicht bald aufwachen, dann würde sie es wahrscheinlich nie mehr.

Er stand auf und ging zu dem schmalen Fenster, um auf die mittelalterliche Straße hinunter zu blicken. Die Sonne stand nun hoch genug, um den Nebel wegzubrennen, aber es lag nur wenig Wärme darin. Reihen von Eiszapfen gleißten an den Dachtraufen, und durch das Glas spürte er die bittere Kälte. Er drehte sich um, ging zum Kamin und bückte sich, um das Feuer mit Kohle zu füttern. Er wollte sich gerade wieder aufrichten, da fühlte er sich beobachtet.

Er sah zu dem Bett hinüber und blickte in ein Paar dunkelbrauner Augen. »Guten Morgen«, sagte er und schwankte ungeschickt, als er sich gerade hinstellte.

Ihre Zunge wurde sichtbar, als sie die trockenen Lippen befeuchtete, und ihre Brust bebte, als hätte sie Angst.

Er sagte: »Sorgen Sie sich nicht. Ich bin ein Freund.«

»Ich erinnere mich an Sie.« Ihre Stimme war ein heiseres Flüstern, ihr Englisch akzentuiert und doch anders. »Sie sind der Mann, der ...« Ihre Augen verdunkelten sich, als ob darin die Erinnerung an ihre Trauer wieder aufstiege. »Ist Damion wirklich tot?«

»Ja. Es tut mir leid.«

Sie blinzelte rasch mehrmals und wandte das Gesicht ab. Ihr üppiges, flammenfarbiges Haar breitete sich auf dem Kissen aus.

»War er ein Freund?«, fragte Gibson ruhig.

Anstelle einer Antwort hob sie die Hand zum Kopf und untersuchte mit langen, feinen Fingern den Verband, den sie dort vorfand. »Was ist mit mir geschehen?«

»Erinnern Sie sich nicht?«

»Nein.«

Er ging wieder zu dem Bett. »Es könnte Ihnen wieder einfallen. Das Gedächtnis ist ein seltsames Ding.«

Sie sah ihn wieder an. »Wo bin ich?«

»In meiner Praxis.«

»Sind Sie Arzt?«

»Ja.« Er führte eine ungeschickte Verbeugung aus. »Paul Gibson, ehemals Fünfundzwanzigstes Leichte Dragoner Seiner Majestät.«

Sie musterte ihn von oben bis unten, was ihn wünschen ließ, er hätte sich die Zeit genommen, sich zu waschen, zu rasieren und vielleicht umzuziehen.

Sie sagte: »Haben Sie Ihr Bein im Kampf gegen die Franzosen verloren?«

»In der Tat.«

»Ich bin Französin.«

Er lächelte. »Das habe ich bemerkt.«

Überraschenderweise kräuselte sich amüsiert die Haut neben ihren Augen. Dann erlosch das angedeutete Lächeln jedoch, und ihr Blick wanderte durch die Kammer, als suche sie nach etwas oder jemandem. »Ich erinnere mich an die Stimme eines anderen Mannes. Jemand, der mit Ihnen gesprochen hat.«

»Vielleicht die Wachtmeister.«

»Nein; es war eine gebildete Stimme.«

»Ah, dann muss es Lord Devlin gewesen sein.«

»Devlin?«

»Ein Freund von mir.«

Sie schwieg einen Augenblick, in ihre düsteren Gedanken vertieft. Dann sagte sie: »Sie haben mir nicht gesagt, was mit meinem Kopf geschehen ist.«

»Ich vermute, Sie wurden entweder getroffen oder haben sich den Kopf seitlich angeschlagen, als Sie gestürzt sind.«

»Wie schlimm bin ich verletzt?«

»Ich glaube nicht, dass der Schädel gebrochen ist. Aber ich befürchte eine Gehirnerschütterung.«

»Sind meine Pupillen geweitet?«

»Nein.« Die Frage enthüllte ein Verständnis medizinischer Zusammenhänge, das er nicht erwartet hätte. »War Ihr Vater Arzt?«

In ihren Augen leuchtete etwas auf, das sie rasch durch Senken der Lider versteckte. »Ist er, ja. In Paris.«

»Sollte ich jemanden in Kenntnis setzen, dass Sie in Sicherheit sind? Ich ...« Er beschloss, dass das Personalpronomen in der ersten Person zu vertraut klang, und tauschte es aus. »*Wir* wissen nicht einmal Ihren Namen.«

Erneut betrachtete sie wie prüfend sein Gesicht. »Mein Name ist Alexandrie Sauvage. Ich lebe allein, nur mit einer Dienerin. Aber Karmele ist eine gute Frau, und sicher ist sie besorgt, dass mir etwas zugestoßen ist.«

»Ich werde sie wissen lassen, dass Sie in Sicherheit sind.«

Sie gab ihm die Adresse ihrer Wohnung am Golden Square. Dann schwieg sie, und ihre Lider schlossen sich halb. Aber sie war immer noch wach, sogar angespannt. Und Gibson hatte den Verdacht, dass ihre Gedanken zu dem Mann zurückgekehrt waren, dessen Leichnam in dem Nebengebäude am Ende des Gartens lag.

Er fragte: »Können Sie sich erinnern, weshalb Sie gestern Abend in Cat's Hole waren?«

Sie konzentrierte sich wieder auf sein Gesicht. »Gewiss; Damion hatte zugestimmt, mit mir zusammen das Kind zu besuchen.«

»Kind? Welches Kind?«

»Es gibt eine französische Frau – Madame Claire Bisette –, die am Hangman's Court wohnt. Ihr kleines Mädchen, Cécile, ist schlimm krank.«

»Und hat Pelletan sie besucht?«

»Ja. Aber er war so beunruhigt wie ich über den Zustand des Mädchens. Ich fürchte, sie stirbt.« Sie bewegte ruhelos den Kopf auf dem Kissen. »Ich habe versprochen, dass ich sie heute Morgen wieder besuchen würde. Ich ...«

Gibson legte ihr die Hand auf die Schulter, um sie zu beruhigen. »Setzen Sie sich nicht unter Druck. Ich werde sie besuchen, wenn Sie wollen.«

Ihre Haut war weich und warm unter seiner Hand. Sie sah zu ihm auf. »Sie hat kein Geld, um Sie zu bezahlen.«

Er schüttelte den Kopf. »Das ist nicht schlimm. Sagen Sie mir nur ...«

Er unterbrach sich, und ihre Blicke begegneten sich. In ihren Augen glomm neue Furcht auf, als in der Straße draußen Stimmen laut wurden und eine schwere Faust an die Haustür schlug.

Kapitel 6

Neben ausgedehnten ländlichen Anwesen besaß Charles Lord Jarvis ein großes Stadthaus am Berkeley Square, das er mit seiner kränklichen Frau und seiner alten Mutter teilte. Da seine Zuneigung zur Ersteren nur seiner Abneigung gegen Letztere gleichkam, verbrachte er so wenig Zeit wie möglich zu Hause. Wenn er in London war, konnte man ihn für gewöhnlich entweder in seinen Klubs oder in den Räumen antreffen, die vom Prinzregenten für ihn hier, in Carlton House, vorgehalten wurden.

Dreißig Jahre lang diente er schon dem Hause Hannover und widmete seinen erstaunlichen Intellekt sowie seine untrüglichen Talente dem Schutz und Aufstieg seines Vaterlandes und seiner Monarchie. Als die wahre Macht hinter der fragilen Regentschaft des Prinzen hatte er Britannien sicher durch Jahrzehnte des Kriegs und die Gefahren sozialen Aufruhrs geführt, der das Land allzu leicht hätte zerstören können.

Nun stand er am Fenster, das die Pall Mall überblickte, und schien seine Aufmerksamkeit zwischen dem Vorplatz unten und dem schmächtigen, sommersprossigen Schotten, der mit dem Rücken zum Kamin stand, aufzuteilen. Dieser hatte die Schöße seines hervorragend geschneiderten Mantels hoch und zur Seite gehoben, um sich besser den verlängerten Rücken wärmen zu können.

Angus Kilmartin hatte ein kleines, knochiges Gesicht mit ausgeprägten Zügen, die zu groß wirkten. Das wirre kupferfarbene Haar, das seinen Kopf wie ein Heiligenschein umgab, verlieh ihm ein fast komisch anmutendes Aussehen. Aber im Falle dieses Schotten war das Äußere eindeutig irreführend. Kilmartin war gerissen, korrupt und im höchsten Grade amoralisch. Durch Investitionen in sorgfältig ausgewählte, Kriegsgerät herstellende Unternehmen war er innerhalb von zwanzig Jahren zu einem der wohlhabendsten Männer ganz Englands geworden.

»Die Frage lautet«, sagte Kilmartin, »ob sein Tod irgendeine Bedeutung hat.«

Jarvis nahm seine Tabakdose und ließ mit einer geschickten Fingerbewegung den filigranen, emaillierten Deckel aufschnappen. »Für irgendjemanden hat er zweifellos eine Bedeutung. Ob er uns betrifft oder nicht, bleibt abzuwarten.«

»Ist das so?«

Die Ruhe im Raum war plötzlich gefährlich aufgeladen. »Stellen Sie mein Urteilsvermögen oder meine Aufrichtigkeit in Frage?«, fragte Jarvis täuschend ruhig.

Auf den Wangen seines Gesprächspartners erschienen zwei rote Flecke. »Ich ... Ihr versteht doch sicherlich meine Besorgnis?«

»Ihre Besorgnis ist nicht nötig.« Jarvis hob eine Prise Schnupftabak an die Nase und schnupfte. »Gab es sonst noch etwas?«

Kilmartin umklammerte die Hutkrempe, die er in Händen hielt, fester. »Nein. Guten Tag, Sir.«

Er vollführte eine wohlberechnete Verbeugung, dann drehte er sich auf dem Absatz um und ging hinaus.

Jarvis stand noch immer am Fenster, die Schnupftabakdose in der Hand, da hörte er einen seltsamen, erstickten Laut von seinem Angestellten im Vorraum, und einen Augenblick darauf schritt auch schon Viscount Devlin herein, ohne sich die Mühe zu machen, vorher anzuklopfen.

»Tretet ein«, sagte Jarvis trocken.

Auf den Lippen des jüngeren Mannes erschien ein knappes Lächeln. »Danke.«

Er war inzwischen dreißig Jahre alt, groß und schlank, mit einer leicht bedrohlichen Körperhaltung, die an seine Zeit als Kavallerieoffizier erinnerte. Vor zwei Jahren hatte Jarvis versucht, ihn ermorden zu lassen. Jarvis hatte seinerzeit kaum begriffen, wie sehr er dieses seltene Misslingen noch bedauern würde.

Er schob die Tabakdose in seine Manteltasche und runzelte die Stirn. »Wie geht es meiner Tochter?«

»Ihr geht es gut.«

Jarvis grunzte. Seine Frau Annabelle hatte in den Jahren ihrer Ehe zahlreiche Fehlgeburten gehabt, doch ihr bei Weitem größtes Versagen bestand darin, dass sie nicht fähig gewesen war, Jarvis einen gesunden, männlichen Erben zu schenken. Trotz unzähliger Fehl- und Totgeburten hatte sie ihm nur zwei Kinder zu geben vermocht: einen enttäuschend kränklichen und idealistischen Sohn namens David, der am Meeresgrund sein nasses Grab gefunden hatte, und Hero.

Hero, eine große, starke und hochintelligente Person, war genau die Art Kind, die Jarvis hätte Freude bringen können – wäre sie doch nur als Junge geboren worden. Als Tochter hingegen war sie alles andere als zufriedenstellend. Mit einem starken Willen ausgestattet, reuelos auf Bücher fixiert und gefährlich radikal in ihrem Gedankengut, hatte sie in sehr jungem Alter der Ehe abgeschworen und sich einer Reihe haarsträubender Projekte gewidmet – nur, um sich zu guter Letzt von diesem Dreckskerl schwängern zu lassen. Jarvis hatte nie ganz begriffen, was geschehen war, aber ungewöhnlicherweise verspürte er auch nicht den Wunsch, mehr darüber zu wissen.

Jetzt maßen sich die beiden Männer über den Raum hinweg, und in der Luft knisterte es geradezu von ihrer gegenseitigen Abneigung.

Devlin fragte: »Was könnt Ihr mir über Harmond Vaundreuil sagen? Und versucht gar nicht erst, so zu tun, als ob Ihr ihn nicht kenntet. Ich habe Euch zusammen gesehen.«

Jarvis ging zum Stuhl im Louis-XIV-Stil hinter seinem Schreibtisch und setzte sich bequem hin. Er streckte die Beine aus und schlug die Füße übereinander, faltete die Hände über seinem recht fülligen Bauch und stieß einen übertriebenen Seufzer aus. »Ihr habt Euch also in die Ermittlungen zum Tod dieses jungen französischen Arztes eingemischt? Wie war noch sein Name?«

»Damion Pelletan.«

»Mhm. Als ich hörte, dass ein gewisser irischer Wundarzt so tollpatschig war, auf den Leichnam zu stoßen, war mir sogleich klar, dass Ihr Euch dazu geneigt fühlen würdet, Euch einzumischen.«

»Was hat Vaundreuil mit Euch zu tun?«

»Nichts, das Euch etwas anginge.«

»Der Mord an Damion Pelletan macht es zu einer Sache, die mich etwas angeht.«

Jarvis hatte ein unerwartet gewinnendes Lächeln in petto, das er seit Langem benutzte, um die Unachtsamen zu beschwatzen oder zu verführen. Das setzte er jetzt auf, obgleich er wusste, dass Devlin weder zu beschwatzen noch zu verführen oder unachtsam war. »Glücklicherweise wurde Damion Pelletans Mordfall aus den Händen der stümperhaften Beamten des East Ends genommen und der Bow Street zugewiesen. Damit meine ich: dem leitenden Untersuchungsrichter Sir James, nicht Eurem guten Freund Sir Henry Lovejoy. Ihr seht also, es besteht wirklich keinerlei Anlass, Euch damit zu befassen.«

Devlin seinerseits lächelte missfällig. »Ihr seid wohl beunruhigt?«

»Wohl kaum. Sir James versteht, wie delikat die Situation ist.«

»Tut er das?«

»Sagen wir, er versteht zumindest genug, um zu wissen, was getan werden muss.«

»Und das wäre?«

»Es wird keine Leichenschau geben. Der Leichnam wurde bereits aus Gibsons Praxis entfernt und Vaundreuil zwecks Verbrennung überstellt.«

»Und das soll es dann gewesen sein?«

»Ich schlage vor, Ihr lest die Zeitungen. Dr Pelletan ist von Straßenräubern brutal überfallen worden. Der Prinzregent hat seinem Entsetzen über die anwachsende Unverfrorenheit der kriminellen Klasse in London Ausdruck verliehen, und in Kürze wird eine Initiative in Angriff genommen, die die Schurken von den Straßen fegen wird. Diejenigen, die gewöhnlich zu den Hinrichtungen am Galgen von Newgate gehen, können in den nächsten Monaten zahlreichen Gelegenheiten entgegenblicken.«

Devlin verengte die Augen. Er hatte die ungewöhnlichsten Augen, die Jarvis je gesehen hatte – so gelbgolden wie die eines Tigers, und mit einem unnatürlichen, fast tierhaften Glitzern. Aus einem Grund, den Jarvis nicht hätte benennen können, hoffte er plötzlich, dass sein zukünftiger Enkel – oder seine Enkelin – nicht die gelben Augen dieses Mannes erben würde. Und im Stillen verfluchte er Hero erneut dafür, dass sie ihr nobles Blut mit dem dieses Bastards gemischt hatte.

Devlin sagte: »Harmond Vaundreuil muss wichtig sein.«

»Er selbst? Nein. Aber das, wofür er steht, ist tatsächlich sehr wichtig. Viel wichtiger als der Tod irgendeines Arztes. Wenn Ihr Euer Land liebt, Devlin, hört Ihr in dieser Sache auf mich und lasst es auf sich beruhen.«

»Oh, ich liebe mein Land sehr wohl«, sagte Devlin. »Aber ich habe herausgefunden, dass meine Vision für England und die Eure sich oft sehr stark unterscheiden.« Er drehte sich zur Tür um. »Ich sage Hero, dass Ihr Euch nach ihrem Wohlergehen erkundigt habt.«

Jarvis stand abrupt auf. »Ich meine es ernst. Mischt Euch nicht in diese Angelegenheit ein.«

»Warum nicht?« Devlin blieb stehen und sah zu ihm zurück. »Was, fürchtet Ihr, könnte ich herausfinden?«

Aber Jarvis schüttelte nur den Kopf. Missbilligend rümpfte er die Nase.

Kapitel 7

Sir Henry, ein kleiner Mann mittleren Alters mit kahlem Kopf, einer ungewöhnlich hellen Stimme und stets ernsthaftem Gebaren, war von den drei Richtern auf Lebenszeit in der Bow Street der zuletzt ernannte. Wie Sebastian gehört hatte, war er einst ein Kaufmann von moderatem Wohlstand gewesen, bis der Tod seiner Gattin und seiner Tochter ihn dazu getrieben hatte, sein Leben einer völlig anderen Sache zu widmen. Doch er sprach selten von jenen Jahren, der verlorenen Familie oder der strengen, etwas umstrittenen Religion, die sein Leben bestimmte. In vielerlei Hinsicht hätten die beiden Männer kaum unterschiedlicher sein können. Aber Sebastian kannte niemanden, dessen Ehrlichkeit und Integrität er mehr vertraut hätte.

»Die Bow Street-Behörde hat von Carlton House strikte Anweisung erhalten, die Gäste des *Gifford Arms* unter keinen Umständen zu behelligen«, sagte Sir Henry, als die beiden Männer die Terrasse am Somerset Place entlanggingen, die zur Themse wies. Ein kühler Wind ließ auf dem aufgewühlten, grauen Wasser weiße Schaumkrönchen entstehen und die Flut gegen die Ufereinfassung branden. »Sir James besteht darauf, dass die Wünsche des Palastes befolgt werden. Es wird keine Ermittlungen im Falle von Damion Pelletans Tod geben – weder offiziell noch inoffiziell.«

Sebastian sah dem Magistraten in die Augen. »Haben Sie vorher schon einmal von einem Mord in London gehört, bei dem man dem Opfer das Herz herausgeschnitten hat?«

Lovejoy presste die Lippen zu einem geraden, dünnen Strich zusammen. »Nein. Und das ist an diesem Mord das Beunruhigendste, nicht wahr? Zumindest wurde über dieses grässliche Detail nicht in den Zeitungen berichtet. Es könnte zu gefährlicher Panik auf den Straßen führen, wenn es bekannt würde.«

»Dann wollen wir hoffen, dass es nicht wieder passiert.«

»Um Himmels willen.« Sir Henry drückte sich das Taschentuch an die Lippen. »Haltet Ihr das für möglich?«

»Das weiß ich ehrlich nicht.« Sebastian blickte über den Fluss bis zu der gezackten, neuen Brücke, die sich scharf vor den schweren, grauen Wolken abzeichnete. »Was wissen Sie über die anderen Bewohner des *Gifford Arms*, insbesondere über Colonel Foucher und den Verwalter Bondurant?«

»Offen gesagt nichts. Ich könnte einen meiner Constables bitten, sie zu überprüfen. Ich glaube nicht, dass der Palast sich dazu geäußert hat, diskrete Erkundigungen *über* die Gäste des Hotels einzuziehen.«

Sebastian senkte den Kopf, um ein Lächeln zu verbergen.

Der Magistrat sagte: »Und die Frau, die Paul Gibson, wie ich hörte, am Tatort gefunden hat – lebt sie noch?«

»Nach meinem Wissen ja. Ich bin gerade auf dem Weg zum Tower Hill.«

Sir Henry schob die Hände tiefer in die Taschen und zog die Schultern gegen den bitteren Wind nach vorn.

»Vielleicht wird sich einiges von dem Mysterium, das die Geschehnisse umgibt, aufklären, wenn – falls – sie wieder zu Bewusstsein kommt.«

***

Bei Sebastians Eintreffen in Tower Hill saß Paul Gibson an seinem Küchentisch und aß kalte Scheiben Hammelfleisch mit gekochtem Kohl.

Wie Gibsons Praxis lag auch sein Haus an der alten Kopfsteinpflasterstraße, die sich auf der Rückseite des Towers entlang wand. Die Mauern waren dick, die schweren Balkendecken niedrig und die Fußböden uneben. In Gibsons Diensten stand eine Haushälterin namens Mrs Federico, die allerdings, soweit Sebastian es erkennen konnte, kaum mehr tat, als für Gibson zu kochen und seine Küche zu putzen. Sie weigerte sich, einen der Räume zu betreten, in denen er seine »Proben« aufbewahrte. Da der Chirurg im ganzen Haus verteilt alkoholgefüllte Gläser mit allerlei Körperteilen und anderen Kuriositäten herumstehen hatte, beschränkten ihre Vorbehalte sie auf den Flur und die Küche.

In diesem Augenblick war sie aber nirgends zu sehen.

»Tja, Pech gehabt«, sagte Gibson, während sich Sebastian aus dem Krug auf dem Tisch ein Ale einschenkte und sich ihm gegenüber auf die Bank setzte. »Ein paar Wachtmeister der Bow Street sind gekommen und haben Pelletans Leiche abtransportiert.«

»Ich habe es gehört. Hast du ihn überhaupt untersuchen können?«

Gibson schüttelte den Kopf, dann hielt er inne und schluckte den Kohl hinunter, den er im Mund hatte.

»Leider nicht, auch wenn ich herausgefunden habe, wie er gestorben ist.«

»Ach?«

»Er wurde mit einem Dolch von jemandem in den Rücken gestoßen, der entweder genau wusste, was er tat, oder unverschämtes Glück hatte. Er muss das Herz durchstoßen haben.«

»Also war er tot, bevor der Mörder seine Brust geöffnet hat?«

»Ja.«

»Na Gott sei Dank, wenigstens das.« Sebastian trank einen tiefen Zug. »Weißt du, womit der Mörder das Herz herausgelöst hat?«

»Wahrscheinlich mit einem langen Küchenmesser. Oder einem Schlachtermesser.«

»Interessant.«

Gibson, der sich ein Stück Fleisch abschnitt, sah auf. »Weshalb?«

»Ein Dolch *und* ein Küchenmesser. Denk mal drüber nach: Wer führt zwei Messer für einen Mord mit sich?«

Gibson kaute nachdenklich. »Jemand, der weiß, wie man mit einem Dolch tötet, und dass man ein größeres Messer braucht, um jemandem das Herz herauszuschneiden?«

»Exakt.«

»Mit anderen Worten: Unser Mörder hat geplant, Pelletans Herz zu stehlen.«

Sebastian nickte.

»Hölle nochmal«, sagte Gibson leise. »Aber warum denn nur?«

»Das kann ich mir nicht einmal im Ansatz vorstellen.«

Gibson griff nach dem Krug und schenkte ihnen beiden Ale nach. »Warst du in Cat's Hole?«

»Ja.« Er berichtete knapp, was er dort herausgefunden hatte.

»Du hast dort nicht zufällig Pelletans Herz gefunden, oder?«

»Nein. Aber in dem Durchgang war ein Schwein zugange, als ich ankam.«

Gibson zog eine Grimasse. »Das ist Pech.« Schweine waren dafür bekannt, dass sie einfach alles fraßen, auch menschliche Körperteile.

»Und du hast das Herz letzte Nacht auch nicht gesehen?«

»Nein. Aber ich habe auch nicht deine Nachtsicht. Außerdem war ich ein kleines bisschen mit anderen Sachen beschäftigt.«

»Wie geht es deiner Patientin?«

»Sie war heute Morgen lang genug wach, um mir zu verraten, dass ihr Name Alexandrie Sauvage ist und sie in einer Wohnung am Golden Square wohnt. Ich habe ihrer Dienerin eine Nachricht schicken lassen, dass ihre Herrin lebt, aber verletzt ist.«

»Kann ich mit ihr sprechen?«

Gibson schüttelte den Kopf. »Sie war unruhig und hatte Schmerzen, deshalb habe ich ihr ein paar Tropfen Laudanum verabreicht, damit sie wieder schlafen kann. Es besteht immer noch die Gefahr einer Hirnblutung, deshalb muss sie möglichst ruhiggestellt bleiben.«

»Glaubst du, sie überlebt das?«

Gibson sah beunruhigt drein. »Ich weiß es nicht. Es ist noch zu früh.«

Sebastian veränderte seine Haltung, um die Beine ausstrecken und die Füße übereinanderschlagen zu können. »Ich habe eine interessante Unterhaltung mit einem gewissen Mitt Peebles im *Gifford Arms* in der York Street geführt. Wie es scheint, hat Damion Pelletan vor drei Wochen mit einer kleinen Gruppe Franzosen das ganze Hotel gebucht. Dann haben sie den größten Teil der Hotelangestellten weggeschickt und durch eigene Bedienstete ersetzt – *französische* Bedienstete.«

»Weshalb das denn?«

»Wahrscheinlich, weil sie sich um Spione sorgen. Ich kann mich auch täuschen, aber ich vermute, dass Pelletan als Teil einer offiziellen Delegation hier war, die Napoleon geschickt hat, um die Möglichkeit eines Friedens mit England zu verhandeln.«

Gibson sah ihn ausdruckslos an. »*Was?*«

»Ich habe Monsieur Harmond Vaundreuil wiedererkannt, der nach deinen Worten Pelletans Leichnam identifiziert hat. Ich kannte seinen Namen nicht, habe ihn aber vorher schon einmal gesehen. Mit Jarvis.«

»Aber ... Frieden? Ist das möglich?«

»Vor sechs Monaten hätte ich noch Nein gesagt. Aber in Russland hat Napoleon gerade erst eine halbe Million Männer verloren und wäre beinahe selbst ums Leben gekommen. Die Preußen und Österreicher wenden sich gegen ihn, und es gibt Gerüchte über Verschwörungen in Paris. Es überrascht mich nicht, dass er angeblich eine kleine Delegation nach London ausgeschickt haben soll, um in aller Stille die Fühler nach Frieden auszustrecken.«

»Und Alexandrie Sauvage?«

»Ich habe keinen Schimmer, wie sie da hinein passt. Aber letzte Nacht sind eine französische Frau und ihr Begleiter zum Hotel gekommen und haben nach Pelletan gefragt. Kurz darauf hat er das Hotel verlassen.«

»Meinst du, Alexandrie Sauvage war diese Frau?«

»Das ergibt Sinn, oder nicht?«

»Wer war dann ihr Begleiter?«

»Das weiß ich nicht.«

Gibson schob den Teller zurück. »Als sie aufwachte, hat sie mir erzählt, sie waren in St Katharine's.«

»Ach?«

»Sie hat gesagt, Pelletan hätte zugestimmt, sie zu einem kranken Kind zu begleiten, das in Hangman's Court wohnt. Sie und Pelletan waren auf dem Rückweg von ihrem Besuch bei dem kleinen Mädchen, als sie angegriffen wurden.« Gibson stand vom Tisch auf. »Ich habe ihr versprochen, heute Nachmittag hinzugehen und nach dem Kind zu schauen. Die Mutter ist eine arme Witwe.« Er sah Sebastian an. »Möchtest du mitkommen?«

Kapitel 8

»Was hat das Kind?«, fragte Sebastian, als sie durch die dunklen, gewundenen Straßen und Gassen von St Katharine's gingen. Die Sonne stand als weit entfernter goldener Ball am kaltblauen Himmel und spendete mit ihrem fahlen Licht keine Wärme. Auf dem Dreck und Dung unter ihren Füßen knisterten Eiskristalle, und die Lippen der schmutzstarrenden, zerlumpten Kinder, die in der Straßenrinne spielten, waren blau vor Kälte.

»Es ist ein dreijähriges Mädchen. Angeblich war sie bis vor Kurzem noch gesund. Vor ein paar Wochen hatte sie einen Schnupfen und leicht erhöhte Temperatur, schien es aber überstanden zu haben. Dann konnte sie plötzlich die Beine nicht mehr bewegen. Sie wird immer schwächer, und die Schwäche steigt in ihrem Körper aufwärts, zuerst in den Rücken, dann in die Arme. Letzte Nacht konnte sie nicht mehr richtig atmen. Es klingt so, als hätte etwas die Muskeln in ihrem Körper befallen, und jetzt hat es sich auf den Brustkorb ausgedehnt.«

»Das klingt … angsteinflößend.«

Gibson warf ihm einen Seitenblick zu. »Für ein Elternteil muss es entsetzlich sein, ja.«

Schweigend gingen sie weiter. Sie waren in einem der ärmsten Viertel Londons, in dessen Straßen niedrige, verwahrloste Hütten aus verfallendem Holz standen, und dessen schäbige Läden an die Docks in der Nähe grenzten. Der verrufene Platz, der als Hangman's Court bekannt war, lag in der Nähe der Ruine der mittelalterlichen Kirche. Eine alte Frau, die Bratkartoffeln von einer rostigen Karre verkaufte, schickte sie zur windschiefen Tür am Ende eines dunklen, übelriechenden Korridors. Dahinter hörten sie eine Frau weinen.

Gibson klopfte leise, fast entschuldigend an.

Die Schluchzer hörten abrupt auf.

»Madame Bisette?«, rief er. »Alexandrie Sauvage hat mich gebeten vorbeizuschauen. Ich bin Arzt.«

Sie hörten das Geräusch von Stoff, dann wurde ein Riegel zurückgezogen.

Eine Frau zog die Tür auf. Sie war vielleicht Mitte bis Ende dreißig, wobei das nicht mit Sicherheit zu sagen war. Ihr Gesicht war tränenüberströmt, die Augen rotgeschwollen, und ihre Lippen zitterten. Sie war spindeldürr und trug ein grobes, schwarzes und altmodisches Kleid, das ziemlich sauber, aber völlig fadenscheinig war. In dem kleinen Zimmer war es eiskalt, und es war leer bis auf eine Pritsche in der Ecke, auf der eine seltsam stille Gestalt lag.

»Madame Bisette?«, fragte Gibson mit dem Hut in den Händen.

»Oui.«

Er blickte das Kind auf der Pritsche an. »Wie geht es ihr?«

Die Frau begann wieder zu weinen.

Sebastian ging zu der Pritsche, sah auf das tote Kind hinunter und schüttelte den Kopf.

»Mein Beileid«, sagte Gibson.

»Meine Cécile«, heulte die Frau, umschlang sich mit den Armen und beugte sich im Schmerz ihrer Trauer vor. »Sie war alles, was mir noch geblieben war. Was soll ich denn jetzt bloß tun?«

»Bitte entschuldigen Sie, dass wir Sie in einer solchen Zeit belästigen«, sagte Sebastian, drückte ihr mehrere Münzen in die Hand und schloss ihre Finger darum.

Die Frau sah dumpf auf die Münzen in ihrer Hand hinunter, dann hob sie den Blick und sah ihn an. Ihr Englisch hatte nur einen schwachen Akzent, sie sprach kultiviert und gebildet. Sie lebte in extremer Armut, war aber offensichtlich nicht in sie hineingeboren worden. Sie sagte: »Warum sind Sie hier? Wo ist Alexi?«

Es überraschte ihn, dass sie eine Kurzform für Alexandrie Sauvages Vornamen benutzte, denn das wies auf eine Intimität zwischen den beiden Frauen hin, die er nicht erwartet hatte. Sebastian sagte: »Madame Sauvage und Dr Pelletan sind letzte Nacht in Cat's Hole angegriffen worden, nachdem sie hier weggegangen sind. Dr Pelletan ist ermordet worden.«

Madame Bisette sog scharf den Atem ein. »Und Alexi?«

»Sie ist schlimm verwundet worden«, sagte Gibson, »aber ich hoffe, dass sie sich wieder erholen wird.« Er zögerte, dann fuhr er fort: »Wissen Sie, warum jemand Dr Pelletan umbringen wollen könnte?«

Die Frau schüttelte den Kopf. »Ich habe Damion Pelletan nicht gekannt. Die *Doctoresse* hat ihn gebeten, nach Cécile zu schauen.«

Sebastian und Gibson wechselten einen Blick. Sebastian fragte: »Alexandrie Sauvage ist Ärztin?«

»Ja, das ist sie. Sie hat in Bologna studiert.« In Frankreich und England waren medizinische Fakultäten für Frauen nicht zugänglich. Aber in Italien gab es eine Tradition weiblicher Ärzte, die bis ins Mittelalter zurückreichte.

»Wie lang ist sie schon in London?«, fragte Sebastian.

»Ein Jahr, vielleicht auch länger. Als Frau darf sie hier natürlich nicht als Ärztin praktizieren, sondern höchstens als Hebamme. Aber sie ist eine gute Frau. Sie tut, was sie kann, um den Leuten der französischen Gemeinde zu helfen.«

Sebastian sah erneut zu Gibson. »Ich frage mich, wie sie Pelletan kennengelernt hat«, sagte er leise.

Die Mutter des toten Kindes begann wieder zu weinen, zog ihren schäbigen Schal um sich und wiegte sich vor und zurück.

Sebastian streckte unbeholfen die Hand aus, um ihre dünne Schulter zu berühren. »Nochmals, Madame, unser herzliches Beileid für Ihren Verlust, und bitte entschuldigen Sie, dass wir Sie in einer solchen Zeit gestört haben.«

Sie schniefte und drückte den Rücken mit dem letzten Rest von Stolz durch, der längst verschwunden war. »*Merci, Monsieur*«, sagte sie und streckte ihm die Münzen entgegen. »Aber ich kann Ihre Spende nicht annehmen.«

Er machte keine Anstalten, das Geld zu nehmen. »Das ist nicht von mir. Die *Doctoresse* hat mich gebeten, es Ihnen zu geben.«

Er sah daran, wie sie Augen zusammenkniff, dass sie seine Lüge entlarvte. Aber sie war offenbar verzweifelt genug, die Lüge zu akzeptieren, denn sie schluckte mühsam und nickte. Als sie »Merci«, sagte, glitt ihr Blick zur Seite.

Sie gingen durch den feuchten, übelriechenden Flur zurück, da hörten sie, wie die Tür hinter ihnen wieder aufgerissen wurde.

Mit ihrem Ruf »*Messieurs*« hielt sie sie auf. »Sie haben nach Damion Pelletan gefragt?«

Sie drehten sich zu ihr um. »Ja. Warum?«

Sie rieb sich mit dem schmalen Handrücken über die nassen Wangen. »Als er und die *Doctoresse* gestern Abend hier waren, wegen Cécile, habe ich sie sprechen hören. Ich habe nicht darauf geachtet, worüber sie gesprochen haben, aber ein Name, der mehrmals genannt worden ist, ist mir aufgefallen.«

»Was für ein Name war das?«

»Marie Thérèse, Duchesse D'Angoulême.«

Gibson sah sie an. »Meinen Sie die Tochter von Marie Antoinette und König Louis XVI, dem König Frankreichs?«

»Ja.«

Sebastian fragte: »Und was ist mit Marie Thérèse?«

Die Frau schüttelte den Kopf. »Das meiste, was geredet wurde, habe ich nicht gehört, ich habe mich ganz auf Cécile konzentriert. Aber ich glaube, es ging um ein Treffen zwischen Damion Pelletan und der Prinzessin. Und dieses Treffen hat Alexandrie Sauvage beunruhigt.«

Kapitel 9

»Was weißt du über Marie Thérèse?«, fragte Sebastian seinen Freund Gibson, als sie über die St Katharine's Lane in Richtung der düster dräuenden mittelalterlichen Kirchenruine der Gemeinde gingen.

Gibson runzelte die Stirn. »Nicht viel. Ich weiß, dass sie mit ihren Eltern während der Französischen Revolution in den Temple geworfen wurde und dort weiter inhaftiert blieb, nachdem der König und Marie Antoinette zum Tod durch die Guillotine verurteilt wurden. Aber das ist es auch schon. Ihr Bruder ist dort gestorben, nicht?«

»So heißt es. Aber aus irgendeinem Grund habe ich nie ganz begriffen, wieso die Revolutionsgarden Marie Thérèse am Leben ließen. Im Alter von siebzehn Jahren haben sie sie im Austausch gegen französische Kriegsgefangene den Österreichern übergeben.«

»Und jetzt ist sie hier in England?«

Sebastian nickte. »Fast die ganze königliche Familie aus Frankreich ist hier – oder jedenfalls, wer von ihnen noch lebt. Louis' XVI jüngster Bruder, Artois, besitzt ein Haus in der South Audley Street. Der Rest lebt aber auf einem kleinen Anwesen draußen in Buckinghamshire.«

»Wie ist noch mal der Name des älteren Bruders – desjenigen, der so schwer ist, dass er kaum gehen kann?«

»Das ist Provence.«

Obgleich sie von der Blutlinie her Prinzen waren, kannte man die beiden überlebenden Brüder von Louis XVI allgemein unter den Titeln, die ihnen bei der Geburt verliehen worden waren, Comte de Provence und Comte d'Artois. Beide waren während der Revolution früh aus Frankreich geflohen; aber ob man ihre Flucht als feige oder kluge Entscheidung beurteilte, hing von der politischen Einstellung des Betrachters ab.

Als Frau war Marie Thérèse durch das französische Gesetz von der Erbfolge der Krone ihres Vaters ausgeschlossen. Aber nach ihrer Entlassung aus dem Gefängnis hatte sie ihren Vetter ersten Grades, den Duc d'Angoulême geheiratet, der in der Erbfolge der französischen Krone nach seinem kinderlosen Onkel und seinem Vater an dritter Stelle stand. Also würde Marie Thérèse als Gattin von Angoulême eines Tages Königin von Frankreich werden – sofern die Monarchie wieder eingesetzt wurde.

Der ernste und schwerfällige Angoulême war nicht annähernd so klug wie seine Gattin. Zuletzt hatte Sebastian gehört, der junge französische Prinz wäre mit Wellington in Spanien, während Artois mit seiner letzten Mätresse in Edinburgh weilte. Aber es hielten sich noch genügend Bourbonen mitsamt ihrem Anhang in und um London auf, um Missfallen zu erregen.

»Und wie ist die Prinzessin so?«, fragte Gibson.

»Sehr fromm, wie ihr Vater Louis XVI, und arrogant und stolz wie ihre Mutter Marie Antoinette. Und auch etwas geistesgestört dank ihren Erfahrungen während der Revolution. Sie widmet ihr Leben der Wiedereinsetzung der Bourbonen und der Bestrafung derjenigen, die sie für verantwortlich am Tod ihrer Familie hält. Ich habe gehört, sie wäre überzeugt, es sei Gottes Wille, dass die Bourbonen eines Tages in Frankreich wieder herrschen sollen.«

»Und die Revolution und Napoleon sind was genau? Nur ein unangenehmes Zwischenspiel?«

»Etwas in der Art.«

Sie hielten vor der Kirche St Katharine's an. Sebastian legte den Kopf in den Nacken und ließ den Blick über die hoch aufragenden Strebepfeiler und die hell getönten Glasfenster des Westschiffs schweifen. Die Zeit und wechselhafte Politik waren nicht freundlich mit dem graziösen, alten Gemäuer umgegangen. Das Dachgebälk hing durch, an der Fassade wuchsen Moos- und Graspolster auf den bröckelnden Steinen, und dort, wo in besseren Tagen die Gesichter von Heiligen auf das gemeine Volk herabgelächelt hatten, waren schwarze Löcher. In früheren Zeiten war dies die Kapelle einer religiösen Gemeinschaft gewesen, die die Königinnen Englands gegründet und geleitet hatten. Dann waren die Reformation, der Bürgerkrieg, die Revolution und schließlich die Vernachlässigung gekommen.

»Was?«, fragte Gibson, der ihn beobachtete.

»Ich habe gerade über Revolutionen und Königinnen nachgedacht.«

Gibson schüttelte verständnislos den Kopf.

»Wenn England jetzt mit Frankreich Frieden schließen würde, dann bliebe Napoleon Kaiser. Ich kann mir nicht vorstellen, wie das für die Tochter von Louis XVI gut ausgehen könnte. Sie will Rache an den Männern, die ihre Mutter und ihren Vater getötet haben, und sie hat den Ehrgeiz, eines Tages selbst Königin von Frankreich zu werden.«

»Also wieso zur Hölle hat sie sich dann mit einem Mann getroffen, der einer Friedensdelegation angehörte?«

»Eigenartig, nicht wahr?« Sebastian wandte sich von der alten, rußgeschwärzten Kirche ab. »Ich glaube, ich spreche einmal mit der Dienerin von Madame Sauvage. Wo wohnt sie nochmal? Am Golden Square?«

Gibson nickte. »Du kannst ihr ausrichten, dass es ihrer Herrin den Umständen entsprechend gut geht.«

»Wann ist sie außer Gefahr?«

Gibson sah über die Grabsteine des Friedhofs neben ihnen hinweg. »Wenn ich es doch nur wüsste«, sagte er mit ausdruckslosem, erschöpftem Gesicht. »Wenn ich es doch nur wüsste.«

***

Golden Square, der einige Ecken östlich der Bond Street lag, war nie ein sehr beliebter Ort gewesen. Zum Ende der Herrscherzeit der Stuarts gebaut, ähnelten die sehr unterschiedlichen Fronten und Dächer eher Pariser Hotels des achtzehnten Jahrhunderts oder den dekorativen Giebeln von Amsterdam als Londoner Stadthäusern. Einst waren ausländische Botschafter und Künstler hier zu Hause gewesen. Aber schon seit Langem wirkte die Gegend düster und bedrückend, und viele der Backstein- und stuckverzierten Häuser des siebzehnten Jahrhunderts waren in Wohnungen unterteilt worden.

Sebastian unterhielt sich zunächst mit Verkäufern und Ladenbesitzern um den Platz herum, darunter ein Butler, ein Apotheker und eine untersetzte Frau mittleren Alters mit einem aufgesetzten Lächeln, die von einem Marktstand Aalpastete verkaufte. Madame Sauvage schien in der Nachbarschaft beliebt zu sein, auch wenn niemand viel über sie wusste.

»Sie ist ein stilles Wasser«, sagte die Aalverkäuferin und zwinkerte Sebastian zu. »Immer freundlich, aber sie ist sehr verschlossen.«

Die Wohnung der Französin lag im Dachgeschoss eines vierstöckigen Hauses mit Giebelfront an der Ecke Upper James Street. Auf Sebastians Klopfen öffnete eine füllige Frau mit eisengrauem Haar und einer Knollennase, die ihn misstrauisch beäugte und den Blick mit offensichtlicher Missbilligung über ihn wandern ließ.

»Madame Sauvage ist nicht da«, sagte sie mit dem für die Baskenregion in Frankreich typischen, starken Akzent und schickte sich an, die Tür zu schließen.

Sebastian unterband es, indem er den Unterarm an den Türrahmen lehnte, dann milderte er das aggressive Verhalten mit einem Lächeln ab. »Das weiß ich. Mein Freund Paul Gibson kümmert sich in seiner Praxis um sie.«

Die Frau zögerte, in ihr kämpfte offensichtlich ihre instinktive Achtsamkeit gegen ihren Wunsch, Informationen über ihre Herrin zu erhalten. Die Sorge um ihre Herrin gewann die Oberhand. »Wissen Sie, wie es ihr geht?«

»Der Arzt ist hoffnungsvoll, was ihre Genesung angeht, obschon sie noch nicht außer Gefahr ist.«

Die Lippen der Frau öffneten sich in einem scharfen Aufatmen, als hätte sie die Luft angehalten. »Warum ist sie nicht hierher gebracht worden, damit ich mich um sie kümmern kann?«

»Ich zweifle nicht, dass Sie dazu mehr als fähig sind«, sagte Sebastian. »Unglücklicherweise ist sie noch nicht transportfähig.«

Die Frau überkreuzte unter ihrem massiven Busen die Arme. »Dann sagen Sie diesem Arzt, dass sie nach Hause zu Karmele geschickt werden muss, sobald es ihr gut genug geht.«

Sebastian sagte: »Stehen Sie schon lang in den Diensten der *Doctoresse*?«

Er sah, wie kurz Überraschung aufblitzte, die sogleich wieder der vorherigen Wachsamkeit Platz machte. »Woher wissen Sie, dass sie eine *Doctoresse* ist?«

»Das hat mir Madame Bisette erzählt. Ich versuche herauszufinden, wer ihr oder Dr Pelletan etwas antun wollen könnte, dem Mann, mit dem sie gestern Abend unterwegs war.«

»Und was sollte es Euch scheren, einen feinen, englischen Gentleman?«

»Das tut es«, sagte er schlicht.

Sie schürzte die Lippen und sagte nichts.

»Wann haben Sie sie zum letzten Mal gesehen?«, fragte er.

»Um fünf, vielleicht auch sechs Uhr gestern Abend. Sie wollte ein paar Patientinnen besuchen.«

»Allein?«

»Sicher.«

Von einem der unteren Stockwerke klang der Ruf eines Kindes herauf, gefolgt von ausgelassenem Gelächter. Sebastian fragte: »Wissen Sie, ob sie Feinde hatte? Hat sie kürzlich mit jemandem Streit gehabt?«

Die Frau presste schweigend die Lippen zusammen und blähte in einem tiefen Atemzug die Nasenflügel.

»Es gibt jemanden, nicht wahr? Wer ist es?«

Karmele warf einen flüchtigen Blick in den Flur, winkte Sebastian in die Wohnung und schloss rasch die Tür hinter ihm.

»Sein Name ist Bullock.« Sie sprach mit gesenkter Stimme, als fürchtete sie noch immer, dass jemand sie belauschen könnte. »Er hat sie beobachtet. Ist ihr nachgegangen.«

»Warum?«

»Weil er ihr die Schuld am Tod seines Bruders gibt, deshalb. Hat gesagt, er wird sie dafür zahlen lassen.«

»Sie hat den Bruder des Mannes behandelt?«

Karmele schüttelte den Kopf. »Nicht seinen Bruder, die Frau seines Bruders.«

»Was ist mit ihr geschehen?«

»Sie ist gestorben.«

Sebastian ließ den Blick durch das niedrige Dachgeschosszimmer mit den vergilbten Tapeten wandern. Es war eingerichtet wie ein kleines Wohnzimmer, aber nach der zusammengerollten Lagerstatt in der Ecke und den Kochutensilien beim Kamin zu urteilen, diente es ebenfalls als Küche und Karmeles Schlafkammer. Durch eine offenstehende Tür erhaschte er einen Blick auf ein zweites Zimmer, das kaum groß genug für ein schmales Bett und eine kleine Kommode war. Die wenigen Möbelstücke in den beiden Kammern sahen alt und abgenutzt aus; ein dünner, fadenscheiniger Teppich bedeckte den Boden, und an den Wänden hing keinerlei Dekoration außer einem schmalen, gesprungenen Spiegel.

Die Frau bemerkte Sebastians Musterung und sagte: »*C'est dommage* ...« Sie unterbrach sich und wechselte wieder zu Englisch. »Es ist so schade, wie wenig sie hat. Sie ist von besserer Herkunft.«

»Ist es richtig, dass sie letztes Jahr nach London gekommen ist?«, fragte Sebastian auf Französisch.

Die Frau blinzelte überrascht, antwortete ihm aber bereitwillig in derselben Sprache. »Im Oktober 1811. Sie ist mit ihrem Ehemann, einem englischen Hauptmann, hergekommen.«

»Sie war mit einem englischen Offizier verheiratet?«

»Ja. Captain Miles Sauvage. Hat ihn in Spanien kennengelernt.«

»Und wo ist Captain Sauvage jetzt?«

»Er ist gestorben, gerade mal sechs Wochen, nachdem wir hergezogen sind.«

»Waren Sie mit ihr in Spanien?«

»Ja.« Ihr Tonfall klang wieder wachsam, sie spannte den Kiefer an.

Anstatt sie weiter zu drängen, wechselte Sebastian das Thema. »Erzählen Sie mir mehr über diesen Mann, der sie laut Ihren Worten bedroht hat.«

»Bullock?« Nachdenklich zog sie die dichten Brauen zusammen. »Der ist ein Kaufmann, hat hier irgendwo seinen Laden. Ist ein Bär von einem Mann, mit lockigen, schwarzen Haaren und einer grässlichen Narbe auf der Wange, ungefähr so ...« Sie hob die linke Hand hoch und zeichnete eine diagonale Linie vom äußeren Augenwinkel zum Mundwinkel.

»Können Sie sich außer Bullock noch jemanden vorstellen, der oder die ihr Schaden zufügen wollen könnte?«

»Nein, niemanden. Weshalb sollte ihr irgendjemand schaden wollen?«

»Kannten Sie Dr Damion Pelletan?«

Sie zögerte kurz, bevor sie den Kopf schüttelte. »*Non.*«

»Sind Sie sich sicher?«

»Woher sollte ich ihn kennen?«, fragte sie und sah Sebastian streitlustig an.

»Wissen Sie, ob Madame Sauvage Kontakt zu Angehörigen der Bourbonen im Exil hatte?«

Vom Hals der Frau stieg Zornesröte auf. »Diese *puces*? Was sollte die *Doctoresse* mit denen zu schaffen haben? Sie hasst sie.«

»Tatsächlich?« Diese Haltung war unter französischen Émigrés ungewöhnlich.

»Na«, sagte die Frau hastig, als bereue sie ihre heftigen Worte. »Ich schätze, der Comte de Provence ist letzten Endes nicht so übel. Aber Artois?« Sie verzog angewidert das Gesicht. »Und diese Marie Thérèse! Die ist doch nicht richtig im Kopf. Sie lebt noch im achtzehnten Jahrhundert und will Frankreich mit sich zurück in die Vergangenheit ziehen. Wissen Sie, wie die *Doctoresse* sie nennt?«

Sebastian schüttelte den Kopf.

»Madame Rancune. So nennt sie die *Doctoresse*. Madame Rancune.«

Rancune war Französisch und bedeutete so viel wie Hass oder Groll, und es lag mehr als nur eine Spur von

Rachsucht und Bosheit darin. Er hatte schon vorher gehört, dass Marie Thérèse so genannt wurde.
  Madam Resentment.

Kapitel 10

Als Sebastian den Golden Square verließ, sank die fade Wintersonne rasch hinter einer dichten Wolkenbank, die tief über der Stadt lag, nahm das Nachmittagslicht mit sich und sorgte dafür, dass die Temperatur fiel.

Er ging die Swallow Street hinauf und versuchte, einen Sinn in dieser Mordermittlung zu erkennen, die anscheinend in drei Richtungen gleichzeitig führte. Der nächste logische Schritt wäre, mit Marie Thérèse, der Duchesse d'Angoulême, selbst zu sprechen. Aber die Tochter des letzten gekrönten Königs Frankreichs wohnte derzeit in Hartwell House in Buckinghamshire fast vierzig Meilen nordwestlich von London. Unter normalen Bedingungen würde er hinausfahren, ohne weiter darüber nachzudenken. Aber eine so lange Strecke war für einen Mann, dessen Frau mit dem ersten Kind hochschwanger war, eine große logistische Herausforderung.

Er rechnete sorgsam alles durch und kam zu dem Schluss, dass er, sofern er London bei Morgengrauen verließ, seinen eigenen Vierspänner benutzte und gemietete Pferde in zwölf- bis vierzehn-Kilometer-Intervallen austauschte, es bis zum frühen Nachmittag hin und wieder zurück schaffen könnte.

Er änderte die Richtung und ging zum Mietstall in der Boyle Street.

»Sechs Gespanne?«, sagte der Besitzer, ein krummer, kleiner Ire namens O'Malley, der sich vor einigen Jahrzehnten einen Namen als Jockey gemacht hatte. »Für weniger als achtzig Meilen? Haltet Ihr das nicht für'n bisschen übertrieben, Mylord?«

»Ich habe vor, es in sechs Stunden hin und zurück zu schaffen«, sagte Sebastian.

O'Malley grinste. »Na, wenn das irgendwer schafft, dann Ihr, Mylord.« Er kratzte sich im Nacken. »Schätze, ich hab genau das richtige Gespann für die erste Etappe. Sind gute Läufer, und alle vier so cremeweiß und wohl zusammenpassend wie die Brüste von Zwillingen. Und wenn Sie wolln, kann ich einen meiner Burschen heute Abend schon mal voraus schicken, damit Sie bei jedem Tausch die besten Viecher bekommen, auf dem Hin- und Rückweg.«

»Das würde ich sehr zu schätzen wissen.« Sebastian betrachtete durch den offenen Eingang des Stalls den Streifen der Straße, der sichtbar war.

Seit er vom Golden Square aufgebrochen war, hatte er ein undeutliches, aber nagendes Gefühl des Unbehagens. Als er nun den stetigen Strom der Karren, Kutschen und Wägen beobachtete, der sich beim Klang zischender Peitschen und dem Rattern eisenbeschlagener Räder durch die Straße vorwärts walzte, konnte er die Quelle dieses Unbehagens ausmachen: Er wurde beobachtet. Er hätte nicht sagen können, von wem genau, aber er bezweifelte nicht, dass er ausgespäht wurde.

»Die Wolken da sehn vielleicht übel aus«, sagte O'Malley, der seine Sorge falsch verstand, »aber meine Knochen sagen mir, dass wir morgen oder übermorgen noch keinen Schnee kriegen werden.«

»Ich hoffe, Ihre Knochen haben recht.«

»Ach, die ham mich noch nie im Stich gelassen. Hab mir achtundsiebzig beide Beine und nen Arm gebrochen. Der Dok wollte mir alles abhacken, aber ich hab ihm gesagt, ich wär lieber tot. Der hat geschworn, das wär ich dann auch bald, aber ich hab den widerlegt. Is jetze schon über fünfundzwanzig Jahr her, und seitdem überrascht mich kein Wetter mehr.«

Sebastian warf einen letzten Blick auf die dunkler werdende, winddurchtoste Straße, dann wandte er sich ab. »Schauen wir uns mal die guten Läufer an, von denen Sie eben gesprochen haben, was?«

Die cremeweißen Pferde erwiesen sich als genauso beeindruckend, wie O'Malley gesagt hatte. Sebastian einigte sich mit dem Inhaber des Stalls, dann marschierte er auf die belebte Boyle Street hinaus. An der Ecke sah er einen Leierkastenmann, in seiner Nähe einen blinden, altersgebeugten Bettler, der anklagend den sich vorbei drängenden Geschäftsleuten und Lehrlingen seinen Becher entgegenhielt. Ein Mädchen mit einem Tablett voller halberfrorener Wasserkresse rief mit vor Kälte verkniffenem Gesicht: »Das Bündel fürn Halfpenny!« Er sah sie sich alle der Reihe nach an, konnte sich aber nicht erinnern, einen von ihnen am Golden Square gesehen zu haben.

Er drehte sich um, um heimwärts zu gehen, jede Faser in seinem Körper war angespannt und auf der Hut. Aber das unangenehme Gefühl, beobachtet zu werden, verflüchtigte sich nach und nach wie die Erinnerung an einen schlimmen Traum.

***

Als Sebastian zurück zur Brook Street kam, saß Hero im Kleinen Salon, der im Haus zur Straßenseite lag, im Rohrsessel am Bogenfenster. Neben ihr auf dem Tisch stand eine brennende Kerze, und sie betrachtete mit zur Seite geneigtem Kopf ein Blatt, das voller Namen und Berufe stand. Der große, langhaarige Kater, der sie vor einigen Monaten als Frauchen adoptiert hatte, lag zusammengerollt auf dem Kamin und schlief.

Sebastian blieb kurz auf der Schwelle stehen, um sie zu bewundern. Sie war eine ungewöhnlich große Frau mit großen, hellgrauen Augen, einer gebogenen Nase und ausgeprägten Gesichtszügen, die im allgemeinen eher als »attraktiv« bezeichnet wurden, nicht als »hübsch«. Bei ihrer allerersten Begegnung hatte er eine intensive Abneigung gegen sie gefasst. Jetzt fragte er sich, ob er je ohne sie leben könnte.

Sie sah auf, bemerkte, dass er sie beobachtete, und lächelte.

»Was ist das?«, fragte er und ging näher, um ihr über die Schulter zu schauen.

»Eine Liste von Kindermädchen, die mir von der Agentur vorgeschlagen worden sind.« Stirnrunzelnd legte sie das Blatt zur Seite. »Ich schätze die Vorstellung nicht, mein Kind irgendeinem jungen, unwissenden Landmädchen anzuvertrauen, das selbst noch ein halbes Kind ist.«

Er ging zum Kamin, um sich die Hände zu wärmen. Die Katze linste ihn durch kaum geöffnete Augen an und schlief dann weiter. »Dann sag denen, dass du eine ältere Person mit Bildung willst.«

»Das habe ich vor.«

Er sah ihr ins Gesicht. »Ich habe vor, in der Frühe nach Buckinghamshire zu fahren. Wenn ich auf dem Hinweg zweimal das Gespann austausche und auf dem Rückweg drei Mal, sollte ich spätestens am frühen Nachmittag wieder in London sein. Aber wenn du dich bei einer Fahrt aus London raus meinerseits unwohl fühlst, bleibe ich hier.«

Verwirrt sah sie ihn an. »Warum sollte ich …« Ihr dämmerte, was er meinte, und sie lachte schrill auf. »Großer Gott, Devlin, du meinst doch hoffentlich nicht wegen des Kindes?«

»Ich will dich nicht …«

»Allein lassen? Ich habe ein ganzes Haus voller Bediensteter und den besten Accoucheur in ganz London zur Verfügung, der sofort zu mir eilen wird, wenn er benachrichtigt wird. Ich werde also nicht allein sein. Abgesehen davon kommt das Kind noch nicht so bald.«

»Sicher?«

»Ich habe das von Richard Croft höchstselbst. Und wenn du darauf bestehst, um mich herum zu sein, bis es dann doch kommt, machst du mich nur wahnsinnig.«

Er lächelte reuevoll. »Nun, das würde ich ganz sicher nicht wollen.«

Sie erhob sich; ihre Bewegung war durch das Gewicht des Kindes etwas unbeholfen. Dann zog sie die Vorhänge vor der hereinbrechenden Nacht zu. »Wohin nach Buckinghamshire?«

»Hartwell House.«

Sie hielt inne und blickte ihn über die Schulter an. »Grundgütiger; meinst du, die Bourbonen könnten etwas mit Damion Pelletans Tod zu tun haben?«

»Möglich wäre es.«

Er berichtete ihr von seinem Besuch im *Gifford Arms* und dem Gespräch, das Madame Bisette in der Nacht von Pelletans Ermordung mit angehört hatte, sowie von seiner sehr unergiebigen Begegnung mit Jarvis.

»Weißt du irgendetwas über eine Friedensdelegation aus Paris?«, fragte er und beobachtete sie.

»Nein. Aber ich sehe mal, was ich herausfinden kann.«

»Jarvis wird dir nichts sagen. Jetzt nicht.«

In einem Lächeln, das ein geheimnisvolles Glänzen in den Tiefen ihrer grauen Augen hervorrief, zog sie die Mundwinkel hoch. »Ich beabsichtige nicht, Jarvis zu fragen.«

***

Während sich Sebastian an diesem Abend auf einen frühen Aufbruch am nächsten Morgen einstellte, rief er nach seinem Leibdiener.

Jules Calhoun war ein schlanker, eleganter *Gentleman's Gentleman* Anfang dreißig. Er hatte glattes, flachsfarbenes Haar und ein Zwinkern in den Augenwinkeln. Der leutselige und außerordentlich clevere Mann war ein Genie, wenn es darum ging, Sebastians Garderobe auszubessern, die manchmal bei seinen Mordermittlungen in Mitleidenschaft gezogen wurde. Aber bei all seiner Expertise über das Schwärzen von Schuhen und über Stärke war Calhoun kein normaler Leibdiener. Er war in einem der schlimmsten Hurenhäuser Londons zur Welt gekommen und deshalb mit Teilen der Stadt sowie deren Einwohnern vertraut, die

77

die meisten Leibdiener vor Entsetzen erzittern lassen würden.

»Haben Sie je von einem Mann namens Bullock gehört?«, fragte Sebastian. »Er soll ein großer, narbengesichtiger Kaufmann mit einem Laden irgendwo in der Nähe des Golden Square sein.«

Calhoun schüttelte den Kopf. »Ich glaube nicht, Mylord. Wenn Ihr wünscht, kann ich ihn überprüfen.«

Sebastian nickte. »Aber vorsichtig. Wie ich hörte, hat er ein übles Gemüt.«

Kapitel 11

Samstag, 23. Januar

Noch vor dem Morgengrauen verließ Sebastian London mit dem cremefarbenen Pferdegespann von O'Malley. Sein junger Bursche – oder *Tiger* – Tom saß auf dem hinteren Kutschbock des Vierspänners. Der Junge war mittlerweile seit zwei Jahren bei Sebastian, nachdem er damals in einer Spelunke in St Giles versucht hatte, Sebastians Geldbörse zu stehlen. Damals war Sebastian auf der Flucht gewesen, eines Mordes bezichtigt, den er nicht begangen hatte. Der schmächtige Gassenjunge hatte Sebastian das Leben gerettet; allerdings sagte Tom immer, dass sie mehr als quitt wären.

Sie fuhren durch neblige, ebene Wiesen, die frostüberzogen waren, verschlafene Dörfer mit reetgedeckten Steincottages und windverwirbelten Mühlenteichen, wo Enten im frostüberzogenen Riedgras in den Untiefen nach Futter suchten. Über den kahlen Ulmen und Birkengruppen stieg eine verwaschen rosafarbene Sonne auf, und die vom Schweiß dunkel glänzenden Pferde galoppierten noch immer unvermindert kraftvoll Meile um Meile voran, bis Tom das Signal für den Wechsel gab.

»Nie im Leben schaffen wir Hartwell House in drei Stunden«, sagte Tom und beäugte misstrauisch die neuen Pferden, als sie eingespannt wurden.

Sebastian ließ seine Uhr zuschnappen und lächelte. »Doch, werden wir.«

Sie schafften es in knapp zwei Stunden und fünfzig Minuten.

Hartwell House, ein elegantes, kleines Herrenhaus im Stil der Tudors, war vor vielleicht vier Jahren von den Bourbonen im Exil angemietet worden. Sebastian hatte gehört, dass der Eigentümer, Sir George Lee, mit der Behandlung, die die königlichen Mieter seinem Anwesen angedeihen ließ, nicht zufrieden war. Als Sebastian seine Kutsche auf dem heruntergekommenen Kiesweg vor der schmalen Veranda des Hauses zum Stehen brachte, verstand er den Grund dafür.

In die altehrwürdigen Steinwände hatte man geschmacklose Fenster einpassen lassen, und auf dem Dach flatterte schäbige Wäsche, die zum Trocknen aufgehängt worden war, im Wind. Der ausgedehnte Torfboden war hier und dort aufgegraben und mit Gemüse bepflanzt worden; außerdem klangen das Meckern von Ziegen und das Gackern von Hühnern in der Luft.

»Sieht ja schlimmer aus als 'n Hinterhof in St. Giles«, sagte Tom, der nach vorn kletterte, um die Zügel zu übernehmen.

»Nicht gerade Versailles, was?«

Tom legte sein scharf geschnittenes Gesicht verblüfft in Falten. »Ver-was?«

»Versailles. Das ist das große Schloss, in dem die Könige Frankreichs residierten, bis die Revoluzzer die königliche Familie 1789 nach Paris zerrten.«

»Ach so.« Der *Tiger* sah nicht besonders beeindruckt aus. Andererseits hatte Tom für Ausländer im Allgemeinen und für Franzosen im Besonderen auch keine Verwendung.

Sebastian sprang leichtfüßig auf den Boden. »Halt um die Stallungen herum die Ohren auf, ja?«

Tom grinste sein Zahnlückenlächeln. »Klar, Meister!«

Immer noch lächelnd drehte sich Sebastian zu dem kleinen, etwas schäbigen Vorbau um. So ziemlich jeder ungebetene Gast aus London, der kam, um die Tochter des letzten gekrönten Königs von Frankreich zu sehen, wäre höchstwahrscheinlich knapp abgewiesen worden. Nicht so Sebastian St Cyr, Erbe des mächtigen Earl of Hendon, seines Zeichens Schatzkanzler. Mochte die Entfremdung zwischen dem Earl und seinem Erben auch wohlbekannt sein, so verstand doch kaum jemand die Gründe dafür, und kein verarmter europäischer Adliger würde riskieren, das Kabinettsmitglied, das für alle wirtschaftlichen und finanziellen Angelegenheiten zuständig war, zu brüskieren.

Deshalb wartete Sebastian nur wenige Minuten im düsteren Vestibül, bis ein Diener in einer fadenscheinigen Livree erschien, ihn wieder hinaus und um den entfernt liegenden Flügel des Hauses herum führte. Marie Thérèse Charlotte, Tochter Frankreichs, erwartete ihn am Eingang einer heckengesäumten Arkade, die sich bis zu einem silbern schimmernden Gewässer in der Ferne erstreckte. Sie stand dort in Gesellschaft einer ihrer Damen, den Blick auf den Kanal gerichtet. Bei Sebastians Ankunft drehte sie sich um und bedeutete dem Diener mit einem Kopfnicken, dass er entlassen war.

Sebastian hatte sie zuvor schon bei mehreren Bällen und Abendgesellschaften in London getroffen. Bei diesen Gelegenheiten hatte sie immer vom Scheitel bis zur Sohle die Königstochter herausgekehrt, war in Samt und Seide gekleidet, und die Diamanten und Perlen, die ihre Mutter Marie Antoinette in den frühen Tagen der Revolution mit Hilfe von Freunden aus Frankreich heraus hatte schmuggeln können, hatten nur so gestrahlt. An diesem Tag trug sie ein eher schäbig aussehendes, hochgeschlossenes Kleid aus grauer Wolle, das nur mit einer bescheidenen, schmalen Spitzenbordüre am Halsausschnitt und den Ärmeln verziert war. Um die Schultern hatte sie einen altmodischen, schweren Schal drapiert. Aber ihre Haltung war betont königlich, und sie hielt den Kopf weit oben, als sie zu seiner Begrüßung zu ihm trat.

»Lord Devlin«, sagte sie mit seltsam heller und dünner Stimme, in der noch immer ihr starker Pariser Akzent mitklang. »Wie freundlich von Euch, mich zu besuchen.«

Er nahm ihre ausgestreckte Hand mit einer Verbeugung. »Vielen Dank, dass Ihr so kurzfristig zugestimmt habt, mich zu empfangen.«

Sie neigte den Kopf, lächelte jedoch nicht. Er hatte gehört, sie würde nie lächeln.

Auch wenn sie im öffentlichen Bewusstsein immer noch als die »Waise aus dem Temple« bekannt war, lagen diese Tage doch schon weit in der Vergangenheit. Sie war vierunddreißig Jahre alt. Als Kind war sie blond und blauäugig gewesen; ihr Haar war schon seit Langem dumpf dunkelbraun. Sie hatte eine hohe, vorgewölbte Stirn, eine lange Nase und vorstehende, rotgeränderte Augen, während ihr Kinn etwas floh. Sie hatte nur wenig von der berühmten Schönheit und Lebendigkeit ihrer Mutter an sich, legte allerdings durchaus die gleiche verheerende Überheblichkeit wie Marie Antoinette an den Tag.

Sie drehte sich um und deutete auf die Frau, die sich bisher still im Hintergrund gehalten hatte. »Dies ist meine liebe Gesellschafterin, Lady Giselle Edmondson.«

Lady Giselle war ungefähr im gleichen Alter wie die Prinzessin, aber gleichzeitig größer und feingliedriger, und ihr weißblondes Haar umrahmte ein fast elfenhaftes Gesicht. Die Tochter eines britischen Earls und seiner französischen Frau war in Paris geboren und hatte eine idyllische Kindheit verlebt, in Daunen gebettet, von Gärten voller Lavendelduft umgeben, und im Angesicht rosa getönter Sonnenaufgänge über der Seine. Als Anhänger der Aufklärung hatte der Earl die ersten Anzeichen der Revolution mit einem ans Delirium grenzenden Enthusiasmus begrüßt. Der Sturm auf die Bastille hatte ihn zwar beunruhigt, doch er hatte sich voller Zorn geweigert, bei der panischen Massenflucht seiner adligen Mitmenschen über den Kanal mitzumachen. Als das Blut durch die Rinnsteine floss und stumpfes, blondes Haar von den Köpfen enthaupteter adliger Frauen flatterte, die auf Piken durch die Straßen getragen wurden, war es zu spät.

Er hatte seine Familie um sich versammelt und versucht, in einer dunklen stürmischen Nacht zu fliehen. Aber sie schafften nicht einmal dreißig Meilen, da kreiste der heulende Mob sie ein. Die dreizehnjährige Giselle hatte, die Gesichter ihrer kleinen Schwester und ihres Bruders in ihre Röcke gepresst, dabei zugesehen, wie der Earl und seine Gattin aus der Kutsche gezogen und ihre Körper auseinandergerissen wurden. Dann hatten die johlenden, rotbemützten Männer und die keifenden Frauen ihr die Kinder aus den Armen gewunden.

»Wir erziehen sie zu guten Sansculotten«, hatten sie gesagt.

Sebastian hatte gehört, dass sie drei Jahre lang nach ihrem kleinen Bruder und ihrer Schwester gesucht, sie aber nie gefunden hatte. Als sie im Tross der kürzlich entlassenen Marie Thérèse Frankreich schließlich verließ, war sie gerade erst sechzehn Jahre alt gewesen.

Sie hatte nie geheiratet. Aber sie hatte es irgendwie geschafft, die Schrecken ihrer Vergangenheit zu verarbeiten und sich eine beneidenswert gelassene Haltung anzueignen. Im Gegensatz zu Marie Thérèse trug sie nicht ihr Leid zur Schau oder schmückte sich damit wie mit einer Ehrenmedaille.

»Wir sind uns schon einmal begegnet«, sagte sie nun mit einer Wärme in der Stimme zu Sebastian, die die Prinzessin völlig vermissen ließ. »Aber nur ein Mal, und nur sehr kurz, sodass Ihr Euch sicherlich nicht daran erinnert.«

»Beim Ball der Duchess of Claiborne im vergangenen Juni« sagte er und erwiderte ihr Lächeln.

Sie stieß ein erschrockenes Lachen aus. »Grundgütiger. Wie können Sie sich daran denn erinnern?«

Er erinnerte sich daran, weil er ihre Lebensgeschichte so furchtbar tragisch fand und ihn ihre Art, die schlimmen Auswirkungen derselben zu überwinden, inspiriert hatte. Aber er sagte lediglich: »Mein beklagenswertes Gedächtnis wird bei Weitem überbewertet.«

Sie lachte erneut auf, warf der Prinzessin einen fast entschuldigenden Blick zu und hob dann die Hand an den Mund, wie um ihr Lächeln zu verstecken.

»Gehen wir ein Stück«, sagte die Prinzessin und wandte sich in Richtung des Kanals in der Ferne. »Sagt mir, Mylord, wie geht es Eurer Gattin?«

Sebastian bemerkte, dass Lady Giselle einige Schritte hinter ihnen blieb. »Es geht ihr gut, vielen Dank.«

»Ich hörte, sie ist guter Hoffnung. Meinen Glückwunsch.«

»Danke sehr.«

»Und erst so kurz verheiratet! Eure Frau ist wirklich gesegnet.« Ganz kurz zuckte ihre Hand zu ihrem eigenen, flachen Bauch, aber die Bewegung war kaum wahrnehmbar. Sie war schon ungefähr dreizehn Jahre verheiratet, aber nie schwanger geworden. Es hieß, sie wäre fest überzeugt, dass Gott ihr eines Tages ein Kind schenken würde, das die Linie der Bourbonen fortführen würde. Aber die Zeit lief davon, sowohl für Marie Thérèse als auch für ihre Dynastie.

Sie sagte: »Ihr wisst schon, dass mir bekannt ist, weshalb Ihr hier seid.«

»So?«

»Ihr habt Mordermittlungen zu Eurem Steckenpferd erhoben, nicht wahr? Und vor zwei Tagen wurde ein Franzose namens Pelletan abends in den Straßen Londons ermordet.«

»Ihr kanntet Dr Damion Pelletan?«

»Das ist Euch offensichtlich bekannt. Warum wärt Ihr sonst hier?«

Als Sebastian schwieg, sagte sie: »Er war in Paris Arzt von einigem Ansehen, müsst Ihr wissen.«

»Oh, das wusste ich nicht.«

Sie hielt den Blick starr geradeaus. »Ich dachte, es könnte lohnenswert sein, ihn zu konsultieren.«

»Ich hatte gewissermaßen den Eindruck, dass Dr Pelletan nicht zu den Royalisten gehörte.«

Er sah, wie sie die Lippen zusammenkniff. »Nein, das war er nicht. Nichtsdestotrotz war er ein exzellenter Arzt.«

Sebastian betrachtete ihr stolzes Profil. Sie war eine Frau, der man Heuchelei von Kindesbeinen antrainiert hatte, die ihre wahren Gedanken oder Gefühle niemals zeigte. Dennoch vermochte sie die intensive Wut, die unter ihrem sorgsam beherrschten Äußeren brodelte, nicht gänzlich zu verbergen. Er sagte: »Ich frage mich, ob Ihr einen Mann namens Harmond Vaundreuil kennt?«

Er erwartete, dass sie leugnete. Doch sie kräuselte die Lippen und sagte: »Glücklicherweise bin ich dem Mann nie persönlich begegnet. Von ihm gehört habe ich aber schon, ja. Er ist ein vulgärer Parvenü, der sich den Höherstehenden ebenbürtig fühlt. Heutzutage gibt es viele von der Sorte in der französischen Regierung. Aber durch Gottes große Gnade werden sie alle demnächst zerstreut werden. Sind die Bourbonen erst wieder an ihrer rechtmäßigen Position angelangt, werden Vaundreuil und seinesgleichen wie die Kakerlaken vor dem strahlenden Licht des göttlichen Willens fliehen.«

Sebastian achtete darauf, dass seine Miene ausdruckslos blieb. »Wie steht es mit einer Französin, Alexandrie Sauvage? Kennt Ihr sie?«

»Sauvage?« Marie Thérèse blieb am Ende der Allee stehen, wirbelte herum und sah ihm in die Augen. »Ich glaube nicht, nein«, sagte sie in völliger Ruhe. »Und nun müsst Ihr mich entschuldigen. Ich wünsche, allein zu wandeln. Lady Giselle wird Euch zum Haus zurück begleiten.« Sie drehte sich auf dem Absatz um und ließ ihn stehen; mit hoch erhobenem Haupt und durchgedrücktem Rücken schritt sie entschlossen davon.

»Es tut mir leid. Sie ist heute recht … angespannt«, sagte Lady Giselle, die zu ihm aufschloss.

Nach Sebastians Erfahrung war Marie Thérèse immer angespannt. Aber er sagte nur: »Ich schätze, ich finde den Weg zurück zum Haus auch ohne Unterstützung, falls Ihr ihr hinterhergehen wollt.«

Lady Giselle schüttelte den Kopf. »Sie meinte es auch so, als sie sagte, sie wünscht allein zu sein.«

Sie drehten sich um und gingen Seite an Seite die Allee zurück. Nach einer Weile sagte Lady Giselle: »Ich weiß, viele finden die Prinzessin kalt, steif, ja unnahbar. Aber sie ist wirklich eine bewundernswerte Frau, stark und demütig. Sie verbringt ihre Tage damit, ihrem Onkel zu helfen oder Einrichtungen zur Unterstützung von Waisenkindern und Armen zu besuchen.«

»Hat sie das auch am vergangenen Donnerstag getan?«

»Letzten Donnerstag? Oh nein. Am Donnerstag war der einundzwanzigste Januar.«

»Ein bedeutsames Datum?«

Sie sah leicht überrascht drein und atmete hastig aus. »Ach, Ihr seid ja kein Franzose, deshalb wisst Ihr es nicht. Marie Thérèses Vater, König Louis XVI von Frankreich, wurde am einundzwanzigsten Januar 1793 um zehn Uhr morgens auf der Guillotine hingerichtet. Wusstet Ihr, dass sie das Hemd besitzt, in dem er hingerichtet wurde? Sein Beichtvater hat es für sie aufbewahrt. Es ist immer noch voller dunkler Blutflecke. Jedes Jahr schließt sie sich am Tag seines Todes mit dem Hemd in ihrem Gemach ein und verbringt den Tag betend. Das Gleiche tut sie am Todestag ihrer Mutter.«

Zwanzig Jahre, dachte Sebastian. Ihre Eltern waren seit zwanzig Jahren tot, und doch hatte sie diese dunklen Tage noch immer nicht hinter sich gelassen. Sie musste lernen, die Freuden des Lebendigseins wieder mit ausgebreiteten Armen anzunehmen. Er überlegte, ob Lady Giselle den Todestag ihrer Eltern auch eingeschlossen und betend mit einem blutigen Relikt verbrachte. Das bezweifelte er.

Laut sagte er: »Sie betet den ganzen Tag?«

»Noch vor dem Morgengrauen bis Mitternacht. Sie verlässt ihr Gemach nicht einmal, um zu essen. Ihr Onkel lässt ihr immer Essenstabletts hochschicken, aber sie rührt sie nie an.«

»Also hat sie den Donnerstag allein verbracht?«

Sie waren an der langen Fassade auf der Ostseite des Hauses angekommen. Die Reihen der zurückgesetzten, eleganten Bogenfenster bildeten einen eigenartigen Kontrast zu den angeleinten Ziegen und den Hühnern. Sie drehte sich ihm zu, verengte die Augen und neigte den Kopf zur Seite, als sie ihn prüfend ansah. »Was genau wollt Ihr andeuten, Mylord? Dass die Tochter des gemarterten Königs von Frankreich uns alle hereingelegt und sich weggeschlichen hat, um in einer finsteren Londoner Seitengasse einen unbedeutenden Pariser Arzt zu ermorden?«

Als Sebastian nicht antwortete, lachte sie freudlos auf und sagte: »Aber da Ihr schon fragt, will ich Euch eine Antwort geben. Nein, sie hat den Tag nicht allein verbracht. An jedem einundzwanzigsten Januar seit ihrer Freilassung aus dem Gefängnis bin ich an ihrer Seite, bete mit ihr und halte sie fest, wenn sie weint. Niemand hat Marie Thérèse je in der Öffentlichkeit weinen sehen, und das wird auch nie jemand. So wie auch niemand je die Qualen kennen wird, die sie ganz für sich erträgt.«

Er hörte das Knarren eines Rollstuhls, der um die Hausecke herum und auf sie zu gerollt kam. Darin saß ein überaus adipöser Mann. Der Rollstuhl wurde nicht von einem Diener geschoben, sondern von einem dünnen, geckenhaft gekleideten Gentleman. Er hatte ein schmales, feingezeichnetes Gesicht, das von kastanienfarbenen Locken wie ein Heiligenschein umrahmt wurde. Sein fester, gelassener Blick verriet, dass er vor langer Zeit beschlossen hatte, der Welt unter seinen eigenen Bedingungen entgegenzutreten und die Konsequenzen schulterzuckend in Kauf zu nehmen.

Lady Giselle warf einen Blick auf den Rollstuhl, dann raffte sie mit einer Faust ihre Röcke zusammen. »Guten Tag, Mylord.«

Sebastian beobachtete vom schlecht gepflegten Rasen aus, wie sie mit langen Schritten durch die blökenden

Ziegen und die schnatternden aufgescheuchten Hühner hastete, als würde das Quietschen des sich nähernden Rollstuhls sie davonjagen.

Kapitel 12

Sebastian verscheuchte eine gesprenkelte Henne, die sich zu sehr für eine seiner glänzenden Stiefelspitzen interessierte, und schritt voran, um den ungekrönten König Frankreichs zu begrüßen.

Geboren als Louis Stanislas, stand dieser in der Thronfolge Frankreichs an vierter Stelle. Er trug den Titel Comte de Provence. Niemand hatte erwartet, dass der unförmige, ausschweifend lebende Comte eines Tages König werden würde. Also hatte man ihn seiner Wege gehen, seine Studien vernachlässigen, Schulden anhäufen und jedes Jahr beleibter werden lassen. Sein jüngerer Bruder, der Comte d'Artois, war schlank, fesch und attraktiv. Provence nicht. Schon als junger Mann war er übergewichtig gewesen. Ende fünfzig und von der Gicht geplagt konnte er kaum noch ohne Hilfe gehen.

»Devlin!«, rief er, als er noch ein gutes Stück entfernt war. »Lauft noch nicht davon! Auf ein Wort!«

»Eure Majestät«, sagte Sebastian und verbeugte sich elegant.

Der Comte de Provence lachte, wobei sein rundes Gesicht mit den rosigen Wangen immer noch überraschend jugendlich und stets zum Lachen geneigt wirkte. »Wie diplomatisch von Euch, junger Mann!

Und ohne eine Sekunde zu zögern. Die meisten Menschen Eures Standes zaudern und zögern in peinlicher Unentschlossenheit. Man kann fast sehen, wie die quälenden Gedanken einer nach dem anderen durch ihre Köpfe poltern. *Spreche ich ihn an, als wäre er wirklich der König Frankreichs und nicht ein verarmter Exilant? Soll ich ihn Comte de Provence nennen? Oder sollte ich es wie Napoleon machen und ihn als Comte d'Isle ansprechen?«* Der enorme, vorgewölbte Bauch des Bourbonen wackelte. »Immerhin hat mich noch nie jemand so betitelt, wie meine Nichte Napoleon bezeichnet, als ›der Verbrecher‹!«

»Tut sie das tatsächlich?«

»Oh ja, seit Jahren schon.« Er wand sich ungeschickt in seinem Stuhl, um die rechte Hand des Mannes, der ihn schob, mit erkennbarer Zärtlichkeit zu berühren. »Ambrose, wärest du so liebenswürdig? Ein kleiner Gang zur Kapelle gewährt die größte Abgeschiedenheit, findest du nicht?«

Ambrose LaChappelle sah Sebastian an, und ein angedeutetes, rätselhaftes Lächeln erschien auf seinen Lippen. »Aber ganz entschieden.«

Sebastian war LaChapelle früher schon begegnet. Der Mann war in eine Avignoner Adelsfamilie geboren worden und als Jüngling aus Frankreich geflohen, um in der Armee der Konterrevolution zu kämpfen, die der Prince de Conde angeführt hatte. Als die Armee aufgelöst wurde, hatte er sich zum Comte de Provence ins Exil begeben, zunächst in Russland, dann in Warschau, wo er rasch in der Gunst seines königlichen Herrn aufgestiegen war. Sebastian war zu Ohren gekommen, dass er seinen zügigen Aufstieg seiner Bereitschaft verdankte, alles für seinen ungekrönten König zu tun.

Wirklich alles.

»Euer Vater und ich waren in Eurer Kindheit gute Freunde, wisst Ihr«, sagte Provence mit erhobener Stimme, damit er über das Quietschen der Rollstuhlreifen und das Knirschen der unkrautbedeckten Kieselsteine unter ihren Füßen hinweg verstanden wurde. Die winterkahlen Eichen und Ulmen des vernachlässigten Gartens umschlossen sie und machten alles dunkel und schattig im fahlen Licht.

»Nein, das wusste ich nicht«, sagte Sebastian.

Die Augen des Bourbonen verschwanden praktisch unter seinen geschwollenen, im Lächeln verzogenen Lidern. »Hendon hat Euch wohl nie von seinen Salattagen in Paris erzählt?« Er versuchte zu lachen, doch es verunglückte rasch zu einem rauen Husten. »Das waren noch goldene Jahre. Golden. Pferde, Juwelen, Schlösser, Kutschen, Wein … Wir hatten alles. Einmal hatte ich Schulden im Wert von einer Million Livres angesammelt, und mein Bruder, der König, hat sie einfach bezahlt. Stellt Euch das nur vor! Eine Million Livres. Was würde ich heutzutage für dieses Geld geben. Wir dachten, diese Tage würden nie enden. Doch das taten sie.« Er warf Sebastian einen Seitenblick zu. »Ich schätze, Ihr findet, wir hätten es kommen sehen müssen. Hätten wir tatsächlich! Ich sage es Marie Thérèse immerzu: Wenn zwei Prozent einer Nation den gesamten Wohlstand besitzen und die anderen achtundneunzig Prozent alle Steuern zahlen müssen, ist ein Blutbad unvermeidbar. Unvermeidbar!«

Sebastian war schon zu Ohren gekommen, dass in der französischen Königsfamilie intensiver und erbitterter Streit herrschte. Der Comte de Provence favorisierte eine eingeschränkte, parlamentarische Monarchie und war bereit, dem Volk Frankreichs zahlreiche Zugeständnisse zu machen, wenn es ihm erlauben würde, auf den Thron zurückzukehren. Aber sowohl Marie Thérèse als auch Charles Comte d'Artois, der jüngere Bruder von Provence, waren Ultraroyalisten, glaubten starrköpfig an das Königtum von Gottes Gnaden und bestanden darauf, dass nichts weniger als die absolute Monarchie wieder eingeführt würde.

Sebastian sagte: »Meiner Erfahrung nach glauben die meisten Menschen trotz gegenteiliger Evidenz vorzugsweise daran, dass nichts sich je ändern wird.«

Der Bourbone seufzte. »Richtig, richtig. Obgleich ich seit mehr als zwanzig Jahren im Exil lebe. So Gott will, wird sich zumindest das hoffentlich bald ändern. Ich möchte nicht auf fremder Erde sterben.«

»Die Nachrichten vom Kontinent klingen ermutigend – sofern man das Abschlachten einer halben Million Menschen ermutigend nennen möchte.«

Das joviale Gesicht des Bourbonen verzog sich. »Garstig, nicht wahr? All diese toten, über Russland verstreuten Männer.«

Seine ehrliche Trauer überraschte Sebastian. Er fragte sich, ob Marie Thérèse je einen Augenblick der Trauer an die Kriegstoten der Nation verschwendet hatte, über die sie eines Tages als Königin zu regieren hoffte. In gewisser Weise zweifelte er daran. Sie war viel zu beschäftigt, sich in ihrem Elend und ihrem eigenen Verlust zu suhlen.

Als hätte er den Gesinnungswandel bemerkt, sagte Provence: »Aber Ihr seid nicht den ganzen Weg hierher gefahren, um über Philosophie oder meine längst vergangene Jugend zu sprechen, oder?«

Sebastian lächelte. »Nein, Sir. Ich möchte gern wissen, ob Ihr je von einem jungen französischen Arzt namens Damion Pelletan gehört habt?«

»Ha.« Triumphierend klopfte Provence auf die Armlehne seines Stuhls. »Deshalb seid Ihr hier, nicht wahr? Habe ich es dir nicht gesagt, Ambrose?«

Sebastian sah den Höfling an, der mit ausdrucksloser Miene starr geradeaus blickte. »Also habt Ihr ihn gekannt?«

»Ich? Nein.« Provence nickte zu einem kleinen Backsteinbau, der halb hinter einer Eichengruppe verborgen war. »Schaut Euch das an. Man sagte mir, es wäre einst ein Pfarrhaus gewesen. Jetzt ist es das Heim eines Herzogs, zweier Grafen, ihrer Frauen und Kinder, ihrer alten Mütter und ihrer unverheirateten oder verwitweten Schwestern und deren Kindern. Auf dem gesamten Anwesen gibt es kein einziges Gebäude mehr, das nicht überfüllt wäre – Schuppen, Ställe, selbst ein alter gotischer Gartenpavillon. Im Haupthaus mussten wir die Zimmer unterteilen und in der Galerie Trennwände aufstellen. Ich wohne in dem ehemaligen kleinen Studio bei der Bibliothek, Marie Thérèse hat eine Wohnung gleich neben der Aktenkammer, und der im Exil lebende König von Schweden wohnt in der Kapelle. Mehr als zweihundert Menschen leben hier. Stellt Euch das nur vor! Aristokratische Männer und Frauen, die in den feinsten Schlössern Frankreichs aufgewachsen sind, schlafen jetzt in Pferde- und Hühnerställen.

Glaubt mir, in Hartwell House geschehen nur sehr wenige Dinge, ohne dass alle innerhalb kurzer Zeit Kenntnis davon hätten.«

Vor ihnen dräute das hohe Gebäude der neogotischen Kapelle, schlank und ehrwürdig im kalten Winterlicht. Provence sah eine Weile den Turm an, dann sagte er: »Was ich eigentlich sagen will: Obgleich meine Nichte es für sich behalten möchte, konsultiert sie oft Ärzte. Selbst nach so vielen Jahren der Ehe hofft sie auf ein Kind. Gott weiß, aus meinen Lenden wird dieser Familie niemals ein Erbe geboren werden, und für Marie Thérèse gibt es nichts Wichtigeres, als zu sehen, dass das Haus Bourbon in Frankreich auf alle Ewigkeit wieder eingesetzt wird.«

Sebastian sagte: »Sie ist noch verhältnismäßig jung.«

»In der Tat. Und es lässt sich nicht leugnen, dass es bei ihrer Mutter lang genug gedauert hat, bis sie in anderen Umständen war.«

Sebastian hielt den Blick auf die Streben der Kapelle vor ihnen geheftet. Es war wohlbekannt, dass Marie Antoinettes spätes Mutterglück ganz und gar darauf zurückzuführen gewesen war, dass der König es sieben lange Jahre nicht vermocht hatte, die Ehe zu vollziehen. Damals waren viele Gerüchte im Umlauf gewesen, wovon die meisten letztendlich aber zum Verstummen gekommen waren.

Doch die gleichen Gerüchte woben sich nun um die Ehe des Comte de Provence. Die einen sagten, seine Frau weise ihn zurück, während andere behaupteten, er zöge seine Geliebten vor. Und dann gab es noch Stimmen, die verrieten, Louis Stanislas' Interesse an Frauen wäre immer schon schwach ausgeprägt gewesen und in den letzten Jahren vollends verschwunden.

»Bezaubernd, nicht wahr?«, sagte der ungekrönte König und legte den Kopf in den Nacken. Ein gutgelauntes Vergnügen zeichnete sich in seinem plumpen Gesicht ab, als er mit offenkundiger Bewunderung den Blick über das anmutige Maßwerk der Bogenfenster der Kapelle wandern ließ.

Sebastian sah jedoch den Höfling, Ambrose LaChapelle, an.

Der Mann war voller Widersprüche. Die Erzählungen über seinen Mut als Freiwilliger in der Exilanten-Armee des Prince de Conde waren legendär. Er galt als hervorragender Pferdekenner, Präzisionsschütze und ausgezeichneter Schwertkämpfer und hatte sich einst als Fechtmeister verdingt.

Doch hinter vorgehaltener Hand flüsterte man auch über eine andere Seite des französischen Adligen. Manche sagten, der Höfling trage gern Frauenkleidung und treibe sich in den dunklen Arkaden von Covent Garden und der Börse herum, wo er als »Serena Fox« einen Namen hätte. Und Sebastian dachte unwillkürlich über den mysteriösen unbekannten Mann und die Frau nach, die Damion Pelletan am Abend seines Todes aufgesucht hatten.

Und über den blutigen Abdruck eines Frauenschuhs auf einem zerbrochenen Ziegel in dem drecksstarrenden Durchgang, in dem der Arzt sein grässliches Ende gefunden hatte.

Kapitel 13

»Sowas wie die Ställe da hab ich noch nie gesehn«, sagte Tom in angeekeltem Tonfall. »Die ham nur zwei Reitpferde da drin. Zwei! Und eins davon is extra nur für die Prinzessin reserviert. Der halbe Stall is in Wohnungen umgebaut worden, da wohnen Leute drin. Da war so ne alte Frau, die mir unbedingt nen Strohhut andrehn wollte, den sie gemacht hatte, und die hat die ganze Zeit gesabbelt, dass sie die Comtesse Soundso wär.«

»Wahrscheinlich stimmte das«, sagte Sebastian und lenkte sein müdes Gespann zum nächstgelegenen Dorf, Mandeville, wo er wieder wechseln wollte.

»Hm. Komischer Haufen, wenn Ihr mich fragt, sogar für Ausländer. Die meisten Stalljungen sind auch Franzosen. Hab noch nie so maulfaule Kerle getroffen. Hab sie nich mal dazu gebracht, mir die Uhrzeit zu bieten.«

»Unglücklich, aber wohl vorhersagbar«, sagte Sebastian.

Er hatte nicht den geringsten Schimmer, inwieweit die Konsultation von Marie Thérèse bei Damion Pelletan mit dem Tod des Arztes zusammenhängen könnte. Aber er bekam auch nicht die erstaunliche Koinzidenz aus dem Kopf, dass Pelletans Ermordung mit dem Jahrestag der Hinrichtung des letzten gekrönten Königs von Frankreich zusammenfiel.

Tom sagte: »Ich dachte, diese Marie Thérèse soll ne Prinzessin sein?«

»Ja. Sie ist das einzige überlebende Kind von Marie Antoinette und König Louis XVI von Frankreich.«

»Und warum wird sie dann Duchess genannt?«

»Weil sie mit einem Herzog verheiratet ist, der derzeit allerdings mit Wellington in Spanien ist.«

»Der is Herzog, obwohl er der Sohn eines Grafen is? Und sein Pa is ’n Graf und gleichzeitig ’n Prinz, Sohn eines Königs?«

»Ich weiß, das ist alles recht verwirrend. Aber so ist das bei den Franzosen geregelt. Bei ihnen geht es in Bezug auf Titel und Stand viel mehr durcheinander als bei uns Engländern.«

»Ergibt kein’ Sinn, wenn Ihr mich fragt«, sagte Tom. »Kein Wunder, dass sie nich mal richtig Englisch sprechen können.«

Eines der Pferde stolperte, und Sebastian musste die Tiere wieder in die Spur bringen. In der Ferne sah er das moosbewachsene, graue Dach der mittelalterlichen Kirche von Stoke Mandeville über den Baumkronen aufragen. Der Weg war hier schmal; ein Birkenwäldchen, in dem Haselnuss wucherte, schloss sie ein, als er das müde Gespann vorangehen ließ. Erneut befiel ihn plötzlich das intensive Gefühl, beobachtet zu werden.

Sie fuhren um eine scharfe Kurve, da lag ein umgestürzter Ast quer vor ihnen auf dem Weg. Er zog fest die Zügel an; schnaubend kamen die Grauen zum Stehen. Tom wollte schon hinunterspringen und zu den Köpfen der Pferde laufen, da sagte Sebastian leise: »Bleib.«

Hinter einem dichten Busch trat ein Mann hervor. Er trug speckige Segeltuchhosen und einen fadenscheinigen braunen Kordmantel. In seinem Hosenbund steckte eine hässliche Pferdepistole. Sein ausgemergeltes Gesicht war unrasiert, und er sagte mit dem Akzent der Londoner Straßen: »Habt Ihr Probleme, Euer Lordschaft?« Er reckte die Hand und griff in die Zügel des vordersten Pferds. »Kann ich Euch helfen?«

Seine Anwesenheit beruhigte die Grauen nicht im Mindesten, sondern sie wieherten und warfen mit geblähten Nüstern die Köpfe herum.

Sebastian umfasste seine Gerte fester. »Treten Sie zurück.«

»Ist das die feine Art, auf das freundliche Angebot meines Freunds zu reagieren?«, fragte da ein zweiter Mann, der rittlings auf einem prächtigen Braunen saß, den er antrieb, bis er vielleicht zwei Meter neben der Kutsche stehenblieb. In der linken Hand hielt er eine feine Duellpistole. Der glänzende Holzgriff einer zweiten Pistole war an seiner Taille zu sehen. Im Gegensatz zu seinem Kumpan trug dieser Mann rehlederne Kniehosen und einen eleganten Reitmantel. Er sprach mit feinstem, gebildetem Akzent. Um die untere Gesichtshälfte hatte er sich einen groben Wollschal gebunden, sodass Sebastian nur seine dunklen Augen und die Wimpern sehen konnte, die so dicht und lang wie die eines jungen Mädchens waren.

Kurz trafen sich ihre Blicke, dann blinzelte der Reiter und zielte mit der Pistole auf Sebastians Gesicht.

»Lauf!«, schrie Sebastian Tom zu. Er richtete sich auf und holte mit der Peitsche aus, die er mit einem Schnalzen über die Flanken des Braunen sirren ließ.

Das Pferd scheute heftig, und sein Reiter rutschte im Sattel nach hinten, der Schuss ging in die Baumkronen.

»Du Bastard«, fluchte der Reiter und brachte sein Pferd wieder unter Kontrolle, woraufhin er nach der zweiten Pistole griff.

Sebastians zweiter Peitschenhieb traf den Widerrist des Braunen. Das Pferd bäumte sich im selben Augenblick auf, als der Reiter den Hahn zog.

Der Schuss katapultierte Sebastians Kastorhut in trudelnder Bewegung auf die Straße. »Hölle nochmal«, fluchte Sebastian und zog seine eigene doppelläufige Steinschlosspistole aus der Manteltasche.

Über dem Schal wurden die Augen des Reiters groß, er umfasste die Zügel und stieß dem Brauen die Hacken in die Flanken, der darauf in einen Galopp verfiel. Sie verschwanden den Hügel hinab und um die Kurve. Von den Hufen des wahnsinnigen Pferds flog der Matsch nur so auf.

Mit einem üblen Grunzen trat der Straßenräuber mit dem braunen Mantel von Sebastians Gespann zurück und zog die Pferdepistole aus seinem Hosenbund.

Sebastian spannte den zweiten Hahn seiner Waffe und schoss ihm direkt zwischen die Augen.

Der Mann vollführte eine langsame, unelegante Pirouette, bevor er hart zu Boden ging.

»Boah«, flüsterte Tom, kroch hinter einem Dickicht aus Hasel hervor und sah auf die ausgestreckte, reglose Gestalt des Mannes hinunter. »Ist er tot?«

»Ich sagte, du sollst laufen«, sagte Sebastian, als sein *Tiger* zu den nervösen, auskeilenden Pferden sprang. »Geht es dir gut?«

»Aye«, sagte Tom und flüsterte den Pferden beruhigende Worte zu, die sie anscheinend verstanden. »Was warn das denn für Typen?«

»Ich weiß es nicht.« Sebastian sprang vom Kutschbock ab und zog sowohl den toten Angreifer als auch den querliegenden Ast von der Straße. Kurz zögerte er, doch dann zog er dem Mann den Mantel aus und warf ihn über dessen Gesicht für den Fall, dass jemand mit empfindsamem Gemüt hier entlang kommen sollte, bevor er es schaffte, mit den Behörden wieder zurückzukommen. »Aber wer auch immer sie geschickt hat, will offenbar meinen Tod.«

Kapitel 14

An jenem Nachmittag stattete Hero ihrer Mutter Annabelle Lady Jarvis einen Besuch ab.

Sie empfand eine tiefgehende Zuneigung zu ihrer Mutter, auch wenn sie beide nicht viele Gemeinsamkeiten besaßen. Während Hero groß, dunkelhaarig und in ihrem Verhalten sehr energisch war, war Annabelle in ihrer Jugend hübsch und zierlich gewesen, mit weichen goldenen Locken, schmelzenden blauen Augen und einem bezaubernden Lächeln. Hero erinnerte sich nur vage an jene lebendige und liebevolle Frau, deren Intelligenz weit über das hinausging, was sie andere – vor allem ihren Ehemann – erkennen ließ. Doch eine endlose Folge von Fehl- und Totgeburten hatte ihr nach und nach alle Energie geraubt und ihr Selbstvertrauen sowie jede Lebensfreude untergraben. Dann hatte in einer furchtbaren Nacht ihre letzte, übermenschlich schmerzhafte Geburt mit einem weiteren toten Kind geendet, und sie erlitt einen Schlaganfall, der ihre körperliche und geistige Gesundheit nachhaltig beeinträchtigt hatte.

Aber selbst mit zerrüttetem Nervenkostüm und einem Erinnerungsvermögen und Verstand, die nur noch ein Abklatsch von einst waren, gelang es Annabelle irgendwie, sich in der glitzernden, oft mitleidslosen Welt der feinen Gesellschaft zu behaupten. Außerdem wusste Hero, dass sie von den heimlichen Affären ihres Gatten viel mehr mitbekam, als Jarvis je für möglich gehalten hätte.

Die beiden Frauen machten es sich mit einer heißen Schokolade vor dem prasselnden Kamin in Annabelles Ankleidezimmer gemütlich und plauderten eine Weile über die neueste Mode in der Ärmellänge und über Rosenwasser-Tonikum Dann sah Hero ihre Mutter an und sagte: »Ich hörte, es ist eine französische Friedensdelegation in der Stadt.«

Annabelles sanfte blaue Augen umwölkten sich, und alarmiert griff sie nach ihrer Schokolade. »Wo hast du das gehört, Liebes?«

Hero lächelte ihrer Mutter offen zu. »Von Devlin.«

»Ach je. Ich fürchte, Jarvis wird es nicht zu schätzen wissen, wenn er hört, dass er Bescheid weiß.«

»Devlin hat ihn bereits damit konfrontiert. Natürlich hat er es geleugnet.«

»Ja, es ist alles streng geheim.«

Nicht zum ersten Mal fragte sich Hero, ob ihre Mutter an Schlüssellöchern lauschte oder ob Jarvis von der Beschränktheit seiner Gattin so überzeugt war, dass er nicht mehr auf das achtete, was er in ihrer Gegenwart sagte.

»Und alles auch noch sehr vorläufig«, sagte Annabelle. »Zumindest hörte ich, wie dein Vater das neulich abends zu jemandem sagte.«

»Dennoch ist es ermutigend, dass die Delegation überhaupt hier ist.«

»Durchaus. Heutzutage scheint es schwierig zu sein, sich an Zeiten zu erinnern, in denen wir nicht mit den Franzosen im Krieg lagen.«

Hero sagte: »Aber sicher liegen die Positionen der Engländer und der Franzosen doch weit auseinander? Ich meine, ich kann mir nicht vorstellen, dass Napoleon zum Abdanken bereit ist.«

»Oh nein; er ist nicht gerade der Typ, der sich lautlos von der Weltbühne zurückzieht, nicht wahr?«

»Würde England denn einem Frieden zustimmen, in dem Bonaparte Kaiser von Frankreich bliebe?«

»Nun, manch einer wäre damit einverstanden, wenn es so käme.« *Aber andere nicht.* Die Worte hingen unausgesprochen in der Luft.

Hero spielte mit der Tasse in ihren Fingern. »Ich nehme an, die Haltung der Briten ist zwiegespalten, was die Anwesenheit der französischen Königsfamilie als Gäste des Prinzregenten in unserem Land betrifft. Offensichtlich will Prinny, dass die Bourbonen in Frankreich wieder eingesetzt werden – zum einen, weil er als Mensch von königlichem Stand mit ihnen fühlt, zum anderen, weil ein abgesetzter König per se die Legitimation eines jeden sich an der Krone festklammernden Monarchen unterlaufen könnte. Und dennoch: Was stellt für die britische Monarchie eine größere Gefahr dar? Das Weiterbestehen von Napoleons Kaiserreich? Oder die Fortsetzung eines langen, kostspieligen Kriegs, der die Unterstützung der hungernden englischen Bevölkerung verloren hat und überdies droht, den Staat in den Bankrott zu treiben?«

»Nach allem, was ich gehört habe, drückt Prinny sehr deutlich seinen Wunsch aus, die Bourbonen wieder auf dem Thron Frankreichs zu sehen.«

»Und Papa?«

Ein unerwartet wissendes Lächeln umspielte die Lippen ihrer Mutter. »Musst du danach noch fragen? Was deinen Vater betrifft, wäre ein Kompromiss zum jetzigen Zeitpunkt geradezu närrisch. Er besteht darauf, dass wir bald erleben werden, wie Napoleon durch Waffengewalt aus Paris vertrieben und das alte System ganz und gar wiederhergestellt wird.«

»Und doch ist Wellington noch viele Kilometer von Frankreich und erst recht von Paris entfernt.«

»Allerdings.«

»Und ich bin nicht überzeugt, dass es einfach oder klug wäre, einem Volk das alte System wieder aufzuerlegen, das es seit mittlerweile fast fünfundzwanzig Jahren abgelegt hat. Die Franzosen haben die Bourbonen bereits einmal verjagt, also wissen sie, dass sie es auch ein zweites Mal schaffen können, wenn sie wollen. Und beim nächsten Mal sind sie vielleicht schlau genug, keinen Kaiser anstelle eines Königs einzusetzen. Dann hätten wir gleich auf der anderen Seite des Kanals – und nicht nur auf der anderen Seite des Atlantiks – erneut eine republikanische Regierung, die in den unterdrückten Volksmassen gefährliche Wünsche wecken könnte.«

Annabelle schlug sich die Hand vor die Lippen. »Grundgütiger, Hero, lass das nicht deinen Vater hören, sonst hält er dich für eine Radikale.«

»Aber das bin ich«, sagte Hero und lachte leise beim entsetzten Blick ihrer Mutter. Schweigend nippte sie an ihrem Kakao, dann sagte sie: »Wenn Jarvis überzeugt ist, dass Napoleon mit Waffengewalt besiegt werden kann – wozu dann noch diese Friedensdelegation?«

»Soweit ich es begriffen habe, sind sowohl der Premierminister als auch gewisse Kabinettsmitglieder mehr an den Vorschlägen der Friedenskommission interessiert, als es deinem Vater lieb ist.«

»Ach so.« Hero stellte die leere Tasse ab. »In dem Fall könnte ich mir vorstellen, dass die Anwesenheit der Delegation in London für einigen Aufruhr in Hartwell House sorgt.«

»Ich glaube nicht, dass man den Bourbonen von dieser Friedensdelegation berichtet hat. Was natürlich nicht gleichbedeutend damit ist, dass sie tatsächlich nichts davon wissen.« Lady Jarvis stellte ihre Tasse ebenfalls zur Seite und griff nach der Hand ihrer Tochter. »Aber nun genug von diesem langweiligen Unfug. Ich möchte hören, wie du dich fühlst.«

»Mir geht es gut, Mama. Allerdings schwöre ich, dass ich inzwischen so dick bin, als würde ich einen Elefanten austragen.« Sie bedauerte die Worte sofort, als sie sah, wie die Furcht über das Gesicht ihrer Mutter glitt. »Es wird alles gut, Mama.«

»Ich muss mich einfach sorgen, schließlich bist du meine Tochter.«

Hero umfasste die Hand ihrer Mutter fester. »Mama. Ich bin über einen Kopf größer als du, und recht kräftig gebaut. Mir geht es gut.«

»Wann konsultierst du Richard Croft wieder?«

Hero verzog das Gesicht. »Morgen.«

Annabelles Stirn kräuselte sich erneut sorgenvoll. »Ich weiß, dass du den Mann nicht magst, Liebes. Aber man kann nicht leugnen, dass er der beste Accoucheur in ganz England ist. Es heißt ja, sogar der Prinzregent habe sich bereits Crofts Versprechen geholt, dass er sich, wenn Charlotte heiratet und ein Kind erwartet, um die Geburt kümmern wird.«

»Die arme Prinzessin Charlotte!«

»Hero ...«

»*Mama.*« Hero lachte erneut auf und beugte sich vor, um ihre Mutter auf die Wange zu küssen. »Ich schwöre, du bist noch schlimmer als Devlin. Ich bin nicht nur so dick wie ein Elefant, sondern auch so gesund wie einer. Du musst aufhören, dich zu sorgen!«

Annabelle legte den Kopf schräg und musterte Heros Gesicht. »Bist du glücklich, Liebes?«

»Ja, sehr.«

Annabelle tätschelte ihr die Hand. »Ich freue mich so für dich.«

Doch das besorgte Stirnrunzeln blieb.

Kapitel 15

»Und den Leichnam habt Ihr einfach dort im Wald liegen lassen?«, fragte Sir Henry Lovejoy mit entsetzt quäkender Stimme.

Die beiden Männer gingen die Bow Street entlang zum *Brown Bear*, einer alten Taverne, die gewissermaßen ein Anhängsel der legendären Behörde auf der gegenüberliegenden Straßenseite war.

Sebastian sah zu ihm hinüber. »Was hätte ich denn tun sollen? Nach Stoke Mandeville hineinfahren, einen toten Mann neben mir auf dem Kutschbock drapiert?«

Sir Henrys Augen weiteten sich. »Gütiger Gott, nein. Ich gestehe, darüber habe ich nicht nachgedacht.«

Sebastian überspielte sein Lachen mit einem glaubhaften Husten. »Allerdings habe ich den Dorfmagistraten informiert. Unglücklicherweise hat jemand in der Zeit, die Squire John brauchte, um ein paar Constables und einen Wagen zusammenzutrommeln, mit denen er mich zurück zum Tatort begleiten wollte, die Leiche verschwinden lassen. Ich fürchte, der ehrenwerte Squire ist mehr als nur halb überzeugt, ich hätte mir die ganze Sache ausgedacht.«

»Etwa zur eigenen Belustigung?«

»Etwas in der Art.« Deshalb war Sebastian auch verdammt spät nach London zurückgekehrt. Voller Besorgnis und Schuldgefühle war er in die Brook Street geeilt, nur um zu erfahren, dass Hero den Nachmittag bei ihrer Mutter verbrachte.

»Ich schätze, es können Wegelagerer gewesen sein«, sagte Sir Henry. »Es sind schwierige Zeiten.«

Sebastian schüttelte den Kopf. »Ailesbury Vale gehört nicht mehr zu Finchley Common. Abgesehen davon hat der Gentleman auf dem Braunen nicht gerade ausgesehen, als wäre er in ernstlichen finanziellen Schwierigkeiten.«

Mit geschürzten Lippen sah der Magistrat über die Ansammlung von Kutschen und Wagen, die die enge Straße verstopften. »Die andere Möglichkeit – dass dieser Angriff in einem Zusammenhang mit Eurem Anteil bei den Ermittlungen im Mord an Damion Pelletan steht – ist besorgniserregend. Überaus besorgniserregend.« Er sah zu Sebastian herüber. »Wie viele Menschen wussten von Eurem Plan, heute nach Hartwell House hinaus zu fahren?«

»Schon einmal mein gesamter Haushalt. Allerdings nehme ich an, dass ich wahrscheinlich dabei belauscht wurde, wie ich im Mietstall der Boyle Street Absprachen traf, um ein Gespann zu mieten.«

Sir Henry runzelte die Stirn. »Ihr meint, es wäre Euch jemand gefolgt?«

»Ja.«

»Ach du liebes bisschen. Ich werde einen meiner Leute hinschicken, damit er in Erfahrung bringt, ob nach Euch jemand dort war und Fragen gestellt hat.«

Sebastian schüttelte den Kopf. »Es ist wohl besser, ich schicke Tom. Ich möchte nicht, dass Sie sich bei dem Chefmagistraten unbeliebt machen.«

Sir Henry schenkte ihm ein seltenes, knappes Lächeln. »Meine Leute können sehr diskret vorgehen, wenn es ihnen wichtig ist.« Er räusperte sich. »Sie haben übrigens einige Fragen bezüglich der Gentlemen im *Gifford Arms* gestellt.«

»Ach?«

»Der Verwalter ist ein Mann namens Camille Bondurant. Er ist im Recht bewandert und es heißt, er sei ein ziemlich einsilbiger Mann, der sich für gewöhnlich ganz abseits hält. Jeden Morgen um Punkt zehn Uhr spaziert er die gesamte Mall auf und ab.«

»Und der Colonel?«

»Colonel André Foucher. Er war mit Napoleon in Russland.«

»Das ist ja interessant.«

»Mhm. Das dachte ich mir auch. Man sagte mir, dass er sich gern im *Sultan's Rest* aufhält, einem Kaffeehaus in der Nähe des Zeughauses.« Der Untersuchungsrichter schickte sich an, zum *Brown Bear* hineinzugehen, da blieb er stehen und sah über die Schulter. »Wisst Ihr schon, dass Pelletans Bestattung für heute Abend angesetzt wurde?«

»So rasch? Und wo?«

»In der französischen Kapelle beim Portman Square. Um sieben Uhr.«

***

Die Kapelle in der Little George Street war mit schwarzem Crêpe abgehängt und von Leuchtern mit Bienenwachskerzen erhellt, als Sebastian hinkam. Eine Reihe hoher, einfacher Fenster hob sich dunkel vor

111

dem Nachthimmel ab, und in der Luft mischte sich ein Hauch alten Weihrauchs mit dem Geruch nach heißem Wachs und kaltem, feuchtem Gemäuer.

Die kleine katholische Kirche war Ende des vergangenen Jahrhunderts von flüchtigen Priestern errichtet worden, die den Eid verweigerten und vor der französischen Revolution geflohen waren. Im Innern war sie schlicht, fast schon primitiv. Nur die Kreuzwegstationen und mehrere Grabstätten entlang den Wänden lockerten die Kahlheit auf. Ein zentral stehender Sessel mit hoher Rückenlehne diente als »Thron« für den ungekrönten König Frankreichs, wann immer er die Pfarrei mit seiner Anwesenheit zu ehren wünschte. Wenn Damion Pelletan tatsächlich als Teil der von Napoleon gesandten Delegation nach London gekommen war – was Heros Unterhaltung mit ihrer Mutter heute Nachmittag sicherlich nahelegte –, dann fand Sebastian die Wahl dieser Kapelle als Ort seiner Bestattung etwas eigenartig. Andererseits durfte man auch nie vergessen, dass Napoleon es hatte bewerkstelligen können, sich von Papst Pius VIII zum Kaiser krönen zu lassen.

Sebastian zog leise die Tür hinter sich zu und blieb stehen, um den kurzen Mittelgang entlang zu schauen, an dessen Ende vor dem Altar ein dunkler Eichensarg stand, der mit blauem Samt ausgeschlagen war. Er näherte sich dem Sarg nicht, sondern schlüpfte zur Seite vor die Rückwand auf der Westseite der Kapelle, in den Schatten des wackeligen Chorgestühls über seinem Kopf.

Schwere, bedrückende Stille lastete über dem Kircheninnenraum, gelegentlich von einem Hüsteln unterbrochen. Nur drei Trauernde standen verstreut in

den Kirchenbänken zu beiden Seiten des Mittelgangs.
In der zweiten Reihe erkannte er Harmond Vandreuil.
Colonel André Foucher hatte drei Reihen hinter ihm
ganz am äußeren Rand Platz genommen. Während Sebastian ihn betrachtete, zog André Foucher die Uhr aus
seiner Tasche und sah stirnrunzelnd darauf hinunter.
Der dritte Anwesende, ein dünner, schmalgesichtiger
Mann mit einer roten Nase und glattem blondem Haar,
saß in der letzten Reihe. Sebastian kannte ihn nicht,
aber er hielt den Kopf über ein Buch gesenkt und hatte
die Schultern gegen die Kälte vorgezogen. Das war sicherlich der Verwalter Camille Bondurant.

Die Minuten vergingen. Sebastian verschränkte die
Arme vor der Brust und ignorierte die klamme Kälte,
die durch die Sohlen seiner Stiefel aufstieg, während er
die überlebenden Mitglieder der französischen Delegation betrachtete: drei Männer, die sich kannten und sogar zusammen wohnten und dem Begräbnis von einem
der ihren beiwohnten, sich dabei jedoch gegenseitig
nicht beachteten. Mitt Peebles wusste offensichtlich,
wovon er redete, wenn er sagte, dass sie einander nicht
besonders leiden mochten.

Das Geräusch der sich öffnenden Tür lenkte Sebastians Aufmerksamkeit auf den Eingang.

Ein schlanker brünetter Mann, der extravagant gekleidet war, trat ein und blieb unmittelbar hinter der
Tür stehen, zog den Hut ab, benetzte die Finger mit
Weihwasser und machte abwesend das Kreuzzeichen.
Sebastian starrte ihn an. Es war Ambrose LaChapelle.

Was zum Teufel tut er denn hier?, dachte Sebastian.

Gebannt beobachtete er, wie der Höfling in die Bank auf der anderen Seite des Verwalters rückte, sich hinkniete, erneut das Kreuzzeichen machte und den Kopf im Gebet senkte. Dann fiel Sebastian auf, dass er der einzige Mann in der Kirche war, der betete.

Die Kirchenglocken der Londoner City hatten längst sieben Uhr geschlagen. Colonel Foucher blickte erneut stirnrunzelnd auf seine Uhr. Sebastian hörte Flüstern und eine Bewegung von der Sakristei her, woraus er schloss, dass der Priester endlich Anstalten machte, die feierliche Zeremonie zu beginnen. Da öffnete sich die Kirchentür erneut mit einem lauten Ruck, und ein weiterer Mann kam herein.

Er war durchschnittlich groß und durchschnittlich gebaut, etwa Mitte dreißig, blickte gelangweilt aus grauen Augen und trug sein dichtes, honigfarbenes Haar modisch verwuschelt. Sein hervorragend geschnittener Mantel stammte von einem der besten Schneider Londons, aber seine rehledernen Kniehosen hätten einem Ausritt im Park eher angestanden als einer Beerdigung, und anstelle einer Krawatte trug er ein verwegen um den Hals geknotetes Tuch. Weder setzte er seinen hohen Kastorhut ab noch neigte er den Kopf, sondern schritt eilig den Mittelgang entlang, um vor dem offenen Sarg abrupt stehen zu bleiben.

Sebastian beobachtete ihn interessiert. Der Name des Neuankömmlings war Peter Radcliff, er war der jüngere Sohn des verstorbenen Duke of Linford und Bruder des jetzigen Herzogs. Nach Sebastians Wissen hatte er weder Interesse an Regierungsangelegenheiten noch am Handel. Vielmehr gab er sich einem hedonistischen Lebensstil hin, der sich hauptsächlich um die Oper, die

Rennbahn und die Art ruinöser Spielhöllen drehte, die auch der Prinzregent und seine Entourage gern aufsuchten.

Aber weshalb war er dann hier?

Er stand vielleicht eine halbe Minute neben dem Sarg. Seine Schultern waren angespannt, und er schloss die Hände, die an beiden Seiten herunterhingen, zu Fäusten und öffnete sie wieder, während er das fahle Antlitz des Toten betrachtete. Dann drehte er sich um und verließ die Kirche just, als sich die Tür zur Sakristei öffnete.

Ein gebeugter, runzliger Priester in weißem Messgewand und einer schwarzen, mit goldenen Kreuzen bestickten Stola trottete in den Kirchenraum. Ihn geleiteten zwei Messdiener und ein Schwall Weihrauch. Mit unterdrücktem Hüsteln und Räuspern erhoben sich die versammelten Trauernden.

Sebastian schlich sich leise durch den Haupteingang hinaus. Als er draußen auf den Weg trat, rollte Radcliffs Barouche allerdings bereits die George Street hinauf, und die Laternen schwankten heftig an den Seiten der gut gefederten Kutsche.

Sebastian schaute ihr noch immer gedankenverloren nach, als Harmond Vandreuil hinter ihm aus der Kapelle trat.

Kapitel 16

Harmond Vaundreuil blieb im Schatten des kleinen Vorbaus der Kapelle stehen. Er war ein kleiner, runder Mann mit dicken Fingern und einem kurzen Hals, der in einem voluminösen weißen Halstuch verschwand. Er hatte füllige Wangen und Augen, die praktisch in seinem runden, rosigen Gesicht verschwanden, wenn er lächelte, wodurch der Eindruck herzlicher, guter Laune erweckt wurde. Sebastian wusste, auch ohne dass man es ihm eigens sagte, dass diese Wirkung irreführend war. Vaundreuils Position konnte man nicht ohne eine gehörige Portion rücksichtslosen Opportunismus erreichen oder ohne einen Eigennutz, der niemals großzügig war und keine Gefangenen machte.

»Ich weiß, wer Ihr seid«, sagte er. »Der Sohn von diesem Earl – dieser Kerl mit einer eigenartigen Obsession für Mord und Justiz. Devlin, nicht wahr? Ich habe Euch hinten in der Kirche stehen sehen.«

Sebastian drehte sich um und sah ihn an. »Haben Sie beschlossen, dem Trauergottesdienst doch nicht beizuwohnen?«

Der Franzose lachte leise. »Als Junge wurde ich zum Priester ausgebildet. Ich brauche nicht eigens zu erwähnen, dass ich die Berufung nicht verspürt habe. In meiner Familie sind die Zweitgeborenen zur Armee gegangen, die Drittgeborenen wurden Geistliche. Wenn schon nicht aus anderen Gründen, so werde ich der Revolution auf ewig dankbar sein, dass sie mir ein Leben der Heuchelei und unsäglichen Langeweile erspart hat. Glaubt mir, Damion Pelletan hätte es besser gewusst, als von mir zu erwarten, dass ich bei seiner Trauermesse die ganze Zeit anwesend bin.«

»Kannten Sie Pelletan gut?«

»Er war mein Leibarzt. Ich habe Herzprobleme, müsst Ihr wissen.«

»Das beantwortet nicht ganz meine Frage.«

»Nicht?« Vaundreuil stieg langsam die letzte Stufe herunter, und ein seltsames, verkniffenes Lächeln kräuselte die Haut neben seinen Augen, als er auf dem Gehweg stehenblieb. »Seid klug, Mylord, und lasst die Dinge auf sich beruhen, ja? Glaubt mir, es ist für alle Beteiligten besser, wenn der Tod von Damion Pelletan von Straßenräubern herbeigeführt wurde.«

»Besser für mich, für Sie oder für Damion Pelletan?«

Vaundreuils Lächeln wurde breiter. »Für alle.«

»Heute hat jemand versucht, mich zu töten. Auf dem Weg von Hartwell House nach London. Sie wissen nicht zufällig etwas darüber?«

Vaundreuil lachte laut auf, er wirkte ehrlich amüsiert. »Die Bourbonen sind ein mordlustiger Haufen. Und Ihr habt keine Vorstellung, wo Ihr Euch da einmischt.«

»Nicht genau jedenfalls«, stimmte Sebastian zu. »Aber ich habe eine sehr lebhafte Einbildungskraft – und noch dazu eine ziemlich genaue Vorstellung davon, wie sich der Verlust einer halben Million Männer innerhalb von sechs Monaten in der öffentlichen Wahrnehmung auswirkt, wenn es um die Legitimierung eines Führers geht.«

Der Franzose lächelte nicht mehr.

Sebastian sagte: »Da ein Mitglied Ihrer Delegation nun ...«

»*Delegation*? Was ist das denn für ein Nonsens?«

»... getötet wurde, würde man doch annehmen, Sie würden bei jedem Versuch, den Mörder zu finden, kooperieren. Stattdessen scheinen Sie kein Interesse daran zu haben. Warum ist das der Fall?«

»Aber wir kooperieren durchaus – mit der Bow Street-Behörde. Und die Bow Street hat uns versichert, dass Pelletan von Straßenräubern getötet wurde. Warum also der Versuch, mehr aus seinem Tod zu machen, als es war?«

»Damion Pelletan ist nicht von Straßenräubern getötet worden, und das wissen Sie sehr wohl.«

»Seid Ihr Euch da so sicher, Mylord?«

»Welcher Straßenräuber stiehlt einem Mann das Herz aus dem Leib, lässt die Börse aber zurück?«

Vaundreuils Gesicht verzog sich in offensichtlichem Entsetzen. »*Was sagt Ihr da?*«

»Sie haben mich verstanden.« Sebastian musterte die blassen, plötzlich ausgezehrt wirkenden Züge seines Gegenübers. »Wollen Sie mir weismachen, Sie wussten es nicht?«

Der Franzose wischte sich mit zitternden Fingern über den Mund. »Nein. Die Details hat man mir nicht mitgeteilt. Ich meine, ich habe den Leichnam in dieser grässlichen Praxis beim Tower gesehen. Ich weiß, der

Brustkorb war ... Aber ... das Herz? Herausgenommen?«
Er schluckte mühsam. »Seid Ihr sicher?«

»Diese Information erschüttert Sie. Weshalb?«

»Großer Gott, wen würde das nicht erschüttern? Ich
meine ... einem Mann das Herz zu stehlen! Das ist bar-
barisch. Das ist doch geisteskrank. Was ist Euer London
doch für ein gewalttätiger und gefährlicher Ort!«

»Allerdings. Dennoch ist es deutlich gesünder als das
Paris des Jahres, sagen wir, 1793. Würden Sie mir da
nicht zustimmen?«

Vaundreuil spannte den Kiefer an. »Jene dunklen
Tage liegen zwanzig Jahre in der Vergangenheit.«

»Zwanzig Jahre ist gar nicht so lang her.«

Der Wind frischte auf, ließ ein loses Theaterplakat
über die Straße flattern und trug mit plötzlicher Klarheit die Stimme des Priesters heran. »*Ambulabo coram
Domino, in regione vivorum* ...«

Sebastian sagte: »Wer könnte den Wunsch haben,
mögliche Friedensverhandlungen zwischen Napoleon
Bonaparte und der britischen Regierung zu verhindern?«

»Ich habe nie gesagt ...«

»Nun gut, um Ihrer großen Empfindsamkeit für
sprachliche Feinheiten Rechnung zu tragen, werde ich
die Frage umformulieren: *Falls* es zwischen Paris und
London Vorgespräche zu Friedensverhandlungen geben sollte, wer hätte dann ein Interesse daran, sie rasch
zum Abbruch zu bringen?«

»Ehrlich, *Monsieur*? Die Liste ist endlos. Nach meiner
Erfahrung sind jene, die sich am Krieg bereichern, niemals zufrieden. Für sie ist der Krieg eine Gelegenheit,
keine Last oder ein Leid. Schließlich sind es selten ihre

Söhne, die in fremder Erde in namenlosen Gräbern liegen.«

Sebastian musterte den dicken, erfolgsverwöhnten Bürokraten vor sich. Vaundreuil selbst hatte ganz offenbar außerordentlich von der Revolution und den darauffolgenden Kriegen profitiert. Doch Sebastian sagte nur: »Haben Sie eine bestimmte Person im Sinn?«

Der Franzose lächelte schmallippig. »Sicherlich wisst Ihr besser als ich, wer in England am Krieg gewinnt?«

»Und unter den Franzosen?«

Vaundreuil schüttelte den Kopf. »In Frankreich wissen selbst diejenigen, die dank dem Kaiserreich zu Wohlstand gekommen sind, dass die Mühen der letzten beiden Jahrzehnte nicht mehr lohnen. Ich habe den Verdacht, Ihr werdet herausfinden, dass die Franzosen, die sich der Vorstellung eines Friedens zwischen England und Napoleon am meisten verweigern, auf *dieser* Seite des Kanals zu finden sind, nicht jenseits.«

»Meinen Sie die Royalisten?«

»*Émigrés*, Royalisten, Bourbonen. Es leben Zehntausende meiner ehemaligen Landsleute hier. Die meisten träumen davon, eines Tages nach Frankreich zurückzukehren. Und von Rache träumen sie.«

»Haben die Bourbonen Kenntnis davon, dass Sie hier in London sind?«

»Offiziell nicht. Aber in diesen Konflikt sind nur wenige involviert, die keine eigenen Spione hätten.«

»Besteht die Möglichkeit, dass der Comte de Provence hinter Pelletans Tod steckt?«

»Provence?« Vaundreuil rümpfte so sehr die Nase, dass seine Mundwinkel dabei heruntersackten. »Der *soi-disant* Louis XVIII ist krank, kinderlos und vor der

Zeit gealtert. Meiner Ansicht nach muss man den jüngeren Bruder, Comte d'Artois, im Auge behalten. Artois und Provences Nichte, die Duchesse d'Angoulême. Es wäre ein Fehler, Marie Thérèse als halbverrückt abzutun. Schließlich ist sie die Tochter von Marie Antoinette. Ich hörte Napoleon selbst sagen, Marie Thérèse wäre der einzige echte Mann in ihrer Familie.«

»Fürchtet er sie?«

»Ich würde nicht so weit gehen zu sagen, dass er sie fürchtet. Aber er behält sie im Auge, ja. Definitiv.« Vaundreuil tippte sich mit der Hand an den Hut und neigte den Kopf. »*Monsieur.*«

Er wandte sich ab, da fragte Sebastian: »Ist Ihnen zufällig Mr Peter Radcliff bekannt?«

Der Franzose drehte sich langsam wieder zu Sebastian um. »Ich kenne ihn gut genug, um ihn wiedererkannt zu haben. Meint Ihr das?« In den kleinen dunklen Augen von Vaundreuil leuchtete unvermutet Belustigung auf. »Ihr habt bemerkt, dass auch er nicht zur Trauerfeier geblieben ist, nehme ich an?«

»Weshalb sollte ein Sohn des Duke of Linford an der Beerdigung eines französischen Arztes teilnehmen, der vor drei Wochen nach London gekommen ist?«

»Ich glaube, Radcliff ist mit einer jungen Französin verheiratet, mit der Pelletan vor vielen Jahren in Paris bekannt war.«

Sebastian wusste von der jungen Lady Peter, denn ihre Schönheit war legendär. Sie war vor neun Jahren nach England gekommen, als ihr Vater, ein hochangesehener General der Großen Armee, sich mit Napoleon überworfen hatte und die Familie deshalb gezwungen war, aus Frankreich zu fliehen. Aber sie war nicht mittellos in London angekommen, denn es war dem General gelungen, ein kleines Vermögen anzusammeln, das er sicher im Ausland angelegt hatte. Und fast die Hälfte seines Reichtums hatte er seiner schönen Tochter überschrieben.

In Vaundreuils Augen glomm ein missfälliger Schimmer auf. »Vielleicht haltet Ihr nach einem zu komplizierten Motiv für diesen Mord Ausschau, Monsieur. Vielleicht geht es hier nur um eine – wenn auch morbide – *affaire de coeur*. Das würde vieles erklären, nicht wahr?«

»Hat Pelletan Lady Peter geliebt?«

»Früher vielleicht, wer weiß? Damion Pelletan war mein Arzt, nicht mein Freund oder Vertrauter.« Vaundreuil verbeugte sich erneut. »Nun müsst Ihr mich wirklich entschuldigen, Mylord.«

Sebastian beobachtete, wie er Richtung Portman Square stolzierte. Der Wind ließ seine Rockschöße flattern, während aus dem Innern der Kirche ein leiser Trauergesang erklang.

»Pie Jesu Domine, dona eis requiem. Amen.«

Kapitel 17

Lord Peter Radcliff war einer jener Männer, die die Würde ihrer hohen Geburt mit Anmut und einem gutmütigen Lächeln zur Schau trugen. Er war als zweitgeborener Sohn eines Herzogs in einem Leben außerordentlichen Wohlstands und großer Privilegien aufgewachsen. Dies bedeutete, dass die ganze Last der Verantwortung für die ausgedehnten Ländereien sowie die beträchtlichen finanziellen Angelegenheiten der Familie nicht auf seinen Schultern lastete, sondern auf denen seines älteren Bruders. Lord Peter erhielt einen schönen Unterhalt, und er genoss die Freiheit, seine Tage ganz nach eigenem Gusto zu verbringen. So pflegte er im berühmten Bogenfenster bei *White's* den Müßiggang, ging in Melton Mowbray zur Jagd und umgab sich mit einem Kreis von Bonvivants, die für ihre vorzüglichen Manieren, ihren unfehlbaren Geschmack und ihre Neigung, über fast alles Wetten abzuschließen, bekannt waren.

Wie seine Freunde Beau Brummell und Lord Alvanley hatte er eine kurze Karriere in einem angesehen Londoner Regiment hinter sich. Doch er hatte sein Offizierspatent bald veräußert, um sich den weniger anstrengenden Tätigkeiten eines Lebemannes hinzugeben. Seine Heirat mit einer der schönsten Frauen in London vor acht Jahren hatte an seiner Lebensweise wenig geändert. Aus diesem Grund verbrachte Sebastian den Abend damit, von einem Gentleman's Club zum nächsten zu ziehen, vom *White's* in der St James's Street zum *Watier's* in der Piccadilly und dann zum *Limmer's*, anstatt Lord Peter in seinem prächtigen Haus in der Half Moon Street zu suchen. Doch er blieb erfolglos.

In einem Kaffeehaus in der Nähe der Conduit Street nippte Sebastian gerade an einem feinen französischen Cognac, da betrat Lord Peter den Raum und kam stracks zu ihm.

»Warum zum Teufel sucht Ihr nach mir?«, verlangte er zu wissen und tippte ungeduldig mit einem Finger gegen seinen Oberschenkel.

Sebastian lehnte sich zurück. »Ich denke, das wissen Sie.«

Radcliff zögerte, dann bestellte er sich einen Brandy, zog den Stuhl gegenüber heraus und setzte sich. »Ich habe Euch in der französischen Kapelle gesehen.«

Sebastian hob das Cognacglas an die Lippen und betrachtete den Sohn eines Herzogs über den Rand hinweg. »Waren Sie mit Damion Pelletan befreundet?«

»Ich? Nein.« Radcliff legte einen auf Hochglanz polierten Stiefel über das Knie. Es war eine entspannte Geste. Unter seinen Freunden hatte er den Ruf unkomplizierten Charmes und grenzenloser Großzügigkeit; allerdings wusste Sebastian, dass manch einer auch eine andere Seite von ihm gesehen hatte. Er konnte brüsk, herablassend und unfassbar arrogant sein. »Ich bin um meiner Frau willen hingegangen. Er war ein Kindheitsfreund von ihr, in Paris.«

»Aber Sie haben ihn auch gekannt?«

»Ich bin ihm ein- oder zweimal begegnet.« Er warf Sebastian einen verstohlenen Seitenblick zu. »Um ehrlich zu sein verstehe ich nicht ganz, weshalb Ihr Euch in diese Sache einmischt. Laut den Zeitungen wurde er in St Katharine's von Straßenräubern getötet.«

»Er wurde tatsächlich in St Katharine's getötet. Aber Straßenräuber hatten damit nichts zu tun.«

Radcliff sah schweigend auf sein Glas hinunter, das er zwischen den Händen drehte. Er war immer noch ein attraktiver Mann mit einem breiten, gewinnenden Lächeln. Aber wenn er entspannt war, konnte man bereits sehen, dass die Jahre der Ausschweifungen langsam ihre verräterischen Spuren hinterließen. Seine Haut war grobporig, und die Konturen seiner Muskeln waren trotz seiner immer noch schlanken Figur schwammiger geworden.

Sebastian sagte: »Was können Sie mir über ihn erzählen? Sie sagten, Ihre Gattin hat ihn in Paris gekannt?«

Radcliff löste sich von seiner Grübelei. »Ja. Sie sind auf der Île de la Cité Tür an Tür aufgewachsen. Sein Vater ist immer noch ein bekannter Arzt am Hôtel-Dieu oder so etwas.«

»Ach ja?«

Radcliff runzelte die Stirn. »Ich meine mich an eine Sache zu erinnern, in die sein Vater involviert war, und die Staub aufgewirbelt hat, aber das war vor Jahren. Es hatte etwas mit der Königsfamilie in der Zeit der Schreckensherrschaft zu tun. Ich könnte nicht genau sagen, worum es ging.«

»Was wissen Sie über die politische Orientierung Damion Pelletans?«

»Die politische Orientierung?« Radcliff schüttelte den Kopf. »Ich hatte nicht den Eindruck, dass Pelletan sich für Politik interessierte. Seine Passion war die Medizin.«

Es erschien Sebastian mehr als eigenartig, dass jemand, der sich nicht für Politik interessierte, Teil einer Friedensdelegation sein sollte, wenn auch nur im Amt eines Arztes. Aber er fragte lediglich: »Wann haben Sie ihn zuletzt gesehen?«

Radcliff nahm einen ausgedehnten Schluck von seinem Brandy, als müsse er über die Antwort sorgsam nachdenken. »Das weiß ich nicht mehr genau. Vielleicht vor einer Woche? Vielleicht ist es auch schon länger her.«

»Nicht am Donnerstagabend?«, fragte Sebastian und dachte an den unbekannten Mann und die Frau, die Pelletan am Abend seines Todes im *Gifford Arms* besucht hatten.

Radcliff hielt in der Bewegung inne, das Glas schwebte über dem Tisch. Alle Spuren eines entspannten Lebemanns waren verschwunden; er blickte störrisch und leicht verdrossen drein. »Nein, *nicht* am Donnerstagabend. Ich habe Donnerstagabend zu Hause verbracht, allein, mit meiner Frau.«

»Den ganzen Abend und die Nacht?«

»Ja, verflucht.«

Sebastian streckte die Beine aus und schlug die Fesseln übereinander. »Sie sagten, Sie haben um Ihrer Frau willen an Pelletans Begräbnis teilgenommen. Hat sein Tod sie arg mitgenommen?«

»Sicher. Was erwartet Ihr denn? Sie waren alte Freunde.«

»Aber nachdem Sie sich bei der Beerdigung ihres Kindheitsfreundes haben sehen lassen, hatten Sie nicht das Bedürfnis, zu ihr nach Hause zurückzukehren und sie zu trösten?«

Zornesröte sprenkelte Radcliffs Wangen. »Was zur Hölle wollt Ihr damit andeuten?«

»Haben Sie zufälligerweise gehört, wie genau Damion Pelletan getötet wurde?«

Ein Ausdruck der Skepsis huschte über Radcliffs Gesicht. »Ich bin davon ausgegangen, dass er erschlagen wurde. Das machen Straßenräuber ja üblicherweise, nicht?«

»Tatsächlich wurde ihm ein Dolch in den Rücken gejagt. Dann hat der Mörder – vielleicht waren es auch mehrere – seine Leiche in einen dreckstarrenden Durchgang gezogen und ihm das Herz herausgeschnitten.«

In den Augen des anderen glomm etwas auf, das er rasch durch ein Senken der Lider verbarg.

Sebastian beobachtete ihn genau. »Können Sie sich vorstellen, weshalb jemand so etwas tun könnte? Es scheint einen symbolischen Charakter zu haben, meinen Sie nicht auch? Einem Mann das Herz aus der Brust zu reißen.«

Radcliff sah ihm kurz intensiv in die Augen.

Dann setzte er sein nicht geleertes Brandyglas heftig auf dem Tisch ab, sprang auf und verließ eilig das Kaffeehaus. Die bernsteinfarbene Flüssigkeit schwappte im Glas hin und her, bis sie sich zuletzt wieder glättete.

***

Als Sebastian eine halbe Stunde später am Tower Hill ankam, fand er Paul Gibson am Bett der verletzten Frau vor. Dort saß er auf einem Holzstuhl, die Ellbogen auf seinen gespreizten Knien und das Kinn auf den Händen abgestützt. Auf einem Beistelltisch stand eine Schüssel mit einem Tuch. Die Oberfläche des Tischs war dunkel von verschüttetem Wasser. Bei Sebastians Eintreten hob er den Kopf, stand aber nicht auf. Die Frau im Bett lag schrecklich reglos da, die Augen geschlossen. Auf ihrer hohen Stirn glänzte der Schweiß, und die feuerroten Haare an den Schläfen waren davon ganz dunkel.

»Wie geht es ihr?«, fragte Sebastian leise.

Gibson schüttelte den Kopf und stieß einen langen, erschöpften Atemzug aus. »Sie deliriert. Ich fürchte, das Fieber steigt.«

»Von der Kälte in der Mordnacht oder von ihren Verletzungen?«

»Das kann ich nicht sagen.« Er strich sich das wirre Haar aus der Stirn, verschränkte die Finger im Nacken und streckte den Rücken durch. »Ich habe einen meiner Kollegen aus dem St Bartholomew's – Dr Lothan – gebeten, vorbeizukommen und sie zu untersuchen. Er wollte sie schröpfen, zur Ader lassen und ihr ein Abführmittel verabreichen – das übliche Spektrum heldenhafter Medizin.«

»Hast du es zugelassen?«

»Nein. Ich schwöre, dass ich mehr Männer am Aderlass und erzwungener Darmentleerung habe sterben sehen als an Kanonen- und Musketenschüssen zusammengenommen. Ich habe ihm für seinen Rat gedankt und ihn hinausgeleitet. Aber seitdem sitze ich hier und frage mich, ob ich es ihn nicht zumindest hätte versuchen lassen sollen. Ich meine, ich bin ein einfacher Wundarzt. Ich kann einen gebrochenen Arm richten oder ein zermalmtes Bein abschneiden, und wenn jemand mutig ist, kann ich ihm sogar die Nierensteine herausschneiden. Aber ich bin kein Arzt für Inneres. Ich bin nie in Oxford oder Cambridge gewesen, meine Lateinkenntnisse sind unterirdisch, mein Griechisch gleich null, und das eine Mal, als ich versucht habe, Galen zu lesen, habe ich es nach wenigen Minuten drangegeben. Wer bin ich, eine medizinische Tradition zu hinterfragen, die seit mehr als zweitausend Jahren existiert?«

»Ich glaube, du unterschätzt dich. Du weißt mehr über den menschlichen Körper als jeder Arzt, den ich je getroffen habe.«

Gibson lachte abfällig. »Tote Körper.« Er streckte die Hand aus, drückte das Tuch über der Schüssel aus und begann, das Antlitz der Frau erneut abzutupfen.

»Hat sie noch etwas gesagt?«, fragte Sebastian und stellte sich ans Fußende des Bettes.

Gibson hatte einen kleineren Verband als zuvor am Kopf der Frau angelegt, sodass Sebastian sie zum ersten Mal gut sehen konnte. Sie war eine attraktive Frau Ende zwanzig, Anfang dreißig mit milchig weißer Haut, die auf der anmutigen Nase mit zimtfarbenen Sommersprossen gesprenkelt war. Ihre Augen waren geschlossen, aber Sebastian wusste, welche Farbe sie haben mussten: tiefes, lehmfarbenes Braun.

»Nichts Zusammenhängendes«, sagte Gibson. Er musste wohl die leichte Veränderung in Sebastians

Haltung oder eine plötzliche Anspannung in der Luft
gespürt haben, denn er fragte: »Was ist los?«

Sebastian sah weiterhin die Frau an. »Ich bin ihr
schon einmal begegnet.«

»Wirklich? Wo?«

»In Portugal. Ihr Name war damals Alexandrie Beauclerc. Das letzte Mal, als ich sie gesehen habe, hat sie geschworen, dass sie mich töten wird, sollten unsere
Wege sich je wieder kreuzen.«

Kapitel 18

Die ansteigende Flut trug die vertrauten, Erinnerungen weckenden Gerüche der fernen See und einen kalten, salzigen Nebel mit heran, der Sebastians Wangen befeuchtete und sich wie unvergossene Tränen auf seinen Wimpern ansammelte.

Er stand am gezackten, noch unvollendeten Bogen der neuen Steinbrücke, die eines Tages die Themse überspannen würde. Weit unter ihm toste der anschwellende, mit Schaumkronen übersäte Strom, während die Stadt um ihn herum langsam zur Ruhe kam und in Dunkelheit getaucht wurde. Er bemerkte, dass er unbewusst seine Handgelenke rieb, an denen sich die alten Narben noch als weiße Linien von der Haut abhoben. In seiner zuversichtlichen Naivität hatte er tatsächlich gedacht, er hätte jene Geschehnisse von vor drei Jahren überwunden. Doch nun wurde ihm klar, dass er schlicht einer Illusion aufgesessen war, die sich mit der voranschreitenden Zeit und der Freude über eine unerwartete Liebe eingestellt hatte, die mittlerweile Bestand bewies.

Er versuchte, sich auf den aufgewirbelten Fluss unter sich zu konzentrieren. Stattdessen sah er jedoch aufwühlende Bilder aus einer anderen Zeit und von einem anderen Ort. Als er sich dem Ufer zuwandte, hätte er schwören können, er nähme das ferne Echo von Kinderlachen und den feinen Duft von Orangenblüten wahr, der vom schweren Geruch nach altem Blut überdeckt wurde.

***

Einige Stunden später blieb Hero auf der Türschwelle zur dunklen Bibliothek stehen. Das weiche Licht der Straßenlaterne fiel durch die offenen Vorhänge herein auf den Mann, der am Fenster stand und auf die leere Straße hinunter blickte. In jeder Linie seiner großen, schlanken Gestalt sah und spürte sie die Anspannung, die seinen gesamten Körper vibrieren ließ.

Sie hatte sich leise bewegt, aber natürlich hatte er sie gehört. Auch nach sechs Monaten, die sie nun mit diesem Mann zusammenlebte, empfand sie die Schärfe seiner Sinne immer noch irritierend. Er drehte den Kopf, sah sie über die Schulter an, und zwischen ihnen dehnte sich ein vibrierendes Schweigen aus.

Sie sagte: »Ich habe schon früher dabei zugesehen, wie du Morde aufgeklärt hast. Ich weiß, wie persönlich du diese Arbeit nimmst, und wie sehr sie dich aufwühlen kann. Aber hier geht es noch um mehr, nicht wahr, Devlin?«

Er drehte das Gesicht wieder zum Fenster, sodass sie nur sein Profil sehen konnte. Er sagte: »Heute Abend habe ich jemanden gesehen und wurde dadurch an etwas erinnert, das ich seit drei Jahren zu vergessen suche.«

»Jemand, den du auf der spanischen Halbinsel gekannt hast?«

»Ja. Die verletzte Frau in Gibsons Praxis.«

Sie ging zu ihm, schlang die Arme um seine Taille und legte die Wange an seinen starken, durchgestreckten Rücken. Er legte seine Hände über ihre und neigte den Kopf nach hinten, bis er ihren berührte. Doch weder er noch sie sagte etwas.

Sie wusste, dass ihm im Krieg etwas zugestoßen war, das die Überreste seines schon damals arg durchlöcherten Idealismus der Jugendjahre hatte zerbröckeln lassen und das so vieles als Farce entlarvt hatte, was englischen Herren seines Standes traditionell lieb und teuer war. Es hatte ihn dazu gebracht, sein Offizierspatent zu veräußern, und ihn in eine Abwärtsspirale geschleudert, die ihn beinahe zerstört hätte.

Aber mehr wusste sie nicht darüber. Und sie fürchtete sich davor, was geschehen könnte, wenn die toxischen Geschehnisse um den Mord an Damion Pelletan ihn zwangen, sich den Dämonen aus seiner Vergangenheit zu stellen.

Sonntag, 24. Januar

Am nächsten Morgen, als Sebastian gerade den Mantel überzog, sagte sein Kammerdiener: »Ich glaube, ich habe das Individuum gefunden, für das Ihr Euch interessiert.«

Sebastian richtete die Manschetten. »So?«

»Sein Name ist Sampson Bullock, und er ist Möbelschreiner. Er wohnt über seiner Werkstatt in der Tichborne Street, nicht weit weg von der Piccadilly. Ich habe mir die Freiheit genommen, mich ein wenig umzuhören.«

Sebastian sah ihn an. »Haben Sie etwas Interessantes erfahren?«

»Wie es scheint, ist Mr Bullock sozusagen nicht sehr beliebt in der Gegend.«

»Sehe ich es richtig, dass das noch eine Untertreibung ist?«

»In der Tat. Man sagt, er sei streitsüchtig, brutal und außerdem von boshaftem Gemüt. Die meisten seiner Nachbarn wollten nicht einmal über ihn sprechen. Er hat den Ruf, sehr rachsüchtig zu sein. Und zwar tödlich.«

»Haben Sie etwas über seinen Bruder gehört?«

»Nur, dass beide sich sehr ähnlich waren: groß, bullig und aggressiv. Der Name seines Bruders war Abel.«

»Sampson und Abel? Wie biblisch. Haben Sie herausgefunden, was dem Bruder zugestoßen ist?«

»Ja, Mylord. Er ist vor zwei Wochen verstorben.«

»Während Alexandrie Sauvage ihn gepflegt hat?«

»Nein, Mylord. Er ist am Fleckfieber gestorben. In Newgate.«

***

Tichborne Street, eine gewundene Straße mit Pubs, kleinen Läden und anderen Lokalen, lag südlich des Golden Square, gleich hinter der Piccadilly. Die Gegend war von mittlerem Ansehen; weder galt sie als gut noch als verdorben. Sebastian entdeckte Bullocks Schreinerei an der Ecke. Die Läden waren geschlossen, doch die Tür öffnete sich unerwarteterweise, als er den Griff betätigte. Es war Sonntagmorgen.

Er betrat ein dunkles, höhlenartiges Geschäft, das angenehm nach frisch geschnittenem Holz, Leinöl und Terpentin roch. Sebastian befragte einen halbverhungerten, eingeschüchtert wirkenden Lehrjungen, der Sägemehl zusammenfegte, und wurde zum Hinterzimmer verwiesen. Dort hobelte ein kräftiger Mann mit dichtem Lockenschopf und kantiger Kieferpartie ein langes Brett. Er hatte den Kopf geneigt und die Schultern nach vorne gezogen und bewegte die Arme in langen, rhythmischen Strichen.

»Sampson Bullock?«, fragte Sebastian und blieb am Ende des Bretts stehen.

Der Tischler richtete sich langsam auf. Er war einen halben Kopf größer als Sebastian und musste fast 125 Kilo wiegen, so breitschultrig und muskelbepackt wie er war. Er war einer jener Männer, deren Hals breiter wirkte als der Kopf. Seine Augen waren ungewöhnlich klein und standen über einer kurzen Nase eng zusammen. Als er Sebastian ansah, nahm dieser vor allem schwarzes Haar, schwellende Muskeln und eine rote, schwielige Narbe wahr, die eine Wange verunstaltete.

Seine Augen verengten sich in offenem Misstrauen, als er Sebastians unnachahmlich geschneiderten, dunkelblauen Mantel, die tadellos weiße Krawatte und seine weichen rehledernen Hosen in Augenschein nahm. Dann wandte er sich wieder seiner Arbeit zu. Unter dem Brett blühten die Hobelspäne wie Blumen. »Wir haben geschlossen. Es ist der Tag des Herrn, wissn Ihr das nich?«

»Für mich sieht es so aus, als würden Sie arbeiten.«

»Was wolln Ihr? Eure Sort' kauft von meiner Sort' keine Möbel.«

»Wie ich hörte, kennen Sie Alexandrie Sauvage.«

Bullock warf sein Brett zur Seite. »Ach, deshalb sinn'ner da, was? Hab schon gehört, was mit ihr passiert is. Mit ihr un dem französischen Doktor.« Er fuchtelte mit einem fleischigen Zeigefinger in Sebastians Richtung. »Wolln mir wohl die Schuld in die Schuh schieben, hä? Ich war nich in St Katharine's. Nich mal in der Nähe.«

»Wo waren Sie denn am Donnerstagabend?«

»Daheim im Bett, hab geschlafen. Wo sollt' ein guter, gottesfürchtiger, hart arbeitender Mann Donnerstagnacht sonst sein?«

Sebastian betrachtete die schlichten, störrischen Züge des Tischlers und bemerkte, wie er zur Seite blickte.

Er sagte: »Mir kam zu Ohren, dass Sie einen ziemlichen Streit mit Madame Sauvage hatten.«

»Streit? Kann man das so nennen? Das Drecksweib hat meinen Bruder um die Ecke gebracht.«

»Wie?«

»Was meint Ihr mit *wie*?«

»Wollen Sie sagen, dass sie ihn vergiftet hat?«

»Sowas hab ich nie gesagt.«

»Ich habe gehört, dass er in Newgate am Fleckfieber verstorben ist. Hat sie ihn behandelt?«

»Die hat ihn doch nich behandelt! Es war wegen dem umtriebigen kleinen Flittchen, dass Abel überhaupt in Newgate gesessen hat.«

»Ach? Wessen war er denn angeklagt?«

Bullocks kleine Augen wurden dunkel und starr. »Hab Euch nix zu sagen«, murmelte er und griff nach seinem Brett.

Sebastian sagte: »Es ist Ihnen schon bewusst, dass Sie gesehen wurden, wie Sie am Golden Square herumlungerten und ihr gefolgt sind. Dass Sie sie bedroht haben.«

Bullock schob den schweren Kiefer vor, und die rote Narbe auf seiner Wange nahm vor Wut einen violetten Ton an. »Ich hab nix zu verbergen. Ich sag nich, dass ich ihr nich die Meinung gegeigt hab – warum hätt ich das auch nich machen solln? Aber bedroht hab ich sie nie, und wer sowas behauptet, is ’n verdammter Lügner.«

»Haben Sie ihr nicht gedroht, dass Sie sie zahlen lassen wollten?«

»Wer hat das gesagt? Sie?«

»Nein.«

Bullock verzog in einem schmierigen Grinsen die Lippen. »Ich glaub, Sie ham ’n falsches Bild von dem Weibsstück. Wenn man die Leut hört, is sie ’n verfluchter Engel oder so. Aber die is alles andere als ’n Engel. Die hat Feuer. Ich hab gehört, dass sie ’nem Kerl gedroht hat, ihn mit ’m Fischmesser auszunehmen. Bloß, weil ihr nich gefallen hat, wie der seine eigene Frau anguckt.«

Sebastian dachte an die leidenschaftliche Frau zurück, die er in Portugal kennengelernt hatte, und konnte sich eine solche Szene lebhaft ausmalen.

»Ich kann Euch ’n ganzen Haufen Sachen von dem Weib erzählen, die wo Ihr nich wisst, wetten?«, sagte Bullock. »Es lebt ’n ganzer Haufen Frakkos hier, wisst Ihr. Ich hab gehört, was die über sie sagen – wie sie mit Napoleons Armee in Spanien war, und dass ihr Geliebter ’n französischer Lieutenant war. Nich ihr gesetzlich angetrauter Ehemann, nee. Ihr Geliebter.«

»Ich weiß über die spanische Halbinsel Bescheid«, sagte Sebastian schlicht.

Bullock schnaubte. Der Ton klang tief in seinem breiten Brustkorb wider.

Sebastian ließ den Blick durch die Werkstatt wandern und sah halb fertige Schränke, Holzvorräte und ordentlich sortiertes Werkzeug, das gut geölt und gepflegt aussah. »Ich verstehe noch immer nicht ganz die Ursache Ihrer Abneigung gegen Madame Sauvage.«

»Hab ich Euch doch gesagt! Weil sie der Grund dafür is, dass mein Bruder Abel in Newgate gelandet is.«

»Was hatte er denn getan?«

»Gar nix, zum Deiwel noch mal.«

»Und was hat sie ihm vorgeworfen?«

»Warum frage Ihr nich sie selbst?«, grummelte Bullock. Dann drehte er sich betont zu seiner Arbeit um und begann, den Hobel über das Brett zu führen. Die Muskeln traten an seinen starken Armen und Schultern hervor, während er die Bewegungen gleichmäßig wiederholte.

Sebastian sah, wie die filigranen Holzlocken hinuntersegelten. Wenn Alexandrie Sauvages Kopf mit eingeschlagenem Schädel gefunden worden wäre, wäre Bullock der nächstliegende Verdächtige. Aber sie war nicht das Hauptziel des Angriffs gewesen, und von Damion Pelletan zu diesem Grobian von einem Tischler gab es keine Verbindung.

Sebastian hätte nun die Möglichkeit, dass der bullige Handwerker involviert war, von der Hand weisen können, denn er konnte sich keinen logischen Grund vorstellen, weshalb Bullock Alexandrie Sauvage hätte am

Leben lassen und seine Wut stattdessen an dem unbekannten französischen Gefährten auslassen sollen.

Und doch konnte Sebastian ihn nicht streichen. Den Mann umgab der üble Ruch eines schlechten Charakters, und ein hässlicher Funke lag in seinen kleinen, schwarzen Augen, den Sebastian wiedererkannte, denn er hatte ihn schon einmal gesehen. Männer wie Sampson Bullock nutzten nicht nur ihre ungewöhnliche Größe und Körperkraft; sie suhlten sich in der Angst, die sie anderen einflößten, und nutzten diese Angst, um sich mit Einschüchterung und Gemeinheiten ihren Weg durchs Leben zu bahnen. Und wenn die Einschüchterung nicht zum beabsichtigten Ziel führte – oder auch, wenn sie sich besonders gemein fühlten –, dann mordeten sie.

Und das genossen sie.

Kapitel 19

Um fünf nach zehn Uhr stand Sebastian in der Nähe der Tore von Carlton House Gardens und sah zu, wie der französische Verwalter Camille Bondurant mit zielstrebigen Schritten die Mall entlangging und dabei die Arme schwingen ließ. Auf seinen Zügen lag der Ausdruck eines Menschen, der gedanklich weit, weit weg war. Er trug einen schweren, graubraunen Mantel und einen dicken, aus greller blauer Wolle gestrickten Schal um den Hals. Sein Atem hinterließ kleine, weiße Wölkchen in der kalten Luft, die sich in nichts auflösten.

Die Mall, einst eine Bahn aus Muschelkieseln, auf der die Könige Englands gern ein französisches Spiel namens *Paille-Maille* gespielt hatten, lag im Norden von St James's Park. Der breite, von Linden und Ulmen gesäumte Kiesweg fand am anderen Ende des Parks seinen Zwilling in dem als Birdcage Walk bekannten Weg. Aufgrund seiner Nähe zum *Gifford Arms* wäre der Birdcage Walk zur körperlichen Ertüchtigung eines Bewohners des Inns logischer erschienen, aber sein Ruf hatte Bondurant wohl überzeugt, ihn lieber zu meiden.

»Ein herrlicher Tag für einen erfrischenden Spaziergang«, sagte Sebastian und schloss zu ihm auf.

Der Franzose warf Sebastian einen Seitenblick zu und ging weiter. Er war ein großer, klapperdürrer

Mann mit fettigem schwarzem Haar und ausgezehrten Zügen. Er blinzelte mit seinen fast wimpernlosen Augen, entweder aus Gewohnheit oder um Sebastian schärfer zu sehen. »Kenne ich Euch?«, fragte er in gutturalem Englisch mit starkem Akzent.

»Ich war bei Damion Pelletans Beerdigung.«

»Ich erinnere mich nicht, Euch gesehen zu haben.«

»Wahrscheinlich, weil Sie gelesen haben«, sagte Sebastian jovial.

Der Verwalter blieb stehen und sah ihn an. »Was wollt Ihr von mir?«

»Ihnen ist bekannt, dass Pelletan ermordet wurde, nicht wahr?«

»Natürlich ist mir das bekannt! Wofür haltet Ihr mich? Für einen Narren?«

»Wissen Sie, weshalb er ermordet wurde?«

»Weil er dumm genug war, sich nachts in ein gefährliches Viertel einer unbekannten Stadt vorzuwagen? Weil er Franzose war? Weil sich jemand am Schnitt seines Mantels gestört hat? Woher soll ich das wissen? Und ich sehe nicht, wieso das Euch irgendetwas angeht.«

»Hatte er kürzlich mit jemandem Streit?«

»Pelletan? Mit wem sollte der Streit haben? Soweit ich das sehe, hatte der Mann keine Meinung zu irgendwelchen bedeutenden Dingen. Hat man versucht, ihn in eine Unterhaltung über Rousseau oder Montesquieu zu ziehen, hat er nur gelacht und gesagt, dass die philosophischen Gedankenspiele toter Männer für ihn von keinerlei Interesse wären.«

»Und wofür hat er sich interessiert?«

»Die Kranken, und da besonders die Armen.«
Bondurant verzog missfällig das Gesicht. »Er konnte
ganz schön larmoyant werden.«

»Sie sind der Philanthropie nicht zugetan, entnehme
ich daraus?«

»Nein, bin ich nicht. Je schneller man die Armen aus-
sterben lässt, umso besser für die Gesellschaft. Weshalb
sie noch ermutigen, sich zu vermehren?«

»Könige und Kaiser müssen ihre Soldaten irgendwo-
her nehmen.«

»Das stimmt. Die niederen Ränge sind zumindest gutes Kanonenfutter.«

»Das scheint Kaiser Napoleon ja in einem erstaunlichen Ausmaß zu brauchen.«

Bondurant spitzte seinen großen Mund zu einer
Schnute. »Was hat das alles mit mir zu tun?«

»Kennen Sie niemanden, der Pelletan ermorden
wollte?«

»Ich glaube, diese Frage habe ich bereits beantwortet.« Er zog den Schal fester um seinen Hals. »Nun
müsst Ihr mich entschuldigen. Ihr habt meinen Ge-
sundheitsspaziergang unterbrochen.«

Und er schritt mit schwingenden Armen davon, den
Kopf gebeugt, als kämpfe er gegen starken Wind an o-
der als läse er in einem Buch, das nicht da war.

***

Als Nächstes fuhr Sebastian zum *Sultan's Rest*, einem
Kaffeehaus in der Dartmouth Street, das bei den Soldaten im Viertel beliebt war.

142

Im gemütlichen, eichengetäfelten Gastraum hing dicker Rauch, und die dichtgedrängten Offiziere mit roten Uniformjacken redeten und lachten alle gleichzeitig.

Der französische Colonel Foucher saß allein in einer Ecke. In seinem dunklen Mantel und dem bescheidenen Halstuch war er unauffällig. Er hatte den Kopf über eine Zeitung gebeugt, die offen vor ihm auf dem Tisch lag, und neben seinem Ellbogen stand eine Tasse Kaffee. Doch an einer plötzlichen Wachsamkeit in der Haltung des Franzosen erkannte Sebastian, dass seine Aufmerksamkeit mehr den Unterhaltungen um ihn herum galt als den Zeitungsseiten vor ihm.

Sebastian bahnte sich den Weg durch den vollen Raum und zog den Stuhl gegenüber dem Colonel heraus. »Stört es Sie, wenn ich mich setze?«

Der Colonel blickte auf und blinzelte mehrmals mit seinen haselnussbraunen Augen. »Könnte ich Euch hindern, wenn es mich störte?«, fragte er und lehnte sich zurück, als Sebastian sich setzte.

Der Franzose war groß und gut gebaut, auch wenn Krankheit und Verletzungen ihn dünn und blass hatten werden lassen. In seinem dichten sandfarbenen Haar und dem üppigen Schnäuzer konnte Sebastian silberne Strähnen erkennen, und neben den Augen hatten das Wetter und erlittene Schmerzen tiefe Falten eingegraben.

Sebastian ließ vielsagend den Blick durch den vollen Gastraum schweifen. »Ein beliebtes Lokal.«

»Ja, nicht wahr?«

»Ich vermute, das ist der Grund, weshalb Sie hier sind?«

Im Blick seines Gegenübers glomm Belustigung auf. »Ich genieße die Gesellschaft von Armeeangehörigen, welche Uniform sie auch tragen.«

»Ich hörte, Sie waren in Russland.«

»Ja.«

»Es gibt nur wenige, die dieses Fiasko lebend überstanden haben. Mit Ausnahme von Napoleon selbst natürlich.«

»Richtig.«

Sebastian stützte sich auf den Unterarmen ab. »Wollen wir den unangenehmen Teil möglichst rasch hinter uns bringen? Ich weiß, weshalb Vaundreuil hier ist. Was ich nicht weiß, ist, weshalb jemand Damion Pelletan mit einem Dolchstoß in den Rücken tötet und ihm das Herz herausschneidet. Die offensichtlichste Erklärung wäre, dass er Ihre Mission boykottieren will. Die Zerstückelung der Leiche wirkt sehr makaber, aber es könnte auch eine subtile Warnung an Monsieur Vaundreuil sein, der, wie ich hörte, an einem schwachen Herzen leidet.«

Der Colonel ließ sich Zeit mit einem weiteren Schluck Kaffee und schwieg.

»Andererseits«, sagte Sebastian, »könnte Pelletan getötet worden sein, weil er auf irgendeine Weise für Ihre Mission zur Gefahr wurde.«

»Seid Ihr deshalb hier? Weil Ihr mich als Verdächtigen betrachtet?«

»Denken Sie, Sie sind keiner?«

Foucher strich sich mit Daumen und Zeigefinger über den prächtigen Schnurrbart. »Wenn er nur ermordet worden wäre, würde ich es verstehen, ja. Aber die Extravaganz dieses Mordes widerspricht einer solchen Argumentation eher, meint Ihr nicht?«

»Doch. Es sei denn, der Mörder wurde von Zorn oder der Art Blutdurst getrieben, die man manchmal auf dem Schlachtfeld erlebt.« Sebastian ließ den Blick erneut durch den lärmerfüllten Raum schweifen. »Wir beide haben Männer gesehen, die es genossen haben, die Leichen ihrer gefallenen Feinde zu verstümmeln.«

Wieder nippte der Colonel an seinem Kaffee und schwieg.

Sebastian sagte: »Es gibt natürlich noch eine dritte Möglichkeit: dass Pelletan aus einem persönlichen Motiv getötet wurde. Das ist nicht sehr wahrscheinlich, da er erst seit drei Wochen in London war, aber immer noch eine Möglichkeit.«

Der französische Colonel griff so vorsichtig wieder nach seiner Tasse, dass der Eindruck entstand, seine noch nicht verheilte Verletzung beträfe seinen rechten Arm oder die Schulter. »Ihr wisst von der Frau, nehme ich an?«

Sebastian musterte sein Gesicht, doch Foucher beherrschte die Kunst, nichts zu erkennen zu geben. »Welche Frau?«

»Die Frau irgendeines Herzogs – oder vielleicht des Sohns eines Herzogs.«

»Meinen Sie Lord Peter Radcliff?«

»Ja, richtig. Seine Gattin ist sehr schön. Also kennt Ihr sie?«

»Ja.«

Der Franzose leerte seine Kaffeetasse und stellte sie ab. »Die Ehemänner schöner Frauen sind oft das Ziel von leidenschaftlichen Eifersuchtsanfällen; von Eifersucht und Besitzgier. Wenn Ihr ein persönliches Motiv sucht, wäre das doch ein guter Ansatzpunkt, oder? Insbesondere wenn man bedenkt, dass Pelletans Herz entnommen wurde.«

»Wussten Sie, dass Pelletan am zwanzigsten Todestag von Louis XVI umgebracht wurde?«

»Nein. Haltet Ihr das für bedeutsam?«

»Es wäre ein ziemlicher Zufall, wenn es nicht so ist, finden Sie nicht?«

Der Colonel strich sich wieder über den Schnäuzer und erhob sich. »Das Leben ist voller Zufälle.«

Er wandte sich um.

Sebastian hielt ihn zurück mit den Worten: »Warum, meinen Sie, hat Ambrose LaChapelle das Sterbeamt von Pelletan besucht?«

»Das solltet Ihr vielleicht ihn fragen«, erwiderte der Colonel.

Dann bahnte er sich seinen Weg durch die lachende, fröhliche Menge: ein großer, aufrecht gehender Mann mit der Haltung eines Militäroffiziers, der von den Feinden seiner Nation umgeben war.

Kapitel 20

Als Sebastian das Stadthaus von Lord und Lady Radcliff in der Half Moon Street erreichte, drückten sich dichte weiße Wolken in die Stadt, und in der frostigen Luft konnte man den Schnee riechen.

Er rechnete nicht damit, Radcliff zu Hause anzutreffen, und seine Erwartung bestätigte sich. Lady Peter war ebenfalls ausgegangen. Aber ein freundlicher Plausch mit einem jungen Küchenmädchen, das mit rotgefrorenen Händen die Eingangstreppe schrubbte, lieferte ihm die Information, dass seine Herrin mit ihrem jüngeren Bruder und dessen Freund in den Green Park gegangen sei. Sebastian dankte der jungen Frau und lenkte seine Schritte in Richtung des Parks.

Er wusste einiges über Lady Peters Geschichte. Sie war als Julia Durant in den letzten Jahren des Ancien Régime geboren worden. Ihr Vater, der jüngere Sohn eines Adligen des Rhonetals, war als Artillerieoffizier an der renommierten Ecole Militaire in Paris Ausbilder gewesen. Als die Pariser Bevölkerung sich erhob und die Bourbonen überrannte, war Georges Durant nicht aus Frankreich geflüchtet. Anstatt sich den Kräften der Gegenrevolution anzuschließen, blieb er seinem Geburtsland treu und wurde schließlich ein zuverlässiger General, zunächst unter dem Nationalkonvent und dann unter dem Direktorium.

Aber General Durant hatte mit einem gewissen großspurigen jungen Korsen namens Napoleon Bonaparte nie viel anfangen können. Als Napoleon sich 1804 zum Kaiser erklärte, versuchte Georges Durant, ihn aufzuhalten – und kam nur knapp mit dem Leben davon.

Glücklicherweise war er so weitsichtig gewesen, seine Frau und seine Kinder vorher außer Landes zu schicken. Und vor seinem Tod gelang es dem alten französischen General, seine schöne Tochter mit dem jüngeren Sohn eines englischen Herzogs zu vermählen.

Lady Peter saß auf einer eisernen Bank in der Nähe der Lodge, als Sebastian zu ihr ging. Sie trug eine dicke, dunkelrosafarbene Pelisse und eine feste Haube, die mit einem Sträußchen aus Samt- und Seidenblumen verziert war, und sie lächelte leicht, während sie ihrem verwaisten achtjährigen Bruder dabei zusah, wie er seinem Freund einen Ball zuwarf. Dann sah sie Sebastian, und ihr Lächeln verschwand.

»Nein, laufen Sie nicht weg«, sagte er, als sie mit großen Augen hastig aufstand und die Hand in den feinen Samtstoff ihrer Pelisse krallte. »Anscheinend wissen Sie, weshalb ich mit Ihnen sprechen möchte?«

Sie war fast zehn Jahre jünger als ihr Gatte, also Mitte zwanzig. Sie hatte leuchtend grüne Augen und volles braunes Haar, das sich weich um ihr herzförmiges Gesicht lockte. Ihre Nase war klein und wohlgeformt, die Lippen voll, und ihre Gestalt war so makellos wie eine Madonnenstatue von Fra Filippo Lippi. Doch ihre rotgeränderten Augen waren geschwollen, sodass Sebastian nicht daran zweifelte, dass sie geweint hatte. Um Damion Pelletan?, fragte er sich. Oder aus einem gänzlich anderen Grund?

Er beobachtete, wie eine ganze Folge unterschiedlicher Emotionen über ihr bezauberndes Antlitz glitt. Ihre lebenslänglich antrainierten guten Manieren kämpften gegen den instinktiven Drang an, ihren kleinen Bruder zu schnappen und davonzulaufen.

Die guten Manieren gewannen.

»Lord Devlin«, sagte sie und neigte anmutig den Kopf, obgleich ihr beschleunigter Atem sich im raschen Heben und Senken ihrer Schultern verriet.

»Gehen Sie ein Stück mit mir, Lady Peter?«, schlug Sebastian vor.

Sie warf einen raschen, unsicheren Blick auf die beiden Jungen und ihr Kindermädchen.

»Wir gehen nicht weit. Ich hörte, Sie kannten Damion Pelletan als Kind in Paris.«

»Ja.« Der angeborene französische Singsang war noch als sanfter Hauch in ihrer wohlklingenden Stimme zu hören. »Wir sind als Nachbarskinder aufgewachsen. Aber ... das war vor Jahren. Wie sollten diese Tage irgendetwas mit Damions Tod zu tun haben?«

»Ich weiß nicht, ob es so ist. Derzeit versuche ich nur, etwas herauszufinden, das erklären könnte, was mit ihm geschehen ist.«

Sie wandte sich herum, um mit ihm über den Kiesweg zu gehen, und der Rüschensaum ihres Ausgehgewands streifte die getrimmte Rosmarinhecke, die an der Seite wuchs. »Was möchtet Ihr wissen?«

»Wann haben Sie Dr Pelletan zum letzten Mal gesehen?«

Sie zögerte einen Augenblick zu lang, und er hatte den deutlichen Eindruck, dass sie zuerst verneinen wollte, Pelletan in letzter Zeit überhaupt gesehen zu haben.

Sebastian sagte: »Ihr Gatte sagte, er habe Pelletan vor etwa einer Woche gesehen. Ich nehme an, Sie ebenfalls?«

»Ja. Wie gesagt, wir waren alte Freunde. Er hat sich kurz nach seiner Ankunft in London bei mir gemeldet, und Lord Peter hat ihn einen Abend zum Dinner eingeladen.«

»Wann war das?«

»Wie mein Ehemann sagte: Ungefähr vor einer Woche.«

»Und war das das einzige Mal, dass Sie ihm begegnet sind?«

»Nein. Er hat uns auch mehrere Nachmittagsbesuche abgestattet.«

Sebastian bemerkte, wie betont sie »uns« sagte, entschied sich jedoch, nicht darauf einzugehen. »Hat er Ihnen gesagt, weshalb er hier in London war?«

Sie warf ihm einen versteckten Seitenblick zu. Offenkundig wollte sie das Vertrauen ihres Kindheitsfreundes nicht verraten, auch nicht nach seinem Tod. »Wisst Ihr es denn?«, fragte sie.

»Von der Delegation weiß ich, ja.«

Sie nickte, und ein erleichtertes Aufatmen strömte durch ihre Lippen. »Ich möchte nicht, dass Ihr denkt, Damion hätte mir selbst von der Friedensinitiative erzählt, denn das hat er nicht. Aber mein Vater hat in Paris Harmond Vaundreuil gekannt. Er war immer eine Kreatur von Bonaparte. Als ich also hörte, dass Damion mit Vaundreuil hier ist ...« Sie zuckte die Schultern. »Es sollte ein Geheimnis sein, aber die Wahrheit ist oft leicht zu erraten.«

»Warum war Pelletan Teil der Delegation?«

»Vaundreuil hat ein schwaches Herz. Er sorgt sich obsessiv um seine Gesundheit, regt sich über jedes Stolpern und jeden Schmerz auf und braucht permanente Bestätigung. Man hielt es für das Beste, dass er mit seinem eigenen Arzt reist. Und dann gibt es natürlich noch Vaundreuils Tochter.«

»Madeline, nicht wahr?«

»Ja. Ihr wisst über sie Bescheid?«

Sebastian schüttelte den Kopf.

»Sie wurde mit einem jungen Kavalleriehauptmann vermählt, François Quesnel. Er wurde im Dezember in Spanien getötet und hat sie schwanger hinterlassen.«

»Aha.«

Sie drehten sich um und gingen zur Lodge zurück. Sie beobachteten die beiden Jungen, die ihr Interesse am Ball verloren hatten und nun um die Wette eiferten, wer am weitesten auf einem Bein springen konnte. Ihre Rufe und ihr Lachen echote durch den Park. Im Gegensatz zu seiner Schwester hatte Noël Durant überraschend helles Haar, aber das herzförmige Gesicht und die großen grünen Augen seiner Schwester.

Sebastian fragte: »Wie alt ist Ihr Bruder?«

Sie lächelte sanft. »Acht.«

»Wohnt er bei Ihnen?«

»Ja. Unsere Mutter ist nicht einmal ein Jahr nach seiner Geburt gestorben – nicht lange vor unserem Vater.«

»Das tut mir leid. Das muss sehr schwierig für Sie gewesen sein, allein in einem fremden Land.«

»Das war es, ja. Aber Lord Peter und ich waren damals schon verheiratet.«

Sie war schon seit Jahren verheiratet, hatte aber kein Kind empfangen. Sebastian dachte zwangsläufig an eine weitere kinderlose Französin, die in England im Exil lebte.

Er sagte: »Ich hörte, dass Damion Pelletans Vater ebenfalls Arzt ist.«

»Das ist richtig.«

»Man hat mir gesagt, er hätte auf eine Weise mit der französischen Königsfamilie zu tun gehabt, als sie im Temple-Gefängnis war. Wissen Sie darüber etwas?«

Er sah fasziniert, wie ihr die Farbe aus dem Gesicht wich, als sie mit brüchiger Stimme fragte: »Wisst Ihr das nicht?«

»Was?«

»Damions Vater – Philippe-Jean Pelletan – wurde vom Nationalkonvent gebeten, den jungen Dauphin zu behandeln.«

»Den Sohn von Louis XVI und Marie Antoinette?«

»Ja.«

»Dauphin de France« war der Titel, der traditionell dem offiziellen Thronerben in Frankreich verliehen wurde. Nur wenige Menschen erinnerten sich dieser Tage noch an den tatsächlichen Namen von Marie Thérèses tragikumwobenem kleinem Bruder, sondern die meisten dachten nur als »der verschwundene Dauphin« an ihn. Er wurde weniger wegen seines frühen Todes »verschwunden« genannt, sondern weil sein Schicksal von Geheimnissen umwittert war. Er war 1792 mit seinen Eltern, seiner Tante Elisabeth und seiner Schwester Marie Thérèse ins Gefängnis geworfen worden, aber es hieß, er wäre allein in einer kalten, dunklen Zelle gestorben. Doch innerhalb weniger Tage nach der Vermeldung seines Todes wucherten die Gerüchte – fantastische Geschichten von Stellvertretern und Betrügern und wundersamer Flucht.

»Er war damals erst zehn Jahre alt«, sagte Lady Peter und nickte in Richtung ihres Bruders, der inzwischen die Kieselsteine auf dem Pfad mit der Aufmerksamkeit eines Edelsteinschleifers untersuchte, der neue Exemplare in Augenschein nahm. »Kaum älter als Noël jetzt.«

»Wann war das?«

»Irgendwann 1795. Ende Mai oder vielleicht Anfang Juni; genau weiß ich es nicht mehr.«

»Und?«

»Der Junge war sehr krank. Er war damals schon seit über zwei Jahren im Gefängnis, und man hatte ihn furchtbar behandelt.« Sie schüttelte mit zusammengekniffenem Mund den Kopf. »Halbverhungert, geschlagen, in seinen eigenen Ausscheidungen hat man ihn in einer dunklen Zelle liegenlassen. Damions Vater hat getan, was er konnte, aber es war zu spät. Nur wenige Tage darauf ist der Prinz gestorben.«

»Hat Dr Pelletan Senior damals auch Marie Thérèse besucht?«

»Das weiß ich nicht. Aber ich weiß, dass Philippe-Jean Pelletan nach dem Tod des Dauphins wieder zum Temple gebracht wurde, um eine Autopsie am Leichnam des Knaben vorzunehmen.«

»Hat er das gemacht?«

»Ja.«

Sebastian schaute in den Park; eine Windbö ließ trockene Blätter auf den Pfad vor ihnen segeln. Die Haut in seinem Gesicht fühlte sich plötzlich kalt an und spannte unangenehm.

»Aber sicher ...« Sie unterbrach sich und setzte erneut an. »Aber sicher denkt Ihr nicht, dass die Geschehnisse von vor so langer Zeit etwas mit Damions Tod zu tun haben können?«

»Wahrscheinlich nicht«, sagte er, mehr um sie zu beruhigen als alles andere. »Als Sie Damion Pelletan letzte Woche gesehen haben, wie hat er da gewirkt?«

»Was meint Ihr?«

»Ich habe den Eindruck, dass die Beziehungen zwischen den Mitgliedern der Delegation nicht gerade als harmonisch bezeichnet werden können.«

In ihren sanften Augen glomm ein Hauch Belustigung auf. »Nein. Andererseits ist das aber nicht überraschend, nicht wahr? Sie wurden so ausgewählt, dass sie einander ausspionieren.«

»Ach?«

»Harmond Vaundreuil ist vielleicht ein Werkzeug Bonapartes, aber das heißt noch lange nicht, dass ihm der Kaiser vertraut. Napoleon traut niemandem, erst recht jetzt. Wisst Ihr über die Dezember-Verschwörung Bescheid, ihn zu stürzen?«

Sebastian nickte.

»Der Colonel, der mit der Delegation hier ist – Foucher – war eine Wahl des Kaisers, nicht von Vaundreuil.«

»Und der Verwalter?«

»Camille Bondurant ist nicht annähernd so demütig oder bescheiden wie er wirkt. Ich weiß noch, wie Damion einmal sagte, dass Bondurant, wäre er zweihundert Jahre früher und in Spanien geboren worden, eine brillante Karriere als Folterknecht der Inquisition durchlaufen hätte.«

»Und Damion Pelletan? Warum wurde er ausgewählt?«

»Damion ist der Einzige, den Harmond Vaundreuil persönlich ausgewählt hat. Er war als Arzt hier; bei den Verhandlungen hat er keine Rolle gespielt.«

»Und doch hat er zugestimmt herzukommen. Wissen Sie, weshalb?«

»Lord Peter hat ihn danach gefragt. Damion hat nur gelächelt und sagte, es käme nicht oft vor, dass einem Mann die Gelegenheit geboten würde, eine Rolle in der Geschichtsschreibung zu spielen.«

Ein Kohlekarren rollte die Straße entlang, schwer beladen und von einem Gespann Shire Horses gezogen, die sich ins Zeug legten, und deren Atem sich mit der kalten Luft vermischte.

Sebastian sagte: »Hat Damion je in der französischen Armee als Arzt gedient?«

Sie schüttelte den Kopf. »Nein. Er hat in der Kindheit an einer Krankheit gelitten, die ihm eine Schwäche in den Gliedern zurückgelassen hat. Vielleicht hat er deshalb zugestimmt, Vaundreuil zu begleiten. Ich glaube, es hat ihm etwas ausgemacht, dass er in Paris zurückgeblieben war, während andere kämpften und den Tod fanden.«

»War er ein Unterstützer des Imperators?«

Sie hob das Kinn in einer unerwarteten, stolzen Geste. »Er war ein Unterstützer Frankreichs.«

»Und war er mit dem Ziel der Delegation einverstanden?«

»Ihr meint Frieden? Wer sehnt sich nach zwanzig Kriegsjahren nicht nach Frieden?«

»Auch wenn dieser Frieden Napoleon Bonaparte auf dem Thron Frankreichs belässt?«

»Damion war kein Royalist, falls Ihr das meint.«

»Aber er hat zugestimmt, Marie Thérèse zu behandeln.«

Ein sorgenvoller Schatten huschte über ihre Züge. »Ihr wisst darüber Bescheid?«

Sebastian sagte: »Die Prinzessin ist seit Jahren kinderlos. Weshalb dachte sie, Damion Pelletan könnte ihr helfen?«

»Eine von Damions Leidenschaften war das Studium alter Kräuter, und zwar sowohl derjenigen, die hier in Europa aus der Mode gekommen sind, als auch derjenigen, die bei den Ureinwohnern von Amerika und Indien lange Tradition haben. Er hat eine ganze Reihe Artikel über dieses Thema veröffentlicht.«

»Irgendwie kann ich mir nur schwer vorstellen, dass Marie Thérèse sich komplizierten medizinischen Studien ergeben hat. Wie hat sie also von ihm gehört?«

»Ich glaube, ihr Onkel hat ihr Damion empfohlen.«

Sebastian beobachtete, wie der Junge, Noël, seinen Spielkameraden schubste. Die ärgerlichen Stimmen der Knaben mischten sich mit den Rufen des Hausmädchens. »Welcher Onkel?«

»Louis Stanislas, der Comte de Provence. Der selbsternannte Louis XVIII. Wie man ihn auch immer bezeichnen mag. Er hat Damion selbst wenige Tage vor der Prinzessin gesehen, wisst Ihr.«

»Nein, das wusste ich nicht.« Louis Stanislas hatte es versäumt, dieses kleine Detail zu erwähnen.

Die Jungen hatten sich nun ineinander verhakt und rollten unter einer ausladenden Ulme im winterbraunen Gras herum.

»Schien Damion Pelletan irgendwelche ...« Sebastian hielt inne und suchte nach dem richtigen Wort, »Aversionen dagegen zu haben, die Bourbonen zu besuchen?«

Sie wandte sich ihm zu. »Allerdings. Er versuchte, sie wegzulachen. Aber ich war überrascht, dass er sie mir gegenüber überhaupt erwähnte. Ich dachte, vielleicht wegen der kurzen und sehr tragischen Verwicklung seines Vaters in die Familiengeschichte.«

»Meinen Sie, dass die Bourbonen ihn deswegen als Arzt konsultierten oder dass er deswegen Aversionen hatte, sie zu besuchen?«

»Ich meinte natürlich, dass die Verwicklung seines Vaters in die Geschichte der Familie der Grund für sein ungutes Gefühl war.« Sie sah verwirrt aus. »Wieso sollten die Bourbonen Damion wegen irgendetwas, das sein Vater vor zwanzig Jahren getan hat, zum Arzt wollen?«

Wenn ihre Vorstellungskraft so weit nicht reichte, hatte Sebastian nicht die Absicht, sie aufzuklären. Er sagte: »Können Sie sich vorstellen, wer ihm hat schaden wollen?«

»Damion? Großer Gott, nein. Er war ein guter, liebenswürdiger und fürsorglicher Mann, der sein Leben der Hilfe für andere Menschen verschrieben hatte. Er war erst wenige Wochen in London. Weshalb hätte ihn irgendjemand töten wollen?«

»Wie ist er mit Harmond Vaundreuil zurechtgekommen?«

»Gut genug, schätze ich. Schließlich hat Vaundreuil ihn auserwählt mitzukommen. Damion hatte Geschick darin, Vaundreuil zu beruhigen. Er hat seine Ängste eher beschwichtigt als sie noch anzustacheln, wie so viele andere Ärzte es gern tun, um sich für ihre Patienten unverzichtbar zu machen.«

»Und die anderen? Foucher und Bondurant? Hatte er mit ihnen Schwierigkeiten?«

Sie runzelte die Stirn, als dächte sie über die Frage nach. »Ich würde sagen, er war beiden, Colonel Foucher und dem Verwalter Bondurant, gegenüber auf der Hut. Aber ich weiß nicht, ob er sich je mit ihnen gestritten hat.«

»Könnte er in England jemandem begegnet sein?«

Sie schüttelte den Kopf. »Er hat hier in London nicht viele Menschen getroffen. Das war einer der Hauptgründe, weshalb die Delegation dieses Hotel in der York Street angemietet hat, nicht? Um zu vermeiden, mit allzu vielen Engländern umgehen zu müssen.« Sie unterbrach sich, und in einem plötzlichen Gedanken öffnete sie den Mund.

»Was ist?«, fragte Sebastian, der sie beobachtete.

»Letzte Woche – am frühen Donnerstagmorgen, glaube ich – bin ich mit Noël im Hyde Park spazieren gegangen. Wir haben Damion und einen anderen Mann dort gesehen, in der Nähe des Zeughauses. Sie stritten offensichtlich miteinander, also hielt ich Noël davon ab, zu ihnen zu laufen.«

»Hat Damion Sie gesehen?«

»Ja, das hat er. Noël hatte schon ›*Bonjour*‹ gerufen, bevor ich ihn bremsen konnte, also hat Damion zu uns rüber geschaut. Aber ich konnte ihm ansehen, dass er wünschte, wir sollten fernbleiben.«

»Welchen Ausdruck hatte er? War er ärgerlich?«

»Nicht ärgerlich. Es war eher eine Mischung aus Wut und Angst.«

»Wissen Sie, wer der Mann war?«

»Ich zähle ihn nicht zu meinen Bekannten, aber ich bezweifle, dass auch nur ein einziger Bürger des Londoner Westends ihn nicht erkennen würde. Es war Kilmartin. Angus Kilmartin.«

Sebastian hatte plötzlich ein klares Bild des schottischen, o-beinigen Mannes vor Augen, wie er die Treppe von Jarvis' Wohnung herunterkam. »Können Sie sich vorstellen, weshalb sich Damion mit ihm getroffen hat?«

»Nicht im mindesten.« Sie blickte hinter ihn, wo das Kindermädchen versuchte, die beiden zankenden Knaben auseinanderzuholen. »Wirklich, Monsieur, nun muss ich gehen.«

Er tippte sich an die Hutkrempe und neigte den Kopf. »Vielen Dank für Ihre Unterstützung, Lady Peter. Wenn Ihnen noch etwas einfällt, das hilfreich sein könnte, lassen Sie es mich wissen?«

»Ja, gewiss.«

Sie drehte sich um. Der Wind war nun stark genug, um den Rand ihrer Haube zu bewegen. Sie hob die Hand, um sie zu richten. Da stieß der Wind unter ihre Pelisse und ließ den Unterarm erkennen, der zwischen dem betressten Ärmelabschluss und ihrem kitzledernen Handschuh frei war. Auf der Haut war eine Reihe von vier tiefblauen Flecken zu erkennen.

Es waren die Spuren, die ein ärgerlicher Mann auf der Haut einer Frau hinterlassen würde, wenn er ihr zartes Handgelenk mit seiner großen, starken Hand umgreifen würde.

Kapitel 21

Angus Kilmartin saß allein an einem kleinen Tisch beim Kamin im dämmrigen, überheizten Speisesaal des *White's*, als Sebastian sich zu ihm gesellte und den Stuhl ihm gegenüber herauszog.

»Ich kann mich nicht erinnern, dass ich Euch eingeladen hätte, mir Gesellschaft zu leisten«, sagte der Schotte mit liebenswürdiger Stimme und dem ewigen, amüsierten Ausdruck im Gesicht.

»Das ist richtig«, sagte Sebastian. »Ich beabsichtige nicht, lang zu bleiben.«

Kilmartin grunzte und schnitt sich eine Scheibe Beefsteak ab.

Sebastian sagte: »Wie ich hörte, habt Ihr kürzlich einen neuen Vertrag mit der Navy an Land ziehen können.«

»Ja.«

»Meinen Glückwunsch.«

Kilmartin sah zu ihm auf. »Ihr sagt das, als würdet Ihr es missbilligen.«

»Warum sollte ich?«

Zwei Jahrzehnte zuvor war Angus Kilmartin ein zwielichtiger Glasgower Kaufmann gewesen. Dieser Tage gab es kaum lukrative Industriezweige, an denen er nicht mit Kapital beteiligt war. Seine Mühlen in Yorkshire lieferten den Textilstoff, aus dem Uniformen für britische Soldaten und Seeleute genäht wurden. In seinen Eisenhütten wurden Kanonen und Schusswaffen hergestellt, während von seinen Schiffswerften Fregatten und Kanonenboote rollten, die Britannia halfen, Herrin der Meere zu bleiben. Im Lauf der zwanzig Kriegsjahre, in denen die Arbeiter und Handwerker Englands verhungert waren und in den zerstörten Cottages vertriebener Highlander Schafe grasten, hatte Angus Kilmartin seinen Wohlstand weit über die wildesten Vorstellungen des Machbaren hinaus vermehrt.

»Ja, warum?«, fragte er und bestrich sorgsam eine Scheibe Brot mit Butter. »Seid Ihr deshalb hier? Um über meine Geschäfte zu sprechen?«

»Tatsächlich bin ich neugierig, wie Sie einen französischen Arzt namens Damion Pelletan kennengelernt haben.«

Kilmartin ließ sich Zeit beim Kauen, bevor er schluckte. »Ihr bezieht Euch wohl auf den jungen Mann, der kürzlich in St Katharine's von Straßenräubern überfallen wurde?«

»Er wurde sicher in St Katharine's getötet, wenngleich ich ernstlich bezweifle, dass Straßenräuber etwas damit zu tun hatten.«

»Und wie kommt Euch in den Sinn, dass ich ihn kenne?«

»Sie wurden letzte Woche Donnerstagmorgen bei einem Streit mit ihm gesehen, im Park. Zufällig ist das auch der Tag, an dem er getötet wurde.«

Kilmartin lächelte nur knapp, hielt das Kinn weiter gesenkt und den Blick auf die Scheibe Fleisch gerichtet, die er sich gerade abschnitt.

Sebastian beobachtete ihn. »Sie leugnen es also nicht?«

Der Schotte hielt mit der Gabel auf halbem Weg zum Mund inne und riss die Augen auf. »Warum sollte ich? Pelletan war Arzt. Ich habe ihn in einer medizinischen Sache befragt. Ich sehe keinen Grund, Euch die Einzelheiten zu erzählen.«

»Sie wollen mich glauben machen, dass Sie ihn wegen einer medizinischen Konsultation im Park getroffen haben?«

»Ich war nicht mit ihm verabredet, sondern bin ihm durch Zufall begegnet. Wir hatten eine Meinungsverschiedenheit.«

»Über eine medizinische Sache.«

»Ja.«

»Ich frage mich, woher Sie von ihm gehört hatten? Er war noch nicht lange in London.«

»Jemand hat ihn mir empfohlen. Ich weiß nicht mehr genau, wer.«

»Vielleicht einer von den Bourbonen?«, schlug Sebastian in ironischem Tonfall vor.

Kilmartin lächelte schmallippig und zuckte die Achseln. »Vielleicht. Wer kann das sagen?«

Sebastian ließ den Blick durch den eleganten Raum mit der hohen Decke wandern. »Ich nehme an, die Gerüchte sind Ihnen zu Ohren gekommen?«

»London ist voller Gerüchte, sie enden nie. Welches meint Ihr?«

»Das Fiasko in Russland habe Napoleon so sehr geschwächt, dass er jetzt bereit sei, die Möglichkeit eines Friedens mit England auszutarieren.«

»Das wird nie geschehen«, sagte Kilmartin.

»Sind Sie sich da so sicher?«

»Napoleon würde Englands Bedingungen niemals zustimmen.«

»Und wenn doch?« Sebastian beobachtete das Gesicht seines Gegenübers. »Sie müssten damit rechnen, viel Geld zu verlieren.«

Kilmartins Lächeln wankte nicht. »Alles Gute ist irgendwann zu Ende.«

»Das stimmt. Aber manche Dinge kann man hinauszögern. Besonders, wenn man skrupellos genug ist, alle Mittel anzuwenden, die es gibt.«

Kilmartin lehnte sich vor und umfasste seine Gabel und sein Messer fester. »Was deutet Ihr da an? Dass ich Damion Pelletan in einer dunklen Gasse habe überfallen und umbringen lassen – in der Hoffnung, dadurch könnte die Delegation aus Paris gesprengt werden? Wie absurd.«

»Ich habe nie angedeutet, dass Pelletan Teil einer Pariser Delegation war.«

Kurz schienen Sebastians Worte noch in der Stille zwischen ihnen zu hängen. Der Schotte erstarrte und hielt Sebastians Blick stand. In seinen verkniffenen grauen Augen machte die schwache Schadenfreude, die bisher darin gelegen hatte, einer düsteren Bosheit Platz.

Er wahrte seinen leisen, gleichmütigen Tonfall und hielt das Messer zwischen ihnen erhoben. »Wenn ich vorhätte, die zögerlichen Friedensapostel von Bonaparte aufzuhalten, würde ich den fetten ehemaligen Priester umbringen, der sich als Diplomat ausgibt, und nicht seinen Arzt.«

Sebastian schüttelte den Kopf. »Zu offensichtlich. Warum Vaundreuil umbringen, wenn man ihn auf andere Weise loswerden kann? Der Mann ist krankhaft besessen von seiner Gesundheit. Es ist vorstellbar, dass er ohne seinen Arzt beschließen könnte, seine Versuche in der Diplomatie aufzugeben und zurück nach Frankreich zu eilen.«

Die Belustigung kehrte in die Augen des Mannes zurück. »Wirklich? Dann war der Mörder von Pelletan klüger, als ich dachte. Ich würde es mir gern auf die Fahnen schreiben, aber ich fürchte, das kann ich nicht.«

Sebastian sah zu, wie der Schotte sein Messer ablegte und nach dem Ale griff.

»Warum haben Sie sich am Donnerstagmorgen wirklich mit Pelletan im Park getroffen?«

Kilmartin schürzte die Lippen und schmeckte das Bier auf der Zunge. In seinen Augen lag Misstrauen. Aber er schüttelte nur den Kopf. Es wirkte, als ob er ein Geheimnis bei sich behielte, das zu amüsant war, um es zu teilen.

***

Sebastian schritt durch die Garderobe und zur Straße, da hörte er einen Gruß. Er kam von einem fülligen Mann, den ein auffällig gekleideter Dandy in einem Rollstuhl schob.

»Sir«, sagte Sebastian, wandte sich um und ging zu ihm. »Ich habe nicht erwartet, Euch in London zu sehen.«

Der Comte de Provence lächelte gutgelaunt mit rosigen Wangen. »Marie Thérèse wollte ein paar Tage nach London – ins Theater gehen, vielleicht einen neuen Hut kaufen – solche Dinge. Und dann gibt die Duchess of Claiborne am Dienstagabend auch die Soirée.« Er warf Sebastian einen nachdenklichen Blick zu, als versuchte er, sich an etwas zu erinnern. »Sie ist eine Verwandte von Euch, nicht wahr?«

»Meine Tante.«

Seine Stirn glättete sich wieder. »Ach, das dachte ich auch. Dann treffen wir Euch dort vielleicht.«

»Vielleicht.«

Provence lachte, dass sein Bauch wackelte. »Ihr seid nicht gerade ein Liebhaber solcher Anlässe, nicht wahr?« Sein Lachen ging in Husten über. »Ich kann nicht behaupten, dass ich es Euch in Eurem Alter vorwerfe.«

»Dann wohnt Ihr in der South Audley Street?«

»Ganz richtig. Artois ist in Schottland auf der Jagd nach Weiberröcken; wenn er solche Veranstaltungen nicht schätzt, habe ich also keine Handhabe.«

Sebastian warf Ambrose LaChapelle einen Blick zu. Aber der Höfling drehte den Kopf weg und blickte in eine andere Richtung. Es wirkte, als vertraue er nicht auf seine Fähigkeit, eine ausdruckslose Miene zu wahren.

»Ich habe etwas Interessantes über den jungen Arzt herausgefunden, der getötet wurde«, sagte Sebastian.

Der ungekrönte französische König riss in gespielter Verwunderung die Augen auf. »Ach ja?«

»Wie es scheint, war Damion Pelletan der Sohn von Dr Philippe-Jean Pelletan – eben jenem Dr Pelletan, der im Temple-Gefängnis den jungen Dauphin behandelte.«

»Tatsächlich? Was für eine eigenartige … Koinzidenz.«
Sebastian studierte das volle, selbstverliebte Gesicht des Bourbonen. Man konnte einen Monarchen – auch einen ungekrönten – nicht einfach einen Lügner nennen. »Ihr wollt damit sagen, dass Ihr den Namen nicht erkannt habt?«

»Nun, die Ähnlichkeit der Namen habe ich natürlich bemerkt«, brach es aus dem Bourbonen heraus. »Aber mir war keineswegs bewusst, dass sie … Sein Sohn, sagt Ihr? Das ist überaus faszinierend.«

»Ganz zu schweigen davon, was es für ein Zufall ist.«

»Ja, ja. Sicher, sicher.«

»Ich frage mich: Wisst Ihr zufällig, warum Damion Pelletan in London war?«

Der Comte de Provence sah Sebastian unerwartet streng an. Und da kam Sebastian in den Sinn, dass man nicht vergessen durfte, dass dieser Mann – so jovial seine Züge und gutmütig sein Auftreten auch sein mochten – der Enkel von Louis XV war und dass er umgeben von Glanz und Intrigen des französischen Hofes zu Versailles zum Mann herangewachsen war. »Woher sollte ich das wohl wissen?«, fragte er. »Nicht alle von uns haben das Netzwerk an Informanten und Spionen zur Verfügung wie beispielsweise Euer Schwiegervater.«

Sebastian bemerkte, dass der Höfling LaChapelle die Innenseite der Wange zwischen die Zähne zog. Offensichtlich war Ambrose LaChapelle im Gegensatz zu Provence soeben etwas klar geworden: Der Comte hatte zweifelsfrei zu erkennen gegeben, dass er sehr wohl wusste, weshalb Damion Pelletan in London war.

Sebastian sagte: »Erzählt mir von Eurem Neffen, dem Dauphin.«

Der Themenwechsel schien den alternden Bourbonen zu verwirren. »Mein Neffe? Was gibt es da zu erzählen? Er war ein süßer Junge. Er war erst sieben Jahre alt und kerngesund, als er ins Gefängnis geworfen wurde.«

»Was ist mit ihm geschehen?«

Der alte Mann seufzte. »Zunächst nichts. Einige Monate nach der Hinrichtung seines Vaters, des Königs, hat man ihm erlaubt, bei seiner Mutter, Tante und Schwester zu bleiben. Aber eines Tages kamen die Wachen und haben ihn weggenommen. Anscheinend hatten die Revolutionäre angewiesen, jegliche Spur von ›Arroganz‹ und ›Königlichkeit‹, wie sie es nannten, an ihm zu beseitigen.« Ein verkniffener Zug legte sich auf sein Antlitz. »Sie haben ihn ... sehr schlecht behandelt.«

»Wann ist er gestorben?«

»Am achten Juni 1795.«

»Und Dr Philippe-Jean Pelletan hat die Autopsie durchgeführt?«

»Er war einer der beiwohnenden Ärzte, ja.«

»Es gab also noch andere?«

»Zwei oder drei, glaube ich. Auch wenn Pelletan vielleicht der einzige war, der den Jungen ein oder zwei Tage vorher gesehen hat. Da hatte man ihn ins Gefängnis gerufen, um den Jungen zu behandeln.«

»Hat er den Leichnam als den Dauphin identifiziert?«

»*Mon Dieu.*« Zornesröte färbte die fülligen Züge des Adligen. »Ich hoffe bei Gott, Ihr wollt nicht andeuten, dass diese lächerlichen alten Gerüchte wahr sind?«

»Welche Gerüchte?«

»Als ob Ihr das nicht wüsstet! Die Vorstellung, der Dauphin wäre nicht im Temple gestorben, sondern heimlich aus dem Gefängnis weggebracht worden, während ein anderer armer Teufel an seiner Stelle dort bleiben musste.«

Ganz offenbar ärgerte und bekümmerte das Fortbestehen des Gerüchts, der Sohn Louis’ XVI und Marie Antoinettes wäre gar nicht im Gefängnis verstorben, die beiden Onkel und den Neffen. Denn sie träumten davon, eines Tages den vakanten Thron des toten Dauphins zu besteigen. Als Sebastian darauf schwieg, fuhr Provence fort: »Um Himmels willen, sagt bitte nichts dergleichen zu meiner Nichte Marie Thérèse. Ihr habt keine Vorstellung davon, was dieses Gemunkel in ihr anrichtet – oder wie viele Scharlatane sich ihr im Lauf der Jahre als ihr lang verschollener Bruder vorgestellt haben. Ich habe erlebt, wie sie nach einer dieser Begegnungen tagelang krank war.«

Sebastian runzelte die Stirn. »Hat sie den Leichnam des Dauphins nicht gesehen?«

»Nein. Und die zwei Jahre zuvor hat sie ihn ebenfalls nicht gesehen. Der Junge wurde im Sommer dreiundneunzig den Armen seiner Mutter entrissen; Marie Thérèse hat ihn danach nie wieder gesehen.«

»Wie seltsam, dass die Revolutionäre den Leichnam nicht seiner Schwester gezeigt haben – und wenn auch nur, um ein für alle Mal jegliche Gerüchte um sein Schicksal auszuschließen.«

»Ich wünschte, sie hätten es getan«, grummelte Provence und verlagerte sein beträchtliches Gewicht im Rollstuhl. »Sie hätten uns allen sehr viel Kummer erspart.«

»Seid Ihr Euch sicher, dass der Junge tot ist?«

Er rechnete damit, dass der Bourbone auffahren und hitzig jede Andeutung, der Dauphin könne noch leben, abstreiten würde. Stattdessen blinzelte er; eine plötzliche Gefühlsaufwallung trieb ihm die Tränen in die Augen, und seine Haut wirkte gesprenkelt und vor der Zeit gealtert. »Wenn wie durch ein Wunder – wohlgemerkt, ich sage nicht, dass ich das glaube – aber wenn mein armer Neffe durch ein Wunder irgendwo da draußen noch am Leben sein sollte, dann wäre er nicht in der Verfassung, König zu sein. Was ihm diese Tiere in jenem Gefängnis angetan haben … Nun, sagen wir einfach, es hätte ihn körperlich und mental zerstört.«

»Was haben sie ihm angetan?«, fragte Sebastian.

Überraschenderweise kam die Antwort von dem Höfling Ambrose LaChapelle. »Das wollt Ihr nicht wissen«, sagte er sanft. »Glaubt mir, Ihr wollt es nicht wissen.«

Kapitel 22

Als Sebastian die St James's Street entlang zur Piccadilly ging, wehte ihm scharfer, beißender Wind ins Gesicht. Er zog sich den Hut tiefer in die Stirn, da bemerkte er eine elegante Stadtkutsche, die von einem wunderbar zusammenpassenden Gespann Apfelschimmeln gezogen wurde. Neben ihm verlangsamte das Gefährt. Er hörte, wie das Kutschfenster mit einem Schnappen heruntergeschoben wurde, und sah das Wappen des Hauses Jarvis auf der blankpolierten Kutschtür.

Er ging weiter.

»Ich hatte heute Morgen eine beunruhigende Unterhaltung mit einem gewissen aufgebrachten, ja gar cholerischen Pariser«, sagte Charles Lord Jarvis.

»Ach?« Sebastian bog in die Berkeley Street ein. Die Kutsche rollte neben ihm weiter.

»Ihr könnt die Dinge einfach nicht auf sich beruhen lassen, oder?«

Sebastian lachte leise. »Nein.«

Sein Schwiegervater war nicht gerade erfreut. »Bei jedem anderen Mann würde ich mich bemüßigt fühlen, über ernstliche Konsequenzen für Leib und Leben nachzudenken – Euer Leib und Leben. In diesem Fall jedoch ist mir klar, dass solch eine Vorgehensweise kontraproduktiv wäre. Soll ich stattdessen an Euer besseres Ich appellieren?«

Sebastian blieb stehen und drehte sich zu ihm um. »Mein besseres Ich? Bitte erklärt das näher.«

Der livrierte Fahrer hielt die Kutsche an.

Jarvis wählte seine Worte bedacht, offenbar mit Rücksicht auf zuhörende Bedienstete. »Ich zweifle nicht, dass Ihr inzwischen begriffen habt, was hier auf dem Spiel steht. Nach Eurer oftmals geäußerten Ansicht über diesen Krieg nehme ich doch an, dass es Euch wichtig ist, nichts zu tun, das einem lebensrettenden Prozess schaden könnte. Und es geht um Millionen Menschenleben.«

»Ach? Und wann war es Euch je ein Anliegen, Menschenleben zu retten?«

Jarvis' Gesicht strahlte in einem ehrlichen Lächeln auf. »Selten. Aber ich weiß sehr wohl, welche Argumente Euch am besten zu überzeugen vermögen. Und was hier auf dem Spiel steht, ist real.«

Sebastian betrachtete das arrogante, selbstgefällige Gesicht seines Schwiegervaters, die Hakennase und scharfen, intelligenten grauen Augen, die denjenigen von Hero so sehr ähnelten. Sebastian kannte niemanden, der das System der Erbmonarchie stärker verteidigte als Jarvis. Nach Jarvis' Ansicht war Napoleon Bonaparte ein emporgekommener korsischer Soldat, dessen ehrgeizgetriebene Besteigung des Thrones Frankreichs drohte, jegliche Grundlage der Zivilisation und die soziale Ordnung zu unterminieren. Deshalb hatte Sebastian zunehmend Schwierigkeiten damit, sich vorzustellen, dass Jarvis einen Friedensvertrag hinnehmen würde, der in Englands Rückzug von den

Schlachtfeldern resultieren, Napoleon jedoch als Imperator auf dem Thron belassen würde.

Sebastian sagte: »Ich verstehe nicht, inwieweit meine schlichten Nachforschungen einen solch delikaten Prozess bedrohen könnten.«

»Ihr wisst gar nichts.«

»Ach? Dann klärt mich auf.«

Doch Jarvis spannte nur den Kiefer an und gab seinem Kutscher das Zeichen weiterzufahren. Die Hufe der Pferde klapperten über die Pflastersteine, und die gut gefederte Karosse schwankte, als das Gespann Geschwindigkeit aufnahm.

Kapitel 23

Gibson ließ am späteren Nachmittag Alexandrie Sauvage, in eine Decke gehüllt, in eines der Zimmer seines Wohnhauses bringen, weil keine der älteren Frauen, die er normalerweise anheuerte, um seine schwerkranken Patienten bewachen zu lassen, für die bevorstehende Nacht zur Verfügung stand.

»Das müssen Sie nicht machen«, wisperte sie heiser, als er seinen abgetragenen Quilt um sie herum feststeckte.

»Doch.«

Sie zeigte hoffnungsvolle Anzeichen der Genesung, aber ihre Augen waren vom Fieber noch immer getrübt, die Wangen hohl, und ihre heiße Haut fühlte sich wie trockenes Pergament an. Sie schloss die flatternden Lider, sodass er dachte, sie schliefe. Dann sagte sie: »Meine Dienerin, Karmele, ist eine gute Krankenschwester. Sie könnten nach ihr schicken lassen.«

»Das werde ich.« Er wollte sich gerade umdrehen, da musste er ein Keuchen unterdrücken, als ohne Vorwarnung ein brennender Schmerz sein Bein hinauffuhr. Er fühlte sich so echt an, als hätte ihm brutal jemand ein glutrotes Schüreisen durch die rechte Fußsohle getrieben.

Durch den Fuß, der nicht mehr da war.

Sie öffnete die Augen und richtete den Blick auf sein Gesicht. »Sie haben Schmerzen. Weshalb?«

Er schüttelte den Kopf. »Mir geht es gut.« Und als er an ihrem ungläubigen Gesicht sah, dass sie ihm das nicht abkaufte, sagte er: »Manchmal spüre ich in meinem verlorenen Fuß und dem Bein Schmerzen. Die gehen wieder weg.«

»Es gibt eine Möglichkeit ...«

»Pst«, sagte er und deckte sie zu. »Schlafen Sie.«

Er erwartete nicht, dass sie auf ihn hören würde, denn er hatte schon begriffen, dass sie nicht die kooperativste Patientin war. Überraschenderweise tat sie es doch.

Er setzte sich auf den Sessel neben dem Kamin und nahm vorsichtig sein Holzbein ab. Es half nichts, der Schmerz blieb. Und er war so intensiv, dass er, wäre sein Fuß noch da, versucht gewesen wäre, ihn selbst abzuhacken, nur um die Pein zu beenden. Aber ein Glied, das gar nicht da ist, kann man nicht amputieren.

Er spürte, wie Schweiß sein Gesicht überzog, und als er den Arm hob, um ihn mit dem Ärmel abzuwischen, ließ ein feiner Tremor seine Hand zittern. Der Drang, seinen Geist von dem Schmerz zu befreien und in die süßen Träume zu entschwinden, die das Laudanum zu vermitteln vermochte, war fast überwältigend. Er musste die Zähne zusammenbeißen, umklammerte mit den Händen die Armlehnen des Sessels und heftete den Blick auf die fiebergeschüttelte Frau, die in seinem Bett lag.

Und dann fragte er sich, ob er sie genau deshalb hierher gebracht und es abgelehnt hatte, nach ihrer Hausfrau zu schicken. Ob er sich nur etwas vormachte,

wenn er sich davon zu überzeugen versuchte, dass er
um ihr Leben kämpfte, während in Wahrheit sie durch
ihre bloße Anwesenheit diejenige war, die sein Leben
rettete.

Kapitel 24

»Das Problem, Mylady, liegt darin, dass Eure Körpersäfte aus dem Gleichgewicht sind.«

Der Accoucheur Richard Croft, der anerkannteste Geburtshelfer in ganz Britannien, stand mit dem Rücken zum Kamin und drückte das Kinn tief in die schneeweißen Falten seiner Krawatte. Er war Anfang fünfzig, ein zierlicher Mann mit dünnem hellem Haar und einer immer höher werdenden Stirn. Seine Nase war genauso lang wie sein Gesicht, das Kinn ausladend, die Lippen dünn und ständig in scheinbarer Missbilligung verzogen.

Hero saß in einem Sessel, die Hände im Schoß, und hinter ihr stand ihr Mädchen. »Ich fühle mich gut«, sagte sie.

»Ach.« Croft schnalzte mit der Zunge und schüttelte den Kopf. Dabei lächelte er auf so abfällige Weise, dass Hero ihm am liebsten einen Fausthieb verpasst hätte. »Ihr fühlt *Euch* vielleicht gut, aber das bedeutet unglücklicherweise nicht, dass alles so ist, wie es sein sollte. Was habt Ihr gestern gegessen?«

Hero sagte es ihm.

Croft wedelte entsetzt mit den weichen, weißen Händen. »Aber das ist viel zu viel! Ihr dürft nur eine Tasse Tee zum Frühstück nehmen, und nicht vor zehn Uhr. Dann dürft Ihr um zwei Uhr einen Bissen kaltes Fleisch oder etwas Obst zu Euch nehmen, jedoch nicht beides. Euer Abendmahl muss ebenso karg sein – eine dünne Suppe oder etwas Geflügel mit einer kleinen Portion gut durchgegartem Gemüse. Ungesalzen selbstverständlich.«

»Wenn ich die Diät anwende, die Sie mir vorschlagen, werde ich in Kürze zu schwach sein, um den Raum zu durchqueren.«

»Genau darum geht es ja, Mylady!«

»Gestern habe ich einen Artikel von Dr Agostina De-Fiore der Universität zu Padua gelesen …«

»Einer Frau?«, spie Croft aus. »Einer *italienischen* Frau?«

»… in dem es heißt, dass eine Frau zwar darauf achten sollte, nicht zu viel Gewicht zuzulegen, es aber nichtsdestotrotz notwendig ist, dass sie sich weiterhin abwechslungsreich und angemessen üppig und gesund ernährt. Alles andere schadet nicht nur der Gesundheit der Mutter, sondern gefährdet auch das Kind.«

»Das ist blanker Unfug, fürchte ich.« Er räusperte sich. »Ich gehe davon aus, dass Ihr die Darmspülungen vorgenommen habt, die ich Euch verordnete?«

»Die bekommen mir nicht gut.«

»Die sollen Euch nicht bekommen! Sie sind gedacht, um Eure Körpersäfte wieder in Einklang zu bringen. Mylady, ich bitte Euch, Ihr müsst mir vertrauen.« Er hob die zusammengelegten Hände hoch wie zum Gebet. »Ihr habt eine zu gesunde Farbe und viel zu viel Energie. Patientinnen, die meine Anweisungen befolgen, sind an diesem Punkt blass und matt, wie es sich für eine Frau, die vor der Niederkunft steht, schickt. Ich muss Euch erneut zur Ader lassen.«

Hero sah ihm schweigend zu, wie er eine Schale und eine Lanzette aus seinem Rucksack nahm.

»Ich bin ernstlich und schwer besorgt«, sagte er. »Unter den gegebenen Umständen halte ich es für eine Narretei, weniger als einen guten Liter zu entnehmen.«

»Einen guten Liter?«

»Jawohl, Mylady«, sagte er und näherte sich ihr, die Lippen verkniffen und in den Augen Verachtung für das schwache Geschlecht, mit dessen Torheit er sich täglich abmühte.

***

Leichter Schneefall hatte eingesetzt, als Sebastian zur Brook Street kam. Weiche, weiße Flocken trudelten herunter und blieben auf dem Pflaster und dem Eisengeländer kleben, das die Treppenstufen sicherte.

»Ist es draußen etwas nass, Mylord?«, fragte sein Majordomus Morey und nahm Sebastian den Hut, den Herrenmantel und die Handschuhe ab.

»Ich schätze, wir werden vor Einbruch der Nacht noch viel mehr davon haben.« Sebastians Blick fiel auf einen Herrenhut, der auf einem Stuhl lag. »Ach, ist Richard Croft hier?«

»Ja, Mylord. Er ...«

Der Majordomus unterbrach sich, als von oben lautes Klappern erklang.

Kurz darauf stürmte ein kleiner, dünner Mann mit wehenden Mantelschößen die Treppe herunter. Seine Tasche umklammerte er mit beiden Händen vor der Brust. Er hielt den Kopf gesenkt, hatte die Lippen zu einem ärgerlichen Strich verkniffen und das Kinn mürrisch vorgeschoben. Bei Sebastians Anblick blieb er stehen. Seine Nasenflügel bebten ebenso wie seine gesamte Gestalt vor Missfallen.

»Lord Devlin«, sagte er, trat die letzte Stufe herunter in die Eingangshalle und verbeugte sich steif. »Ich bin erfreut, Euch zu sehen, denn das bietet mir Gelegenheit, Euch mitzuteilen, dass ich mich weigere – ja, ich weigere mich! –, länger als Lady Devlins Accoucheur tätig zu sein. Sie ist stur und beharrt auf ihren Ansichten, steckt voller ausländischer Grillen, die sie sich bei der Lektüre einer Reihe lächerlicher fremdländischer Publikationen angeeignet hat. Sie ignoriert meinen Ratschlag, verweigert meine medizinischen Anweisungen, und soeben *hat sie mir meine Schale übergeworfen*, als ich darauf bestehen wollte, sie zur Ader zu lassen.«

»Und wie genau haben Sie darauf ›bestanden‹?«

Crofts dürre Brust hob und senkte sich beim Atmen. »Manchmal schlagen bei werdenden Müttern die Emotionen hoch, und ein fester männlicher Griff ist notwendig.«

»Sie haben Glück, dass sie nicht die Lanzette gegen Sie benutzt hat.«

Crofts Züge verdunkelten sich vor Wut. »Das hat sie mir in der Tat angedroht.« Er zupfte am Bund seiner Weste, die bei seinem Sturm die Treppe herunter in Unordnung geraten war. »Ich kann keine Gewähr für den Verlauf einer Niederkunft und des Wochenbetts übernehmen, wenn die Patientin sich meinen geburtsvorbereitenden Methoden entzieht. Deshalb lege ich meine Dienste nieder. Des Weiteren kann ich sie guten Gewissens keinem einzigen meiner Kollegen als Patientin empfehlen. Um ganz offen zu sein: Unter den gegebenen Umständen kann ich mir nicht vorstellen, wie Ihr jemanden mit Kompetenz finden wollt, der willens ist, sie bei der Niederkunft zu begleiten.«

»Unter welchen ›Umständen‹ denn?«, fragte Sebastian bemüht ruhig.

Der ehrenwerte Richard Croft öffnete den Mund, besann sich dann jedoch eines Besseren und klappte ihn wieder zu.

Sebastian näherte sich ihm. »Was zur Hölle sagt Ihr da?«

Croft trat einen Schritt zurück; sein Absatz stieß mit einem Klackern gegen die unterste Stufe.

»*Welche Umstände*, verdammt noch mal?«

Der Accoucheur schluckte mühsam. »Das Kind ...«

»Ja?«

Er schluckte erneut. »Das Kind liegt falsch herum. Inzwischen hätte es sich drehen müssen, damit der Kopf sich in den Geburtskanal einstellt. Das hat es aber nicht. Stattdessen liegt es ... quer.«

Sebastian fühlte sich, als hätte jemand in seine Brust gegriffen, um ihm das Herz zusammenzudrücken, und ihm gleichzeitig den Ellbogen in den Magen gerammt. Er brauchte einen Augenblick, bevor er weiter sprechen konnte. »Was kann man tun?«

Croft schüttelte den Kopf. »Nichts.«

»Was meinen Sie mit ›nichts‹?«

»Vielleicht dreht sich das Kind spontan.«

»Und wenn nicht?«

Der Accoucheur machte ein paar Seitwärtsschritte zur Tür. »Manche Kinder in Querlage werden erfolgreich zur Welt gebracht.«

»Und die Mütter?«

»Manche Mütter überleben«, sagte Croft. »Aber ...«

»Aber?«

Croft streckte den Rücken durch und begegnete Sebastians forschendem Blick mit einer Stärke, die Sebastian nur bewundern konnte.

»Aber selten überleben beide.«

Kapitel 25

Hero stand am Fenster, als Sebastian ihr Zimmer betrat. Die eine Hand hatte sie auf die schweren Vorhänge an ihrer Seite gelegt, den Blick hielt sie auf den herunterwirbelnden Schnee gerichtet.

»Ich schulde dem armen Mann eine Entschuldigung«, sagte sie, als Sebastian sich hinter sie stellte.

»Hast du wirklich die Schale nach ihm geworfen?«

»Ja. Beschämend, nicht?«

Er schob die Arme um sie und zog sie an sich. Sie duftete nach Seide und Lavendel und nach sich selbst, und seine aufwallenden Emotionen waren für einen kurzen Augenblick so mächtig, dass er die Augen zukneifen musste. »Vielleicht, aber trotzdem auch völlig verständlich. Der Mann ist ein pompöser, pedantischer Dreckskerl.«

Sie schüttelte den Kopf. »Croft ist vielleicht ein Narr, aber er meint es gut. Er glaubt wirklich an das, was er verordnet.«

Als Sebastian darauf schwieg, sagte sie: »Er hat dir also gesagt, dass das Kind wohl verkehrt herum liegt?«

»Er hat gesagt, es könnte sich noch drehen.«

»Könnte es.«

Er schob die Hände auf ihren geschwollenen Leib. Er hoffte, sie bemerkte nicht, dass sie zitterten. Er sagte: »Wir müssen einen neuen Accoucheur finden – hoffentlich jemanden, der kein Narr ist.«

»Sie sind alle Idioten.« Sie lehnte den Kopf an seine Schulter und verzog die Lippen zu einem eigentümlichen Lächeln. »Wenn du mich fragst, ist die Lage des Kindes der wahre Grund dafür, dass Croft ausgestiegen ist. Er hat Angst.«

Welcher Accoucheur, der all seine Sinne beisammen hat, hätte nicht Angst davor, Lord Jarvis' Tochter in einer komplizierten Geburt zu entbinden?, dachte Sebastian, sprach es jedoch nicht aus.

»Was ist mit Gibson?«, schlug sie vor.

»Gibson ist Chirurg, kein Arzt oder Geburtshelfer«, erinnerte er sie.

»Meinst du, das spielt für mich eine Rolle? Du weißt so gut wie ich, dass er schon Kinder entbunden hat. Er könnte sicherlich zumindest jemanden empfehlen?«

»Ich fürchte leider, dass er deine Meinung über diesen Berufsstand teilt, aber ich kann ihn fragen.«

Er schwieg wieder, und in seinen Gedanken breitete sich die Erinnerung an all die Kinder aus, die ihre Mutter verloren hatte. *Warum hat sie sie verloren?*, fragte er sich. Hatten sie auch falsch gelegen? Oder waren sie aus ganz anderen Gründen gestorben? Durch eine Abnormalität, die zuletzt beinahe auch Lady Jarvis das Leben gekostet hätte.

»Ich weiß, was du denkst«, sagte Hero. »Aber ich bin nicht meine Mutter.«

Sie drehte sich in seinen Armen um und hob die Hand an seine Wange, dann küsste sie ihn auf den Mund. »Alles wird gut.«

Er fuhr ihr mit gespreizten Fingern durchs Haar, barg ihren Kopf und hielt sie fest an sich gedrückt, als er den Blick über ihre so vertrauten Wangen und sanft geschwungenen Lippen wandern ließ. Er wollte ihr sagen, dass ihm der Gedanke, sie zu verlieren, Angst machte, dass er sich ein Leben ohne sie nicht einmal mehr vorstellen konnte. Aber diese Dinge hatte er noch nie zu ihr gesagt und nicht ein einziges Mal die drei einfachen Worte »Ich liebe dich« geflüstert. Sie jetzt auszusprechen, würde so wirken, als fürchtete er, sie könnte sterben. Also schwieg er.

Sie war kühner als er. »Ich habe nicht die Absicht zu sterben, Devlin.«

Er legte seine Stirn an ihre. Doch er sagte nichts, da sie genauso wie er wusste, dass unsere Todesstunde nur selten unsere eigene Entscheidung ist.

***

Als Sebastian am Tower Hill ankam, fiel der Schnee dicht und schnell. Die großen Flocken klebten ihm im Gesicht und deckten die Stadt rasch mit einer weißen Decke zu.

»Großer Gott, Devlin«, sagte Gibson, als Sebastian beim Hereintreten den Schnee von den Stiefeln stampfte. »Was bei allen Heiligen machst du in diesem Wetter draußen?«

Sebastian entledigte sich seines grauen Übermantels. »Ich brauche den Namen eines guten Accoucheurs, Gibson.«

Gibson, der ihn gerade zum Kleinen Salon führen wollte, hielt inne und sah ihn überrascht über die

185

Schulter an. »Ich hatte den Eindruck der hochgeschätzte Richard Croft würde Lady Devlin bei der Niederkunft zur Seite stehen.«

»Er hat gekündigt. Er wollte mich glauben machen, er täte es, weil Lady Devlin nicht die zahmste und kooperativste Patientin ist – und ich bin der Erste, der ihm da Recht gibt. Aber um die Wahrheit zu sagen, glaube ich, dass er Angst vor Jarvis hat. Das Kind liegt quer, Gibson.«

»Darum würde ich mich zu diesem Zeitpunkt nicht zu sehr sorgen. Es ist noch früh. Das Kind soll doch erst im April kommen. Es wird sich drehen, wenn es bereit ist.«

Sebastian sah seinem Freund in die Augen. »Ich fürchte, das ist nur eine Geschichte, die Klatsch und Tratsch verhindern sollte. Das Kind wird in einer oder zwei Wochen erwartet.«

»Oh.« Der Gesichtsausdruck des Iren bestätigte Sebastians schlimmste Befürchtungen – und dann noch einige mehr. »Muttergottes«, sagte er leise und drehte sich um, um zwei Gläser Burgunder einzuschenken.

»Es ist schlimm, nicht?«, fragte Sebastian und musterte ihn.

Gibson hielt ihm eines der Weingläser entgegen. »Manchmal dreht sich ein Kind in der letzten Minute.«

Sebastian nahm das Glas und trank einen großen Schluck. »Den Namen eines guten Accoucheurs, Gibson. Ich brauche einen. Schnell.«

Gibson schüttelte eine verirrte Haarlocke aus der Stirn. Sebastian bemerkte, dass sein Freund nicht nur rasiert war, sondern sich auch ein frisches Halstuch umgebunden und offensichtlich Mrs Federico genötigt hatte, eines seiner Hemden zu bügeln. »Lass mich ein wenig nachdenken. Ich höre mich morgen um.«

Sebastian ließ sich in einen der rissigen Ledersessel beim Kamin sinken. Da fiel ihm auf, dass jemand die Zeitungen vom Boden aufgehoben hatte, die sonst immer dort herumlagen. Er ließ den Blick über die abgestaubte Kaminumrandung und die frischen Kerzen in den Ständern neben dem Kamin wandern. »Wie geht es deiner Patientin?«

»Das können Sie mich selbst fragen«, sage Alexandrie Sauvage, und trat auf die Türschwelle.

Sie sah so aus, wie Sebastian sie von vor drei Jahren in Erinnerung hatte, mit demselben wilden, feuerroten Lockenschopf und denselben unerwartet dunklen Augen. Aber ohne die heiße spanische Sonne war ihre Haut blasser, außerdem war sie dünner, und ihre Wangenknochen verliehen ihr einen Eindruck von Zerbrechlichkeit, der, wie er wusste, vollends in die Irre führte.

»Großer Gott; wieso sind Sie nicht im Bett?«, fuhr Gibson auf und ging zu ihr, um ihre wackligen Schritte zu einem Sessel zu stützen.

Sie trug das gleiche verschossene Kleid wie am ersten Abend, und wie es aussah, hatte sie es gerade erst übergezogen. »Ich habe Sie sprechen hören«, sagte sie und ließ sich mit einem leisen Seufzer, den sie sofort unterdrückte, in den Sessel gegenüber seinem sinken. Er sah die tiefen Falten in ihren Mundwinkeln und wusste, welche Anstrengung es sie gekostet haben musste, das Bett zu verlassen.

»Sie sehen nicht aus, als sollten Sie schon auf sein.«

»Das sollte sie auch nicht«, sagte Gibson.

Sie erwiderte Sebastians Blick. In ihren Augen sah er eine schwelende Abneigung und noch etwas anderes, das ihn an die Wachsamkeit eines in die Enge getriebenen Fuchses erinnerte.

Er fragte: »Was können Sie uns über die Nacht erzählen, in der Damion Pelletan getötet wurde?«

Sie hob die Hand an die Stirn, so als brächte der bloße Versuch nachzudenken den Schmerz zurück. »Ich fürchte, dass ich mich nicht an viel erinnere.«

»Können Sie uns den Namen des Mannes verraten, der mit Ihnen zum *Gifford Arms* gegangen ist?«

Sie sah ihn verwirrt an und runzelte die Stirn. Die Hand ließ sie wieder herunterfallen. »Welcher Mann? Wovon sprechen Sie? Ich bin allein gegangen, daran kann ich mich erinnern.«

Gibson wechselte einen Blick mit ihm. Sebastian sagte: »Ein gewisser Mitt Peebles hat ausgesagt, dass eine verschleierte Frau und ein unbekannter Mann gegen neun Uhr der Todesnacht Pelletan hätten sehen wollen. Er ist hinausgegangen, um mit ihnen zu sprechen. Dann ging er wieder hinein, um seinen Herrenmantel zu holen, und hat das Hotel anschließend verlassen.«

Sie schüttelte den Kopf. »Davon weiß ich nichts. Damion hat sie mir gegenüber nicht erwähnt. Als ich zum Inn kam, hat er davor gestanden und zu den Sternen hinauf geschaut. Ich fragte ihn, was er täte – es war an jenem Abend so kalt. Er sagte, er würde nur ... nachdenken.«

Sebastian betrachtete ihr blasses, beherrschtes Gesicht. Wenn sie log, gab sie es nicht zu erkennen. »Und was war dann?«

»Ich habe ihn gebeten, mich zu Claire Bisette und ihrem Kind zu begleiten. Er ging hinein, um seinen Mantel zu holen; dann haben wir eine Droschke gerufen. Wir haben dem Kutscher gesagt, wohin wir wollten, aber als wir an den Tower kamen, weigerte er sich, zu St Katharine's reinzufahren, und bestand darauf, uns abzusetzen, sodass wir den restlichen Weg zum Hangman's Court zu Fuß laufen mussten. Danach ...« Sie zuckte die Schultern. »Ich weiß, dass wir Cécile besucht haben, kann mich aber kaum daran erinnern. Und danach nichts mehr.«

Sie hielt Sebastians Blick stand, als erwarte sie regelrecht, dass er ihr nicht glauben würde, und er dachte: *Wieso? Wieso sollte sie etwas zurückhalten, das zu seinem Mörder führen könnte?*

Sie sagte: »Ich habe gehört, was Ihr über Eure Frau gesagt habt.«

»Über meine Frau?«

»Es gibt eine Möglichkeit, das Kind im Leib zu wenden. Man muss mit den Händen Druck auf den Bauch ausüben, um das Kind anzuregen, sich zu drehen. Aber das muss bald geschehen. Wenn man zu lange wartet, wird es viel schwerer.«

»Das hört sich gefährlich an.«

»Nicht, wenn man weiß, was man tut.«

Sebastian warf Gibson einen Blick zu. »Ist das möglich?«

Gibson zuckte die Achseln. »Ich habe schon einmal davon gehört, dass so etwas getan wurde. Aber ob die Erzählungen stimmen, weiß ich nicht. Ich habe nie mit jemandem gesprochen, der es versucht hat.«

»Ich habe es schon gemacht«, sagte Alexandrie Sauvage und beugte sich vor. »Es klappt nicht immer. Aber Ihr müsst es mich zumindest versuchen lassen. Wenn das Kind sich nicht dreht, bevor seine Zeit kommt ...« Sie verstummte, und Sebastian verspürte erneut, wie in ihm die Angst aufbrach.

Er sagte: »Nein.«

Sie lehnte sich im Sessel zurück und umfasste die abgenutzten, gewellten Lederarmlehnen. »Was denkt Ihr? Dass ich absichtlich einem unschuldigen Kind und einer Frau, der ich nie begegnet bin, schaden würde? Nur um mich an Euch zu rächen?«

»Ja.«

Sie erhob sich, ihr Gesicht wurde weiß von der Anstrengung, und ihre Arme zitterten. »Ihr Freund ist ein Narr«, sagte sie zu Gibson und verließ den Raum.

Gibson starrte ihr hinterher.

Sebastian sagte: »Du hast mir nicht gesagt, dass es ihr besser geht.«

»Es geht ihr nicht besser. Das Fieber ist zwar heruntergegangen, aber ich meinte es ernst, als ich sagte, dass sie nicht auf sein sollte.« Er wandte Sebastian den Blick zu. »Würdest du mir vielleicht verraten, worum es da gerade gegangen ist, zum Teufel?«

»Willst du mir sagen, dass sie es dir nicht erzählt hat?«

»Ja.«

»Ich war für Colonel Sinclair Oliphant auf einer Mission, da wurde ich von einer Truppe der französischen Kavallerie gefangen genommen. Sie war dabei. Ihr Liebhaber war ein Lieutenant namens Tissot. Ich habe ihn umgebracht, als ich geflohen bin.«

Es ging noch um mehr, um viel mehr. Aber Gibson war zur Zeit jenes Zwischenfalls in London gewesen, und Sebastian hatte ihm nie von den fürchterlichen Einzelheiten berichtet.

»Und du glaubst, dass sie Rachegefühle gegen dich hegt?«

Sebastian blickte über ihn hinweg. Der Wind trieb den Schnee gegen die Fensterscheibe. Es wirkte wie das leise Flüstern einer fernen Vergangenheit. »Was glaubst du denn?«

Gibson stand auf und legte Kohle nach. Dann blieb er einfach stehen, eine Hand am Kaminsims, und blickte auf das Feuer hinunter.

Nach einer Weile sagte Sebastian: »Ich habe etwas herausgefunden, das vielleicht von Belang ist, vielleicht nicht. Damion Pelletans Vater war einer der Ärzte, die die Leichenschau des kleinen Dauphins vorgenommen haben, als er im Temple gestorben ist. Er hat ihn außerdem vor seinem Tod behandelt.«

Gibson drehte sich um und sah ihn an. »Das ist nicht dein Ernst.«

»Das hat mir der Comte de Provence selbst bestätigt.«

Gibson schüttelte den Kopf. »Das gefällt mir gar nicht.«

»Mir auch nicht. Besonders wenn man bedenkt, dass Damion Pelletan am Jahrestag vom Tod Louis' XVI getötet wurde.«

Gibson stieß sich vom Kamin ab. »Was weißt du über den Tod des letzten Dauphins?«

»Ich ahne nicht, wie viel überhaupt jemand über jene Tage weiß. Aber es gibt einen Höfling in Provences Umfeld namens Ambrose LaChapelle. Ich glaube, dass er viel mehr weiß, als er zugibt. Und zwar über eine Menge Dinge.«

»Meinst du, du kannst ihn zu einer Aussage überreden?«

Sebastian leerte sein Weinglas und stellte es ab. »Ich weiß nicht, will es aber versuchen.«

Kapitel 26

Nachdem Devlin gegangen war, ging Gibson zum hinteren Zimmer und blieb auf der Türschwelle stehen.

Alexandrie Sauvage lag auf dem Bett, noch immer bekleidet. Sie hatte den Kopf zurückgelegt und die Augen geschlossen. In jeder zarten Linie ihres Körpers konnte er sehen, wie groß die Anstrengung für sie gewesen war, auch nur kurz aufzustehen.

Er sagte: »Das war unklug.«

Sie drehte sich um und sah ihn an. »Es geht mir zusehends besser.«

»Wenn Sie sich weiterhin so überfordern, hört das auf.«

Der Hauch eines Lächelns huschte über ihren Mund. Sie hatte volle, sinnliche Lippen, deren Schwung in einem Mann den Wunsch weckte, mit der Daumenkuppe darüber zu streichen.

Sie sagte: »Hatte er es Ihnen nicht erzählt? Ich meine, von Portugal.«

»Nein.«

Er sah an ihrem zarten Hals, wie sie schluckte. »Und ändert es Ihre Meinung über mich, dass ich mir einst einen Liebhaber genommen habe?«

»Warum sollte es? Ich hatte selbst einige Liebschaften.« Allerdings war er nie verheiratet gewesen, und seit er sein Bein verloren hatte, war er nie wieder mit einer Frau zusammen gewesen. Aber er sah keinen Grund, ihr das zu sagen.

»Das ist etwas anderes.«

»Ich wüsste nicht, weshalb.«

»Ihr wisst sehr wohl, weshalb. Unsere Gesellschaft erwartet – nein, sie verlangt Frauen und Männern sehr unterschiedliche Verhaltensweisen ab.«

Er sagte: »Wie ist es Ihnen ergangen, nachdem Ihr Liebhaber getötet wurde?«

Kurz dachte er, sie wolle ihm nicht antworten, und er hätte die Frage zurückgenommen, wenn er gekonnt hätte. Sie war zu persönlich und gab sein Interesse an ihr preis. Außerdem erkannte er an dem angestrengten Zug um ihre Augen, dass es schwere Tage für sie gewesen waren.

Sie sagte: »Ich habe mich mit einem englischen Hauptmann zusammengetan – Miles Sauvage. Er – wie nennt ihr Engländer das noch mal? Ach, ja, ich weiß es wieder. *Er hat mich zur ehrbaren Frau gemacht*. Was für eine eigenartige Ausdrucksweise, stimmen Sie mir da nicht zu? Eine ›ehrbare Frau‹ ist etwas ganz anderes als ein ›ehrbarer Mann‹, und es geht dabei gar nicht darum, wie echt die Ehre ist, oder ob sie überhaupt vorhanden ist. Die Ehre einer Frau ist einfach etwas vollends anderes als die Ehre eines Mannes. Es ist gerade so, als würden, wenn es um eine Frau geht, alle möglichen Arten von Tugenden – Ehrlichkeit, Aufrichtigkeit, ja sogar die Tugend selbst – auf die einzige Frage reduziert, wen wir zwischen unsere Schenkel lassen.«

Als er nichts erwiderte, lächelte sie wacklig. »Nun habe ich Sie schockiert.«

Er schüttelte den Kopf. »Ich bin nicht so leicht zu schockieren, wie Sie vielleicht glauben. Auch wenn das Ihre Absicht war, nicht? Mich zu schockieren?«

Sie legte den Kopf schräg und sah ihm ins Gesicht. Da wusste er, dass er sie richtig eingeschätzt hatte. Aber auf ihren nächsten Angriff war er nicht vorbereitet.

Sie sagte: »Ich frage mich, ob Ihr guter Freund Viscount Devlin weiß, dass Sie eine Vorliebe für Opium haben?«

Gibson sog die Luft ein. »Er weiß, dass ich gelegentlich Laudanum nehme. Er war dabei, als sie mir das, was von meinem Bein noch übrig war, abgeschnitten haben. Er hat mich an den Schultern heruntergedrückt, als der Chirurg mit der Säge zu mir kam.«

»Wie lange ist das jetzt her?«

»Vier Jahre, nein, fünf.«

Nach Gibsons Erfahrung litten vier von fünf Männern, die einen Arm oder ein Bein verloren hatten – oder eine Hand oder einen Fuß – gelegentlich unter Schmerzen, die von ihrem fehlenden Körperteil kamen. Die Tatsache, dass der Körperteil nicht mehr vorhanden war, änderte nichts an der »Echtheit« des Schmerzes oder milderte die Qual. Manchmal fühlte er sich wie ein intensiver, lähmender Krampf an, ein anderes Mal war er so scharf und stechend wie eine Klinge, die in längst nicht mehr vorhandenes Fleisch getrieben wurde. Der Schmerz konnte andauern und dann plötzlich verschwinden – nur um ohne Vorwarnung ein paar Minuten oder einige Tage später wieder zuzuschlagen. Bei den meisten Männern kamen die Schmerzen mit voranschreitender Zeit immer seltener, bis sie zuletzt ganz verschwanden. Gewöhnlich war das nach mehreren Monaten der Fall.

Aber bei manchen gingen die Schmerzen nie ganz weg. Er kannte Männer, die sich das Leben genommen hatten, um endlich den Qualen ein Ende zu setzen.

Er sagte: »Das Laudanum hilft mir dabei ... mich auf andere Dinge zu konzentrieren.«

»Ja. Aber Sie brauchen jeden Tag etwas mehr, nicht wahr?« Sie hielt inne und sagte dann sanft: »Sie wissen, wohin das am Ende führt.«

»Ich habe es unter Kontrolle.«

»Wie denn? Indem Sie durch die düstersten Viertel Londons stapfen, wenn der Drang, sich ganz im mohnseligen Nebel zu verlieren, überwältigend wird?«

»Woher wissen Sie ...« Er brach ab.

»Woher ich weiß, dass Sie genau deshalb in St Katharine's unterwegs waren, als Sie mich gefunden haben? Sagen wir, ich habe gut geraten. Woher ich weiß, dass Sie heute Abend Laudanum genommen haben? Es ist recht dunkel hier drinnen, und trotzdem sind Ihre Pupillen kaum mehr als stecknadelkopfgroß.«

»Ich habe es unter Kontrolle«, wiederholte er.

»Wenn Sie das wirklich glauben, sind Sie ein Narr.«

Er spürte, wie ihm die Hitze in die Wangen stieg, und wusste nicht, ob vor Wut oder Scham.

Er streckte vorsichtig den Rücken durch. »Ich werde Sie jetzt ruhen lassen«, sagte er, hinkte aus dem Zimmer und zog sorgsam die Tür hinter sich zu.

Im Lauf des Abends war er mehrmals versucht, das Gespräch fortzusetzen. Es gab zwei kleine Zimmer, die nach vorn zur Straße lagen. Ihr hatte er das nach hinten gelegene Zimmer gegeben; er sah den Schein der

Kerze unter der Tür und hörte an einem gelegentlichen Husten, dass sie noch wach war. Aber er widerstand dem Drang, und zwar ebenso sehr, weil er vermutete, dass er in einer Diskussion über diese Frage den Kürzeren ziehen würde, als auch, weil sie in ihrem Zustand als Allerletztes eine erhitzte Debatte mit einem wahnhaften Opiumkonsumenten brauchen konnte.

Er stand im dunklen vorderen Zimmer und sah durch das mit Eisblumen geschmückte Fenster auf die schneebedeckte Straße hinaus. Ein paar verirrte Flocken segelten noch herunter, aber vorerst schien der Schneefall beendet zu sein. Die Straße war von einer weichen, knöcheltiefen weißen Schicht bedeckt. Am sternenlosen dunklen Himmel war der Mond hinter dichten Wolken verborgen, die tief über der Stadt hingen. Die Dächer der alten Steinhäuser am Tower Hill waren mit dichtem Schnee bedeckt, und tropfende Eiszapfen glänzten im Licht einer vorbeifahrenden Kutsche.

Kurz flackerte das Laternenlicht über die harschen Züge eines Mannes, der im Schatten eines Türeingangs gegenüber stand. Dann ruckelte die Kutsche auch schon vorbei, und der Mann verschwand wieder im Dunkeln.

Gibson hörte, wie sich hinter ihm die Tür öffnete. Alexandrie Sauvage trat zu ihm und blieb neben ihm stehen. Sie trug nur ihr Hemd und hatte sich eine Decke um die Schultern gelegt.

Sie sagte: »Ich konnte nicht schlafen. Es war falsch, Sie so zu necken. Es ist schon schwer genug, dem Opium zu widerstehen, wenn der Schmerz, gegen den es verschrieben worden ist, aufgehört hat. Aber wenn der Schmerz bleibt ...«

»Sie hatten nicht unrecht.«

Mit dem zittrigen Lächeln, das sie ihm darauf schenkte, drang sie bis in sein Innerstes vor. »Mit meinen Worten nicht, nein. Aber für die Art und Weise, wie ich es gesagt habe, schulde ich Ihnen eine Entschuldigung. Sie haben mir das Leben gerettet, und ich habe es Ihnen auf abscheuliche Art gedankt.«

»Ach was, ich bin schon oft ein Narr genannt worden – oder Schlimmeres. Es ist nicht so, dass ...«

Er unterbrach sich, als ein schwaches rotes Glimmen wie von Tabak in einer Pfeife in der Dunkelheit zu sehen war. Vielleicht zum tausendsten Mal wünschte sich Gibson, er besäße Devlins Fähigkeit der Nachtsicht.

»Was ist los?«, fragte sie.

Gibson nickte zur schneebedeckten Straße hinunter. »Dort im Türbogen auf der gegenüberlegenden Seite steht ein Mann. Ich habe ihn vorhin bemerkt. Er steht nur da und ist nicht sehr erpicht darauf, gesehen zu werden.«

»Glauben Sie, er beobachtet das Haus?«

»Warum sollte er sonst da lauern? Ich konnte ihn kurz sehen, als das Licht einer vorbeifahrenden Kutsche auf ihn gefallen ist. Ich glaube nicht, dass ich ihn schon einmal gesehen habe. Es ist ein grobschlächtiger Kerl mit langen dunklen Locken und einem Hals, der so dick ist, dass er den Pfeilern der London Bridge Konkurrenz machen kann.«

»*Bullock*«, flüsterte sie. Sie klappte den Mund auf und berührte mit den Fingerspitzen das frostige Glas der Fensterscheibe.

Er sah sie an. »Und wer ist dieser ›Bullock‹?«

»Er ist ein Möbelschreiner aus der Tichborne Street, und er gibt mir die Schuld am Tod seines Bruders.«

»Was zur Hölle will er denn hier?«

Sie schüttelte den Kopf. »Ich weiß nicht, wie er herausgefunden hat, wo ich bin. Aber er spioniert mich schon seit Wochen aus und verfolgt mich.«

»Tatsächlich?« Gibson drückte sich vom Fenster ab. »Nun, ich denke, dann gehe ich wohl einfach mal hinaus und frage Mr Bullock, was zum Teufel er hier will.«

Sie grabschte nach seinem Arm, als er zur Tür hastete, und zog ihn mit einer Kraft zurück, die ihn überraschte. »Sind Sie des Wahnsinns? Bullock hat einen Lehrling mit den bloßen Händen umgebracht – er hat dem armen Burschen den Kopf eingedrückt. Irgendwie ist es ihm gelungen, die Untersuchungsrichter davon zu überzeugen, dass es Totschlag war, und er ist mit einer lässlichen Strafe davongekommen. Sie haben ihm lediglich die Handinnenfläche verbrannt. Aber es war kein Totschlag, sondern Mord.«

Gibson lächelte sie breit an. »Ja, genau das bin ich: ein einbeiniger armer Wahnsinniger.«

In ihren Augen flackerte etwas auf. »Ich wollte nicht ...«

Das Klappern eines Wagens zog ihre Aufmerksamkeit wieder auf die Straße. Ein Brauereiwagen bahnte sich seinen Weg durch den Schnee. Ein Gespann schwerer Pferde zog den Karren, dem ein Fackelträgerjunge vorausging. Das flackernde Fackellicht huschte über den baufälligen Durchgang, unter dem der Mann mit den Locken gelungert hatte.

Er war leer.

»Er ist weg«, sagte sie und umklammerte die Decke fester, die sie um die Schultern trug. »So macht er es immer. Er beobachtet mich eine Zeitlang, dann verschwindet er wieder.«

»Und ist Ihnen nie in den Sinn gekommen, dass dieser Bullock der Mann sein könnte, der Sie in Cat's Hole angegriffen und Damion Pelletan das Herz aus dem Leib gerissen hat?«

Sie schüttelte den Kopf. »Mich zu töten, ergäbe Sinn. Aber warum sollte er mich am Leben lassen und Damion umbringen?« Ein alarmierter Ausdruck legte sich auf ihr Gesicht. »Es sei denn ...«

»Es sei denn?«, hakte Gibson nach, als sie nicht weitersprach.

Doch sie schüttelte nur den Kopf. Ihr Gesicht war blass, und sie kniff die Lippen zusammen, als hätte sie Angst davor, ihre Gedanken auszusprechen.

Kapitel 27

An dem Abend, während weiterhin der Schnee herunterfiel, suchte Sebastian die Tavernen und Kaffeehäuser der Stadt auf.

Er begann mit der Pall Mall und der Piccadilly, wobei er sich auf ganz bestimmte Etablissements konzentrierte, wie das *White Hart* und das *Queen's Head*, die eine spezielle Kundschaft anzogen. Je weiter er in den Osten kam, desto bärbeißiger wurde die Kundschaft; Maurer und Metzger vermischten sich mit Anwälten, Soldaten und gelegentlich einem gut gekleideten Dandy oder Gecken. Sie waren ein bunter Haufen, der ein Geheimnis gemeinsam hatte: In einer Zeit, in der es als Kapitalverbrechen galt, mit dem eigenen Geschlecht fleischliche Dinge zu erleben, riskierten diese Männer den Tod, wenn sie andere Männer trafen und sich mit ihnen durchmischten.

Viele der Männer oder »warmen Brüder«, wie sie sich oft selbst nannten, nahmen einen Decknamen an: farbenfrohe Pseudonyme wie Marigold Mistress, Nell Gin oder St Giles Jan. Sebastian suchte nach einer gewissen wohlbekannten, extravaganten Miss Molly, die als Serena Fox bekannt war.

Aber er hatte Schwierigkeiten, sie zu finden.

Er stand gerade am Tresen in einer Taverne gleich bei Lincoln's Inn Fields, trank ein Pint Ale und beobachtete zwei Männer, die miteinander tanzten – einer trug einen eleganten blauen Samtanzug, der andere war ein Maurer mit den entsprechenden, schweren Stiefeln. Da kam eine große, schlanke Frau in einem smaragdfarbenen Seidenkleid heran und lehnte sich an die Wand, die Hände hinter dem Rücken verschränkt. Sie neigte den Kopf zur Seite. »Ich habe gehört, Ihr sucht Serena Fox, und zwar ziemlich gründlich.«

Sebastian verlagerte das Gewicht von einem Fuß auf den anderen und trank einen tiefen Schluck Bier. Die Frau war nicht mehr jung, aber ihr gewelltes kastanienbraunes Haar glänzte, die Haut ihres ausgeprägten, eckigen Gesichts war glatt, der Mund üppig und sinnlich. »Hallo LaChapelle«, sagte Sebastian.

Sie spitzte die Lippen und schüttelte den Kopf, und ihr französischer Akzent klang wie das Schnurren einer Katze. »Hier bin ich Serena. Was wollt Ihr von mir?«

»Ich brauche sensible Informationen. Und königliche Häupter zu befragen – selbst entthronte – erweist sich oft als gleichermaßen schwierig wie unergiebig.«

»Gibt es einen Grund, weshalb ich Euch helfen sollte?«

Sebastian trank einen Schluck. »Vor drei Tagen hat ein unbekannter Mörder einem Mann, der Verbindungen zu den Bourbonen hat, das Herz aus dem Leib gerissen. Ich halte das für einen ausreichenden Grund für jeden, der am Wohlergehen der Dynastie interessiert ist.«

Serena wahrte eine undurchdringliche Miene. Sebastian sah jedoch, wie sich ihre Nasenflügel in einem raschen, verräterischen Atemzug bewegten. »Ich kann Euch einiges sagen. Was wollt Ihr wissen?«

»Stimmt es, dass Marie Thérèse sich jeden einundzwanzigsten Januar in ihren Gemächern einschließt und den ganzen Tag dem Gebet widmet?«

»An jedem einundzwanzigsten Januar und jedem sechzehnten Oktober.«

»Warum am sechzehnten Oktober?«

»Das ist der Tag, an dem ihre Mutter Marie Antoinette mit der Guillotine hingerichtet wurde.«

»Und was ist mit dem achten Juni?«

Serena schüttelte verständnislos den Kopf. »Welche Bedeutung hat der achte Juni?«

»Das ist das Datum, an dem ihr kleiner Bruder, der Dauphin, im Temple-Gefängnis gestorben ist, jedenfalls laut Provence.

»Ach ja, das ist richtig.« Serena drehte sich um und bestellte mit einer Geste der Hand einen Brandy.

Sebastian beobachtete sie. Er sagte: »Marie Thérèse glaubt nicht, dass ihr kleiner Bruder wirklich tot ist, nicht wahr?«

Serena strich sich in einer eher männlichen als weiblichen Bewegung das Haar zurück. »Ich halte es für zutreffender, zu sagen, dass sie *hofft*, er lebt noch, habe aber seit jeher den Verdacht, tief in ihrem Herzen weiß sie, dass er tot ist.«

»Sagen Sie mir, was ihm zugestoßen ist.«

Serena senkte den Blick in die bernsteinfarbene Flüssigkeit in ihrem Glas. Sie ließ sich einen Augenblick Zeit, bevor sie antwortete. »Der Dauphin war acht Jahre alt, als er aus dem Kabuff, in dem Marie Antoinette und Marie Thérèse gefangen gehalten wurden, herausgenommen und allein in eine Zelle direkt unter ihnen geworfen wurde. Die Wärter waren gnadenlos. Seine

Mutter und seine Schwester hörten seine Schreie und sein Flehen, dass sie aufhören sollten. Und das war nur der Anfang.« Er hielt inne.

»Fahren Sie fort.«

»Die Revolutionäre – vielleicht sogar Robespierre persönlich – legten ihm ein Geständnis vor, das er unterschreiben sollte. Als er sich weigerte, schlugen sie ihn erneut. Tag für Tag.«

»Was für ein Geständnis?«

»Darin hätte er behauptet, von seiner Mutter verführt und von seiner Schwester und seiner Tante Elisabeth missbraucht worden zu sein. Sie wollten es beim Prozess gegen die Königin verwenden.«

»Hat er es unterzeichnet?«

»Zuletzt ja.«

»Aber diesen Unfug hat doch sicherlich niemand geglaubt?«

Serena zuckte die Schultern. »Viel zu viele Menschen würden alles über diejenigen glauben, die sie hassen, ganz gleich, wie absurd oder erkennbar ausgedacht es sein mag. Und für die Revolutionäre wurden die Bourbonen die Verkörperung des Bösen.«

»Was ist passiert, nachdem er tat, was sie verlangten, und unterzeichnete?«

»Ich habe gehört, seine Wärter hätten ihm versprochen, er dürfte zu den Überlebenden seiner Familie zurückkehren, wenn er unterzeichnet. Das Versprechen haben sie nicht gehalten. Sein Wärter war Mitglied der Pariser Kommune, ein Schuster namens Antoine Simon. Simons Anweisung lautete, dem Jungen alle Spuren von Stolz und hoher Geburt auszutreiben. An guten Tagen lehrten Simon und seine Frau den Knaben die

Sprache der Gosse, füllten ihn mit Wein ab, setzten ihm eine *Bonnet rouge* auf und brachten ihm bei, die *Marseillaise* zu singen. An schlechten Tagen haben sie ihn geschlagen, einfach zu ihrem Vergnügen.«

Sebastian nahm einen Schluck seines Ales, aber es schmeckte bitter und schal.

Serena sagte: »So schlimm das alles auch war, es wurde noch schlimmer. Simon und seine Frau wurden ausgetauscht, und die neuen Wärter ließen den Jungen hungern und leerten auch seinen Koteimer nicht mehr aus. Sein Zellenfenster wurde verrammelt, wodurch sie dem Kind Luft und Licht vorenthielten. Er wurde immer kränker. Niemand kümmerte sich mehr um ihn, und man ließ ihn einfach allein in seinen eigenen Exkrementen liegen. Schließlich verlor er die Fähigkeit zu gehen und die zu sprechen.« Serena sah Sebastian an. »Seid Ihr sicher, dass Ihr das hören wollt?«

»Ja.«

Serena nickte. »Wir wissen diese Dinge, weil nach den Geschehnissen des Thermidors Untersuchungen angestellt wurden. Ein Abgeordneter des Nationalkonvents namens Barras wurde zu dem Kind im Temple geschickt. Er fand das Kind auf einer verdreckten Pritsche in einem dunklen, schmutzstarrenden Raum der so Übelkeit erregend roch, dass niemand hineingehen konnte. Seine Haut war graugrün, seine Kleider und sein Haar wimmelten von Ungeziefer, der Bauch war vom Hunger aufgebläht, sein halbnackter Körper übersät mit blauen Flecken und Striemen von den endlosen Prügeln, die er bezogen hatte.«

»Und sein Verstand?«

»Er hatte sichtbar Horror vor jedem, der ihm nahekam, und brachte keine Silbe heraus.«

»Was passierte dann?«

»Barras bestand darauf, dass das Kind einen neuen Wärter bekäme, einen Mann namens Laurent, dem befohlen wurde, er solle dafür sorgen, dass der Knabe gebadet und gefüttert wurde, und dass seine Zelle gesäubert wurde. Es heißt, Laurent hätte den Jungen gelegentlich sogar hinauf zu den Turmzinnen getragen, damit er frische Luft atmen und die Vögel im Himmel beobachten konnte. Aber es war zu spät. Dem Jungen ging es zu schlecht. Er war nicht mehr zu retten und ist gestorben.«

»Und wie wurde Marie Thérèse in all dieser Zeit behandelt?«

Diese Frage schien den Höfling zu verblüffen. »Sie blieb in dem Raum, den sie mit ihrer Mutter und ihrer Tante vor deren Hinrichtungen geteilt hatte. Es war natürlich eine Gefängniszelle, und deshalb schäbig. Aber nicht zu vergleichen mit dem Höllenloch, in dem man ihren Bruder hat verrotten lassen. Die Wände waren tapeziert, das Bett hatte einen Dachhimmel und der Kamin eine weiße Marmoreinfassung – auch wenn oft kein Feuer brannte, und eine ganze Weile erlaubte man ihr weder Kerzen noch Zunder.«

»Aber sie wurde nicht ausgehungert oder geschlagen?«

»Sie bekam nicht gut zu essen, aber aushungern ließ man sie nicht – und geschlagen wurde sie auch nicht.«

Sebastian schwieg und ließ den Blick auf den Schatten neben der Treppe ruhen. Dort waren der Maurer und sein vorheriger Tanzpartner in einer leidenschaftlichen Umarmung verschlungen.

Nach einer Weile sagte Serena: »Glaubt Ihr, die Geschehnisse von vor zwanzig Jahren haben etwas mit dem Mord an dem französischen Arzt zu tun?«

»Sie nicht?«

Serenas Zunge wurde sichtbar, als sie sich über die Lippen leckte. »Ich habe gehört – wohlgemerkt, ich weiß nicht, ob es stimmt, aber ...«

»Ja?«, fragte Sebastian nach.

»Ich habe gehört, dass einer der Ärzte, die die Autopsie durchführten, das Herz des Dauphins in ein Taschentuch gewickelt und mitgenommen hätte.«

»Großer Gott, warum das?«

»In Frankreich ist es Tradition, die Herzen der Königsfamilie aufzubewahren. Die Leichen der Könige und Königinnen Frankreichs sind in St Denis bestattet. Aber ihre Herzen und die anderen Organe sind zeremoniell an einem anderen Ort aufbewahrt worden, üblicherweise in Val-de-Grâce.«

Sebastian studierte die feinen Züge seines Gegenübers. »Was wollen Sie andeuten?«

Aber Serena schüttelte nur den Kopf und presste die Lippen fest aufeinander, als wären manche Gedanken zu schrecklich, um sie auszusprechen.

***

Als Sebastian wieder zur Brook Street kam, traf er Hero in der Bibliothek an, neben sich auf dem Tisch einen Stapel Bücher. Der schwarze Kater schlief zusammengerollt vor dem Kamin. Sie sah auf, als er in der Tür stehen blieb. Das Licht des Feuers warf goldene Reflexe auf ihr Haar und sanfte Schatten auf die ruhigen Züge ihres Antlitzes. Sie sah so lebendig aus, so sprühend von Leben und so gesund, dass er einfach nicht glauben konnte, dass sie in ein paar Tagen tot sein könnte.

Sie sagte: »Hör auf, mich so anzuschauen.«

Er lachte erschrocken auf. »Wie denn?«

»Du weißt, was ich meine. Du hast also Gibson getroffen?«

»Ja. Er sagt, er will sich morgen umhören.« Er ging zu ihr und legte ihr die Hände auf die Schultern. Mit den Daumen streichelte er ihren Hals entlang. Nach einer Weile sagte er: »Die Französin, Alexandrie Sauvage, ist eine in Italien ausgebildete Ärztin, die inzwischen als Hebamme arbeitet. Sie sagte, es gibt eine Möglichkeit, das Kind im Mutterleib zu drehen. Dazu gehört, auf den Bauch Druck auszuüben. Sie behauptet, es schon einmal gemacht zu haben.«

Er spürte, wie sich Hero unter seinen Händen versteifte. »Glaubt Gibson, dass es möglich ist?«

»Er weiß es nicht. Und die Frau gibt selbst zu, dass es gefährlich sein kann, wenn es nicht richtig gemacht wird.«

»Vertraust du ihr?«

»Nein.« Er ließ die Hände zu beiden Seiten herunterfallen. »Ich habe jemanden getötet, den sie einst geliebt hat.«

»In Portugal?«

»Ja.«

Hero schloss das Buch, das sie gerade las, und legte es zu den anderen zur Seite. »Vielleicht dreht sich das Kind von selbst.«

»Vielleicht.« Er neigte den Kopf, um den Titel des dünnen Bandes zu lesen. »*Réflexions Historiques sur Marie Antoinette.* Was ist das?«

»Ich habe mehrere Berichte darüber gelesen, was der königlichen Familie während der Schreckensherrschaft widerfahren ist.«

»Und?«

»Was Lady Giselle dir erzählt hat, stimmt. Marie Thérèse besitzt tatsächlich das blutbefleckte Hemd, das ihr Vater bei seiner Hinrichtung getragen hat. Der Beichtvater des Königs hat es aufbewahrt und ihr gegeben.«

»Was für eine ekelerregende Sache.«

»Schon. Aber anscheinend hält sie es in Ehren. Da fragt man sich doch, welche Rolle der Beichtvater für die Tradition spielte?«

»Ich denke, es war auf jeden Fall eine sensible Position, für die man viel Taktgefühl benötigte. Keine schwierige Aufgabe, wenn man jemandem wie Louis XVI verpflichtet war, der dem Vernehmen nach ein hingebungsvoller und liebender Ehemann und Vater war, und der sich alle Mühe gegeben hat, ein gerechter und ehrenhafter König zu sein. Aber wie kann man einem Louis XIV oder auch einem Richard III die Absolution erteilen? Menschen, deren Handlungen so offensichtlich und wiederholt die Gebote ihres Glaubens verletzt haben?«

»Ich verstehe nicht, wie solche Könige ernstlich glauben können, dass sie die Absolution erhalten haben. Viellicht glauben sie nicht wirklich an ihre angebliche Religion?«

»Vielleicht. Wobei sie wohl eher denken, sie hätten einen speziellen göttlichen Dispens.«

Sie sah zu ihm auf. »Ohne Gewissensbisse sündigen und morden zu dürfen?«

»Ja.«

»Wozu dann überhaupt die Mühe der Beichte?«

»Das weiß ich nicht. Ich denke, ich könnte versuchen, Marie Thérèse selbst danach zu fragen.«

Hero lachte leise. »Das wäre ja mal interessant.«

Er ging zum Kater und neben ihm in die Hocke. Der hob den Kopf und sah Sebastian mit einer Art gelangweilter Toleranz an. Der Kater war inzwischen seit vier Monaten bei ihnen, hatte aber noch immer keinen Namen. Keiner der vielen Vorschläge, die sie durchdacht hatten, schien der einzigartigen Kombination aus Arroganz und Langeweile gerecht zu werden.

»Ich hatte gerade ein interessantes Gespräch mit Ambrose LaChapelle«, sagte er.

»Ach?«

Mit ruhiger, gemessener Stimme wiederholte Sebastian die Beschreibung, die der Höfling über die Behandlung des Dauphins im Temple abgegeben hatte.

»Einiges davon hatte ich schon einmal gehört«, sagte sie, als er fertig war. »Aber nicht alles. Das arme Kind.«

Sie beobachtete ihn, als er die Katze hinter den Ohren kraulte. Dann sagte sie: »Etwas an LaChapelles Bericht beschäftigt dich. Was ist es?«

Sebastian streichelte die Katze unter dem Kinn weiter, und der Kater hob den Kopf und schloss in einer seltenen Zufriedenheit die Augen. »Es gibt in den traditionellen Geschichten über die Waisen im Temple zu vieles, das nicht zusammenpasst.«

»Was zum Beispiel?«

»Warum hat man den Knaben einer solch brutalen Behandlung ausgesetzt, seiner Schwester aber erlaubt, in vergleichsweisem Komfort in dem Zimmer direkt darüber zu leben?«

»Nur Louis XVI musste unter die Guillotine, sein Sohn wurde der ungekrönte König Louis XVII von Frankreich – ein Symbol all dessen, was die Franzosen hassten. Marie Thérèse hingegen war nur ein Mädchen. Eine Tochter des Königs, aber nach dem Salisischen Gesetz konnte sie nicht die Thronfolgerin werden.«

»Das stimmt. Aber in Spanien galt einst auch das Salisische Gesetz, und sie konnten es umgehen. Das Risiko, in Frankreich könnte es sich auch so entwickeln, war sehr real. Deshalb glaube ich nicht, wir können sagen, dass sie für die Revoluzzer oder die Republik keine Gefahr darstellte. Trotzdem haben sie sie am Leben gelassen.«

»Und was noch?«

»Ich mache mir Gedanken über die Änderungen in der Behandlungsweise des Dauphins, die laut LaChapelle stattgefunden haben. Die Simons, das erste Wärterpaar des Jungen, wurden sehr plötzlich durch andere Wärter ersetzt. Zur gleichen Zeit wurde das Zellenfenster verrammelt, wodurch der Junge in Dunkelheit gehalten wurde. Warum?«

»Aus Grausamkeit.«

»Möglich. Aber ich könnte mir noch einen anderen Grund vorstellen.«

»Du meinst, damit niemand ihn sehen und ihn erkennen konnte? Himmel, Sebastian, du glaubst doch sicher nicht an diese romantischen Märchen, dass der Dauphin aus dem Gefängnis geschmuggelt und an seiner Stelle ein armes, taubstummes Kind zurückgelassen wurde, um zu sterben?«

Sebastian richtete sich wieder auf. »Nein, natürlich nicht. Es ist nur ... Warum zur Hölle haben sie den Leichnam des Jungen seiner Schwester nicht gezeigt? Sie war doch dort – nicht nur im selben Gefängnis, sondern im selben Trakt, in dem Raum direkt über ihm. Warum haben sie sie im Zweifel gelassen? Warum haben sie zugelassen, dass Gerüchte sich verbreiten und immer mehr wuchern? Warum haben sie den Spekulationen über einen Austausch nicht ein für alle Mal jeglichen Boden entzogen?«

»Woher weißt du, dass sie ihr den toten Dauphin nicht gezeigt haben?«

Er schüttelte den Kopf. »Ich verstehe nicht.«

»Was, wenn sie ihr den Leichnam des Kindes durchaus gezeigt haben, sie aber von seinem Zustand so entsetzt war, dass sie ihn aus dem Gedächtnis gestrichen hat?«

»Daran hatte ich nicht gedacht, aber du könntest recht haben.«

Er schenkte sich am Beistelltisch ein Glas Brandy ein. »Ich glaube, dass sich sowohl der Comte de Provence als auch Marie Thérèse darüber im Klaren waren, dass Damion Pelletan der Sohn des Mannes war, der den Dauphin im Temple behandelt hat.«

»Du denkst aber sicher nicht, das ist der Grund, weshalb Pelletan ermordet wurde? Wer würde einen Mann für etwas ermorden, das dessen Vater vor zwanzig Jahren getan hat?«

»Aber haben die Revolutionäre nicht genau das getan? Sie haben einen zehnjährigen Jungen für die Sünden seiner Vorfahren getötet.«

»Aber ... Provence ist viel zu korpulent und auch immobil, um so etwas getan haben zu können.«

»Ich behaupte ja nicht, dass er es selbst war. Aber sicher kann er doch jemanden angeheuert haben. Jemanden wie den Gentleman, der mich vor Stoke Mandeville umzubringen versucht hat.«

»Das traue ich ihm nicht zu.«

»Wie ich bemerke, sagst du über Marie Thérèse nicht das Gleiche.«

Sie wollte etwas erwidern, unterbrach sich und biss sich auf die Lippe.

»Du kannst es nicht, richtig?«

Hero schüttelte den Kopf. »Es gibt vieles, das ich an Marie Thérèse bewundere. Sie hat eine schreckliche Tortur überlebt und musste eine ganze Reihe herzzerreißender Qualen durchstehen. Dass sie das überstanden hat, ohne auch nur ansatzweise geisteskrank zu werden, ist bemerkenswert. Trotz alledem mag ich sie nicht leiden. Nicht nur wegen ihrer Hochnäsigkeit, Steifheit oder der ostentativen, intoleranten Frömmigkeit. Jemand hat mir Marie Thérèse mal als die perfekte Schauspielerin beschrieben, und ich glaube, das ist sie tatsächlich. Meines Wissens hat sie niemand je glücklich gesehen, obwohl man sie in der Öffentlichkeit nie anders als gelassen erlebt. Dabei habe ich gehört, dass sie in Wahrheit alles andere als gelassen ist. Sie hat hysterische Anfälle. Sie ist dafür bekannt, dass sie beim Anblick eines vergitterten Fensters schon in Ohnmacht gefallen ist, und beim Klang einer Trommel oder einer

Kirchenglocke zittert sie am ganzen Leib. Sie hat sich von allem, was ihr zugestoßen ist, nie ganz erholt. Und auch wenn ihr niemand daraus einen Vorwurf machen kann, tue ich mich schwer ...«

»Ihr zu vertrauen?«

»Ich vertraue weder auf ihre Ehrlichkeit noch auf ihren Geisteszustand.«

Sebastian schwieg eine Weile. Dann sagte er: »LaChapelle hat mir noch etwas anderes gesagt: Als Teil der Autopsie wurde dem Knaben das Herz entnommen.«

Heros Blick begegnete seinem. »Oh Gott«, flüsterte sie. »Du meinst, *deshalb* hat Damions Mörder sein Herz herausgerissen? Als eine verdrehte Art von Rache?«

»Ich weiß es nicht. Aber wie groß ist die Wahrscheinlichkeit, dass Philippe-Jean Pelletan einer Autopsie beiwohnt, bei der das Herz des toten Dauphins entnommen wird, und seinem eigenen Sohn zwanzig Jahre später durch reinen Zufall das Herz herausgerissen wird? Wie groß?«

Kapitel 28

Montag, 25. Januar

Am Morgen war die Temperatur ein paar Grad über den Gefrierpunkt gestiegen, sodass das Tauwetter die schneebedeckten Straßen der Stadt in träge, aufgewühlte Flüsse aus braunem Matsch verwandelt hatte. Der Wind war aber immer noch eisig kalt und feucht; er drang bis auf die Knochen vor und zwang die Marktfrauen, die mit runden Schultern die Fußgängerwege entlang hasteten, sich die schweren Schals über die Köpfe zu ziehen.

Sebastian schlug den Kragen seines Herrenmantels hoch und widerstand dem Drang, mit den kalten Füßen aufzustampfen. Er stand auf dem Pflaster vor der französischen katholischen Kapelle beim Portman Square. Die Kirche hatte keinen Glockenturm, wie es ein Dekret von König George III selbst verlangte. Nur ein schlichtes, an der Fassade eingelassenes Kreuz half, sie von den zwei Ställen zu beiden Seiten des schlichten Backsteingebäudes zu unterscheiden. Von drinnen konnte er Geräusche hören, und kurz darauf verließ eine kleine Gruppe älterer Männer und Frauen zum einsetzenden Klang der Glocken von Londons anglikanischen Kirchen das Gotteshaus durch das schlichte

Tor und zerstreute sich. Ihre korpulenten Körper waren fast einheitlich schwarz gekleidet.

Sebastian stand mit hinter dem Rücken verschränkten Händen da und wartete.

Er hatte sagen hören, dass Marie Thérèse an jedem einzelnen Morgen ihres Lebens mit der Morgenröte aufstand, ihr Bett machte und ihre Kammer fegte, bevor sie sich eine Stunde dem Gebet widmete. Das hatte sie in den mehr als drei Jahren, die sie in einer einsamen Gefängniszelle in Paris verbracht hatte, täglich getan und die Gewohnheit beibehalten. In Hartwell House feierte sie jeden Tag die Messe mit ihrem eigenen Kaplan. Aber in London kam sie hierher, zur französischen Kapelle, um mit den anderen Exilanten zu beten.

Manch einer fand die Geschichte einer Königstochter, die ihr Bett selbst machte, bewundernswert, und in gewisser Weise war sie das. Aber in Sebastians Ohren klang sie auch nach der Art tiefsitzendem und hartnäckigem Trauma, mit dem jeder, der im Krieg gekämpft hatte, nur zu vertraut war.

Irgendwie hatte sich Marie Thérèse, allein in ihrer Gefängniszelle des ehemaligen Klosters der Tempelritter, selbst davon überzeugt, dass dieses tägliche häusliche Ritual ihr die geistige Gesundheit bewahren würde. Und es hatte funktioniert. Deshalb hatte sie auch nach fast zwanzig Jahren in der Freiheit dieses selbst auferlegte Ritual nie abgelegt. Es schien, als würde allein der Akt, das Bett zu machen und die Kammer zu fegen, immer noch die Dämonen des Irrsinns in Schach halten. Vielleicht war es tatsächlich so.

Die Glocken der Stadt schwiegen inzwischen längst. Es dauerte aber noch weitere zehn Minuten, bevor Marie Thérèse erschien, gefolgt von ihrer Begleiterin im Leid, Lady Giselle Edmondson.

»Monsieur le Vicomte«, sagte die Königstochter. Ihre halbhohen Stiefel machten leise, schmatzende Geräusche auf dem Fußweg voller Schneematsch. »Das kommt unerwartet.«

Er verbeugte sich elegant. »Euer Onkel hat mich informiert, dass Ihr ein paar Tage in der Stadt verbringt.«

»Ja. So sehr ich das Land genieße, vermisse ich doch das Theater.« Sie warf ihm einen berechnenden Seitenblick zu. »Wenngleich ich enttäuscht erfahren musste, dass Kat Boleyn in dieser Saison nicht auf der Bühne steht. Es ist immer eine solche Freude, sie spielen zu sehen. Findet Ihr nicht auch?«

Ein Beobachter hätte diese Äußerung vielleicht als unschuldig aufgefasst – er hätte vielleicht geglaubt, sie wisse nichts davon, dass die Schauspielerin Kat Boleyn viele Jahre die Geliebte von Sebastian gewesen war. Aber er sah das hämische Aufblitzen in ihren Augen und wusste es besser.

Ihre Spöttelei war durchaus beabsichtigt und noch dazu atemberaubend boshaft.

»Das ist bedauerlich, ja«, sagte er und wahrte nur mühsam eine gleichgültige Tonlage. »Aber auch verständlich, wenn man die Umstände um den kürzlichen Tod ihres Gatten betrachtet. Man kann ihr Bedürfnis, einige Monate fern der Stadt zu verbringen und sich von einem solchen Verlust zu erholen, sicher nachvollziehen.«

»Das stimmt.« Sie sog die Wangen ein. »Ihr wisst nicht per Zufall, wohin sie gereist sein könnte?«

»Nein«, sagte er schlicht.

Er wusste wirklich nicht, wo Kat Zuschlupf gesucht hatte. Aber wo auch immer sie war – er hoffte, dass sie dort den Frieden für ihren Geist fand, den sie so verzweifelt brauchte.

In einer Andeutung von Enttäuschung sanken kurz die Mundwinkel der Prinzessin herab, doch der Eindruck verschwand sofort wieder. Sie glättete ihre Pelisse mit der Hand. »So viele Morde! Die Straßen Londons sind sehr gefährlich, nicht wahr?«

»Das können sie jedenfalls sein. Ich habe mich gefragt, ob Ihr wusstet, dass Dr Damion Pelletan der Sohn von Philippe-Jean Pelletan war, dem Arzt, der Euren Bruder im Temple-Gefängnis behandelt hat?«

Sie kniff die Lippen zu einem Strich zusammen und schüttelte entschieden den Kopf. »Nein, das wusste ich nicht.«

Für eine Frau, die ein Leben lang etwas vortäuschte, war sie eine schreckliche Lügnerin. Er sagte: »Das ist nicht der wahre Grund, weshalb Ihr Pelletan sehen wolltet?«

»*Wie könnt Ihr es wagen?*« Sie verzog empört den Mund und spannte grimmig die Gesichtsmuskeln an. »Ihr wagt es, mir zu widersprechen? Der Tochter eines Königs von Frankreich? Mir, einer Nachfahrin des heiligen Louis selbst?«

Sebastian hielt ihrem Blick stand. »Wer auch immer Damion Pelletan getötet hat, hat sein Herz herausgeschnitten. Habt Ihr eine Vorstellung, weshalb jemand so etwas tun würde?«

Die Stärke ihrer Reaktion überraschte und verblüffte ihn: Sie riss die Augen auf, und keuchend fuhr sie sich mit einer Faust an den Mund.

»Madame.« Lady Giselle hastete vor, legte den Arm um die dicke Taille der *Duchesse* und drängte sie zu der wartenden Kutsche. »Ich helfe Euch.« Sie hielt nur inne, um Sebastian einen stechenden, zornigen Blick über die Schulter zuzuwerfen. »Ihr seid verabscheuenswert.«

Leises Klatschen mit behandschuhten Händen erklang in der plötzlichen Stille.

Sebastian drehte sich um und sah Ambrose LaChapelle, der langsam die Kirchenstufen herunterkam. Die Hände hatte er hochgehoben, als würde er einer gelungenen Darstellung applaudieren. Ein zusammengeklappter Schirm hing an einem seiner Unterarme herunter.

»Meinen Glückwunsch«, sagte der Höfling. »Das wird sie Euch niemals verzeihen, wisst Ihr das? Ihr habt soeben eine der Kardinalsregeln gebrochen. Einem Mitglied der französischen Königsfamilie widerspricht man nicht, ganz gleich, wie lächerlich oder grundfalsch seine Aussagen sein mögen. Vor vielleicht fünfzehn Jahren legte sich eine gewisse Madame Senlis mit Marie Thérèse bezüglich einer Erinnerung aus der Jugend an, die der Comte de Provence angeblich falsch wiedergegeben habe. Marie Thérèse hat der unglücklichen Frau noch immer nicht verziehen, und das wird sie auch nie.«

»Madame Rancune«, sagte Sebastian, der beobachtete, wie Lady Giselle, die sich entfernt hatte, eine pelzbesetzte Robe um die *Duchesse* legte.

»Ihr habt keine Vorstellung.«

Die beiden Männer drehten sich um und gingen gemeinsam zum Portman Square.

Sebastian sagte: »Warum haben Sie an der Bestattung von Damion Pelletan teilgenommen?«

»Ich bin nicht sicher. Aus Respekt, nehme ich an.«

»Ist das alles?«

LaChapelle warf ihm einen raschen Blick aus dem Augenwinkel zu. »Vor achtzehn Jahren ist der Knabe, der König Louis XVII von Frankreich werden sollte, im Alter von zehn Jahren in einer dreckstarrenden Gefängniszelle gestorben. Doch noch bevor seine Leiche einem anonymen Grab auf irgendeinem vergessenen Kirchhof zugewiesen worden war, verbreiteten sich schon die Gerüchte. Es lässt sich nicht leugnen, dass zu Lebzeiten des Jungen mehrere Pläne geschmiedet wurden, den Dauphin weg zu schmuggeln und durch einen anderen Knaben auszutauschen, einen Blinden, der an der Schwindsucht starb. Deshalb ist es unvermeidbar, dass nach seinem Tod manch einer sich an die Hoffnung klammerte, dass einer dieser Pläne erfolgreich durchgeführt wurde – dass man den Tausch vorgenommen hat und der Junge im Temple ein Täuscher war. Dass der Dauphin selbst noch am Leben ist.«

»Was hat das alles mit Damion Pelletan zu tun?«

»Nur wenige der heute lebenden Menschen kennen die Wahrheit darüber, was im Temple geschehen ist. Dr Philippe-Jean Pelletan ist vielleicht einer von ihnen. Aber Pelletan Senior ist in Frankreich, außerhalb der Reichweite der Bourbonen, und kann nicht befragt werden. Es bestand die Hoffnung, dass Damion Pelletan, der Sohn, vielleicht etwas über die Geschehnisse jener dunklen Tage wissen könnte. Er verneinte das jedoch.«

»Haben ihm die Bourbonen geglaubt?«

»Das bezweifle ich ehrlich gesagt.«

Die beiden Männer gingen schweigend noch etwas weiter. Dann sagte Sebastian: »Ihr seht aber durchaus, dass je nachdem, wo die Wahrheit liegt, das Haus Bourbon sehr wohl zwei unterschiedliche Motive haben könnte, Damion Pelletan zu töten?«

»Zwei?«

»Das erste Motiv wäre offenbar, die Delegation von Paris zu sprengen, und damit die Möglichkeit eines Friedensabkommens, bei dem Napoleon Bonaparte Kaiser Frankreichs bliebe.«

»Ein solcher Frieden wird niemals durchgehen, weder mit noch ohne den Mord an Pelletan.«

»Vielleicht. Aber warum will man die Möglichkeit verhindern?«

LaChapelle schnaubte. »Auch nur anzudeuten, dass die französische Königsfamilie sich zu Mord erniedrigen würde, ist absurd.«

»Um ihr Königreich zurückzuerlangen? Was zählt da ein weiterer toter Mann, wenn schon Millionen gestorben sind?«

Der Franzose spannte den Kiefer an. »Und Euer zweites sogenanntes Motiv?«

»Rache.«

»Ernsthaft? Wofür?«

»Damion Pelletans Vater wurde zum Temple gebracht, um den schwer erkrankten Dauphin zu behandeln. Aber der Knabe ist dennoch gestorben. Möglicherweise gibt man dem Arzt die Schuld an seinem Tod.«

»Man müsste schon maßlos brutal und grausam sein, um einen unschuldigen jungen Mann aus Rache an seinem Vater zu töten.«

»Und sein Herz herauszuschneiden?«, fragte Sebastian.

Am Rand des Platzes blieben sie stehen, und Sebastian wandte sich dem Höfling zu. Doch der Franzose schüttelte einfach den Kopf und ließ den Blick zu den in einer Ellipse angelegten Beeten in der Mitte des Platzes wandern, wo Kinder lachend im Schnee tollten.

Sebastian sagte: »Wie groß ist die Wahrscheinlichkeit, dass im Gefängnis ein Austausch stattgefunden hat? Dass der Sohn von Louis XVI und Marie Antoinette noch lebt?«

Ambrose LaChapelle schüttelte den Kopf. »Es gibt keinen verschwundenen Dauphin. Ich habe Euch diese Geschichte nur erzählt, um das Interesse von Provence und Marie Thérèse an Dr Pelletan zu erklären. Ich zweifle jedoch keine Sekunde, dass der Sohn von Louis XVI und Marie Antoinette tot ist. Er ist vor achtzehn Jahren im Gefängnis gestorben und liegt in einem Armengrab im Kirchhof von Ste Marguerite. Glaubt mir, Monsieur: Wenn Ihr nach Damion Pelletans Mörder sucht, ist es nicht nötig, so tief in die Geschehnisse der dunklen und fernen Vergangenheit abzutauchen. Es finden sich zahlreiche Motive in dem Leben, das dieser Mann hier und jetzt geführt hat.«

»Ach ja? Wie etwa?«

»Ihr habt von dem Streit in der Pariser Delegation gehört, nehme ich an?«

»Ja.«

»Habt Ihr Euch nie gefragt, warum Damion Pelletan zugestimmt hat, als Harmond Vaundreuils Leibarzt nach London zu kommen? Ich hörte, es wäre der Liebe wegen gewesen.«

»Der Liebe wegen?«, echote Sebastian.

»Mhm. Vaundreuils Tochter, Madame Madeline Quesnel, ist eine sehr attraktive Frau.«

»Sie ist schwanger. Von ihrem toten Ehemann.«

»Ja, das stimmt. Aber manche Frauen sind in der Schwangerschaft am schönsten. Und sie ist, wie ihr Engländer sagt, eine Witwe.«

»Was genau deuten Sie da an? Dass Pelletan von einem Rivalen um die Gunst der Madame Quesnel getötet wurde?«

»Ihr meintet, dass Damion Pelletans Herz entnommen wurde, weil sein Vater einst vielleicht das Herz des toten Dauphin entnommen hat. Ich halte es für wahrscheinlicher, dass er einer *affaire de coeur* zum Opfer gefallen ist.« Sebastian musterte das längliche, feingeschnittene Gesicht des Höflings. In den Poren seiner Haut waren feine Spuren des Rouges von letzter Nacht zu sehen. »Untersucht das genauer. Ich glaube, Ihr wärt überrascht über das, was Ihr da herausfindet.«

Dann drehte er sich um und ging davon. Den zusammengeklappten Schirm wirbelte er herum und summte dazu eine vertraute Melodie. Sebastian brauchte eine Weile, bis er sie erkannte.

Es war die *Marseillaise*.

Kapitel 29

Mitt Peebles kehrte gerade den schmelzenden Schnee vom Bürgersteig vor dem *Gifford Arms*, als Sebastian zu ihm trat.

»Ihr schon wieder«, sagte Mitt und fuchtelte mit dem Zeigefinger in seine Richtung. »Jetzt weiß ich, wer Ihr sin. Und ich weiß jetzt, warum Ihr mich das ganze Zeug gefragt habe.«

»Ach ja? Wer hat es Ihnen verraten?«

»Keiner!« Er tippte sich mit dem Finger gegen die Stirn und neigte den Kopf seitwärts, als dächte er über ein gewichtiges philosophisches Thema nach. »Bin ich ganz von allein drauf gekommen, jawoll.«

»Beeindruckend.« Sebastian sah zur symmetrischen Fassade des Inns hoch.

»Also, wenn Ihr Harmond Vaundreuil suche, der is nich hier. Is heut Morgen früh mit den andern zwei weggegangen. Is ganz bestimmt nich vorm Nachmittag zurück.«

»Und Monsieur Vaundreuils Tochter, Madame Quesnel?«

»Na, die is schon hier.« Mitt deutete mit dem Kopf zur Rückseite des Inns. »Hinten is ’n privater Garten, beim Stall geht ’n Tor rein. Dort isse meistens. Die läuft lieber herum als alle, die ich kenne, egal, bei welchem Wetter.«

»Danke«, sagte Sebastian und gab ihm eine Münze.

Mitt verzog das Gesicht in einem breiten Grinsen. »Jederzeit, Euer Lordschaft, jederzeit.«

Gut versteckt zwischen den Reihenhäusern der York Street und dem Rekrutierungshaus, das zum Birdcage Walk wies, lag der unregelmäßig geschnittene Garten. Das westliche Ende war durch Wege in vier Sektionen unterteilt, die sich im Zentrum an einer hölzernen, von den dicken, kahlen Ästen einer Glyzinie überwucherten Laube trafen. Dort fand er sie. Sie stand mit einer Hand an der verwitterten Holzstrebe und sah über die dichtbepflanzten Beete hinweg, die noch von der klumpigen Schneedecke der vergangenen Nacht bedeckt waren. Sie stand völlig reglos da, und er gewann den Eindruck, dass sie mit den Gedanken weit, weit weg in Zeit und Raum war.

Sie trug einen schweren schwarzen Wollmantel, der sich über ihrem runden Bauch wölbte. Eine winterliche Haube mit einer schwarzen Samtkrempe beschirmte ihr Gesicht. Als sie ihn näherkommen hörte, drehte sie sich um, und in ihren Zügen zeichnete sich Überraschung, aber keine Beunruhigung ab.

»Madame Quesnel?«, fragte er mit einem Diener. »Entschuldigen Sie mein Eindringen. Mein Name ist Devlin.«

Sie konnte erst drei- oder vierundzwanzig Jahre alt sein. Ihre Haut war milchweiß und ihre hübschen Züge feingezeichnet. »Ich weiß, wer Ihr seid«, sagte sie mit leichtem Akzent. »Mein Vater hat es mir neulich gesagt. Er sagte, Sie untersuchen den Tod von Damion Pelletan. Stimmt das?«

»Ja.«

»Gut.«

»Ich habe gewissermaßen den Eindruck, Ihr Vater sieht die Dinge anders als Sie?«

»Aber gewiss. Wenn er überhaupt eine Regung dazu zeigt, dann ist es Wut darüber, dass Dr Pelletan sich hat töten lassen. Als hätte er das absichtlich gemacht, um Vaters Mission zu sabotieren.«

Seine Reaktion musste sich in seinem Gesicht angedeutet haben, denn sie fuhr mit einem schiefen Lächeln fort: »Ihr seid überrascht, weil ich die Mission meines Vaters erwähne? Ich sehe keinen Sinn darin, einen Schein aufrecht zu erhalten, wenn Ihr die Wahrheit längst kennt.«

»Nun, meinen Dank dafür.«

Sie drehten sich um und gingen über einen gepflasterten Weg, der zum Park in der Ferne führte. »Wie lange haben Sie Dr Pelletan gekannt?«, fragte Sebastian.

»Zwei Jahre, vielleicht drei. Vater konsultiert ihn regelmäßig, seit seine Herzgeschichten begonnen haben. Er sagt, es ist Dr Pelletans Verdienst, dass er noch lebt, deshalb nimmt er seinen Tod sehr persönlich.«

»Aber nicht so persönlich, dass er dabei helfen will, den Mörder seines Arztes zu fangen?«

»Die Prioritäten meines Vaters liegen ... woanders.«

Sebastian betrachtete ihr halb abgewandtes Profil. »Was für eine Art Mann war er?«

»Damion Pelletan? Ich glaube nicht, dass Ihr irgendjemanden finden werdet, der etwas Schlechtes über ihn sagen würde. Er war alles, was man sich von einem Arzt wünscht, und mehr. Mitfühlend, freundlich ...«

Es waren Worte der Bewunderung, aber Liebe konnte er in ihrem Verhalten nicht erkennen.

»Wissen Sie etwas über seine Familie in Paris?«, fragte Sebastian. »Hinterlässt er eine Frau?«

Sie schüttelte den Kopf. »Nein. Er hat nie geheiratet.«

»Und eine Verlobte?«

»Nein.« Ein leises Lächeln umspielte ihre Augen und verlosch wieder, als hätten seine Worte etwas ausgelöst, das zu traurig war, um es festzuhalten. »Er hat mir mal erzählt, dass er sich mit elf Jahren verliebt und geschworen hätte, nie eine andere zu lieben.«

»Wie so viele von uns«, sagte Sebastian. »Es hält nur selten an.«

»Vielleicht, obschon Dr Pelletan treu geblieben ist.«

»Was ist mit dem Objekt seiner Liebe geschehen? Ist sie gestorben?«

»Nein. Ihr Vater war gezwungen, aus Frankreich zu fliehen, und sie musste mitgehen. Sie schwor, sie würde auf Damion warten, aber das hat sie nicht.«

Sebastian blickte über den schneebedeckten Garten hinweg, dessen Bepflanzungen unter den Hügeln und Buckeln des sie bedeckenden Weiß nicht zu erkennen waren. »Also hat sie jemand anderen geheiratet?«

»Ja. Vor einigen Jahren.«

»Aber er hat sie nach all den Jahren immer noch geliebt?«

»Immer.«

Sebastian fragte im gleichen Tonfall: »Kennen Sie den Namen der Frau?«

»Nur ihren Vornamen. Er nannte sie ›Julia‹.«

Hinter ihnen fiel mit einem lauten Scheppern das Gartentor ins Schloss. Als Sebastian sich umdrehte, sah er Harmond Vaundreuil, der auf sie zu schritt. Die behandschuhten Händen an seinen Seiten waren zu Fäusten geballt, und er kämpfte mit weit gesetzten Tritten dagegen an, auf dem rutschigen Pfad auszugleiten.

»Ihr!«, brüllte er mit lauter Stimme, als er noch gut sieben Meter entfernt war, riss den Zeigefinger hoch und fuchtelte damit herum. »Was tut Ihr hier? Bleibt meiner Tochter fern, hört Ihr? Bleibt ihr fern!«

Sebastian tippte sich an den Hut und dienerte vor der jungen Witwe. »Vielen Dank für Ihre Hilfe.«

In ihren Augen sah er nicht die geringste Spur von Angst. Vaundreuils lautstarker Ausbruch schien sie nicht zu beeindrucken. »Ich helfe gern auf jede Weise, die in meiner Macht steht«, sagte sie ruhig. »Ich will, dass Damion Pelletans Mörder zur Rechenschaft gezogen wird.«

Harmond Vaundreuils Stimme durchschnitt den schneebedeckten Garten. »Warum seid Ihr hier? Was glaubt Ihr, dass meine Tochter Euch erzählen könnte, und das für Euch von dem geringsten Nutzen ist? Pelletan wurde von Straßenräubern überfallen. Wenn Ihr seine Mörder finden wollt, sucht im Abschaum und den Drecklöchern Londons nach ihnen und nicht hier!«

Sebastian tippte sich erneut an den Hut. »*Monsieur!*«

Der Franzose blieb stehen, sein Mondgesicht war gerötet, und sein Atem, der stoßweise aus seinem Mund quoll, stieg in hellen Wölkchen auf, während er Sebastian schweigend ansah.

Sebastian schob sich an ihm vorbei, um zum Tor zu gehen.

»Ihr bleibt meiner Tochter fern!« Vaundreuil brüllte es ihm hinterher. »Hört Ihr? Hört Ihr mich?«

Sebastian wirbelte herum und sah ihn an. »Sie haben Angst vor etwas. Wovor?«

Aber Vaundreuil presste nur die Kiefer zusammen, und seine Augen traten hervor wie bei einem Mann, der soeben seinen schlimmsten Albtraum hatte Gestalt annehmen sehen.

***

»Also hat Lady Peter dich angelogen«, sagte Hero, die bei Sebastian untergehakt war. Es war kurz vor Mittag, und sie waren zum Hyde Park gekommen, um einen der belebenden Spaziergänge zu absolvieren, über die Richard Croft so die Stirn gerunzelt hatte. Dank der Kälte, des nassen Schnees und der ungewöhnlichen Uhrzeit hatten sie den Park fast ganz für sich allein. Allerdings waren die Wege so rutschig, dass Hero sehr sorgfältig darauf achtete, wohin sie die Füße setzte. »Damion Pelletan und diese Julia waren viel mehr als nur Kindheitsfreunde.«

»Allerdings. Auch wenn es natürlich möglich ist, dass sie nicht erkannt hat, wie tief seine Zuneigung ging.«

»Stimmt. Aber das war vor vielen Jahren. Vielleicht hat sie nicht gewusst, dass er sie noch immer liebte. Es ist schon neun Jahre her, seit ihre Familie gezwungen war, Frankreich zu verlassen. Das ist eine lange Zeit.«

»Für manche Männer nicht«, sagte Hero ruhig, und Sebastian spürte, wie ihm die Hitze ins Gesicht stieg, denn er hatte Kat Boleyn acht lange Jahre geliebt, und sogar noch mehr. Und das wusste Hero.

Nach einer Weile sagte er: »Meinst du, dass Pelletan deswegen beschlossen hat, nach London zu kommen? Um sie wiederzusehen?«

»Ich würde sagen, das ist sehr gut möglich. Auch wenn das kein gutes Licht auf ihn wirft, wenn man bedenkt, dass sie nun schon seit einigen Jahren glücklich verheiratet ist.«

»Du weißt nicht, ob sie glücklich verheiratet ist.« Sebastian dachte an die blauen Flecke, die er an ihrem Arm gesehen hatte, die blauschwarzen Abdrücke der strafenden Finger eines ärgerlichen Mannes.

»Du hast recht, das weiß ich nicht. Tatsächlich glaube ich eingedenk dessen, was ich über Lord Peter Radcliff weiß, dass sie die längste Zeit dieser Jahre *unglücklich* verheiratet ist.« Hero sah ihm ins Gesicht. »Ich frage mich, ob Damion Pelletan das wusste.«

Sebastian erwiderte ihren Blick. »Ich habe vor, ihr diese Frage zu stellen.«

***

Lady Peter Radcliff war in der Clifford's Lending Library an der Strand und wollte gerade ein schmales blaues Buch zurück in ein hohes Regal schieben, da griff Sebastian danach und stellte es für sie an seinen Platz.

»Erlauben Sie«, sagte er.

»Danke sehr.« Sie umfasste die Träger ihres Retiküls mit den behandschuhten Händen, und ihre hübschen Augen blickten hierhin und dorthin, als befürchtete sie, beobachtet zu werden.

Heute trug sie ein elegantes Ausgehkleid aus Jaconet-Musselin mit drei durch Paspeln abgesetzten Rüschenbesätzen und dazu einen violetten Spenzer. Doch das Kleid entsprach nicht der neuesten Mode, und als Sebastian sie betrachtete, kam ihm in den Sinn, dass Lord Peters Finanzen vielleicht nicht gut geregelt waren.

Ruhig sagte er: »Ich habe festgestellt, dass Sie mir gegenüber nicht ehrlich waren, Lady Peter.«

In einem hastigen Atemzug öffnete sie leicht die Lippen. »Ich weiß nicht, was Ihr damit wohl meint.«

»Damion Pelletan war nicht einfach Ihr Freund aus Kindertagen. Er hat Sie einst geliebt, und Sie ihn. Als Sie Paris verlassen haben, haben Sie ihm versprochen, für immer auf ihn zu warten.«

Er erwartete, dass sie es abstritt. Doch sie richtete den Blick auf ihre Hände und biss sich auf die Unterlippe. »Für immer ist eine lange Zeit«, sagte sie mit einer Stimme, die kaum mehr als ein Flüstern war. »Besonders für eine Frau.«

»Wussten Sie, dass er Sie noch immer liebte?«

Sie schüttelte langsam den Kopf. Doch er sah die verräterische Röte auf ihren Wangen und wusste, dass es eine Lüge war.

Er fuhr fort: »Man sagte mir, Damion Pelletan sei wegen einer Frau nach London gekommen. Damit sind Sie gemeint, nicht wahr?«

»Nein! Bitte«, sagte sie heiser und blickte ihn flehend an. »Wenn mein Ehemann hört, dass ich im Gespräch mit Euch gesehen wurde, dann wird er ...«

»Sie schlagen?«

Ihr wich alle Farbe aus dem Gesicht. »Nein!«

»Damion Pelletan ist wegen einer Frau nach London gekommen. Wenn nicht Ihretwegen, wer war es dann?«, fragte er gepresst.

Sie scheute zurück, noch immer den Kopf schüttelnd. »Seine Schwester«, flüsterte sie. »Er ist gekommen, um seine Schwester zu sehen.«

»Seine Schwester? Welche Schwester denn?«

Sie sah ihn an, als wäre sie überrascht, dass er es nicht wusste. »Alexi.«

Sebastian spürte den Herzschlag bis in den Hals hinauf. »Wollen Sie mir sagen, dass Alexandrie Sauvage Damion Pelletans *Schwester* ist?«

»Aber wusstet Ihr das nicht?«

»Nein, das wusste ich nicht.«

Kapitel 30

Schweigen antwortete auf Sebastians lautes Pochen am Tower Hill.

Mit einem unterdrückten Fluch klopfte er an die Tür des Nachbarhauses und erwartete, dass Mrs Federico, Gibsons Haushälterin, ihm öffnete. Doch Gibsons Tür wurde von Alexandrie Sauvage selbst geöffnet.

Sie stand da, eine Hand am Riegel, und verzog feindselig das Gesicht. Einen Augenblick dachte er, sie würde ihm die Tür vor der Nase zuschlagen.

Er sagte: »Wo ist Gibson?«

»Im St Bartholomew's.«

Er betrachtete sie von oben bis unten. Sie trug dasselbe abgetragene graue Ausgehkleid vom Abend des Überfalls, wobei offensichtlich jemand versucht hatte, die Flecken aus dem Stoff zu entfernen. »Ihnen scheint es wieder viel besser zu gehen.«

»Ja. Ich sagte heute Morgen zu Gibson, dass es mir gut genug geht, um nach Hause zurückzukehren.«

»Trotzdem sind Sie noch da«, sagte er und trat an ihr vorbei in den Durchgang.

Sie schloss die Tür und drehte sich zu ihm um. »Er ist anderer Ansicht.«

Sebastian musterte ihr Antlitz. Die zierliche, sommersprossige Nase, die dunkelbraunen Augen, die hohen Wangenknochen, und suchte nach Ähnlichkeiten zu dem Mann, den er nur kurz auf Gibsons Granitblock hatte liegen sehen.

Er fand keine.

Sie stemmte eine Hand in die Hüfte. »Soweit ich es verstanden habe, betrachtet Ihr Paul Gibson als Freund.«

»Er ist mein Freund, ja. Warum?«

»Wisst Ihr, dass Euer Freund Opium konsumiert?«

Das war nicht das Thema, dessentwegen Sebastian hergekommen war. »Ich weiß, dass er gelegentlich Laudanum nimmt.«

»Darüber ist er schon weit hinaus.«

Als Sebastian nichts sagte, fuhr sie fort: »Ihr wusstet es, habt aber nichts unternommen?«

»Was hätte ich Ihrer Meinung nach tun sollen? Er hat Schmerzen – schwere, unerträgliche Schmerzen. Als Ärztin müssten Sie das von allen am besten verstehen. Opium ist seine Weise, damit umzugehen.«

»Es wird ihn umbringen.«

»Der Schmerz würde ihn umbringen.«

»Es gibt Dinge, die man tun kann, um ihm zu helfen.«

»Bei seinen Schmerzen oder bei seiner Opiums ...« Er wollte »Sucht« sagen, änderte es aber in »Opiumkonsum?«

»Bei beidem.«

»Ich bin nicht hergekommen, um über Gibson zu sprechen. Ich möchte wissen, warum zur Hölle noch mal Sie uns nicht gesagt haben, dass Damion Pelletan Ihr Bruder war?«

Sie hielt sich kerzengerade. »Wie habt Ihr es herausgefunden?«

»Spielt das eine Rolle?«

»Wohl nicht.« Sie zuckte in einer knappen, eigenartigen Geste die Schultern. »Ich habe Eure Stimme schon in der ersten Nacht wiedererkannt. Ich habe Euch nicht mehr als unbedingt nötig gesagt, weil ich Euch nicht vertraut habe.«

»Wegen Portugal?«

»Gewiss. Scheint Euch das so schwer zu glauben?«

Er betrachtete die Spuren der Anspannung um ihre Nasenflügel und die dunklen Schatten in ihren Augen. Er hätte nicht sagen können, ob die Ursache dafür ihr Zustand oder die bitteren Erinnerungen waren, die seine Anwesenheit auslöste. »Ist Ihnen noch etwas eingefallen, was in Cat's Hole passiert ist?«

»Etwas ... aber nicht alles.« Sie schluckte. »Ich erinnere mich, wie wir Madame Bisettes Wohnung verließen und auf der Straße zurück zum Tower gingen, weil wir hofften, dort eine Droschke zu finden. Es war so kalt und dunkel, und Damion war ... nervös.«

»Nervös? Weshalb?«

»Schon als kleiner Junge hat Damion die Dunkelheit gehasst.«

»Was geschah dann?«

»Ich dachte, dass ich Schritte hinter uns hörte. Zuerst waren sie noch recht weit weg, kamen aber näher. Ich habe mich umgedreht, um zu sehen, wer da war ...« Sie unterbrach sich und schüttelte den Kopf. »Das ist das Letzte, woran ich mich erinnere.«

Er sagte: »Erzählen Sie mir von Sampson Bullock.«

Sie riss überrascht die Augen auf, dann kniff sie sie zusammen. »Woher wisst Ihr über ihn Bescheid?«

»Ich weiß, dass er gedroht hat, Sie zu ermorden. Warum zur Hölle haben Sie nicht daran gedacht, ihn zu erwähnen?«

»Aber das habe ich – zumindest Gibson gegenüber. Bullock hat *mich* bedroht, nicht Damion. Wieso sollte er etwas mit dem zu tun haben, was geschehen ist?«

»Er glaubt, Sie sind für den Tod seines Bruders verantwortlich. Und nun finde ich heraus, dass Damion *Ihr* Bruder war. Der Mann, von dem wir hier sprechen, ist in einer Familie aufgewachsen, die ihren Söhnen die Namen Sampson und Abel gibt. Ich kann mir vorstellen, dass er eine hässliche, biblische Art der Rache hegt.«

»Auge um Auge und Bruder um Bruder? Wollt Ihr das damit andeuten?« Sie legte den Kopf schief, als dächte sie darüber nach. »Aber ... Bullock konnte nicht wissen, dass Damion mein Bruder war. Niemand weiß es.«

»Ich weiß es. Und die Person, die es mir gesagt hat. Bullock könnte es herausgefunden haben.«

Sie schüttelte den Kopf. »Nein. Damion wurde wegen seiner Verbindung zur Pariser Delegation getötet.«

»Die Zahl der Menschen, die über die Friedensdelegation im Bilde waren, ist gering.«

»Dann sollte es einfacher sein, die Verantwortlichen herauszufinden.«

Er blickte ihr forschend ins schmale und blasse Gesicht. Er sah die Linien, die ihr hartes Leben, die kürzliche Verletzung und das Fieber, gegen das sie noch immer ankämpfte, darin hinterlassen hatten. Sie hatten den Flur nicht verlassen, sondern standen noch immer hinter der Tür, alte Feinde, die einander in dem eng begrenzten Raum fixierten. Sie lehnte sich gegen die

Wand. Und auch wenn sie es niemals zugeben würde, wusste er, dass es sie ermüdete, so lange aufrecht zu stehen.

Sie sagte: »Damion hat mir erzählt, dass ein Mann ihn aufgesucht hat, der ihn bestechen wollte.«

»Bestechen? Mit welchem Ziel?«

»Es hatte mit der Delegation zu tun. Die Begegnung hatte ihm Angst eingejagt. Er fürchtete sich vor dem, was der Mann ihm antun könnte, wenn er ablehnte. Aber genauso sehr fürchtete er sich davor, was passieren könnte, wenn die anderen herausfänden, dass jemand ihn hatte bestechen wollen.«

»Warum haben Sie mir das nicht erzählt?« Als sie ihn nur schweigend ansah, sagte er: »Hat Ihr Bruder sich geweigert zu kooperieren?«

In den dunklen Tiefen ihrer Augen glomm etwas auf. »*Mon Dieu!* Natürlich hat er sich geweigert. Für welche Sorte Mann haltet Ihr ihn?«

»Wer hat versucht, ihn zu bestechen?«

Sie runzelte die Stirn. »Ich kann mich nicht genau an den Namen erinnern. Ich glaube, er war schottisch. Etwas wie Kilmer oder Kilminster oder ...«

»Kilmartin?«

»Ja, das war es«, sagte Damion Pelletans Schwester. »Kilmartin.«

Kapitel 31

Bei den verschiedenen Soireen, Bällen und Frühstücks-
empfängen, die Londons angesagte Gastgeberinnen gaben, war niemand zuverlässiger als Gast anzutreffen
als Angus Kilmartin. Sebastian hatte den Verdacht,
dass Kilmartin solche gesellschaftlichen Anlässe mit
dem gleichen Anliegen abarbeitete wie ein Taschen-
dieb Hinrichtungen, immer auf der Suche nach einer
neuen Verbindung oder einem Schnipsel Information,
die er zur Mehrung seines persönlichen Wohlstands
verwenden konnte. Vielleicht trieb ihn auch nur das
Bedürfnis an, aller Welt zu beweisen, dass ein beschei-
dener Glasgower Kaufmannssohn nun wohlhabend
und mächtig genug war, um fast überall eingeladen zu
werden.

An diesem Nachmittag war das angesagteste Ereignis,
an dem man zugegen sein musste, ein ausschweifendes
Frühstück mit dem Motto »zauberhafter Winter«, das
die Countess of Morley in ihrem weitläufigen Stadthaus am Grosvenor Square gab. Gesellschaftliche
»Frühstücke« genauso wie »Morgenbesuche« wurden
tatsächlich am Nachmittag abgehalten. Das war der
Tatsache geschuldet, dass sich nur wenige Bewohner
von Mayfair vor der Mittagsstunde aus ihren Betten
aufrappelten.

Angus Kilmartin bewunderte gerade die exquisiten Eisskulpturen, die Lady Morleys langen Buffettisch zierten, als Sebastian zu ihm trat. Der Schotte warf ihm einen raschen Blick zu und wandte seine Aufmerksamkeit der verschwenderischen Menge Köstlichkeiten zu, die vor ihm ausgebreitet lagen.

»Habe nicht erwartet, Euch hier zu sehen«, sagte Kilmartin und nahm sich Foie gras und einen Toast.

Sebastian griff nach einem Glas Champagner vom Tablett eines vorbeigehenden Kellners. »So? Weshalb nicht?«

»Ihr seid nicht gerade dafür bekannt, gern zu gesellschaftlichen Veranstaltungen zu gehen.«

»Gelegentlich lasse ich mich durchaus blicken.«

»Aber nicht ohne tieferen Grund, nehme ich an. Kann ich daraus schließen, dass ich Eure Zielperson bin?«

»In der Tat.« Sebastian nahm einen Schluck Champagner. »Sie haben mich angelogen.«

Einen Gentleman als Lügner zu bezeichnen war der schlimmste Angriff auf dessen Ehre, eine Beleidigung, auf die gewöhnlich die Herausforderung zum Duell folgte. Doch Kilmartin ließ schlicht den Blick über die Menge schweifen, ein leeres Lächeln auf dem fleckigen Gesicht. »Aber ich lüge immerzu. Ich habe mich nie dem armseligen Glauben verpflichtet, dass wir unseren Mitmenschen die Wahrheit schulden.«

»Eine interessante Philosophie.«

»Zumindest bin ich damit ehrlich.«

Sebastian lachte leise. »Tatsächlich. Ich bin neugierig: Wie hat Damion Pelletan reagiert, als Sie versuchten, ihn zu bestechen?«

Kilmartin richtete den Blick wieder auf Sebastians Gesicht. Sein Lächeln wankte nicht. »Habt Ihr also davon gehört? Na, wenn Ihr es unbedingt wissen müsst: Er hat die Gelegenheit beim Schopf ergriffen. Was dachtet Ihr denn? Dass er sich rechtschaffen empört und beschlossen hat, mich bloßzustellen, sodass ich keine andere Wahl sah, als ihm in einer dunklen Gasse hinterherzuschleichen und ihm das Herz herauszuschneiden? Wohlgemerkt, nicht seine Zunge – was eine passendere Bestrafung für jemanden wäre, der zu viel redet –, sondern sein Herz. Bitte erspart mir diesen Unfug.«

Sebastian trank noch einen Schluck Champagner und widerstand irgendwie dem Drang, seinem Gegenüber den Inhalt des Glases ins selbstgerechte Gesicht zu schütten. »Was genau sollte Pelletan für Sie tun? Er war kein formelles Mitglied der Delegation; er war nur ein Arzt.«

Kilmartin verdrehte die Augen. »Ihr habt keine große Vorstellungskraft.«

Sebastian musterte das ausdrucksleere Lächeln des Schotten. Er konnte sich zwei Dienste vorstellen, die Pelletan für Kilmartin hätte tun können, einer grässlicher als der andere. Kilmartin hätte den Arzt dafür bezahlen können, dass er die Mitglieder der Delegation belauschte und ihm über deren Gespräche berichtete.

Oder er hätte Pelletan dazu drängen können, seinen eigenen Patienten zu vergiften.

»Hat er so gut abgeliefert, wie Sie es erwarteten?«, fragte Sebastian.

Kilmartin seufzte schwer. »Unglücklicherweise nicht. Offenbar hat ihn vorher jemand erwischt.«

»Und diese Äußerung soll wen implizieren? Harmond Vaundreuil selbst?«

Kilmartins Lächeln wurde noch breiter. »Es liegt mir fern, mich in Euren Ruf als selbsternannter Kreuzritter für die Gerechtigkeit einzumischen, aber Ihr scheint einen hilfreichen Schub in die richtige Richtung durchaus brauchen zu können.«

»Ihre Großzügigkeit überwältigt mich.«

Kilmartin legte sich eine Hand auf die Brust und verbeugte sich scherzhaft. »Ich gestehe, das höre ich nicht jeden Tag.«

»Philanthropie ist, wie Ehrlichkeit, also keiner Ihrer Glaubenssätze?«

»Präzise.« In Kilmartins Augen glomm Bosheit, getarnt als Belustigung. »Aber heute scheine ich besonders philanthropisch zu sein, also gebe ich Euch noch einen weiteren Hinweis: Begeht nicht den Fehler, Pelletans Schwester allzu viel Glauben zu schenken, denn sie hat eigene Geheimnisse, die sie überaus sorgsam wahrt.«

»Woher wissen Sie, dass Damion Pelletan eine Schwester hat?«

Kilmartin lachte. »Information ist eine wertvolle Währung. Und ich verhandle gern in wertvoller Währung.«

»Information kann aber auch sehr gefährlich sein.«

Kurz wankte das Lächeln des Schotten. Dann kniff er die Lippen zusammen, zog die Mundwinkel wieder nach oben, und in seinem Kinn erschien ein Grübchen, als sein gezwungenes Lächeln eher einer Grimasse glich. »Nur wenn man nicht die Ressourcen hat, sie richtig einzusetzen.« Spöttisch verbeugte er sich tief und sagte: »Mylord.«

Sebastian beobachtete, wie Kilmartin sich den Weg durch die Menge bahnte, da bemerkte er eine untersetzte grauhaarige Witwe, die mit stechendem Blick auf ihn zu steuerte.

Sie war die Dowager Countess of Claiborne, geborene Henrietta St Cyr, Schwester des Earls of Hendon und, soweit die Öffentlichkeit es wusste, Sebastians Tante. Henrietta, inzwischen über siebzig Jahre alt, war nie eine Schönheit gewesen. Aber sie hatte eine starke Präsenz, einen ausgeprägten Willen und ein zuverlässiges Gedächtnis, das sie zu einer Größe machte, mit der man in der Gesellschaft rechnen musste. Ihr weitaus hübschestes Attribut waren die faszinierend lebhaften Augen, ein Markenzeichen ihrer Familie – die blauen St Cyr-Augen, die Sebastian so offenkundig fehlten.

»Tante«, sagte Sebastian und beugte sich hinunter, um sie auf die Wange zu küssen. Sie trug ein dunkelrotes Satinkleid, das in Hellrosa abgesetzt war, und dazu eine außergewöhnlich scheußliche Kopfbedeckung aus hoch aufgetürmten, gestreiften Satinbahnen, die mit einem Busch aus rosafarbenen und dunkelroten Federn geschmückt war. Er trat einen Schritt zurück und weitete die Augen, als ob er völlig entzückt wäre. »Wie wunderbar dir dieser Turban steht. Du bist eine der wenigen Frauen, die ich kenne, die die Farbe Dunkelrot tragen können, und dann mit nichts Geringerem als Rosa.«

Sie gab ihm einen Klaps. »Ts. Du denkst wohl, mich einwickeln zu können? Na, lass dir sagen: Das funktioniert nicht. Ich weiß, warum du hier bist.«

»Wirklich?«

»Ja. Hendon hat mir erzählt, dass du dich schon wieder in diesen grässlichen neuen Mordfall einmischst.«

Sebastian rührte sich nicht. »Was weiß Hendon darüber?«

»Mehr als du wohl denkst«, sagte sie vage.

»Was heißt das?«

Sie schob die Lippen vor und zurück; eine Geste, die ihn sehr an ihren Bruder erinnerte. »Er macht sich Sorgen um dich, Devlin.«

»Ich sehe keinen Grund dafür.«

»Er hat von dem Überfall in der Nähe von Stoke Mandeville gehört.«

»Ach? Und dann fand er es angemessen, dich mit der Geschichte zu beglücken?«

»Nein, das war Claiborne.« Claiborne war Henriettas seit Langem leidender Sohn und der derzeitige Duke of Claiborne.

»Wie emsig von ihm.«

»Claiborne war immer schon sehr emsig. Diese Neigung hat er von seinem Vater geerbt.«

Sebastian lachte lauf auf, denn er kannte nur wenige Männer, die wortkarger waren als Henriettas verstorbener Gatte, der dritte Duke of Claiborne.

Henrietta selbst machte hingegen Jarvis Konkurrenz mit ihrer Fähigkeit, die Geheimnisse und Skandale der Mitglieder des hohen *Ton*, der feinen Gesellschaft, herauszufinden. Allerdings wurde sie im Gegensatz zu Jarvis lediglich von einer grenzenlosen Neugier bezüglich ihrer Mitmenschen getrieben.

Sie sah ihn mit gleichmütigem Blick an. »Ich nehme an, du kommst nicht zu meiner Soiree am Dienstagabend. Wie gewöhnlich.«

»Nein.«

Sie krauste die Nase. »Wie geht es deiner Gattin?«

»Es geht ihr gut, danke. Sehr gut.«

»Ich habe sie vor einigen Tagen zufällig am Berkeley Square gesehen. Besteht die Möglichkeit, dass sie mit Zwillingen gesegnet ist?«

Sebastian stieß ein Lachen aus, das sogar in seinen eigenen Ohren hohl klang. »Nein, ausgeschlossen.«

»Nicht? Das erklärt einige Dinge«, sagte sie kryptisch, dann entfernte sie sich entschlossen, bevor er ihre Äußerung hinterfragen konnte.

Kapitel 32

Paul Gibson stapfte den Hügel zu seinem Haus hinauf, den Blick auf den düster dräuenden Tower gerichtet. Das Licht verschwand rasch vom Himmel, sodass die alten Mauerzinnen sich als Silhouetten vor den dunkler werdenden Wolken abhoben. Mit jedem Schritt spürte Gibson, wie die Temperatur sank. Der eisige Wind rieb an seinen Wangen und ließ die feinen Härchen in seiner Nase gefrieren, als er einatmete, verhinderte jedoch nicht, dass sich auf seiner Stirn ein dünner Schweißfilm bildete. Ein Gefühl der Beunruhigung, das sich seit mehreren Straßenecken an ihn gehaftet hatte, wurde mit jedem Schritt übermächtiger. Es war, als *spürte* er einen Verfolger, dessen Augen sich in seinen Rücken bohrten.

Als er es schließlich nicht länger aushielt, wirbelte er herum. »Wer ist da?«, rief er in die fast leere Straße und fühlte sich im nächsten Augenblick nicht nur ein bisschen närrisch, als er in die Knopfaugen einer schmutzigen weißen Henne blickte, die mit Picken aufhörte, den Kopf hob und ihn anschaute.

Er streckte die Schultern durch und richtete verlegen seinen Mantel, dann ging er weiter den Hügel hinauf, begleitet vom rhythmisch klopfenden Geräusch seines Holzbeins. Er versuchte sich selbst zu überzeugen, dass er von den Geschehnissen der letzten paar Tage müde und erschöpft war, und dazu noch verwirrt von den wispernden und flüsternden Überbleibseln des Laudanums, das er vergangene Nacht genommen hatte.

Das Gefühl, beobachtet zu werden, hielt sich jedoch.

Mit einem Seufzer der Erleichterung nahm er den goldenen Schimmer des Kerzenlichts wahr, das aus den Frontfenstern seines Hauses fiel. Als er die Haustür aufdrückte, atmete er den reichen Duft eines herzhaften Stews ein. Er schloss die Tür, lehnte sich mit dem Rücken dagegen und schloss in dem Versuch die Augen, seinen wilden Herzschlag zu beruhigen. Alexi Sauvage hatte recht, dachte er; dieser verflixte Mohn würde ihn umbringen, wenn er dieses Tempo beibehielt. Umbringen oder ihm auch noch den letzten Rest seines Verstandes rauben.

Das Geräusch eines sanft gesetzten Schrittes auf dem abgetretenen Flurboden ließ ihn die Augen öffnen. Da stand sie vor ihm, eine zierliche Frau mit feurigem Haar, und sie trug ein moosgrünes Kleid, das er an ihr noch nicht gesehen hatte.

»Sie sollten sich ausruhen«, sagte er.

Sie schüttelte den Kopf. »Ich bin das Ausruhen satt. Mir geht es besser. Wirklich. Außerdem musste jemand Ihr Abendessen machen.«

»Mein Abendessen?« Er runzelte die Stirn. »Wo zum T...« Er wollte »Teufel« sagen, fing sich aber noch rechtzeitig. »... zum Geier ist Mrs Federico?«

»Ich fürchte, Ihre Haushälterin hat eine sehr schlechte Meinung über Franzosen.«

»Sie hat was?«

»Sie hat versprochen, morgen wiederzukommen. Wenn ich weg bin.«

Er bemerkte ein Bündel mit ihren Sachen, das gleich hinter der Tür lag, und die Bedeutung traf ihn so hart, dass es ihm fast den Atem nahm. »Sie gehen?«

»Ich habe nach Karmele geschickt. Sie ist uns eine Kutsche rufen gegangen. Aber ich wollte noch so lange bleiben, dass ich Ihnen auf Wiedersehen sagen kann.«

Mit zwei Schritten überwand sie den Abstand zwischen ihnen. Einen herrlichen Augenblick lang dachte er, sie wolle ihn küssen, und dann sagte er sich, dass er ein närrischer irischer Dummkopf war. Sie legte die Hände auf sein Mantelrevers, und er konnte ihre Wärme an der Brust fühlen. Das Herz schlug ihm fest gegen die Rippen. Dann neigte sie den Kopf und strich ihm hauchzart mit den Lippen über den Mund, bevor sie wieder einen Schritt zurücktrat.

Sie ließ die Hände herunterfallen. »Es gibt einfach keine passenden Worte, um jemandem zu danken, der einem das Leben gerettet hat«, sagte sie. »Aber ich weiß nicht, was ich sonst sagen könnte außer ... *merci*.«

Irgendwie konnte er genug Atem schöpfen, um ihr zu antworten. »Sie müssen noch nicht gehen.«

»Doch.« Sie sah ihm in die Augen. »Und Sie wissen so gut wie ich, warum.«

Zwischen ihnen dehnte sich das Schweigen aus, und es war nur von ihren Atemzügen und den Worten erfüllt, die am besten ungesagt blieben.

Er sagte: »Was ist mit diesem Mann, der Sie gestern Abend beobachtet hat ...«

»Bullock?« Sie zog die Schultern hoch. »Mit ihm kann ich umgehen.«

Sie war so verdammt tapfer und so stur, dass es ihm Angst machte. »Und der Mörder von Damion Pelletan?«

Seine Stimme klang rau von Emotionen. »Können Sie mit ihm auch ›umgehen‹?«

Sie hob auf ihre typische Art das Kinn. »Ich weigere mich, mein Leben in Angst zu leben. Aber ... ich bin vorsichtig, das verspreche ich.«

Das Klirren von Pferdegeschirr und Hufklappern auf dem Kopfsteinpflaster draußen kündigte die Ankunft ihrer Mietdroschke an. Sie bückte sich, hob ihr Bündel auf und streckte die Hand nach der Klinke aus. Dann hielt sie inne und sah ihn an. »Ich habe das, was ich letzte Nacht sagte, ernst gemeint. Sie müssen nicht mit den Schmerzen Ihres verlorenen Beins leben. Ich kann Ihnen helfen. Es gibt einen Trick mit einer Kiste und Spiegeln, wodurch man dem Verstand vorspielt ...«

Er schüttelte den Kopf. »Nein.«

»Und Sie bezeichnen mich als stur.« Sie öffnete schwungvoll die Tür.

Die Droschke war alt und baufällig und roch nach modrigem Stroh und verschüttetem Bier. Gibson bemerkte ihre Dienerin Karmele, die ihn aus dem Innern des Gefährts anblitzte und die Arme unter ihrer massiven Büste verschränkte, als er Alexi in die Kutsche half. Er wünschte, er könnte irgendetwas sagen, um den Augenblick auszudehnen und um sie in seinem Leben festzuhalten. Aber der Kutscher ließ schon die Peitsche knallen. Die Droschke rollte vorwärts.

In einem unbeholfenen Abschiedsgruß hob er eine Hand. Aber sie blickte starr geradeaus. Ihr Haar war wie eine leuchtende Flamme, die nun schnell von der Finsternis der Nacht verschluckt wurde. Erst als sie weg war, fiel ihm auf, dass er sie nicht stur genannt hatte.

Er hatte es nur gedacht.

***

Der Impuls, sich in die süße Umarmung des Opiums zu flüchten, war stark genug, um Gibson an diesem Abend vom Tower Hill wegzutreiben. Er widerstand dem anschließenden Drang, im örtlichen Pub einen raueren Weg ins Vergessen zu suchen, und rief sich stattdessen eine Droschke, um nach Mayfair zu fahren, wo er sich in einem ruhigen Kaffeehaus am Hanover Square mit Devlin traf.

»Wenn ich dir ins Gesicht schaue, sehe ich, dass du keine guten Neuigkeiten mitbringst«, sagte Devlin und bestellte Kaffee für sie beide.

Gibson stieß einen leisen Seufzer aus, als er sich auf einem Sessel beim Kamin niederließ, froh, das Gewicht von seinem Holzbein zu nehmen. »Richard Croft ist zum Teil für die Schwierigkeiten verantwortlich. Er hat sich viel Mühe gegeben, sich allen und jedem gegenüber zu rechtfertigen. Genaugenommen kann man wohl sagen, dass er diskret war, aber es ist verblüffend, wie viel ein Mann zu erkennen geben kann, ohne es tatsächlich auszusprechen. Die meisten Menschen sind klug genug, die Wahrheit zu erkennen – dass Croft sich zurückgezogen hat, weil er fürchtete, Jarvis' Wut könnte fehlgeleitet werden. Aber statt die Lage zu verbessern, ist sie wahrscheinlich dadurch nur noch schlimmer geworden.«

»Ich brauche nur einen einzigen Namen«, sagte Devlin und stützte sich mit den Unterarmen auf dem Tisch zwischen ihnen ab.

Gibson umfasste mit seinen von der Kälte tauben Fingern die heiße Kaffeetasse. »Nun ... Mein Kollege Lothan hat angeboten, Lady Devlin zu untersuchen. Aber um ehrlich zu sein glaube ich nicht, dass er mehr Gefallen daran findet, sie bei der Geburt zu begleiten, als Croft, sondern eher weniger. Wenn überhaupt, ist er in Bezug auf Aderlass, Darmspülungen und Brechmittel sogar noch schlimmer. Und er lehnt rigoros und unter allen Umständen die Verwendung der Zange ab. Ich befürchte aber, dass das in diesem Fall notwendig sein wird.«

Devlin hörte ihm schweigend zu, und sein ebenmäßiges, attraktives Gesicht sah ungewöhnlich düster und hohläugig aus. »Was rätst du mir also?«

Gibson trank einen Schluck Kaffee, bei dem er sich die Zunge verbrannte. »Es gibt noch ein paar Männer, die ich noch nicht habe sprechen können. Aber wenn es zum Schlimmsten kommt ...« Er hielt inne, atmete schwer ein und sagte: »Was ist mit Alexandrie Sauvage? Sie ist Ärztin und Hebamme, und sie ...«

»Nein.«

Gibson sah auf seine dampfende Tasse hinunter. Er wusste, er sollte Devlin sagen, dass Alexi seine Praxis verlassen hatte und zum Golden Square zurückgekehrt war. Aber ihm wurde der Hals beim bloßen Gedanken eng, es auszusprechen. Stattdessen sagte er: »Hast du noch etwas über die Männer herausgefunden, die dich in der Nähe von Stoke Mandeville angegriffen haben?«

»Nein. Vor Kurzem habe ich eine Nachricht von Sir Henry bekommen, in der er mir mitteilte, dass seine Wachtmeister mit leeren Händen von den Mietställen zurückgekommen sind, aber das überrascht mich nicht. Mit wem wir es hier auch zu tun haben – er ist nicht so unvorsichtig, eine klare Spur zu hinterlassen.«

»Für mich sieht das so aus, als wären die beiden Geschehnisse nicht unbedingt miteinander verbunden – der Mord an Pelletan und der Überfall auf dich, meine ich. Vielleicht machst du jemanden nervös, der entweder mit den Bourbonen verbunden ist oder etwas mit der Friedensinitiative zu tun hat.«

»Ich bezweifle nicht, dass meine Fragen einer Menge Menschen Unwohlsein bescheren.«

Schweigen breitete sich zwischen den beiden Männern aus, die sich in ihren jeweiligen Gedanken verloren. Nach einer Weile sagte Devlin: »Wie hoch ist die Wahrscheinlichkeit, dass sich das Kind noch dreht? Ich will eine ehrliche Antwort, Gibson.«

Gibson zwang sich, den Blick seines Freundes zu erwidern. »Gering. Aber es ist möglich. Ich habe schon erlebt, dass sich Kinder in den Stunden der Geburt gedreht haben.«

Devlin nickte schweigend.

Aber sein Blick war der eines Mannes, der in den gähnenden Abgrund der Hölle schaute.

Kapitel 33

In dieser Nacht roch Sebastian erneut den vertrauten Duft von Orangenblüten. Dieses Mal erklang das Gelächter der Kinder jedoch aus der Ferne, wie eine Vorausahnung der Zukunft. Dieses Mal spürte er, wie ihm ein zu fest um seine Handgelenke gezogenes Seil tief ins Fleisch schnitt, und er spürte die warme, klebrige Flüssigkeit, die aus einem Riss neben seinem Auge die Wange hinabrann.

Das Mondlicht hatte die Farbe von gebleichtem Zinn, und in der Luft lag die plötzliche Kälte, die die Dunkelheit in den Bergen auch nach einem warmen Frühlingstag mit sich bringt. Er saß mit ungelenk ausgestreckten Beinen auf dem kargen, harten Boden, die gefesselten Hände im Rücken schmerzhaft verdreht. Auffrischender Wind bog die verwachsenen Äste der Bäume über seinem Kopf und füllte die Nacht mit tanzenden, grotesken Schattengestalten.

Er konnte Holzfeuer und das verführerische Aroma brutzelnden Fleischs riechen, und er hörte die murmelnden Stimmen müder Soldaten. In der Nähe ragte das ausgebrannte Gerüst einer ehemaligen Villa auf, und in den leeren Bogenfenstern glomm es orangefarben vom Licht verstreuter Lagerfeuer, die im Windschatten der schützenden Steinmauern angezündet worden waren.

Die Frau achtete darauf, ihm nicht zu nah zu kommen. Ihre Haut war durch die Sonne mit einem Goldschimmer versehen, ihr Haar wirkte in der Nacht wie ein Heiligenschein aus Feuer. Sie trug die groben Hosen und das raue Hemd eines spanischen Bauern, und quer zwischen ihren vollen Brüste lag ein Patronengurt, den sie sich umgebunden hatte. Sie sah aus wie eine spanische *Guerillera*, war aber keine. Sie war Französin, genau wie die Männer, die ihn gefangen genommen hatten.

Sie sagte: »Er wird dir keinen leichten Tod schenken.«

Sebastian wollte überheblich lächeln, doch dank seiner aufgeschlitzten Lippe und des geschwollenen Gesichts geriet es vermutlich schief. »Bist du deshalb hier? Um mir die Freuden zu ersparen, die dein Major Rousseau für mich morgen früh vorgesehen hat? Aus reiner Herzensgüte wahrscheinlich?«

Sie verengte die Augen. »Dein Colonel hat dich hereingelegt. Das hast du doch begriffen, oder?«

Er lächelte noch breiter und spürte, wie der Schnitt in seinem Mundwinkel wieder aufriss und zu bluten begann. »Ich glaube dir nicht.«

»Dann bist du ein Narr.«

»Das sind die meisten Männer früher oder später.«

Sie war vor ihm in die Hocke gegangen und hatte die Arme um die Knie geschlungen. Es war die Pose eines Mannes, der viele Abende bei einem Lagerfeuer gesessen hatte. Nun stand sie auf. »Es muss nicht so enden.«

»Mit meinem Tod? Ich glaube, das steht von vornherein fest.«

»Richtig. Aber der Tod kann quälend, unerträglich langsam kommen. Oder schnell … wenn es keinen Grund gibt, ihn hinauszuzögern.«

Sebastian zwang sich, ihrem Blick standzuhalten und seine Stimme gleichmütig klingen zu lassen, obwohl sich bei dem Grauen, das ihre Worte verhießen, sein Magen verkrampfte. »Ich werde über dein Angebot nachdenken.«

»Denk nicht zu lang darüber nach.«

Sie trat einen Schritt zurück, dann immer weiter, darauf bedacht, sich nicht umzudrehen, bevor sie sicher außerhalb seiner Reichweite war. Als stünden nicht zwei Wachen mit angelegten Musketen da und als wäre er nicht wie ein Schlachtschwein gefesselt.

Der Herzschlag war in Sebastians Ohren so laut angeschwollen, dass er den Wind in den Zweigen der Zedern oder das melancholische Lied einer Lärche, die den aufziehenden Tag ankündigte, nicht mehr hören konnte. Da öffnete er die Augen und fand sich in einem vertrauten Raum wieder, den das weiche Licht der frühen Morgendämmerung erfüllte.

Er drehte den Kopf zur Seite und sah die schlafende Hero neben sich. Ihr dunkles Haar war um ihr Gesicht herum ausgebreitet, und ihre langen Wimpern hoben sich dunkel von ihren Wangen ab. Doch die Schrecken der fernen Vergangenheit verharrten so intensiv, dass er einen tiefen, zittrigen Atemzug nehmen musste, um sie irgendwie einzudämmen.

Er schwang die Beine über den Bettrand und zerknäulte mit den Fäusten die warmen Laken an seinen Seiten. Er spürte Heros ausgestreckte Hand warm in seinem Rücken über dem Po.

»Wieder schlecht geträumt?«, fragte sie leise.

»Ja.«

Er stand auf.

Sie folgte ihm mit den Blicken durch den Raum. »Gehst du irgendwohin?«

»Ich will noch einmal mit der Dienerin von Alexandrie Sauvage sprechen.«

Sie stützte sich auf dem Ellbogen ab. »Um diese Zeit?«

»Die Sonne ist schon fast aufgegangen.«

»Devlin ...«

Er sah sie über die Schulter an.

»Als du Alexandrie Sauvage in Portugal gekannt hast ... war sie da deine Geliebte?«

Er ging zu ihr und stützte sich mit einem Knie auf dem Bett ab. Sein Knie drückte die Matratze neben ihrer Hüfte herunter. Er sah ihr in die Augen. »Nein. Ich habe ihren Liebhaber umgebracht.«

»Warum?«

»Weil er sonst mich getötet hätte.«

»Dann kann sie es dir nicht vorwerfen.«

»Wenn sie mich umbrächte – und sei es aus Notwehr –, würdest du es ihr vorwerfen?«

Hero blinzelte nicht einmal. »Ja. In alle Ewigkeit.«

Dienstag, 26. Januar

In der kalten Morgenluft lag der Geruch von Kohlefeuer, frischem Pferdedung und geröstetem Kaffee. Sebastian bahnte sich einen Weg durch die frühe Menge von Lehrbuben, Kaufleuten und Frauen, die in ihre wärmsten Schals gewickelt waren, und an deren Armen Marktkörbe hingen. Ihr Atem stieg als weiße Nebelwölkchen in die Luft. Schwere graue Wolken drückten auf die Stadt herunter, dimmten das fahle Licht der aufgehenden Sonne und verkündeten noch mehr Schnee oder beißenden Graupel. Er überquerte gerade den Platz zu Alexis Haus, als eine der Frauen, mit denen er zuvor gesprochen hatte, eine Straßenverkäuferin, ihm hinter ihrem Stand hervor zurief: »Sie ist wieder da, wisst Ihr.«

Sebastian blieb neben dem Stand stehen, der warme Duft von Aalpastete stieg ihm in die Nase. »Meinen Sie Madame Sauvage?«

»Aye. Ist grad gestern Abend zurückgekommen. Hatte einen Riesenschnitzer an der Seite von ihrm Kopf, genau hier.« Sie legte den Kopf schief und hob eine Hand, die in einem schäbigen Wollhandschuh steckte, um sich über dem Ohr im mattgrauen Haar zu berühren. »Sagt, sie wüsste nich, wer das war, aber wir wissen es alle.«

»Ach ja? Und wer?«

»Na, der Tischler, Bullock. Der war's. Das sieht doch jeder Depp.«

»Sie meinen den Mann, der sie für schuldig am Tod seines Bruders hält?«

»Klar.«

»Und wie genau gibt er ihr die Schuld daran, dass ein Mann am Fleckfieber gestorben ist?«

»Na, sie is doch die, wo Abel Bullock als Mörder bezeichnet hat.«

»Wen hatte er umgebracht?«

»Seine eigene Frau. Mattie hieß sie. Ich sach jetz nich, sie war 'n Engel oder so – die hätt mit ihrer scharfen

Zunge 'nem Maulesel das Fell abziehen können. Außerdem hat sie den Gin 'n Ticken zu gern gehabt, wenn Ihr wisst, was ich mein. Aber welche Frau nich, wenn sie mit so 'nem Kerl wie Abel Bullock auskommen müsst?«

»Was ist geschehen?«, fragte Sebastian.

»Mattie is vor vielleicht drei, vier Wochen abends zu Madame Sauvage gegangen. Das war vielleicht 'n Anblick – zwei blaue Augen, aufgeplatzte Lippe und so schmerzgeplagt, dass sie kaum gehen konnt. Madame Sauvage hat Matties jüngstes Kind auf die Welt geholt, wisst Ihr, also glaub ich, Mattie hat wohl geglaubt, dass sie ihr trauen kann. Hat behauptet, sie wär die Treppe runtergestürzt, aber jeder Depp brauchte sie nur anzuschaun, um zu sehen, dass sie mit 'ner Männerfaust traktiert worden war. Getreten auch, in den Bauch. Madame Sauvage hat getan, was sie konnte, aber es gibt Sachen, die kann man nich wieder richten. Sie is gestorben. In ihr is irgendwas gerissen.«

»Gab es eine Befragung?«

»Aye. Doof nur, die zwei Bullockbrüder ham geschworn, dass sie die Treppe runtergestürzt is. Und obwohl 'n ganzer Haufen sie hat schreien hörn und wie Abel sie beschimpft und geschlagen hat, hat sich keiner getraut, vorzutreten und das auch zu sagen.«

»Sie meinen, sie hatten Angst vor den Gebrüdern Bullock?«

Die Frau senkte die Stimme und beugte sich vor. Die Augen riss sie so weit auf, dass er um ihre grauen Iris herum das Weiß sehen konnte. »Mattie war nich die Erste, wo die zwei gekillt ham.«

»Und was geschah dann?«

»Madame Sauvage hat ausgesagt. Es gäb keinen Zweifel daran, dass Mattie geschlagen worn is, und dass Mattie vorm Aushauchen ihres Lebens sagte, dass ihr Mann das getan hat.«

»Und der Untersuchungsrichter hat ihr geglaubt?«

»Sie war wirklich überzeugend. Sie haben Abel nach Newgate geschickt, wo er auf seine Verhandlung warten musste. Nich für Totschlag, sondern für Mord.«

»Ist er vor der Verhandlung am Fleckfieber gestorben?«, fragte Sebastian und legte den Kopf in den Nacken, um zu den Dachgeschossfenstern des Eckhauses hinaufzuschauen.

»Ja. Und seitdem verklickert Sampson Bullock jedem, der's hörn will, dass sie dafür zahlen wird. Er sagt ...« Sie unterbrach sich, ihr klappte der Kiefer herunter, und sie drehte den Kopf bei dem tiefen Rumpeln, das über den Platz hallte.

Sebastian sah Licht hinter den Fenstern im vierten Stock des Eckhauses aufleuchten. Ein ohrenbetäubender Knall durchriss die Morgenruhe, ließ Fenster splittern und jagte Dachziegeln und explodierende Sparren mit einer massiven weißen Rauchwolke in die Luft.

Dann regnete es Dreckflusen, Glassplitter und verbrannte Trümmerstücke auf die schreiende Menge auf dem Platz herab.

Kapitel 34

Angestrengt nach Luft schnappend rannte Sebastian die Treppe hinauf. Auf dem zweiten Absatz blieb er stehen, um sich das Halstuch über Mund und Nase zu ziehen. Von oben hörte er das Knistern der Flammen, die sich in altes Holz fraßen, und das Dröhnen eines Feuers, das so heiß brannte, dass er den Schweiß auf seiner Stirn spürte. Irgendwo zwischen dem zweiten und dritten Stockwerk stieß er auf ein Mädchen in einem versengten Kittelchen, dessen helle Locken sein blasses, rußverschmiertes Gesicht einrahmten. Er hob sie hoch, und ihre schlaffe Hand baumelte hin und her, als er mit ihr die Treppe hinunter stürmte.

Er sah Männer, die mit grimmigen Mienen an ihm vorbei die Treppe hinaufdrängten, manche mit Äxten bewaffnet, andere mit ledernen Schläuchen mit Messingarmaturen. Er stolperte auf den trüben, geröllübersäten Platz hinaus, der vollstand mit weinenden Frauen und schreienden Männern, und die gellenden Alarmglocken der Gefährte hallten über allem. Auf ihnen betätigten immer zwei Männer gegengleich die Hebel, um Wasser aus ihren Tanks zu pumpen. Er lief über das Pflaster zu den Rabatten in der Mitte des Platzes. Unter seinen Füßen knirschten Trümmer und zerbrochenes Glas, und dann hörte er eine Stimme: »Georgina!«

Das Kind wand sich in seinen Armen, er drehte sich um und sah eine Frau in einem zerrissenen Musselinkleid, der die Tränen über das geschwärzte Gesicht liefen. Sie stolperte mit ausgestreckten Armen auf ihn zu.

»Georgina! Oh, Gott sei Dank!«

Sebastian übergab das Kind seiner Mutter und lief zurück über die Straße. Jemand streckte ihm einen Krug Ale hin, den er dankbar hinunterkippte. Er gab ihn einer Frau mit ausladender Büste zurück, die ein Tablett hielt, da fiel sein Blick auf den Körper der baskischen Dienerin von Alexi Sauvage, Karmele. Sie lag auf dem Pflaster, wo jemand sie abgelegt hatte, und sie war so schwarz verfärbt und ihr Körper so verrenkt, dass er kein zweites Mal hinzusehen brauchte, um zu wissen, dass sie tot war.

Zur Hölle noch mal. Er wischte sich mit dem Ärmel über das Gesicht und hastete zurück zum Haus, als gerade ein großer, dünner Mann mit einer hässlichen Schnittwunde auf der Stirn herausstolperte und krächzte: »Es ist keiner mehr drin.«

Sebastian griff nach seinem Arm, als er vorbeikam. »Sind Sie sicher?«

Der Mann sah ihn stumm an und nickte. Seine rotgeränderten Augen hoben sich blass von seinem schwarzen, streifigen Gesicht ab.

Sebastian legte den Kopf in den Nacken und suchte den oberen Teil des Hauses ab. Aus dem neblig-grauen Himmel fielen noch immer federleichte Flusen aus schwarzer Asche herunter. Aber die Flammen waren erloschen und hatten in der Luft einen durchdringenden Gestank nach nassem, verbranntem Holz zurückgelassen.

Er löste das Halstuch, das er wieder heruntergeschoben hatte, und wischte sich damit das Gesicht ab. Sechs Jahre im Militärdienst hatten ihm eine schmerzliche Vertrautheit mit Schwarzpulverexplosionen beschert. Er hatte keinen Zweifel, was er gerade miterlebt hatte, so wie er auch keinen Zweifel hatte, dass Alexandrie Sauvage das Ziel des Anschlags gewesen war. Die Explosion war genau unter ihren Zimmern gelegt worden.

Was für ein Monster konnte ohne zu zögern und ohne Gewissensbisse riskieren, ein Haus voller unschuldiger Männer, Frauen und Kinder zu töten oder zeitlebens zum Krüppel zu machen, um eine einzige Frau zu töten? Wer tat so etwas? Und warum?

Er blickte zu Karmeles Leichnam zurück und sah eine junge Frau mit einem Schopf dunkelroten Haars, die sich neben ihr aufs Pflaster kniete und in ihrem Schoß eine rußgeschwärzte Hand ballte, den Kopf gebeugt wie zum stillen Gebet. Ein leerer Einkaufskorb stand neben ihr auf dem Pflaster.

Sebastian ging zu ihr und blieb erst stehen, als die Spitzen seiner Hessischen Stiefel das abgetragene, moosgrüne Kleid berührten, dessen Saum um sie herum auf dem trümmerübersäten Pflaster ausgebreitet war. Er sah, wie sie erstarrte und mit dem Blick langsam von seinen Stiefeln zu seinem Gesicht wanderte.

»Ich dachte, Sie sind tot«, sagte er.

Sie schüttelte den Kopf. »Das kalte, feuchte Wetter macht Karmeles Rheuma immer schlimmer. Ich habe ihr angeboten, heute Morgen das Brot für uns zu kaufen.«

Er ging neben ihr in die Hocke, den Blick auf ihr Gesicht gerichtet. »Wenn Sie etwas wissen – irgendetwas –, das erklärt, wer das getan hat, oder warum, dann müssen Sie es mir sagen.«

Ihr Gesicht war aschfahl, die zimtfarbenen Sommersprossen auf dem Nasenrücken hoben sich deutlich davon ab, als sie den Blick auf die vom Feuer geschwärzten Backsteine entlang der Dachlinie über ihnen richtete. »Weshalb glaubt Ihr, das galt mir? Es kann ein Unfall gewesen sein.«

»Das war kein Unfall. Es war eine kleine Sprengladung Schwarzpulver, die absichtlich in den Räumen direkt unter Ihren gelegt worden ist. Was wissen Sie über den Mieter im Stockwerk unter Ihnen?«

Sie schüttelte den Kopf. »Nach meiner neuesten Kenntnis stehen die Räume leer. Eine alte Witwe hat dort gewohnt – eine Mrs Goodmann. Aber sie ist vor ungefähr einer Woche gestorben.«

Sie schwieg, und ihr Blick ruhte erneut auf ihrer Hausdienerin.

Er sagte sanft: »Geht es Ihnen gut?«

Sie schluckte mühsam. »Ja.« Aber er wusste, was sie dachte: dass das alles irgendwie letztlich ihre Schuld war. Dass sie den Tod von Karmele zu verantworten hatte.

Er sagte: »Wie lange ist es her, dass Sie das Gebäude verlassen haben?«

»Nur Minuten vor der Explosion. Ich habe gerade die Brewer Street überquert, da habe ich es gehört.«

»Es ist möglich, dass Sie das Haus unmittelbar, nachdem der Mörder den Sprengsatz gelegt hat, verlassen haben. Ist Ihnen irgendetwas Eigenartiges aufgefallen, als Sie hinausgegangen sind?«

»Nein.« Sie warf einen raschen, prüfenden Blick auf die Menschenansammlung, die sich um sie herum einfand. »Wollt Ihr sagen, dass derjenige, der das getan hat, noch hier sein könnte?«

Sebastian ließ nun ebenfalls den Blick über den mit Trümmerteilen übersäten Platz schweifen, auf dem sich die Gaffer versammelten. »Wer auch immer den Sprengstoff gezündet hat, wollte sicher weg vom Gebäude, bevor das Pulver in die Luft ging. Aber ich bezweifle, dass er sich weit entfernt hat. Bestimmt wollte er hier sein, um zuzuschauen – und um sicherzugehen, dass nichts schiefgeht.«

»Es ist aber etwas schiefgegangen«, sagte sie mit heiserer Stimme. »Ich lebe noch.«

Er sah ihr erneut ins Gesicht. »Warum könnte Sie jemand töten wollen? Nicht Damion Pelletan, sondern *Sie*?«

»Das weiß ich nicht! Heilige Mutter Gottes, denkt Ihr denn, ich würde es Euch nicht sagen, wenn ich es wüsste?«

Einen langen Augenblick erwiderte er ihren wütenden Blick. »Ja.«

***

Jules Calhoun stieß einen schmerzlichen Seufzer aus. »Die rehledernen Hosen kann ich womöglich retten, Mylord«, sagte er. »Aber der Herrenmantel und die Weste sind hoffnungslos verloren. Und die Krawatte.«

»Das tut mir leid.« Sebastian und zog sich ein sauberes Hemd über den Kopf.

»Und Eure Stiefel! Ich fürchte, sie werden nie wieder aussehen wie vorher.«

»Wenn irgendjemand sie retten kann, dann Sie.«

Calhoun erzeugte tief in der Kehle ein unelegantes Geräusch.

Sebastian sagte: »Als Sie sich in der Tichborne Street nach Bullock erkundigten, hat da jemand erwähnt, ob er einen militärischen Hintergrund hat?«

Calhoun sah von den Stiefeln auf. »Ich glaube nicht, nein. Warum?«

»Er hat eine Narbe auf der Wange, die aussieht, als ob sie von einem Dolchstreich stammt. Ich möchte gern wissen, ob er eine Zeitlang in der Armee war – und wenn ja, in welcher Einheit.«

»Ihr denkt, dass Bullock das Schwarzpulver für die Explosion gelegt haben könnte?«

»Ich kann mir nur schwer vorstellen, dass er das nötige Wissen hat – es sei denn, in seinem Hintergrund gibt es noch etwas, das wir nicht wissen.«

Calhoun drehte sich zur Tür. Die angekokelten Kleider hielt er in der von sich gestreckten Hand. »Ich sehe, was ich herausfinden kann, Mylord.«

»Calhoun?«

Der Leibdiener blieb stehen und sah ihn an.

»Seien Sie vorsichtig.«

***

Die Überzeugung, dass Alexandrie Sauvage etwas verbarg, blieb.

Also ging Sebastian an diesem Nachmittag zu einem
der wenigen Menschen in London, von denen er
wusste, dass er Alexi kannte und noch am Leben war.

Er zweifelte nicht daran, dass Claire Bisette ihm ehrlich alles über den Hausbesuch von Alexi mit Damion
Pelletan an jenem Abend gesagt hatte, woran sie sich
erinnerte. Aber eine Frau, die von der frischen Trauer
um den kürzlichen Tod ihres Kindes überwältigt war,
konnte wahrscheinlich keine verlässliche Zeugenaus-
sage machen.

Als er in Cat's Hole ankam, tummelten sich dort Bettler, Seeleute und Straßenhehler, die alles von eingeleg-
ten Eiern und Salzheringen bis zu schäbigen alten
Schuhen und geflickten Zinntöpfen feilboten. In der
Luft hing dicht der Geruch der Themse, überlaufender
Abtritte und ungewaschener Leiber. Als er an die Tür
am Ende des Flurs im Haus beim Hangman Court
klopfte, reagierte niemand, sodass er schon glaubte,
Claire Bisette wäre ausgezogen. Dann öffnete sich die
Tür langsam nach innen und enthüllte die Frau mit den
traurigen Augen, an die er sich von neulich erinnerte.

»Es tut mir leid, dass ich Sie nochmals belästige«,
sagte er und zog den Hut ab. »Aber ich frage mich, ob
Ihnen noch ein paar Details zu der Nacht eingefallen
sind, in der Damion Pelletan getötet wurde.«

Er bemerkte, dass sie jünger war, als er zuerst angenommen hatte, wahrscheinlich eher dreißig als vierzig.
Sie hatte ihr dunkelblondes Haar zu einem adretten
Knoten zusammengenommen, und der wilde Blick voller unvorstellbarer Qual, an den er sich erinnerte, hatte
einer Art hoffnungsloser Verzweiflung Platz gemacht,
die auf ihre Weise noch herzzerreißender war.

Sie nickte und trat zurück, um ihn hereinzulassen. »*Monsieur.*«

Das Zimmer war genauso kalt und verloren wie beim ersten Mal, als er da gewesen war. Und ohne dass man es ihm sagen musste, wusste er, dass sie das Geld, das er ihr gegeben hatte, nicht für Brennmaterial oder Essen für sich selbst, sondern für ein richtiges Begräbnis ihres Kindes ausgegeben hatte.

Als ob sie bemerkte, dass er mit den Gedanken abschweifte, straffte sie mit einem Rest von Stolz die Schultern und sagte: »Was wolltet Ihr wissen?«

»Mir ist bewusst, dass diese Frage vielleicht schwer zu beantworten ist, da Sie Damion Pelletan vor jenem Abend nicht kannten, aber ... wirkte er auf irgendeine Weise aufgebracht? Verärgert? Oder vielleicht aus irgendeinem Grund verängstigt?«

Sie verengte die Augen. Anstelle einer Antwort sagte sie: »Wie geht es Alexi Sauvage?« Die Frage war nicht so unlogisch, wie sie wirken mochte.

»Es geht ihr viel besser. Leider hat der Schlag auf ihren Kopf ihr Gedächtnis beeinträchtigt. Sie erinnert sich nur an weniges aus jener Nacht. Deshalb hatte ich gehofft, Sie könnten uns vielleicht helfen zusammenzusetzen, was geschehen ist, und warum.«

Die Französin sah ihn noch etwas länger an. Aber die Antwort schien sie zufriedenzustellen. Sie ging zu einem kleinen Fenster mit einem Sprung in der Scheibe, um auf den dunklen, schmalen Hof hinaus zu schauen. »Ich habe ihn als einen sanftmütigen und großzügigen Mann kennengelernt, und er hätte nicht freundlicher zu mir sein können. Aber ...«

»Aber?«, hakte Sebastian nach.

»Seit Eurem letzten Besuch habe ich versucht, mich an alles zu erinnern, was an dem Abend gesprochen wurde. Er und die *Doctoresse* stritten, und ich meine damit, nicht über Cécile.«

»Erinnern Sie sich, worüber?«

»Sie haben das Gespräch leise geführt, aber ich habe genug gehört, um zu verstehen, dass die Meinungsverschiedenheit sich um eine Frau drehte. Keine Patientin, sondern jemand aus dem Privatleben von Dr Pelletan.«

»Eine Frau?«

Sie nickte. »Ich hatte den Eindruck, dass es um eine Frau aus seiner Vergangenheit ging, die inzwischen mit einem anderen Mann verheiratet ist. Ich könnte mich auch täuschen – sie haben die ganze Zeit geflüstert, und ich war so abgelenkt –, aber ich hatte den Eindruck, er wollte, dass diese Frau ihren Mann verließe.«

»Und Alexandrie Sauvage hielt das für einen Fehler?«

»Ja.«

»Sagte sie, weshalb?«

»Wenn ja, dann habe ich es nicht gehört. Wenn das Kind krank ist ...« Ihre Stimme verklang.

Claire Bisette war eine Frau, deren Leben voller unvorstellbarer Hürden und Sorgen war. Um ihres Kindes willen hatte sie immer weitergemacht und jeden Tag darum gekämpft, Essen zu finden und zu überleben. Aber nun, da Cécile tot war, wirkte es, als wäre auch in ihr etwas gestorben. Und Sebastian wusste, dass es ihr Lebenswille war.

Er sagte: »Wann haben Sie zuletzt etwas gegessen?«

Sie schüttelte den Kopf. »Ich weiß nicht. Es ist nicht wichtig.«

»Doch, das ist es.« Er zog eine seiner Karten aus der Tasche und hielt sie ihr hin. »Meine Frau wird in Kürze niederkommen und braucht ein Kindermädchen für unser erstes Kind. Sie würde es vorziehen, eine ältere und besser ausgebildete Person einzustellen als die Mädchen, die üblicherweise von den Agenturen geschickt werden. Mir ist bewusst, dass eine solche Position weit unter dem liegt, was Sie früher gewohnt waren, aber es wäre ein Anfang.«

Anstatt die Karte zu nehmen, schüttelte sie den Kopf und fuhr sich mit der Hand die Seite ihres schäbigen, altmodischen Kleids entlang. »Ich könnte mich niemals so bei Eurer Frau vorstellen.«

»Ein Mangel an der passenden Kleidung ist leicht zu beheben, im Gegensatz zu Mängeln in Bildung, Erfahrung und Charakter.«

Als sie sich weigerte, die Karte zu nehmen, legte er sie auf die kalte hölzerne Kamineinfassung. »Ich sage Lady Devlin, dass sie Sie erwarten darf«, sagte er und ging, bevor sie ihm die Karte zurückgeben konnte.

***

Sebastian versuchte, sich zu erinnern, was Alexandrie Sauvage ihm über Lady Peter gesagt hatte. Aber als er darüber nachdachte, wurde ihm klar, dass er sich nicht erinnern konnte, mit Damion Pelletans Schwester überhaupt über die schöne Französin mit den traurigen Augen gesprochen zu haben. Als sie unter den Nachwirkungen der Gehirnerschütterung und einer möglichen Lungenentzündung um ihr Leben gekämpft hatte, verstand er das Versäumnis ja noch. Aber er konnte nicht glauben, dass eine Frau, der wirklich daran gelegen war, den Mörder ihres Bruders zu finden, es versäumen würde, ihm von dessen gefährlichem Interesse an der Ehefrau eines anderen zu erzählen.

Lady Peters Gründe, das wahre Ausmaß ihrer Beziehung zu dem jungen französischen Arzt zu enthüllen, waren deutlich leichter nachzuvollziehen.

***

Lord Peter Radcliffs schöne Frau französischer Herkunft beobachtete gerade ihren kleinen Bruder, der zwei bunte Bötchen in dem kleinen Weiher im Green Park fahren ließ, als Sebastian sich zu ihr gesellte. Ein stürmischer Wind trieb ein paar graue Wolken vor sich her, warf wechselnde Muster aus Licht auf das Wasser und bauschte die Segel der einfach zusammengezimmerten Spielzeugboote. »Noël«, rief Lady Peter und lachte. »Ich glaube, das blaue gewinnt.« Dann erstarrte sie, und die Freude schwand aus ihren Augen, als sie Sebastian das Gesicht zuwandte.

Sie trug eine fellbesetzte Wollpelisse in dunklem Jagdgrün, die am Hals hochgeschlossen war und lange Ärmel hatte. Und es kam Sebastian in den Sinn, dass sie sogar an milden Tagen Kleidung mied, die zu viel Haut erkennen ließ.

Aber den kräftigen blauen Fleck auf ihrem linken Wangenknochen konnte nichts verdecken.

269

Kapitel 35

Lady Peter stand sehr ruhig da. Nur ihre Schultern bewegten sich, so heftig atmete sie ein und aus, als sie beobachtete, wie Sebastian näher kam. Er hätte gern gewusst, warum sie solche Angst vor ihm hatte.

Sie fragte: »Warum seid Ihr hier? Was wollt Ihr von mir?«

»Nur ein wenig Information über Damion Pelletan.« Er beobachtete das spielerische Bootsrennen im Wasser. »Wer hat die Boote gebastelt? Lord Peter?«

Sie schüttelte den Kopf. »Noël. Er will später zur See.«

»Das kann eine vielversprechende Karriere sein«, sagte Sebastian.

»Oder eine tödliche – sogar, wenn England nicht, wie jetzt, im Krieg ist.«

»England wird immer im Krieg sein, irgendwo und gegen irgendein Land.«

»Das stimmt.« Sie wandte den Blick wieder von den Booten ab und auf sein Gesicht. »Aber Ihr seid nicht hergekommen, um mit mir über die zukünftigen Karrieremöglichkeiten meines Bruders zu plaudern, nicht wahr, Lord Devlin?«

Er sah die beiden Boote über die unruhige Wasseroberfläche gleiten. »Sie haben mir erzählt, dass Sie und Damion Pelletan in Paris als Nachbarn aufgewachsen sind.«

»J-ja«, sagte sie vorsichtig, offensichtlich unsicher, wohin seine Frage führen sollte.

»Wie gut kannten Sie seine Schwester, Alexi?«

»Alexi?« In einem leisen Seufzer ließ sie die Luft ausströmen, als wäre sie erleichtert von der anscheinend unverfänglichen Richtung des Gesprächs. »Nicht gut. Sie war sechs Jahre älter als ich und sehr ernsthaft. Sie hat immer davon geträumt, Ärztin zu werden. Für Puppen, Handarbeiten oder kleine, dumme Mädchen wie mich hatte sie wenig Nutzen.«

»Sie ging nach Bologna zur Universität, um zu studieren?«

Lady Peter nickte. »Da war sie erst sechzehn. Dr Philippe hatte dort einen Onkel, bei dem sie gewohnt hat.«

»Was wissen Sie über ihren ersten Ehemann – Beauclerc, richtig?«

»Ja. Er war ebenfalls Arzt. Ich habe ihn nie kennengelernt; ich glaube, sie sind sich in Bologna begegnet. Als er zur Grande Armée gegangen ist, hat Alexi ihn begleitet.«

»Er wurde getötet?«

»Ja.« Sie beobachtete Noël, der am Ufer entlang lief und zuerst das eine, dann das andere Boot anfeuerte. »Warum stellt Ihr mir diese Fragen über Alexi?«

»Ich frage mich, warum sie so sorgsam darauf bedacht ist, Ihr Geheimnis zu wahren.«

Lady Peter drehte den Kopf herum und sah ihn an. In einem seltsam gezwungenen Lachen stieß sie die Luft aus. »Geheimnis? Welches Geheimnis?«

»Damion Pelletan ist nicht nach London gekommen, um seine Schwester zu sehen, nicht wahr? Sondern um Sie zu sehen. Ist er schon mit der Absicht gekommen,

Sie zu überzeugen, dass Sie England verlassen und mit ihm nach Frankreich zurückkehren? Oder hat er diese Entscheidung erst getroffen, nachdem er Sie wiedergesehen hat?«

Der neue blaue Fleck hob sich deutlich gegen ihre aschfahle Hautfarbe ab. »Nein! Ich habe nicht den blassesten Schimmer, worüber Ihr da sprecht.«

»Sie sagten, Damion Pelletan ist an einem Abend zum Dinner gekommen und hat Ihnen mehrere Antrittsbesuche abgestattet.«

»Ja.«

»Woher kannte er dann Noël?« Kinder nahmen traditionell nicht an formalen Mahlzeiten oder Besuchen teil.

Sie sah ihn mit angstgeweiteten Augen an. »Ich verstehe nicht.«

»Sie haben mir erzählt, dass Sie Pelletan am Morgen seines Todestages, am Donnerstag, im Park gesehen haben. Er stritt sich mit Kilmartin. Sie sagten, Noël hätte nach Damion gerufen und wäre zu ihm gelaufen, wenn Sie ihn nicht aufgehalten hätten. Das legt den Schluss nahe, dass Noël Damion Pelletan nicht nur kannte, sondern ihn gar als Freund betrachtete. Woher kannte Ihr kleiner Bruder ihn so gut?«

Anstatt einer Antwort blickte sie über das vom Wind aufgewirbelte Wasser hinweg, und ihre Kehle bewegte sich, als sie mühsam schluckte.

»Hat Lord Peter Ihre Verbindung zu Damion entdeckt?«, fragte Sebastian ruhig. »Hat er Sie deshalb geschlagen?«

»Mein Gatte schlägt mich nicht«, sagte sie mit bewundernswerter Würde.

»Woher stammt der blaue Fleck in Ihrem Gesicht, Lady Peter?«

Eine behandschuhte Hand ruckte nach oben, um ihre Wange zu berühren, dann fiel sie in einer beschämten Geste herab. »Ich – ich bin gestolpert. Ich habe mich so dumm angestellt. Ich bin gestolpert und habe mir das Gesicht an einer Schreibtischkante gestoßen.«

Sebastian beobachtete Noël, der zum anderen Ufer lief, um seine Boote wieder einzusammeln. »Weiß Lord Peter, dass Sie und Damion Pelletan einst viel mehr als nur Kindheitsfreunde waren?«

Sie schüttelte den Kopf.

»Er hat also nicht erkannt, dass Pelletan Sie noch immer liebte?«

»Nein! Er hat nichts gewusst, ich schwöre!« Sie wollte erneut den blauen Fleck berühren. Dann, als würde ihr bewusst, was sie gerade im Begriff war zu tun, ballte sie die Hand zur Faust und ließ sie wieder fallen.

In England war ein Ehemann von Gesetzes wegen berechtigt, seine Frau zu schlagen. Es wurde erwartet, dass er sich auf »dezente Züchtigung« beschränkte, aber die Kräfte des Gesetzes sahen üblicherweise weg, es sei denn, der Gatte vergaß sich so sehr, dass er die arme, unglückliche Frau tötete. Selbst dann noch konnte er auf Totschlag plädieren und kam oft mit einem schlichten Brandmal an der Hand davon.

Mit einem eifersüchtigen Mann, der einen echten oder vermuteten Rivalen um die Gunst seiner Gattin ermordete, ging das Gesetz hingegen weniger tolerant um.

Lady Peter sagte: »Es … es gibt etwas, das ich Euch nicht gesagt habe.«

»So?«

Sie biss sich auf die Unterlippe und sah weg. Es wirkte, als überlegte sie hektisch, wie viel sie ihm preisgeben und wie viel sie weiterhin verbergen sollte. »Ihr habt recht; ich habe Damion öfter gesehen als ich zunächst sagte. Vielleicht öfter, als ich es hätte sollen. Er hat mich so an glücklichere Tage erinnert, an die Seine im Frühling, als meine Eltern noch lebten und ich jung und ohne Sorgen war.«

»Und?«

»Manchmal hat Damion Noël und mich hier im Park getroffen. Ich habe am Mittwochnachmittag zum letzten Mal mit ihm gesprochen, am Tag, bevor er gestorben ist. Sofort, als ich ihn sah, wusste ich, wie erregt er war.«

»Hat er Ihnen gesagt, weshalb?«

»Zuerst versuchte er, es mit einem Schulterzucken abzutun und sagte, die ständigen Diskussionen zwischen den Delegationsmitgliedern seien ermüdend. Aber zu guter Letzt hat er zugegeben, dass er etwas Beunruhigendes herausgefunden hatte – über Vaundreuil.«

»Über Vaundreuils Gesundheit?«

»Nein. Damion hat mir einmal gesagt, dass Vaundreuils Herz keineswegs so krank ist, wie dieser glaubt, und dass er sehr wahrscheinlich mit einer vernünftigen Ernährungsweise und moderatem Alkoholgenuss ein schönes, hohes Alter erreichen würde.« Sie beobachtete, wie Noël in die Hocke ging, um seine Boote zu holen. »Was ihn beunruhigte, hatte etwas mit der Geschwindigkeit der Friedensverhandlungen zu tun. Er sagte zu mir, dass er darüber nachdachte, mit Colonel Foucher über das zu sprechen, was er wusste.«

»Glauben Sie, das hat er getan?«

»Ich weiß es nicht. Vielleicht hat er stattdessen beschlossen, Vaundreuil selbst damit zu konfrontieren.«

Sebastian betrachtete ihr makelloses Profil, ihre feingezeichneten Züge, die von dem hässlichen violetten Fleck verunstaltet waren. »Hat Damion Ihnen je erzählt, jemand habe versucht, ihn zu bestechen?«

»Himmel, nein! Wozu bestechen?«

»Die anderen Mitglieder der Delegation auszuspionieren vielleicht?«

»Für die englische Seite, meint Ihr? Damion hätte niemals zugestimmt. Er war ein ehrenhafter Mann – und Frankreich treu ergeben. Für Geld hat er sich nicht interessiert.«

»Es gibt andere Möglichkeiten, einen Mann zu überzeugen, gegen seinen Willen zu handeln.«

»Mit Drohungen, meinen Sie?« Sie schüttelte den Kopf. »Damion hätte nie zugelassen, in etwas Unehrenhaftes hineingezogen zu werden.«

»Selbst, wenn die Drohungen nicht gegen Damion selbst, sondern gegen jemanden gerichtet gewesen wären, den er liebte?«

Ihr Blick wanderte wieder zu ihrem kleinen Bruder zurück, der seine Boote am Ufer hatte stehen lassen und einer zeternden Ente hinterher lief, die über winterbraunes Gras watschelte, das von einigen schmelzenden Schneeflecken übersät war. Lady Peter schluckte bemüht; die Stille wurde vom auffrischenden Wind, dem Wasser, das ans Ufer schwappte, und dem traulichen Quaken der Ente erfüllt.

Sebastian fragte: »Warum haben Sie jetzt beschlossen, mir von Vaundreuil zu erzählen?«

Sie schüttelte den Kopf, als könne oder wolle sie ihre Empfindungen nicht in Worte fassen.

Und er war nicht so grausem, es an ihrer Stelle zu tun.

***

Harmond Vaundreuil saß im Kaffeezimmer des *Gifford Arms* an einem Tisch, als Sebastian hineinkam. Vor ihm lag ein ganzer Haufen Papiere, und in der einen Hand hielt er eine Schreibfeder. Den Kopf hatte er gesenkt, und auf seiner Nase saßen goldgeränderte Augengläser. Er warf Sebastian einen raschen Blick zu, dann widmete er sich wieder seiner Arbeit.

»Das Café ist nicht für Besucher geöffnet«, sagte er mit seinem schweren Pariser Akzent.

Sebastian ging zum Kamin und stellte sich mit dem Rücken zu dem flackernden Feuer. »Gut. Dann brauchen wir uns keine Sorgen zu machen, dass jemand uns stören könnte.«

Vaundreuil schnaubte und tauchte seine Feder in das kleine Tintenfass neben seinem Ellbogen.

»Wie gehen die Verhandlungen voran?«, fragte Sebastian jovial, während der Franzose mit der Feder über das Papier kratzte.

»Warum fragt Ihr nicht Euren Schwiegervater? Oder Euren eigenen Vater, was das betrifft.«

Sebastian achtete sorgsam darauf, keinerlei Überraschung in seinem Gesicht erkennen zu lassen. Tatsächlich jedoch hatte er bis jetzt nicht gewusst, dass auch Hendon in die vorläufigen Friedensverhandlungen involviert war.

Als er nichts sagte, schnaubte Vaundreuil erneut und fuhr fort: »Verfolgt Ihr noch immer fest entschlossen die Illusion, Damion Pelletan wäre von jemand anderem als einer Bande berüchtigter Londoner Straßendiebe getötet worden?«

»Etwas in der Art. Sagen Sie mir: War Pelletan glühender Unterstützer von Kaiser Napoleon?«

»Dr Pelletan war passionierter Arzt. Meines Wissens war er von gar nichts glühender Unterstützer.«

»Aber den Frieden hat er bevorzugt?«

»Gewiss.«

»Und war er über die Richtung, in die sich die Verhandlungen bewegten, erfreut?«

Vaundreuil hob den Kopf so, dass er Sebastian über den oberen Brillenrand hinweg ansehen konnte. »Damion Pelletan hat an den Verhandlungen nicht teilgenommen.«

»Aber er wusste, wie sie vorangingen, nicht wahr?«

»Nein.«

»Nein?«

»Nein.« Der Franzose wandte sich wieder seiner Schreibarbeit zu.

Sebastian sagte: »Wussten Sie, dass Damion Pelletan hier in London eine Schwester hat?«

»Ja. Jetzt müsst Ihr mich aber wirklich entschuldigen, ich bin sehr beschäftigt. Würdet Ihr Euch freundlicherweise entfernen und mich meine Arbeit zu Ende führen lassen?«

»Gleich. Sind Sie kein bisschen neugierig, was mit ihm passiert ist?«

»Ich bin Diplomat, nicht Polizist. Die falsche Art Neugier ist ein Luxus, den ich mir nicht leisten kann. Wenn

Damion Pelletans Mörder frei bleiben muss, damit die Verhandlungen fortgesetzt werden, dann in Gottes Namen.«

»Das verstehe ich. Aber was, wenn Pelletan von jemandem getötet wurde, der die Absicht hat, Ihre Mission zu untergraben? Sicherlich ist Ihnen schon in den Sinn gekommen, dass der Mörder einen erneuten Versuch starten könnte – indem er sich ein anderes Mitglied zum Ziel nimmt?«

Vaundreuil ließ den Stift fallen, und ein Tintenklecks floss über das Blatt, als er den Kopf hob. Er musterte Sebastian quer durch den Raum, dann riss er den Kopf herum, als vor den Schiebefenstern des Inns Schritte zu hören waren.

Sebastian hörte eine Männerstimme gefolgt vom fröhlichen Lachen einer Frau. Er brauchte einen Augenblick, bis ihm klar war, wer es war. Dann sah er Colonel Foucher, der Seite an Seite mit Madeline Quesnel vorbeiging, die einen Einkaufskorb am Arm trug.

Und die blanke Angst war unverkennbar, die über das Gesicht ihres Vaters glitt, als er eine neue und offensichtlich furchteinjagende Möglichkeit erkannte.

***

Eine dichte Nebeldecke legte sich über die Stadt, schwer und gelblich vom beißenden, stinkenden Rauch von Kohle.

Sebastian verließ das *Gifford Arms* und wandte sich zum Mietdroschkenstand am Ende der York Street. Es war erst früher Nachmittag, aber die Straßen waren unnatürlich menschenleer, auf den Pflastersteinen lag ein dicker, schmierig-schmutziger Film, und jedes Geräusch wurde durch die Schleier stinkenden, schweren Nebels entweder verstärkt oder verzerrt. In der Ferne hörte er Zaumzeug klappern und vom Fluss die Rufe von Matrosen ...

Und schnelle Schritte eines Mannes, die aus dem Nichts zu kommen schienen und sich ihm näherten. Rasch.

Kapitel 36

Sebastian ging weiter, all seine Sinne waren plötzlich auf höchster Alarmstufe.

Die Schritte seines Schattens hielten das gleiche Tempo wie er.

Er kam an einem alten, gekrümmten Arbeiter in blauer Kluft vorbei, dessen graubärtiges Gesicht von glänzenden Tropfen übersät war, und der ohne ihn eines Blickes zu würdigen mit gesenktem Kopf vorwärts eilte. Kurz darauf erklang das dumpfe Geräusch zweier Körper, die aufeinander prallten, und der Arbeiter rief ärgerlich: »He! Pass mal auf, wo du hingehst!« Die Schritte des Schattens wurden kurz langsamer, dann wieder schneller.

Sebastian trat zur Seite, stellte sich mit dem Rücken zur Backsteinwand des Hauses und lauschte.

Dieser verfluchte Nebel.

Ein Mann trat aus den sich verwirbelnden Schwaden – ein Gentleman, der einen modernen Herrenmantel und einen Kastorhut trug. Sein schwerer Schal verdeckte die untere Gesichtshälfte. Den linken Arm hielt er gerade nach unten gestreckt, und die Falten seines Mantels konnten den Dolch, den er in der Faust hielt, nicht verbergen.

»Suchen Sie mich?«, fragte Sebastian.

Einen erschreckenden Augenblick lang trafen sich ihre Blicke, und er blinzelte mit den dunklen, dicht bewimperten Augen, als ihm klar wurde, in welchem Ausmaß sich die Lage plötzlich geändert hatte. Er hatte nicht nur das Überraschungsmoment verloren, sondern es war auch deutlich einfacher, einem Mann eine Klinge in den Rücken zu jagen als sich ihm von Angesicht zu Angesicht zu stellen.

Sebastian machte einen Schritt nach vorn. »Was ist los? Kommen Sie nicht an meinen Rücken ran?«

Der Möchtegern-Angreifer wirbelte herum und rannte über die Straße davon.

Sebastian hastete ihm hinterher.

Ein Gespann Shire Horses schälte sich aus dem Nebel. Mit gebeugten Köpfen legten sie sich ins Zeug, und der schwerbeladene Bierkarren rumpelte hinter ihnen über das unebene Pflaster. Der Mann blieb abrupt stehen und wirbelte herum, ein Messer blitzte auf. Sebastians Fuß glitt auf den nassen Pflastersteinen aus. Bevor er ausweichen konnte, schnitt die Klinge seines Angreifers an seinem Unterarm entlang. Er kämpfte darum, auf dem gefrorenen Untergrund das Gleichgewicht zu behalten, rutschte aus und ging hart zu Boden.

Der Mann drehte sich um und rannte los.

»Zur Hölle«, fluchte Sebastian und rappelte sich auf. Den blutenden Arm hielt er vor der Brust fest. Eine Peitsche knallte, die Luft war plötzlich von harschen Rufen und dem Klappern von Pferdegeschirr erfüllt, und ein Gespann Grauer mit weit aufgerissenen Augen kam aus dem Nebel heraus. Sebastian duckte sich vor den stampfenden Hufen der Pferde aus dem Weg, drehte sich um und sah der rumpelnden Kutsche einer Witwe hinterher.

Als Sebastian den Bürgersteig auf der anderen Seite erreichte, war der Mann im grauen Herrenmantel und dem dicken Schal verschwunden.

***

»Deine Fragen beunruhigen offenbar jemanden«, sagte Gibson, der den Schnitt in Sebastians Arm mit einer langen Reihe Stiche nähte.

Sebastian grunzte. »Die Frage ist, wen?« Er saß auf dem Tisch in Gibsons Praxis, bis auf die Hüfte entkleidet und in der gesunden, rechten Hand ein Glas Brandy.

Gibson zog den Faden durch. »Besteht die Möglichkeit, dass Harmond Vaundreuil seinen eigenen Arzt hat töten lassen?«

»Du meinst, weil er herausgefunden hat, dass jemand – wahrscheinlich Kilmartin – versucht hat, Pelletan zu bestechen?« Sebastian trank einen tiefen Schluck. »Das ist wohl möglich. Es würde keine Rolle spielen, ob Pelletan den Bestechungsversuch angenommen hat oder nicht, wenn Vaundreuil irgendwie davon Wind bekommen hätte. Und ich zweifle keine Sekunde, dass Vaundreuil vor irgendetwas Angst hat. Ich weiß bloß nicht, wovor.«

»Vielleicht vor den anderen Mitgliedern seiner Delegation?«

»Vielleicht.« Er erinnerte sich an den Schrecken, den Vaundreuil gezeigt hatte, als er erfuhr, dass der Mörder

Pelletans Herz entnommen hatte. Er glaubte noch immer, dass dieser Schreck echt gewesen war. Aber es bestand die Möglichkeit, dass der Franzose nur nicht geahnt hatte, wie bösartig sein Scherge war.

Sebastian beobachtete Gibson, der die Wunde mit einer übelriechenden Salbe einrieb. »Ich tue mich schwer zu verstehen, warum Vaundreuil oder einer seiner Verbündeten am Golden Square eine Ladung Schwarzpulver deponiert haben sollte, um Damion Pelletans Schwester zu töten. Andererseits könnte es auch so sein, dass Madame Sauvage uns gegenüber viel verschlossener ist als sie müsste. Und zwar über viele Dinge.«

Er bemerkte, wie Gibson sich versteifte. »Was soll das denn bedeuten?«

»Ich habe herausgefunden, dass Damion Pelletan Lord Peter Radcliffs schöne junge Frau überzeugen wollte, mit ihm zu fliehen. Tatsächlich haben Pelletan und seine Schwester genau darüber gestritten, kurz bevor er ermordet wurde. Warum also meinst du, dass sie uns das nicht erzählt hat?«

Aus dem Flur hinter ihm erklang eine Frauenstimme. »Ich habe Euch schon gesagt, dass ich mich an vieles von jenem Abend noch immer nicht erinnere.«

Sebastian drehte sich zu ihr um. Sie trug dasselbe altmodische Kleid wie am Morgen, und die Dreckflecken waren noch zu sehen, die geblieben waren, als sie sich neben ihrer toten Dienerin hingekniet hatte. Erst da dämmerte ihm, dass wahrscheinlich all ihr Besitz in der Explosion und dem Feuer verloren gegangen war.

Er sah Gibson an, der gerade ansetzte, ihm einen Verband am verletzten Arm anzulegen. Ein schwacher, doch klar zu erkennender Rotschimmer hatte sich auf die ausgezehrten Wangenknochen des Chirurgen gelegt. Und ohne dass man es ihm sagen musste, wusste Sebastian, dass Gibson der nun obdachlosen Französin Unterkunft angeboten hatte, und dass sie angenommen hatte.

Er blickte wieder zu Madame Sauvage. »Wie lange wussten Sie es?«

»Dass Damion wollte, Julia käme mit ihm zurück nach Frankreich? Er hat es mir erst an dem Abend gesagt, als wir zum Cat's Hole gegangen sind, um Cécile zu besuchen.«

»Hat er Ihnen auch gesagt, warum?«

»Ihr meint, weil er herausgefunden hatte, dass Radcliff sie schlug? Ja.«

»Und Ihnen ist nicht in den Sinn gekommen, dass ein Mann, der gewalttätig genug ist, die Fäuste gegenüber seiner jungen, hilflosen Frau einzusetzen, auch gewalttätig genug sein könnte, um den Mann zu töten, der ihm diese Frau wegnehmen wollte?«

»Ich sagte doch schon, ich habe erst an dem Abend des Überfalls erfahren, was Damion vorhatte. Ich hatte mich nur nicht daran erinnert.«

Sebastian durchforstete die blassen, feinknochigen Züge ihres Gesichts. Sie war nicht nur Gewohnheitslügnerin, sondern auch noch schlecht darin. Wieso zur Hölle Gibson das nicht erkannte, war ihm schleierhaft. Aber er sagte nur: »Erzählen Sie mir von der Autopsie, die ihr Vater im Temple am Dauphin vorgenommen hat.«

Der plötzliche Themenwechsel schien sie zu verwirren. »Was?«

»Ihr Vater war einer der Ärzte, die am zehnjährigen Bruder von Marie Thérèse, dem Dauphin Frankreichs, eine Autopsie durchgeführt haben. Nach dessen Tod im Gefängnis. Sie waren damals ... wie alt? Zwölf? Dreizehn?«

»Ich war vierzehn.«

»Dann müssen Sie sich noch an etwas erinnern. Wie ich es verstanden haben, waren Sie damals schon an Medizin interessiert. Er hat sicherlich mit Ihnen darüber gesprochen.«

»Ja, das hat er.«

»Hat er geglaubt, dass der tote Knabe, den er im Temple gesehen hat, tatsächlich der Sohn von Louis XVI und Marie Antoinette war?«

Sie ging zum Kamin und blieb mit dem Rücken zu ihnen stehen, um das Feuer anzuschauen. »Mein Vater hat den Knaben nur ein- oder zweimal lebendig gesehen, als er wenige Tage vor dem Tod des Kindes zum Temple gerufen wurde. Er hat nie bezweifelt, dass der Junge, der im Gefängnis gestorben ist, ein- und dasselbe Kind war.«

»Damit ist noch nicht gesagt, dass das Kind, das er behandelte, tatsächlich der Dauphin war.«

»Nein«, sagte sie ruhig. »Ich habe den Autopsiebericht gesehen. Mein Vater hat selbst eine Abschrift davon aufbewahrt. Es ist Jahre her, dass ich ihn gelesen habe, aber ich erinnere mich daran, dass er sehr präzise festgehalten hat, dass der Leichnam von den Gefängniswärtern als der des Dauphins identifiziert wurde. Er hat diese Identifizierung nicht selbst gemacht.«

»Hat er geglaubt, dass das tote Kind wirklich der Dauphin war?«

»Das weiß ich ehrlich nicht. Darüber spricht er nicht gern. Ich weiß aber, dass er verwirrt war, weil die Gefängniswärter so darauf beharrten, die tödliche Erkrankung des Knaben wäre plötzlich gekommen. Dabei ist der Junge an einer langwierigen Tuberkulose gestorben.«

»Wirklich? Oder wurde es nur so gesagt? Eine Geschichte, die weniger schlimm war als zuzugeben, dass er an Misshandlung und Vernachlässigung gestorben ist.«

»Nein; mein Vater hat mir gesagt, dass das Kind, dessen Leiche er begutachtete, ganz sicher an Tuberkulose verstorben ist.«

Sebastian sah Gibson an, der mit gebeugtem Kopf ganz in die Aufgabe versenkt war, den Verband aufzurollen. In der plötzlichen Stille dröhnte ein Windstoß gegen die schweren alten Fenster, und das Knarren einer Kutschenachse auf der Straße draußen wirkte unnatürlich laut.

Alexi Sauvage sagte: »Was genau deutet Ihr an? Noch vor einem Augenblick wolltet Ihr mich glauben machen, dass Lord Peter Radcliff meinen Bruder ermordet hat, weil er dessen Frau begehrte. Und jetzt sagt Ihr, Damions Tod hängt irgendwie mit einer Autopsie zusammen, die mein Vater vor fast zwanzig Jahren durchgeführt hat? Wollt Ihr tatsächlich andeuten, dass der Dauphin die Gefangenschaft irgendwie überlebt hat und mein Vater das wusste? Aber ... das ist doch absurd!«

»Ist es das?«

»Ja. Mein Vater muss geglaubt haben, dass der Dauphin im Temple gestorben ist. Andernfalls – weshalb hätte er ...« Sie unterbrach sich, und ihre Brust hob sich, als sie plötzlich scharf die Luft einsog.

»Was ist?«, fragte Sebastian, der sie beobachtete. »Weshalb hätte er andernfalls ... *was?*«

Sie fuhr sich mit der Zunge über die rissige Unterlippe. »Am Ende der Autopsie hat mein Vater das Herz des Jungen in sein Taschentuch gewickelt und in seiner Tasche versteckt aus dem Gefängnis geschmuggelt. Er hat es dann in Alkohol in einem Kristallgefäß konserviert, den er seither in seinem Büro aufbewahrt.«

»Sagen Sie gerade, Ihr Vater ist der Arzt, der dem Dauphin das Herz entnommen hat? *Und er besitzt es noch immer?*«

»Ja.«

»Und das haben Sie uns nicht gesagt? Warum?«

Sie spannte den Kiefer an, und ihre Augen sprühten vor Zorn. »Mein Vater hat während seiner Laufbahn Hunderte Autopsien durchgeführt. Es ist doch absurd, anzunehmen, dass Damions Tod hier in London irgendwie mit einem Todesfall in Paris zusammenhängt, der Jahrzehnte zurückliegt. Mein Bruder wurde ermordet, weil er Teil einer Delegation war, die Frieden sucht. Frieden steht aber mächtigen Interessen hier in England entgegen, sowohl politisch als auch wirtschaftlich. Machtinteressen, die auch Euren eigenen Schwiegervater betreffen!«

Sebastian erwiderte ihren grimmigen Blick. »Das könnte ich leichter akzeptieren, wenn es nur nicht diese eine Schwierigkeit gäbe.«

»Welche?«

»Weshalb sollte Lord Jarvis – oder auch irgendjemand sonst, der mit den Friedensverhandlungen zu tun hat – das Herz Ihres Bruders stehlen wollen?«

Kapitel 37

»Meinst du, Gibson hat sich in Alexandrie Sauvage verliebt?«, fragte Hero.

Das Abendessen war vorbei, und sie saßen im Kleinen Salon. Hero tätschelte den gelangweilt dreinschauenden schwarzen Kater, während Sebastian – der keinen Sinn darin sah, der beliebten Gewohnheit zu frönen, in einsamer Würde am Esstisch seinen Port zu trinken, wenn er doch die Gesellschaft seiner Frau genießen konnte – ein Glas Burgunder in der Hand hielt. Er trug seidene Kniehosen, weiße Socken und Schnallenschuhe, die für einen Gentleman mit offizieller Funktion in London geboten waren. Es war der Abend der musikalischen Soirée, die seine Tante Henrietta veranstaltete, und ihm war plötzlich ein sehr guter Grund eingefallen, hinzugehen.

Nachdenklich trank er einen Schluck Wein, denn Hero hatte mit ihrer Frage seine eigene Sorge in Worte gefasst. »Das befürchte ich allerdings sehr.«

»Das könnte ihm guttun.«

»Vielleicht – wenn wir von einer anderen Frau sprechen würden als Alexi Sauvage.«

»Vielleicht täuschst du dich in ihr.« Quer durch den Salon warf sie ihm einen Blick zu und senkte ihn dann wieder auf die Hand, mit der sie langsam auf dem Rücken der Katze auf und ab strich. »Du musst es mir nicht sagen.« Obwohl sie ganz ruhig sprach, hörte er eine plötzliche Rauheit in ihrer Stimme und fragte sich, was sie in seinem Gesicht gesehen hatte.

Er vernahm das Rattern von Kutschrädern draußen auf dem Pflaster, und im Kamin hörte er die Asche herunterfallen. Die Erinnerung an jenen Frühling war wie ein kaltes Schaudern auf der Haut, das ihm den Atem nahm und seine Seele quälte. »Doch. Ich hätte es dir schon früher sagen sollen.« Er musste tief einatmen, bevor er weitersprechen konnte. »Ich bin ihr vor drei Jahren begegnet. Damals diente ich als Begleitoffizier für einen eitlen, aufgeblasenen und außerordentlich rachsüchtigen Colonel namens Sinclair Oliphant. Wellingtons Streitkräfte stießen bereits nach Spanien vor, und Oliphant war für die Sicherung der Gebirgspässe von Portugal aus zuständig. Eines Tages hat er mir befohlen, einer Bande von Partisanen versiegelte Nachrichten zu überbringen. Angeblich lagerten sie in einem kleinen Tal unterhalb des antiken Klosters Santa Iria. Aber das war eine Falle. Oliphant wusste, dass die Partisanen nicht dort waren. Er hatte einen seiner Spione beauftragt, einer französischen Einheit, die in dieser Gegend operierte, einen Hinweis zu geben. Sie haben mich schon erwartet.«

Hero sah ihn unverwandt an. »Er hat dich bewusst in die Gefangenschaft getrieben? Aber ... warum?«

»In der Gegend lebte ein Großgrundbesitzer, Antonio Álvares Cabral, der sich weigerte, mit Oliphant zu kooperieren. Álvares Cabral wollte sicher sein, dass die Franzosen endgültig verschwunden waren, bevor er das Risiko einging, sich mit den Briten zu verbünden. Damals wusste ich es nicht, aber die Depeschen, die ich überbrachte, waren gefälscht. Sie waren eigens geschrieben worden, um die Franzosen zu dem Glauben zu verleiten, dass die Äbtissin des Klosters Santa Iria mit den Partisanen im Bunde stand.« Sebastian sah auf seinen Wein, der im Licht des Feuers warm und rot glühte. »Die Äbtissin war die Tochter von Álvares Cabral.«

Hero hatte mit dem Streicheln aufgehört. »Alexandrie Sauvage war bei den französischen Kräften?«

»Ja, auch wenn sie damals Alexi Beauclerc hieß. Damals war ihr erster Ehemann bereits verstorben, und sie hatte sich mit einem französischen Lieutenant namens Tissot zusammengetan.«

»Was geschah dann?«

»Nachdem der französische Major Rousseau die Depeschen, die ich ihm gebracht hatte, gelesen hatte, ritt er mit einigen seiner Männer weg. Er plante, am nächsten Morgen durch Folter alles an Informationen aus mir herauszupressen, was ich noch wusste, und mich anschließend zu töten. Ich habe es geschafft, kurz vor Morgengrauen zu fliehen, indem ich Lieutenant Tissot tötete.«

»Den Liebhaber von Alexi Sauvage?«

»Ja.«

An der Geschichte war natürlich noch mehr, viel mehr. Aber er war sich nicht sicher, ob er fähig wäre, darüber zu sprechen. Immer noch nicht.

Hero war so feinfühlig, ihn nicht zu drängen. Sie sagte: »Glaubst du, Alexi Sauvage würde Gibson bewusst schaden, um sich an dir zu rächen?«

»Ich weiß es nicht. Aber mein Misstrauen ihren Beweggründen gegenüber stammt nicht nur aus den Geschehnissen in Portugal. Sie ist eine schöne junge Französin, die an einer der besten Universitäten Europas studiert hat. Gibson ist ein einbeiniger Opiumsüchtiger, der alles, was er über Chirurgie weiß, auf den Schlachtfeldern der Welt gelernt hat.«

»Er ist ein guter Mann.«

»Sicher. Aber ich bin nich davon überzeugt, dass Alexandrie Sauvage zu der Art Frauen gehört, die das zu schätzen weiß. Sie lügt uns ständig an – über ihren Vater, der das Herz des Dauphins gestohlen hat, über die Absichten ihres Bruders gegenüber Lady Peter, über die Tatsache, dass Damion Pelletan ihr Bruder war.«

»Etwas nicht zu sagen, ist nicht exakt das Gleiche wie lügen.«

»Für mich schon – zumindest, wenn es um Mord geht.«

»Ihre Vorbehalte dir gegenüber kann ich verstehen. Aber wenn sie ihren Bruder wirklich geliebt hat ... warum ist sie dann so geheimnistuerisch?«

»Ich weiß es nicht.« Er sah auf die Uhr, stellte den Wein ab und stand auf.

Sie erhob sich ebenfalls, womit sie den übellaunigen Kater verärgerte, der einen Buckel machte und Sebastian beäugte. »Ich kann immer noch nicht glauben, dass du Marie Thérèse mitten auf der Soirée deiner Tante Henrietta nach dem Herz ihres Bruders fragen willst.«

»Nicht Marie Thérèse, sondern Lady Giselle. Ich habe aus erster Hand, dass Marie Thérèse sich nie wieder dazu herablassen wird, mit mir ein Wort zu wechseln, da ich die unverzeihliche Sünde begangen habe, ihrer königlichen Person zu widersprechen. Es ist eines der vielen Risiken, wenn man an die gottgegebenen Rechte von Königen glaubt; man beginnt, sich Gott ebenbürtig zu fühlen und dann Feinde nicht mehr als enervierend oder unangenehm, sondern als wahre Diener Satans zu betrachten.«

»Was erwartest du, dass Lady Giselle dir sagen wird?«

»Im Grunde nichts. Aber ich möchte ihr Gesicht sehen, wenn ich sie frage, ob Marie Thérèse über das Schicksal des Herzens des Dauphins im Bilde ist oder nicht.«

»Du glaubst sicherlich nicht, dass *Marie Thérèse* Damion Pelletan getötet hat?«

»Nicht, dass sie ihm höchstselbst das Herz herausgeschnitten hat, nein. Sie und Lady Giselle waren an dem Abend in Klausur und haben gebetet, du erinnerst dich? Aber ich würde sagen, dass sie durchaus fähig ist, die Aufgabe an einen der Hunderte Speichellecker zu delegieren, die in Hartwell House herumlungern.«

»Aber ... weshalb? Weshalb sollte sie das Herz eines Mannes wollen, dessen einzige Sünde darin besteht, dass sein Vater eine Autopsie an einem toten Kind vorgenommen hat?«

»Aus Rache? Aus Böswilligkeit? Um vermisste Körperteile auszutauschen? Ich weiß es nicht. Aber irgendwo gibt es da einen Zusammenhang. Ich habe ihn lediglich noch nicht gefunden.«

***

Vielleicht bestand in London noch immer ein Mangel an Gesellschaft, aber offenbar hatte alles, was Rang und Namen hatte, sich entschlossen, der Soirée der Duchess of Claiborne an diesem Abend beizuwohnen. Sebastian bahnte sich einen Weg durch die vollen Säle und zählte zwei Herzöge, ein Dutzend Botschafter und fast genügend Peers, um das House of Lords damit zu füllen. Die Klänge eines von Haydns Streichquartette klangen durch das höhlenartige Stadthaus. Die Aufführung war hervorragend, obgleich niemand zuzuhören schien.

»Großer Gott, Devlin«, rief seine Tante aus, als sie ihn sah. »Was tust du denn hier?«

Sie sah in ihrem violetten Satingewand und den Claiborne-Diamanten königlich aus. Ein hoher Turban aus violettem Samt, auf dem ein enormer Diamant und eine Perlenbrosche prangten, krönte ihr Haupt.

Er neigte sich ihr zu, um ihr die geschminkte und gepuderte Wange zu küssen. »Ich wurde eingeladen, du erinnerst dich?«

»Und du hast abgesagt. Zweifach. Du kommst immer nur zu solchen Anlässen, wenn du etwas willst.« Sie betrachtete ihn mit verkniffenen Augen. »Was ist es heute?«

Er nahm sich ein Champagnerglas vom Tablett eines vorbeieilenden Dieners und lächelte. »Wer. In diesem Fall ist es definitiv ›wer‹. Die Duchesse d'Angoulême und ihre ergebene Begleiterin, Lady Giselle Edmondson. Sie sind hier, nehme ich an? Deine Soirée wurde als einer der Gründe für ihre Rückkehr nach London genannt – und das Theater. Wenngleich man mir sagte, Letzteres hätte nicht mehr die gleiche Zugkraft, jetzt, da

Miss Kat Boleyn aus unklaren Gründen beschlossen hat, ihm diese Saison fernzubleiben.«

»Marie Thérèse hat das zu dir gesagt?«

»In der Tat.«

»Was für eine boshafte Frau. Ich schwöre, sollte sie je wirklich Königin von Frankreich werden, haben sie gleich die nächste Revolution.«

»Sie ist also hier?«

»Ja. Ich habe sie soeben hinunter zu Tisch gehen sehen. Kein Bourbone verpasst je eine Gratismahlzeit.«

Er fand Marie Thérèse auf einem der brokatbezogenen Sessel, die an der Wand des Speisezimmers aufgereiht standen, in dem ein Buffet feinster Delikatessen aufgebaut worden war, um die übersättigten Gelüste der Gäste zu wecken. Sie trug ein elegantes Gewand aus türkisfarbener Seide mit tiefem Dekolletee, das eigens entworfen worden war, um die berühmte Perlenkette ihrer Mutter zu präsentieren. Drei weiße Federn nickten über den auf ihrem Kopf aufgetürmten Locken, und in der Hand hielt sie einen Fächer mit weißen Straußenfedern, den sie gelangweilt vor und zurück bewegte, obgleich es nicht heiß war.

Er bemerkte, wie sie sich versteifte, als ihr Blick seinen quer durch den vollen Raum traf. Dann sah sie betont in die andere Richtung. Er lächelte leicht und ging zu Lady Giselle, die sich unbeholfen damit abmühte, zwei Teller zu befüllen, einen für sich selbst, einen für die Prinzessin. »Erlauben Sie mir, Ihnen zu helfen«, sagte er und erleichterte sie um einen Teller.

»Danke sehr.« Sie lächelte ihn schief, fast schon verschwörerisch an. »Ich habe den Blick gesehen, mit dem sie Euch gerade bedacht hat. Ihr müsstet eigentlich tot auf dem Boden liegen.«

»Man sagte mir, sie wird mir nie verzeihen. Sie aber schon?«

»Ich verstehe, was Ihr versucht, und das kann ich anerkennen – ja, sogar bewundern – so sehr ich einige Eurer Methoden auch ablehne.«

Sebastians Hand schwebte über den Platten. »Krabben mit Spargel?«

»Ja, bitte.«

Er legte sie auf den Teller in seiner Hand.

Sie griff nach Shrimps in Aspik. »Ihr habt mich offensichtlich aus einem bestimmten Grund gesucht. Welchem?«

Sebastian betrachtete ihr Profil. Sie lächelte immer noch leicht. »Ich fürchte, Sie werden nicht schätzen, was ich nun sagen werde.«

Sie lachte leise. »Soll ich versprechen, dass ich Euch nicht diesen Teller an den Kopf werfen werde?«

»Das könnte helfen. Ihr müsst wissen, ich habe eine sehr beunruhigende Entdeckung gemacht. Wie es scheint, hat nicht nur der Vater von Damion Pelletan eine Autopsie an dem Knaben vorgenommen, der als der Dauphin identifiziert wurde, sondern er hat auch das Herz des Kindes entnommen und mitgenommen. Und er besitzt es noch.«

Sie lächelte nun nicht mehr. Ihre Lippen öffneten sich, und zwei dünne weiße Falten erschienen in ihren Mundwinkeln, während sie mit der Hand den Teller so fest umgriff, dass es erstaunlich war, dass er nicht brach. »Das wusste ich nicht. Seid Ihr sicher?«

Wenn sie eine Schauspielerin war, dann eine erstklassige. Sebastian sagte: »Ich habe erfahren, dass er es in seinem Studio in einem Kristallgefäß aufbewahrt. Warum sollte er das?«

Sie griff nach einem Brötchen. »Es ist eine alte Tradition in Frankreich, die inneren Organe der Königsfamilie getrennt von ihrem Körper aufzubewahren. Die Bestattung der königlichen Überreste hat üblicherweise in der Basilika von Saint-Denis stattgefunden. Aber ihre Herzen und Innereien sind an verschiedene Orte verbracht worden. Der letzte Dauphin von Frankreich hat sein Herz in Val-de-Grace bestatten lassen, zusammen mit vielen anderer Könige und Königinnen und Prinzen der Linie.«

Sebastian fragte sich, ob sie davon gehört hatte, welches Schicksal diese Herzen während der Revolution gehabt hatten. Ihre wertvollen Reliquienschreine aus Silber und Gold waren zur Münze geschickt und eingeschmolzen, die Herzen in eine Karre geworfen und verbrannt worden – mit Ausnahme einiger weniger, die an Maler verkauft worden waren, die die getrockneten Organe gern verwendeten, um eine besondere, seltene Farbe zu gewinnen, die als »Mumia« bekannt war.

Er sagte: »Was deuten Sie also an? Dass Dr Philippe-Jean Pelletan Royalist war? Dass er das Herz des Dauphins genommen hat, damit wenigstens das bewahrt würde, wenn sein Leichnam in einem gemeinen Grab bestattet wurde?«

»Ich kenne Dr Pelletans politische Gesinnung nicht. Aber es ist ihm gelungen, seine Position im Hôtel-Dieu in Paris durch die Revolution, das Direktorium und nun das Kaiserreich hindurch zu behalten. Was auch immer seine Einstellung ist, so ist er offenbar ausgesprochen geschickt darin, sie für sich zu behalten.«

Sebastian sah zu Marie Thérèse hinüber, die kerzengerade saß und ihn mit erkennbarer Verachtung ansah. Er sagte: »Pelletan ist ein Risiko eingegangen, als er das Herz des Kindes, das im Temple verstorben ist, an sich genommen hat. Er hat ganz offensichtlich geglaubt, dass der Knabe wirklich der Dauphin war.«

»Die Gerüchte, dass der Dauphin irgendwie aus dem Temple geflüchtet ist und der Junge, der an seiner Stelle gestorben ist, ein unglücklicher, taubstummer Betrüger war, sind genau das: Gerüchte. Ein Mythos. Ein Märchen für diejenigen, die unfähig sind, die grausame Wirklichkeit zu akzeptieren.«

»Dennoch bestehen die Gerüchte fort.«

»Ja. Ich werde nie begreifen, wieso die Revolutionäre es versäumt haben, Marie Thérèse den Leichnam ihres Bruders zu zeigen. Vielleicht haben sie nach den Jahren der Vernachlässigung und Folter befürchtet, dass sie ihn nicht wiedererkennen könnte. Oder vielleicht haben sie sich davor gefürchtet, sie sehen zu lassen, wie sehr ihre Grausamkeit ihn zerstört hatte. Aber ich zweifle nicht im Geringsten daran, dass der jüngste Sohn von Louis XVI und Marie Antoinette 1795 im Temple gestorben ist. Etwas anderes zu behaupten ist ebenso absurd, als würde man den dummen Märchen über die Dunkelgräfin Glauben schenken.«

Sebastian schüttelte verständnislos den Kopf. »Dunkelgräfin?«

Lady Giselle lachte knapp und humorlos auf. »Fragt Ambrose LaChapelle. Ich bezweifle nicht, dass es ihm ein Vergnügen wäre, die Geschichte zu erzählen.« Sie nahm den zweiten Teller aus Sebastians Hand. »Und nun müsst Ihr mich entschuldigen, Mylord. Vielen Dank für Eure Hilfe.«

Er sah zu, wie sie an die Seite der Prinzessin zurückging und mit ungetrübtem Humor mit ihr plauderte. Ein paar finstere Blicke wurden in seine Richtung geschickt, aber Sebastian bezweifelte nicht, dass Lady Giselle sich mit der Wiedergabe der Unterhaltung große Mühe gab.

Er begab sich auf die Suche nach Ambrose LaChapelle. Doch weder der französische Höfling noch der Comte de Provence waren an diesem Abend anwesend. Sebastian hatte gerade um seinen Hut und seinen Umhang gebeten, als eine kleine, wendige Gestalt in der gestreiften Weste eines Leibburschen sich durch die Menge schlängelte und geschickt allen Versuchen, ihn beim Kragen zu packen, auswich.«

»Meister!«, schrie Tom und blieb keuchend stehen. »Kommt schnell!«

Sebastian zog sich der Magen zusammen. Er griff nach den schmalen Schultern des Jungen. »Was ist los? Lady Devlin?«

»Was? Oh Gott, nein. Es is Sir Henry Lovejoy. Er sagt, der französische Colonel is tot auf den Old Swan Stairs gefunden worn. Und wartet erst mal, bis Ihr hört, was ihm der Killer angetan hat!«

Kapitel 38

Colonel André Foucher, vielmehr seine sterbliche Hülle, lag ausgestreckt auf dem Rücken auf halber Höhe – oder halber Tiefe, je nach Perspektive – der alten, schmierigen Granitstufen, die als die Old Swan Stairs bekannt waren. Die Treppe am Ende der Swan Lane unmittelbar oberhalb der London Bridge führte zur Themse hinunter.

Bei Tage war es ein vielbefahrener Landeplatz für die Fähren und Frachtkähne, die den Fluss befuhren. Aber zu dieser nächtlichen Stunde war die Themse leer. Ein schwerer, nasser Nebel waberte um den Leichnam, und in der Luft lag der dichte Geruch vom Fluss, nach feuchtem Stein und Tod. Man hatte dem Leichnam beide Arme hochgerissen, die Ellbogen waren leicht gebeugt und die Handinnenflächen zum Himmel gedreht. Sebastian warf nur einen raschen Blick auf das Gesicht des Mannes und wandte sich sofort wieder ab.

»Grundgütiger. Was hat man ihm angetan?«

Sir Henry Lovejoy stand am Rand der Treppe und hatte die Hände tief in die Taschen seines Herrenmantels geschoben. Er trug einen Schal um den Hals und hatte die Schultern nach vorn gezogen, aber Sebastian hätte nicht sagen können, ob gegen die Kälte oder wegen des Grauens, das er beim Anblick des Toten vor sich empfand.

Der Magistrat räusperte sich. »Wie es scheint, hat ihm jemand die Augen herausgedrückt.«

»Und sein Herz?«

»Oh, das hat er noch.«

Sebastian blinzelte den Fluss hinunter zur Brücke, aber der Nebel war so dicht, dass er kaum anderthalb Meter weit sehen konnte. »Wie haben Sie ihn überhaupt finden können?«

»Ein Fährmann ist über ihn gestolpert.«

»Hat schon jemand mit Harmond Vaundreuil gesprochen?«

»Nicht direkt. Der Verwalter Camille Bondurant hat die Leiche identifiziert. Aber nach dem Bericht des Constables, der die Nachricht ins *Gifford Arms* brachte, hat Monsieur Vaundreuil es sehr schlecht aufgenommen. Er hat sich eine Dosis Laudanum verpasst und ins Bett gelegt.« Lovejoys Geringschätzung dieser gallischen Zurschaustellung von Empfindlichkeit zeigte sich in seiner Miene und der gerümpften Nase; dennoch fühlte er sich genötigt hinzuzufügen: »Ich hörte, er hat ein schwaches Herz.«

»Zumindest glaubt er das.«

»Zwei Menschen einer Gruppe, zu der man selbst gehört, brutal ermordet zu sehen, reicht aus, um einem das Herz schwach werden zu lassen.«

»Das stimmt.«

Sebastian ging neben dem Ermordeten in die Hocke und zwang sich, noch einmal hinzuschauen. Ein dunkler Blutfleck breitete sich unter der Leiche aus. »Wie wurde er getötet?«

»Wie es aussieht, durch einen Dolchstoß in den Rücken. Aber wir werden mehr wissen, wenn Gibson ihn auf dem Tisch hat.«

»Ich frage mich: Wieso die Augen?«, murmelte Sebastian mehr zu sich selbst.

»Es hat großen Symbolcharakter, oder nicht? Genau wie der Diebstahl von Pelletans Herzen. Vielleicht hat Foucher etwas gesehen, das er nicht hatte sehen sollen.«

Sebastian ließ einen langen, beunruhigten Atemstoß heraus. In seiner Arroganz hatte er geglaubt, dass er sich dem Mörder Damion Pelletans und seinem Motiv angenähert hätte. Doch Fouchers Tod – und noch mehr das, was ihm posthum angetan worden war – legte den Schluss nahe, dass der Schwerpunkt seiner Ermittlungen bisher vollends falsch gewesen war.

***

Er erhob sich. »Haben Sie von der Explosion am Golden Square heute Morgen gehört?«

Lovejoy nickte. »Ich habe vorhin einen vorläufigen Bericht gelesen. Wie es scheint, stand die Wohnung, in der der Sprengstoff gelegt wurde, leer. Die Frau, die dort wohnte, ist letzte Woche verstorben.«

»Wie passend. Und niemand hat etwas gesehen?«

»Anscheinend nicht. Aber es besteht kein Zweifel, dass derjenige, der die Explosion verantwortet, genau wusste, was er tat. Man hat mir gesagt, das Schwarzpulver wurde so in einem Behälter deponiert, dass die volle Wucht der Explosion nach oben ging.«

»Zu der Wohnung von Alexandrie Sauvage.«

»Ja.«

Sebastian richtete den Blick erneut auf das zerstörte Gesicht des französischen Colonels. Er war überzeugt gewesen, dass die Entnahme von Damion Pelletans Herzen irgendwie mit dem Mordmotiv in Zusammenhang gestanden hatte. Doch Fouchers Tod verkomplizierte die Lage, denn er unterstrich seine Überzeugung, dass sie es mit einem Mörder zu tun hatten, der entweder geistig krank oder aber teuflisch gerissen war.

Oder vielleicht beides.

Die Schwierigkeit war nur: Wie passte der Mordversuch an Alexi Sauvage da hinein?

»Daran, jemanden in die Luft zu jagen, ist nichts Symbolträchtiges«, sagte er laut.

Lovejoy schluckte. »Falls doch, kann ich es nicht sehen.«

Sebastian nickte und schickte sich an, die Treppe hinaufzugehen. Die Sohlen seiner Abendschuhe rutschten auf den nassen, glitschigen Stufen aus. Er blieb stehen und sah über die Schulter, da ihm gerade ein Gedanke kam. »Was hat Foucher überhaupt hier zu tun gehabt?«

»Das wissen wir nicht.«

»Monsieur Vaundreuil hat eine verdammt schlechte Zeit ausgesucht, sich mit Laudanum zu betäuben.«

»Vielleicht reißt er sich bis morgen wieder zusammen.«

»Das kann man nur hoffen«, sagte Sebastian.

Am nächsten Morgen befand sich Charles Lord Jarvis noch im Ankleidezimmer, als er von Ferne laut dröhnendes Pochen an der Haustür hörte. Er zog sich edle Unterhosen an und knöpfte ruhig den Latz zu.

Sein Kammerdiener riss den Kopf herum, und seine Augen wurden groß, als ein Ruf erklang, dem leichtfüßige, schnelle Schritte auf der Treppe folgten.

Jarvis sagte: »So wie sich das anhört, werde ich in Kürze einen Besucher empfangen. Sie dürfen gehen.«

»Jawohl, Mylord.« Der Kammerdiener verneigte sich und ging zur Tür, da drehte sich just der Knauf, und Viscount Devlin marschierte herein.

»Ach gut«, sagte Devlin. »Ihr seid noch da.« Er war in rehlederne Beinkleider, hohe Hessische Stiefel und einen schwarzen Mantel gekleidet, und er brachte all die Gerüche des nebligen Londons mit herein.

Jarvis kräuselte die Nase und griff nach einer gestärkten weißen Krawatte. »Wie Ihr seht.«

Devlin schloss die Tür vor dem interessiert blickenden Gesicht des Kammerdieners. »Ihr habt also schon von Colonel Foucher gehört?«

»Ja.«

Er war sich der Blicke Devlins allzu bewusst, die ihn aus diesen unmenschlichen gelben Augen wie besessen musterten. »Seid Ihr es? Ist das alles Teil einer diabolischen Intrige, Harmond Vaundreuil so zu verängstigen, dass er zurück über den Kanal flieht?«

»Durch das Herausreißen von Herzen und Augen der unter ihm Stehenden? Was für eine widerwärtig schauerliche Vorgehensweise. Was sollte ich als Nächstes tun? Den Verwalter eliminieren? Wie ist noch mal sein Name?«

»Bondurant.«

»Und ihm die Zunge herausschneiden?«

»Wenn irgendjemand dazu fähig ist, dann Ihr.«

Jarvis lachte. »Danke sehr. Oder sollte das eine Beleidigung sein?« Sorgfältig drapierte er den Streifen weißes Leinen um seinen Hals. »Obgleich ich keinerlei Zweifel hege, dass eine solche schlichte Lösung Euch gefallen würde, bleibt Fakt, dass ich nicht dahinter stecke. Und ich weiß auch nicht, wer es ist. Allerdings will ich nicht so tun, als würde mich die Wendung der Ereignisse auch nur ansatzweise beunruhigen. Wenn Vaundreuil bis zum Ende dieser Woche noch in London ist, dann werde ich mehr als überrascht sein.«

Devlin stand mit gespreizten Beinen da, den Kopf nach hinten geneigt und den Kiefer angespannt. »Trotz alledem habt Ihr mich glauben lassen, Ihr hättet Sorge, dass meine Ermittlungen den Fortschritt der Verhandlungen behindern könnten.«

»Ich hatte tatsächlich Sorge.« Jarvis lächelte. »Wenn auch nicht ganz aus den Gründen, die Ihr vermutet.«

»Wäre ein Frieden mit Frankreich wirklich so schlimm?«

»Solange Napoleon als Kaiser regiert, ja.«

»Wen möchtet Ihr an seiner Stelle sehen? Den Comte de Provence?«

»Für eine Weile. Schließlich ist er der Thronfolger, und man muss zumindest scheinbar die traditionelle Reihenfolge berücksichtigen. Provence ist ein Narr und auf geradezu absurde Weise besessen von der Durchsetzung der konstitutionellen Monarchie. Aber er ist vor der Zeit gealtert und hoffnungslos verfettet. Er wird nicht mehr lange sein.«

»Und dann? Sein Bruder Artois? Der Mann ist gefährlich reaktionär und obendrein verrückt, eitel und hoffnungslos lasterhaft. Niemals würden ihn die Franzosen lang auf dem Thron lassen.«

»Ich glaube, Ihr unterschätzt vielleicht Artois' Vorliebe für Unterdrückung. Er hat die Fehler seines Bruders Louis XVI im Jahr 1789 beobachtet, der einer Forderung nach der anderen nachgegeben hat, wo doch ein paar gutplatzierte Traubenkartätschen der ganzen Revolution ein Ende gesetzt hätten, bevor sie sich überhaupt erst hätte aufschwingen können.«

Devlin schwieg.

Wenig später lächelte Jarvis. »Ihr wisst natürlich, dass ich gleich bei ihrer Ankunft Männer zur Beobachtung der französischen Delegation abgestellt habe?«

»Das wusste ich nicht, kann aber auch nicht behaupten, dass es mich überrascht. Wollt Ihr sagen, dass sie etwas Nützliches beobachtet haben?«

»Wie nützlich es ist, kann ich nicht sagen. Aber ich weiß, dass sie einen interessanten Streit zwischen Damion Pelletan und seiner Schwester am Abend der Nacht beobachtet haben, in der er gestorben ist.«

Der Viscount verengte die Augen. »Ihr wusstet, dass Alexandrie Sauvage Pelletans Schwester ist?«

Jarvis hielt den Blick auf den Spiegel gerichtet, während er die Falten seiner Krawatte richtete.

Devlin sagte: »Wo genau hat dieser Streit sich abgespielt?«

»Im *Gifford Arms*. Man hat mir berichtet, dass zuerst ein Mann und eine Frau eintrafen. Sie haben eine

Weile mit Pelletan gesprochen und sind dann wieder gegangen. Madame Sauvage tauchte just auf, als Pelletan wieder ins Inn gehen wollte.«

»Ihr erzählt mir nichts Neues.«

»Tatsächlich? Wie tüchtig von Euch. Allerdings habt Ihr irgendwie von dem Streit, der dann stattgefunden hat, nichts gehört, soweit ich weiß.«

»Und was genau war die Ursache des Streits?«

»Mein Informant war zu weit weg, um es zu verstehen.«

»Wie wusste er dann, dass es ein Streit war?«

»Es war ein sehr erhitztes Gespräch. Die Leidenschaft war nicht zu verkennen.«

»Und der Mann und die Frau, die vorher da waren? Wer waren sie?«

»Mein Beobachter konnte sie nicht identifizieren.«

»Tatsächlich?«

Jarvis lächelte über den Ausdruck der Ungläubigkeit in der ganzen Haltung des Viscounts. »Ja, in der Tat.«

»Und warum erzählt Ihr mir das jetzt?«

»Weil Eure Besessenheit vom Tod Damion Pelletans langsam ermüdend wird. Ihr gehört nach Hause zu Eurer schwangeren Gattin.«

»Hero geht es gut. Glaubt mir, sie würde es Euch nicht danken, wenn Ihr mich ermutigt, nervös um sie herum zu flattern.«

Jarvis strich die Knopfleiste seiner Weste glatt und sah seinem Schwiegersohn streng ins Gesicht. »Wenn meine Tochter wegen des Kindes, das Ihr gezeugt habt, stirbt, dann schwöre ich bei Gott, dass ich Euch töte. Persönlich.«

Devlin hielt seinem Blick stand. Jarvis sah darin ein Bewusstsein, welch große Gefahr Hero drohte. Und Jarvis erkannte, dass dieses Bewusstsein seinem eigenen ebenbürtig war.

»Sie wird nicht sterben.«

Kapitel 39

Alexandrie Sauvage öffnete Sebastian, als er an die Tür von Gibsons Praxis am Tower Hill klopfte.

»Gibson führt gerade hinten im Garten die Autopsie an Colonel Foucher durch«, sagte sie.

»Gut.« Sebastian ging an ihr vorbei, als sie die Tür wieder schließen wollte. »Eigentlich wollte ich Sie sehen.«

Sie blieb kurz mit der Hand an der Klinke stehen, und der Nebel drang herein. Dann schloss sie die Tür und drehte sich zu ihm um. »Was wollt Ihr?«

Sie trug das einzige Kleid, das sie noch besaß, hatte allerdings eine Schürze darum gebunden. Die Schürze war über und über verschmiert, und auf einer Wange hatte Alexandrie einen Schmutzstreifen. Er begriff, dass sie das kleine Zimmer auf der rechten Seite geschrubbt hatte, um es für sich fertigzumachen. Er sollte erleichtert sein, dass sie in der Praxis bleiben würde, nicht in Gibsons Haus. Aber er war sich nicht sicher, ob es einen großen Unterschied ausmachte.

Er sagte: »Sie sagten, dass Sie in Damion Pelletans Mordnacht zum *Gifford Arms* gegangen sind und er vor dem Inn gestanden hat.«

»Ja-a«, sagte sie langsam, als hätte sie Bedenken, wohin seine Frage führen würde.

»Was genau haben Sie zu ihm gesagt? ›Ich möchte zu einem kranken Kind, bitte komm mit‹?«

»Etwas in der Art, ja.«

»Sonst nichts? Und dann sind Sie Richtung St Katharine's aufgebrochen?«

»Ja.«

»Und als Sie zum Cat's Hole gegangen sind, hat er Ihnen erzählt, dass er wollte, Lady Peter liefe mit ihm fort, und da haben Sie gestritten?«

»Ja.« Sie erwiderte seinen Blick. In ihren Augen lag Misstrauen und etwas, das sehr nach Hass aussah.

Er sagte: »Und worüber haben Sie am *Gifford Arms* gestritten? Nach allem, was ich über Damion Pelletan erfahren habe, kann ich mir nicht vorstellen, dass Sie ihn erst lang und breit überzeugen mussten, Sie zu begleiten. Worüber haben Sie also dort gestritten?«

»Wer hat denn gesagt, wir hätten dort gestritten?«

»Damion gehörte zu einer französischen Delegation, die in einer delikaten Mission nach London gesandt wurde. Es ist also kein Wunder, dass er beobachtet wurde.«

»Von Jarvis, meint Ihr?«

Als Sebastian nichts sagte, stieß sie ein zorniges, schnaubendes Lachen aus. »Was genau deutet Ihr an? Dass ich mit meinem Bruder gezankt, ihn dann in eine düstere Gasse gelockt, ihm das Herz herausgeschnitten und mir zu guter Letzt selbst eins über den Kopf gebraten habe? Oh, und dann habe ich meine Dienerin in die Luft gejagt, als sie mir gedroht hat, meine bösen Taten zu verraten?« Ihre hohen Wangen nahmen eine kräftige Farbe an. »Ich bin Ärztin. Ich rette Leben und nehme sie nicht.«

Ihm war jedoch schon der Gedanke gekommen, dass sie vielleicht weit mehr in den Tod ihres eigenen Bruders verwickelt sein könnte, als sie zu erkennen geben wollte. Er sagte jedoch lediglich: »Der Streit vor dem Gasthaus. Worum ging es da?«

Sie schüttelte den Kopf. »Das kann ich Euch nicht sagen. Es geht da auch um ein Geheimnis, und ich habe kein Recht, es zu enthüllen.«

Sebastian sah sie unverwandt an. »Was zur Hölle denken Sie, werde ich tun? Es von den Dächern herunter pfeifen? Eine Annonce in die *Times* setzen? Verflucht noch eins! Es sind schon drei Menschen gestorben. Wie viele müssen noch sterben, bevor Sie mir gegenüber endlich ehrlich sind? Sagen Sie mir, worum es in dem verfluchten Streit ging.«

Sie ging zu dem schmalen Fenster, das zur Straße hinaus wies. Aber der Nebel war so dicht, dass es war, als wolle man durch gelbe Suppe schauen.

Sie sagte: »Damion hatte herausgefunden, dass ich … etwas wusste. Und zwar schon seit neun Jahren. Etwas, wovon er meinte, dass ich es ihm hätte sagen müssen. Es tut mir leid, aber mehr kann ich nicht verraten.«

Neun Jahre. *Neun* Jahre …

»Zur Hölle«, sagte Sebastian. Er sah einen blonden, grünäugigen Jungen vor Augen, der zwei farbige Boote übers Wasser segeln ließ, während seine Schwester ihn mit der intensiven Liebe und dem Stolz einer Mutter beobachtete. »Es ist Noël Durant, richtig? Der Knabe ist nicht Lady Peters ›Bruder‹, sondern ihr Sohn. Von Damion Pelletan.«

Sie drehte sich mit verblüffter Miene zu ihm um. »Ihr wusstet es?«

Er schüttelte den Kopf. »Nein. Ich hatte angenommen, Pelletan wäre nach London gekommen, weil er irgendwie davon erfahren hätte, wie Lord Peter seine Frau behandelt. Aber er ist wegen des Jungen gekommen, nicht wahr? Wie hat er die Wahrheit herausgefunden?«

»Von einem alten Priester, bei dem er am Sterbebett war. Der Priester hat deliriert. Zuerst dachte Damion, dass er nur unsinniges Zeug murmelte. Aber je mehr er ihm zuhörte, desto mehr Sinn ergaben die Worte des alten Mannes.«

»Wusste Julia Durant, dass sie schwanger war, als sie Paris verließ?«

»Ja.«

»Warum zur Hölle hat sie es dann nicht dem Mann gesagt, den sie doch angeblich so liebte?«

»Weil sie erst sechzehn Jahre alt war. Weil sie Angst hatte. Weil ihr Vater ihr versichert hatte, dass die Flucht aus Frankreich nur vorübergehend wäre. War sie aber nicht.«

»Und so ist sie als Flüchtling in London gelandet«, sagte Sebastian sanft. »Unverheiratet und schwanger. Das arme Mädchen.«

Alexandrie Sauvage nickte. »Sobald der General und seine Gattin begriffen, was los war, versteckten sie Julia. Sie wussten, dass sie hoffnungslos ruiniert wäre, wenn die Wahrheit je bekannt würde. Madame Durant war jung genug, um vorzugeben, sie wäre selbst schwanger. Ich habe gehört, sie ging sogar so weit, sich ein Kissen um den Bauch zu binden, wenn sie hinaus ging. Dann wurde das Kind geboren und als General Durants Sohn präsentiert.«

»Hatte er keine anderen Kinder?«

»Zwei ältere Söhne. Beide sind im Kampf gegen Napoleon gestorben.«

Sebastian hatte sich immer gefragt, warum der alternde französische General seine einzige Tochter einem Mann wie Lord Peter Radcliff zur Frau gegeben hatte. Ja, Radcliff war der Sohn eines Herzogs, attraktiv und hervorragend vernetzt. Aber ein General mit Durants Erfahrung musste doch in seinem Schwiegersohn den eitlen, selbstsüchtigen Lebemensch gesehen haben, der er war.

Nun ergab alles Sinn.

Sebastian sagte: »Weiß Radcliff es?«

»Über Noël, meint Ihr? Ich bin mir nicht sicher.«

»Aber Sie wussten es.«

»Julia hat es mir gesagt, bevor sie Paris verlassen hat. Sie hat es mir im Vertrauen gesagt, und ich habe geschworen, es niemals irgendjemandem zu verraten.«

»Wusste Pelletan, dass Radcliff sie schlägt?«

»Bevor er hergekommen ist, nicht. Aber er hat nicht lang gebraucht, es herauszufinden. Da hat er versucht, sie zu überzeugen, mit ihm zurück nach Paris zu gehen – um ihretwillen genauso wie um des Knaben willen.«

»Wie hat er herausgefunden, dass Sie die ganze Zeit über das Kind im Bilde waren?«

»Durch etwas, das Julia zu ihm sagte. Er war wütend. Ich habe versucht, ihm klarzumachen, dass es ein Geheimnis war, das mir anvertraut worden war. Wie hätte ich es verraten können? Aber er hat nicht auf mich gehört.«

»Trotzdem ist er mit Ihnen nach St Katharine's gegangen, um nach dem kranken Kind zu sehen?«

»Damion war Arzt. Er würde niemals seine persönlichen Empfindungen über das Wohlergehen eines Patienten stellen. Er hat mich begleitet. Aber er war aufgewühlt. Wir haben immer noch darüber gestritten, als wir vom Hangman Court weggegangen sind.«

Sebastian musterte ihre beherrschten Züge. Das erklärte, wieso sie die Schritte eines Verfolgers erst gehört hatten, als es zu spät war. Aber auch wenn Lord Peter Radcliff damit ein glaubhaftes Motiv hatte, den ehemaligen Liebhaber seiner Frau zu töten, so erklärte es doch keineswegs die Morde an Karmele oder Colonel Foucher.

Er sagte: »Glauben Sie, dass Lady Peter Damion noch immer geliebt hat?«

»Ja, das glaube ich.«

»Aber sie hat dennoch gezögert, mit ihm nach Paris zurück zu gehen?«

»Sie sagte, sie wäre mit Lord Peter eine Verbindung eingegangen, die sie nicht rückgängig machen konnte.«

»Obwohl er sie schlug?«

»Ich habe Frauen gekannt, die Entschuldigungen für die Männer, die sie schlugen, gefunden haben, bis sie selbst gestorben sind.«

»Sie meinen Abel Bullocks Frau?«

»Ja.«

Sebastian betrachtete ihr ruhiges, stolzes Gesicht. Sie war eine der Frauen, die den Erwartungen der Gesellschaft bezüglich ihres Geschlechts schon vor langer Zeit den Rücken zugekehrt hatten. Sie hatte an einer italienischen Universität Medizin studiert und war Seite an Seite mit ihrem Mann in Napoleons Grande Armée eingetreten. Als er gestorben war, hatte sie sich einen Lieutenant zum Liebhaber genommen und weiterhin die Soldaten medizinisch behandelt. Wie sie zuletzt mit einem englischen Hauptmann als Ehemann geendet hatte, konnte Sebastian nur raten. Aber die Erkenntnis, dass Gibson ihr jeden Tag mehr verfiel, drehte ihm den Magen um, und am liebsten würde er seinen Freund schütteln, bis er Verstand annahm.

Er sagte: »Warum sind Sie hier? Ich meine, bei Gibson?«

Er rechnete damit, dass sie seine Frage bewusst missverstehen, Entschuldigungen vorschieben und auf ihr Bedürfnis, einen Unterschlupf zu finden, hinweisen würde. Stattdessen sagte sie: »Jemand muss ihm helfen.«

»Gibson? Ihm geht es doch gut. Oder ging es zumindest.« *Bevor Sie in sein Leben getreten sind.*

»Wenn Ihr meint, es geht ihm gut damit, sich umzubringen, habt Ihr recht. Habt Ihr eine Vorstellung davon, was langjähriger Opiumkonsum im menschlichen Körper anrichtet? Besonders in der Dosis, die er nimmt?«

»So oft dosiert er es nicht über.«

»Woher wollt Ihr das wissen?«

Sebastian klappte den Mund auf und wieder zu. In Wahrheit hatte er Gibson in den letzten vier oder fünf Monaten kaum gesehen.

Er sagte: »Der Mann leidet Schmerzen. Wie soll er Ihrer Meinung nach damit leben?«

»Ich kann ihm gegen die Schmerzen helfen, wenn er mich nur lässt.«

»So wie Sie den Kindern und Nonnen von Santa Iria geholfen haben?«

Sie zuckte mit dem Kopf zurück, als hätte er sie geschlagen. »Ich wusste nicht ...«

»Doch, Sie wussten es. Und Sie haben es zugelassen.«

Ihre Stimme wurde schroff und schneidend. »Wenn das Blut dieser Kinder an meinen Händen klebt, dann klebt es ebenso an Euren.«

»Ja. Der Unterschied zwischen Ihnen und mir ist nur, dass ich es nie geleugnet habe.«

Sie hielt seinem Blick stand, und plötzlich waren die quälenden Erinnerungen jenes längst vergangenen Frühlings in Portugal voller Leid und Tod mit ihnen im Raum, als wären sie eine flüsternde Präsenz.

Er sagte: »Paul Gibson ist mein Freund. Ich lasse nicht zu, dass Sie ihn zerstören.«

»Zerstören?« Sie lachte gellend. »Was in Gottes Namen glaubt Ihr denn, dass ich ihm antue? Ihm das Herz *und* die Seele herausreißen?«

»Wie viele Ehemänner und Liebhaber haben Sie gehabt? Und wie viele von ihnen leben noch?«

Sie antwortete nicht, aber die Haut in ihrem Gesicht spannte sich straff um die Knochen, und ihre Augen wurden dunkel von einer Emotion, die er nicht ganz fassen konnte.

Er rückte den Hut auf seinem Kopf gerade und wandte sich zur Tür.

Er wollte sie gerade hinter sich zu ziehen, da machte sie einen raschen Schritt nach vorn. Mit der einen Hand umklammerte sie die schmutzige Schürze, die andere hob sie, um eine Locke ihres feurigen Haars zurückzuschieben, die ihr in die Stirn gefallen war. »Vier. Ich hatte vier. Zwei Liebhaber, zwei Ehemänner. Und

Ihr habt recht, sie sind alle tot. Und alle bis auf den letzten wurden von *Engländern* getötet.« Sie spie das Wort geradezu aus.

»Was ist mit dem letzten geschehen?«, fragte er. »Was ist mit Captain Miles Sauvage geschehen?«

Aber sie löste einfach die Tür aus seinem Griff und schlug sie ihm vor der Nase zu.

Kapitel 40

Gibson stand an die Granitplatte gelehnt in dem kleinen Nebengebäude am anderen Ende des Gartens, die Arme bis zu den Ellbogen mit geronnenem Blut beschmiert, als Sebastian in den Eingang trat.

Die Überreste von Colonel André Foucher lagen mit dem Gesicht nach oben auf der Bahre, sein nackter Körper war ausgeweidet, und seine verstümmelten Augen sahen im Schimmer der Lampe, die Gibson in der morgendlichen Dämmerung angezündet hatte, grässlich aus.

»Ah, da bist du ja«, sagte der Chirurg, legte sein Skalpell zur Seite und griff nach einem Lappen, um sich die Hände abzuwischen. »Es gibt da etwas, das ich dir zeigen wollte. Hier, hilf mir mal, ihn umzudrehen.«

Sie drehten den französischen Colonel zwischen sich gemeinsam um, sodass sie seinen langen, schlanken Torso von hinten betrachten konnten. Der violette Schlitz zwischen seinen Schulterblättern war deutlich zu erkennen.

»Er ist also erstochen worden«, sagte Sebastian.

»Ja. Mit einem Dolch. Und hier ist etwas Interessantes: Nach dem Winkel des Klingeneintritts würde ich wetten, dass der Mann, der ihn erstochen hat, kein Rechtshänder ist. Natürlich kann ich mich auch täuschen, wohlgemerkt; es ist immer möglich, dass der

Mörder so gestanden hat, dass dieser Effekt entstanden ist. Aber viel wahrscheinlicher ist, dass euer gesuchter Mörder Linkshänder ist. Ich wünschte nur, ich hätte Pelletans Leichnam lang genug auf dem Tisch gehabt, um herauszufinden, ob er auf die gleiche Art erstochen wurde.«

»Der Mann, der zweimal versucht hat, mich zu töten, ist Linkshänder.« Sebastian betrachtete die frischverheilte Wunde, die am Arm des Colonels entlang verlief. »Irgendwie erscheint es nicht richtig, dass er es geschafft hat, Napoleons Debakel in Russland zu überleben, nur um in London hinterrücks erstochen zu werden.«

»Darin lieg eine gewisse Ironie, das ist sicher. Du kannst davon ausgehen, dass er dies nicht als gefährlichen Einsatz betrachtet hat.« Gibson hielt inne. »Weißt du, ob er Familie hatte?«

Sebastian schüttelte den Kopf. »Ich habe nie gefragt.«

Mit vereinten Kräften drehten sie den Leichnam erneut um, und Sebastian musste den Blick von dem entstellten Gesicht abwenden. »Was kannst du mir zu der Verstümmelung seiner Augen sagen?«

»Ich vermute, dass der Täter ihn zuerst hinterrücks erstochen und dann den Dolch benutzt hat, um ihm die Augen heraus zu schneiden. Es ist sehr grob ausgeführt.«

»Wie bei Pelletans Herzen.« Sebastian rieb sich mit gespreiztem Daumen und Zeigefinger die Augen, dann wischte er sich mit der Hand über die untere Gesichtshälfte.

»Irgendeine Vorstellung, weshalb er umgebracht wurde?«, fragte Gibson.

»Oh, ich kann mir vieles vorstellen. Schwierig ist nur herauszufinden, was davon zutrifft. Er könnte von jemandem ermordet worden sein, der die Absicht hatte, die Friedensverhandlungen zu unterbinden. Oder er könnte gestorben sein, weil er etwas darüber wusste, was mit Pelletan passiert ist.«

Gibson wischte seine Hände nochmals ab und griff nach seinem Skalpell. »Ich bin hier noch nicht ganz fertig, wäre aber überrascht, wenn noch mehr herauszufinden ist.«

Sebastian drehte sich zur Tür um, dann hielt er inne und sagte: »Ich habe gerade mit Alexi Sauvage gesprochen.«

»Ach ja?«, sagte Gibson, ohne aufzuschauen.

»Sie hat mir gesagt, dass Lady Peters kleiner Bruder in Wirklichkeit ihr Sohn ist, und Damion Pelletan ist der Vater. Wusstest du das?«

Gibson schüttelte den Kopf. »Nein.«

»Sie sagte, sie wurde im Vertrauen über das Kind informiert und fühlte sich daran gebunden, Lady Peters Geheimnis zu wahren. Aber ich glaube, das ist nicht das Einzige, was sie uns noch verheimlicht.«

»Sie hat große Angst.«

Auf Sebastian wirkte sie nicht verängstigt, aber er sagte nur: »Ich hoffe, du weißt, was du tust.«

Jetzt blickte Gibson auf, und seine grünen Augen funkelten. »Was zum Teufel soll das denn heißen?«

»Das weißt du.«

Aber Gibson senkte nur wieder den Kopf, und auf seinen eingefallenen Wangen erschien Zornes- oder Kummerröte.

Kapitel 41

Hero verbrachte einen großen Teil des Vormittags in den Büroräumen der *Times*. Sie sprach mit John Walter, dem Verleger, der ihre Artikelserie über die armen Arbeiter Londons herausbrachte. Sie reichte ihm ihre letzte Arbeit über die Ziegelbrenner der Stadt. Dann fragte sie ihn mit einstudierter Beiläufigkeit, ob er je von einem Kloster Santa Iria in Portugal gehört hatte.

Mit ungewöhnlich grimmiger Miene sah er sie an und blinzelte mehrmals, bevor er antwortete: »Ja, das habe ich. Warum fragt Ihr?«

»Ich möchte wissen, was 1810 dort geschehen ist.«

Er erhob sich von seinem Schreibtischstuhl und ging zu dem etwas schmutzigen Fenster, das auf die nebelverhangene Straße hinauswies. Mit den Fingern der einen Hand spielte er an seiner Uhrenkette herum. »Es ist keine schöne Geschichte«, warnte er sie.

»Erzählen Sie sie mir.«

Das tat er sodann.

***

Als sie zur Brook Street zurück kam, fand sie Devlin draußen, am Rand der Gartenterrasse. Er hatte dem Haus den Rücken zugekehrt und blickte auf den im Nebel liegenden, winterbraunen Garten, der sich bis zu den Stallungen erstreckte. Er trug noch seinen Reisemantel mit dem Cape, und sie vermutete, dass er gerade von den Stallungen gekommen war. Aber er hielt den Kopf auf eigenartig steife Art. Sie war auf undefinierbare Weise an die Nächte erinnert, in denen sie vor dem Morgengrauen aufgewacht war und ihn in Träumen gefangen gesehen hatte, die ihn mit Geschehnissen aus einer Zeit und an einem Ort quälten, die er nicht vergessen konnte.

Er drehte sich um, als sie aus dem Haus trat und zu ihm ging, die Arme wärmesuchend um den Oberkörper geschlungen. Sie erkannte die Erschöpfung zu vieler schlafloser Nächte in seinen eingefallenen Wangen und an den dunklen Schatten um seine eigenartigen gelben Augen.

Sie sagte: »Du hast wieder mit Alexi Sauvage gesprochen.«

Ein Hauch von Belustigung glitt über seine Züge. »Woher weißt du das?«

Sie schüttelte den Kopf. »Ich wünschte bei Gott, diese Frau wäre nie in dein Leben zurückgekommen.«

Er sah in den dichten, tödlichen Nebel hinaus. »Es ist nicht sie. Sie ruft nur Erinnerungen wach.«

»Ich habe heute herausgefunden, was in Santa Iria passiert ist. Du warst dort, nicht?« Sie sah ihn unverwandt von der Seite an. »Nachdem du aus dem französischen Lager geflohen warst. Du bist dorthin gegangen und hast gesehen, was die Franzosen getan hatten.«

Er nickte mit angespanntem Kiefer, den Blick noch immer auf den regennassen Garten gerichtet. »Ich schätze, ich wusste im Herzen, dass ich zu spät dran war, aber ... Ich hoffte immer noch, dass ich irgendwie noch früh genug käme, um sie zu warnen. Um zu verhindern ...«

Sie wollte etwas sagen, doch sie konnte nicht.

Nach einer Weile fuhr er fort: »Ich war natürlich zu spät dran. Major Rousseau und seine Männer hatten das Kloster schon überfallen.« Er umschlang die Steinbalustrade vor sich mit den Händen, der Wind ließ das Cape seines Reisemantels flattern. Hero konnte ihm nicht ins Gesicht sehen. »Santa Iria war nicht nur ein Kloster, sondern auch ein Waisenhaus. Die Franzosen haben alles umgebracht, was sich bewegte, und dann die Gebäude in Brand gesetzt. Nichts ist am Leben geblieben. Keine Ziege, kein Hund, kein Wickelkind in seiner Wiege. Nichts.«

Aus der Ferne hörte man eine Peitsche knallen und klappernde Hufe von Pferden, die schnell eine Kutsche die Straße entlang zogen.

»Und Antonio Álvares Cabrals Tochter?«, fragte Hero. »Die Äbtissin?«

»Rousseau hat versucht, sie zum Reden zu bringen ... aber die arme Frau wusste nichts.« Er schluckte. »Du kannst dir vorstellen, was sie ihr angetan haben.«

Hero nahm an, sie konnte es sich wahrscheinlich nicht vorstellen, und das wollte sie auch nicht. Der Verleger bei der *Times* war in den Einzelheiten glücklicherweise vage geblieben. Sie sagte: »In deinen Träumen ... ist es das, was du dort siehst?«

»Oft, aber nicht immer. Manchmal sehe ich sie nicht so, wie ich sie gefunden habe, sondern so, wie man sie ... vorher ... gefunden hätte.«

Sie sagte: »Es war nicht deine Schuld.«

»Doch. Ich war derjenige, der diese gefälschten Depeschen den Franzosen in die Hände gespielt hatte. Meine Unwissenheit entschuldigt nicht im Mindesten meine Leichtgläubigkeit oder meine Schuld. Ich wusste, was für eine Sorte Mensch Oliphant war.«

»Aber wie hätte irgendjemand seine Absichten kennen können? Er hat die Franzosen bewusst auf dieses Kloster gehetzt und gehofft, ihre Brutalität würde Álvares Cabral in die Arme der Briten treiben.« Sie zögerte. »Hat es funktioniert?«

Devlin schüttelte den Kopf. »Nein. Als der alte Mann sah, was die Franzosen getan hatten – mit seiner Tochter, den Kindern, den anderen Nonnen – ist er zusammengebrochen und gestorben.«

Hero spürte einen tiefen, mächtigen Zorn in sich aufwallen. »Und Oliphant? Was ist mit ihm passiert?«

»Ich bin von den blutüberströmten Klosterruinen schnurstracks zu unserem Lager geritten. Ich wollte ihn töten. Ich wusste, dass ich dafür hängen würde, aber das war mir egal.« Devlin stieß ein leises Geräusch aus, in dem nicht die Spur von Erheiterung lag. »Er war zu den Hauptquartieren gerufen worden. Sein älterer Bruder war gestorben, und er ist jetzt Lord Oliphant. Das letzte, was ich von ihm gehört habe, ist, dass er inzwischen Gouverneur von Jamaika ist. Ich habe ihn nie wieder gesehen.«

»Und dann hast du dein Patent veräußert?«

»Ja. Allerdings nicht nur wegen Oliphant und Santa Iria. Das war nur der Höhepunkt von so vielen Dingen, die zuvor geschehen waren. Wir denken gern, wir wären zivilisierter, ehrenhafter, rechtschaffener als unsere Feinde, aber das sind wir nicht. Frag nur die toten Frauen von Kopenhagen, Badajoz, Dublin oder tausender vergessener Dörfer und Höfe. Und wenn man das erst begreift, stellt man sich eher die Frage: Warum kämpfe ich? Warum töte ich?«

Sie legte ihm die Hand auf den Arm und spürte sein feines Zittern. Sie dachte an die Erinnerungen, die er immer mit sich trug. Die Bilder, die Gerüche und Geräusche und die erdrückende Last des Schuldgefühls. »Es war nicht deine Schuld«, sagte sie erneut. »Der Tod dieser Frauen und Kinder geht auf Oliphants Konto. Auf das von Oliphant und dem französischen Major, Rousseau, und auf das Konto der englischen und der französischen Offiziere, die zwei solche Männer auf solche Machtpositionen setzten.«

Aber er presste nur die Lippen zu einem schmalen, seltsamen Lächeln zusammen und deutete ein Kopfschütteln an.

Sie fragte: »Was ist mit Rousseau passiert?«

»Er ist tot«, sagte Devlin. Und ohne dass er es ihr eigens sagen musste, wusste sie, dass Devlin den französischen Major aufgespürt und getötet hatte, bevor er die Halbinsel verlassen hatte.

»Gut.«

Sie berührte seine Wange mit der Hand, und er drehte sich zu ihr um, umschlang sie und zog sie dicht an sich heran, presste die Wange in ihr Haar. Sie spürte, wie seine Brust sich an ihrer hob, als er zittrig einatmete und sie festhielt. Und dann sagte er die Worte, von denen sie so lange gedacht hatte, sie würde sie niemals hören.

»Gott, wie sehr ich dich liebe, Hero. So sehr ...«

Kapitel 42

Paul Gibson verbrachte den Nachmittag damit, in einem vollbesetzten Saal am St Thomas's Hospital die Funktionen und den Aufbau der menschlichen Niere zu erklären. Normalerweise würde er gutgelaunt etwa eindösenden Zuhörern mit einem abgekochten Wadenbein über die Fingerknöchel reiben und ihnen geduldig Fragen beantworten, welche die mangelnde Aufmerksamkeit der verwirrten Studenten deutlich enthüllten. An diesem Tag jedoch nicht. An diesem Tag erfüllten ihn jeder verschlafene Student und jede lächerliche Frage mit unheiligem Zorn. Es dauerte eine Weile, aber zuletzt gestand er sich selbst den Ursprung seiner untypischen Gereiztheit ein.

Er wollte zurück zum Tower Hill. Zu Alexi.

Alles klar, aber du bist so ein Riesentölpel, sagte er sich angeekelt. *Was denkst du dir? Dass eine feine junge Frau wie sie sich für dich interessiert? Dass sie dich als Mann sieht – als echten Mann mit allen Bedürfnissen, Wünschen und Träumen eines Mannes?*

Er lachte über sich selbst und richtete seine Konzentration fest entschlossen auf die Aufgabe, die er vor sich hatte, und entschied, nicht mehr an sie zu denken.

Dann entließ er das Auditorium eine halbe Stunde vor der Zeit.

Er eilte über die London Bridge zurück in die Innenstadt, und die Krücke, die er benutzte, um große Entfernungen zu überwinden, klackerte rhythmisch. Der Nebel war so dicht, dass er einen Mann ersticken könnte, der zu tief einatmete, und Gibson spürte, wie sich an seinen Lidrändern Krusten bildeten, die die Augen rot werden ließen, bis er aufgrund des Nebels und seiner verwaschenen Sicht fast blind war.

Trotzdem hastete er voran.

Er war gerade am Monument vorbei, da bemerkte er, dass ihm wieder jemand folgte.

Er wirbelte herum und stolperte ungeschickt, weil er dabei fast das Gleichgewicht verlor. »Wer ist da?«, rief er. Seine Stimme hallte hohl aus dem undurchdringlichen, trüben Dunkel zu ihm zurück. »Warum folgen Sie mir?«

Eine ganze schreckerfüllte Weile hörte er nur Tropfen fallen und die Riemen eines Fährmanns auf der Themse klatschen. Aber dieses Mal wusste er, dass er es sich nicht nur einbildete. Jemand verfolgte ihn mit Unterbrechungen schon seit Tagen. Und statt sich für irr zu halten, weil er es glaubte, hielt er es für irr, die ganze Zeit nicht daran geglaubt zu haben, sondern viel mehr an sich selbst gezweifelt und seine Ängste und Vermutungen verschwiegen zu haben.

Warum hatte er sich keine verfluchte Droschke gerufen, als er das Hospital verlassen hatte?

»Was wollen Sie von mir?« schrie er und umklammerte mit der Hand die Querstrebe seiner Krücke.

Aus dem Nebel schälte sich eine Männergestalt heraus. Breite Schultern, fassförmige Brust. Lange, muskelbepackte Arme. Zunächst konnte er die Gesichtszüge nicht erkennen. Dann sah Gibson das übermäßig lange, lockige schwarze Haar und wusste, dass er Sampson Bullock vor sich hatte.

»Was wollen Sie?«, fragte Gibson erneut.

Bullock blieb stehen, und ein dreistes Lächeln legte sich auf seine stoppeligen Züge. »Warum glauben Sie, ich will was von Ihnen?«

»Ich weiß, wer Sie sind. Bullock.«

Das Lächeln wurde breiter. »Ach, hat se Ihnen von mir erzählt, was? Hat se Ihnen auch erzählt, dass se meinen kleinen Bruder gekillt hat?«

»Sie hat mir erzählt, dass er seine Frau so schlimm geschlagen hat, dass sie gestorben ist.«

Das Lächeln erlosch. »Hat er nich. Die blöde Kuh is die Treppe runtergestürzt.«

»Sie meinen wohl, er hat sie die Treppe hinunter getreten?«

Sofort fragte sich Gibson, welche närrische Tollkühnheit ihn diese Worte hatte aussprechen lassen. Einst war er ein rauflustiger Bursche gewesen und hatte sich in jedem Handgemenge zu wehren gewusst. Er hatte auch nichts dagegen gehabt, harte Bandagen anzulegen, wenn die Situation es erforderte. Aber diese Tage waren lang vergangen, während Sampson Bullock wie ein Mann aussah, der einem Ochsen mit den bloßen Händen das Genick umdrehen konnte.

Gibson sah, wie der große Kerl die Oberlippe kräuselte und dann die Zähne zusammenbiss, als wolle er ein Knurren ausstoßen. Dann leuchtete seltsame Belustigung in seinem Gesicht auf, und er lachte los.

»Die is wieder bei Ihnen, was? Als ob Sie se beschützen könnten.« Der Tischler musterte ihn zornig aus seinen kleinen schwarzen Augen. »N einbeiniger irischer Knochenflicker? Glauben Sie, Sie könnten das? Echt?«

Eine seiner riesigen Hände schoss vor und legte sich um Gibsons Hals. Seine Finger drückten tief ins Fleisch und die Sehnen. Immer noch lächelnd riss Bullock ihn von den Füßen, wirbelte ihn herum und stieß ihn rücklings gegen die Backsteinwand des Ladens neben ihnen. Gibson hörte kaum, wie seine Krücke klappernd auf das Pflaster fiel. Er konzentrierte sich nur noch auf den schraubstockartigen Griff an seiner Kehle, der ihm die Luft abdrückte.

»Was los, Ire? Keine Luft mehr?«

Gibson fuchtelte wie wahnsinnig nach der massigen Hand, die ihm den Hals zusammenquetschte. In seinen Ohren rauschte es. Seine Sicht verdunkelte sich, wurde blutrot. Er spürte mehr als er sah, wie Bullock sein Gesicht so dicht vor seines brachte, dass sein rauer Bart über Gibsons Wange kratzte und ein übler Geruch nach fauligen Zähnen ihm entgegenschlug.

»Sagen Sie's ihr. Sagen Sie's dem Weibsstück. Sagen Sie ihr, dass ich sie kriege, wenn ich so weit bin. Aber vorher lasse ich sie noch zahlen.«

Immer noch grinsend bewegte Bullock den ausgestreckten Arm hin und her und rieb Gibsons Hinterkopf an der rauen Backsteinwand hinter ihm.

Dann trat er einen Schritt zurück und ließ ihn los.

Gibson verlor das Gleichgewicht und fiel auf sein gutes Knie. Das Holzbein war zur Seite gestreckt, und er kämpfte darum, nicht zusammenzubrechen. Er umfing seinen brennenden Hals mit den Händen und versuchte, tief einzuatmen. Er roch den Angstschweiß, der sich klebrig auf seinem Körper ausgebreitet hatte, und spürte den Nebel feucht im Gesicht.

Als er aufsah, war der Mann verschwunden.

***

Gibson stand über eine Waschschüssel gebeugt da und versuchte, sich Wasser über den Hinterkopf zu schütten, da kam Alexi zu ihm und nahm ihm die Karaffe aus der Hand.

»Lassen Sie mich das machen.«

Sie nahm ihm das Tuch aus der anderen Hand und machte sich daran, ihn sanft vom Blut und den Bruchstückchen der Backsteine zu reinigen. »Was ist passiert?«

»Sampson Bullock glaubt offensichtlich, dass er seine Nachrichten am besten vermittelt, indem er den Kopf des Boten gegen die nächstbeste Wand reibt.«

Sie hielt die Hände still. »Bullock war das?«

»Es ist nichts.«

»Was hat er gesagt?«

Gibson richtete sich langsam auf. Ihm war schmerzlich bewusst, dass er sich den Mantel ausgezogen hatte und deshalb in Hemdsärmeln und Weste vor ihr stand.

»Was hat er gesagt?«, wiederholte sie, als er nicht antwortete.

Er griff nach einem Handtuch, um sich das Gesicht und den Hals abzutrocknen. Aus seinem Haar tropfte das Wasser und lief ihm über die Wangen. Er wischte es weg.

Sie sagte: »Er hat also eine Drohung gegen mich ausgestoßen?« Sie legte das Tuch, das sie noch in der Hand hielt, beiseite und wandte sich zur Tür um. »Ich denke, ich gehe zu Mr Sampson Bullock und sage ihm, dass er lernen muss, mir in Zukunft alles, was er mir zu sagen hat, ins Gesicht zu sagen.«

»Nein.«

Er schnappte nach ihrem Arm und zog sie zurück, sodass sie sich umdrehen und ihn anschauen musste. Ihr Gesicht war gerötet, ihre feinen braunen Augen sprühten vor Wut. Er sagte: »Was heute passiert ist, sollte nicht als Drohung gegen Sie gelten, sondern es war ein Mittel, mich herabzusetzen. Es ging darum, dass ich seine Kraft spüre und merke, wie schwach ich selbst bin. Wenn Sie ihn jetzt aufsuchen, unterstützen Sie ihn noch darin, mich kleinzumachen. Es wäre, als würden Sie ihm sagen, dass ich nicht mal auf mich selbst achtgegen kann, geschweige denn auf Sie.«

Mit geöffnetem Mund atmete sie so heftig ein, dass sich ihr Brustkorb hob. »Sie haben mir das Leben gerettet. Ich wollte Sie nie in Gefahr bringen. Aber genau das habe ich.«

Er lächelte und hoffte, es wirkte selbstbewusst. »Ich bin nicht so hilflos wie Sie und Sampson Bullock anscheinend annehmen.«

»Ich weiß, dass Sie nicht hilflos sind.«

Ihre Blicke verhakten sich. Sie stand immer noch so dicht bei ihm. Und an irgendeinem Punkt – er hatte es nicht bemerkt – hatte sich ihre Unterhaltung leicht verändert. Vielleicht nicht so sehr die Worte, aber der Fokus. Er bemerkte, dass er noch immer das Handtuch festhielt, und legte es unbeholfen zur Seite. Plötzlich

wusste er nicht, was er mit seinen Händen anfangen
sollte.

Überdeutlich nahm er alles im Raum wahr, jeden seiner Atemzüge, den Rhythmus, in dem sein Herz das
Blut durch ihn pumpte, und ihre Nähe. Er sah, wie an
der Wurzel ihres schmalen Halses unter der weißen
Haut ihr Puls pochte, und der Augenblick war so gewal-
tig, dass er sich wünschte, er könnte ihn für immer aus-
dehnen. Und dann, als er schon fürchtete, es würde so
geschehen, hob sie die Hand und legte sie ihm an die
Wange. Sie neigte leicht den Kopf und strich ihm mit
den Lippen über den Mund. Er spürte, wie er zitterte.

Er sagte sich, er solle kein Narr sein; dies sei nur ein
Kuss aus Dankbarkeit; dass sie ihn nicht als Mann sehen könne – nicht die Art Mann, die eine Frau leiden-
schaftlich küsst und in ihren Körper aufnimmt. Dann
sah er das sinnliche Lächeln, das ihre Lippen umspielte,
und hörte auf zu atmen.

Sie nahm seine Hand und führte ihn in das Zimmer,
das sie für sich genommen hatte. Eine einzelne Kerze
brannte, um die Dunkelheit zu vertreiben, und warf einen goldenen Schimmer auf die schlichte Tagesdecke
des Bettes.

Er wollte etwas sagen, doch sie legte ihm zwei Finger
auf die Lippen.

»Sch«, sagte sie.

Sie ließ seine Hand los und trat einen Schritt zurück,
sah ihm ununterbrochen in die Augen. Er sah, wie sie
die Arme hob und mit den Fingern die Bänder ihres
Kleids löste. Sie ließ es zu Boden fallen, sodass es wie
eine Pfütze um ihre Füße lag. Ihr Unterrock folgte. Sie
löste ihr Hemd und umfasste den Saum sorgfältig mit

beiden Händen. Dann hob sie Arme hoch und zog es sich über den Kopf.

Bis auf ihre Strümpfe und den Strumpfhalter stand sie nackt vor ihm. Sie war so zierlich gebaut, ihre Haut so hell und weich, und auf ihren sanften Brustansätzen waren feine zimtfarbene Sommersprossen verteilt. Ihre Glieder waren lang und unglaublich zart, die Taille schmal, und oberhalb der Beine zierte ein feuriges Dreieck die Haut.

»Ich liebe dich«, sagte er.

»Nein, das tun Sie nicht. Sie kennen mich doch gar nicht.«

»Doch, ich kenne dich.«

Sie schüttelte den Kopf, doch sie lächelte noch immer.

Er streckte die Hand aus, griff in ihr schwer herunterfallendes Haar und zog sie zu sich.

Sie presste ihren nackten Körper an ihn und öffnete den Mund unter seinem Kuss, der wild und ungestüm wurde und ewig andauerte. Sie zerrte an seinen Kleidern, um ihm die Weste, das Hemd auszuziehen. Er spürte, wie sie ihm mit den Fingerkuppen über die Haut im Rücken streichelte, und es war eine so intensive Empfindung, dass er aufschrie. Dann ging sie zu den Knöpfen an seinem Latz über, und ihre Hände streiften die überempfindliche Haut seiner Lenden. Er verlor fast die Kontrolle.

Er sagte: »Ich weiß nicht, ob ich das kann. Es ist so lang …«

Sie lachte und drückte ihn auf das Bett, sein verletzter Kopf lag auf ihrem weichen Kissen. Ihr Fleisch schimmerte golden, als sie rittlings über ihn kam. »Dann lass mich es machen.«

Sie beugte sich herunter, um ihn wieder zu küssen, und berührte ihn sanft. Und als der richtige Moment gekommen war, nahm sie ihn in sich auf.

Er spürte, wie sie ihn mit ihrer Wärme und ihrer Liebe umfing und gab sich ihr, seiner Leidenschaft und dem Gefühl, dass sie ihm schenkte, hin. Erst, als sie den Kopf zurückwarf, den Mund öffnete, die Augen schloss, und die rhythmischen Kontraktionen in ihrem Inneren ihn mit sich rissen, kam ihm in den Sinn, dass sie ihm in Wahrheit etwas anderes geschenkt hatte: Ihn selbst.

***

Danach, als sie Arm in Arm beisammen lagen, sprachen sie über viele Dinge: seine Kindheit in Irland, ihre Tage mit der Grande Armée in Spanien, ihre Frustration darüber, in England nicht als vollwertige Ärztin praktizieren zu können.

»Du könntest nach Italien zurückgehen«, sagte er, obgleich der Vorschlag ihn aufwühlte und ihm den Hals eng werden ließ, sodass er sich fühlte, als drückte ihm wieder jemand die Luft ab. »Oder Deutschland. In Deutschland gibt es auch weibliche Ärzte, nicht wahr?«

»Offiziell nicht, aber es gab wohl schon einmal eine Ärztin mit kaiserlicher Sondererlaubnis.«

Sie schwieg kurz. Sie lag auf der Seite, den Ellbogen angewinkelt und den Kopf in die Hand gestützt, und mit den Fingern der anderen Hand streichelte sie ihm über die Brust. Dann sagte sie: »Es gibt etwas, das ich dir nicht gesagt habe. Etwas, das vielleicht helfen kann, zu erklären, was mit meinem Bruder geschehen ist.«

Er hatte in einem Tagtraum dagelegen, warm und geborgen. Nun war er schlagartig alarmiert.

Er hörte ihr zu, als sie es ihm erzählte, dann sagte er: »Das musst du Devlin vortragen.«

Sie drückte sich mit beiden Händen ab, sodass sie ihn anschauen konnte. »Bist du des Wahnsinns? Lord Jarvis ist der Vater seiner Frau!«

»Ja, das ist er. Aber Devlin ist kein Verbündeter von Jarvis. Im Gegenteil. Wenn irgendjemand den Mörder deines Bruders finden kann, dann Devlin. Er wird sich von Jarvis' Verwicklung in das Ganze nicht ablenken lassen – und er wird dich nicht bei Seiner Lordschaft verraten, falls du das denkst.«

Sie sah ihn an. »Ich traue ihm nicht.«

Er griff nach der breiten Haarlocke, die nach vorn gefallen war und ihr halbes Gesicht verdeckte. »Du musst mir bald erzählen, was in Portugal zwischen euch beiden vorgefallen ist. Aber nicht heute. Es geht jetzt nicht um die Vergangenheit. Es geht um die Männer und Frauen, die derzeit hier in London sterben. Zuerst dein Bruder, dann Karmele und jetzt Foucher. Wenn du irgendetwas weißt, das dem ein Ende setzen kann, musst du es Devlin sagen.«

»Vertraust du ihm?«

»Mit meinem Leben.«

Ihre Lippen öffneten sich und zitterten vor Unsicherheit, stolzem Starrsinn und einem Ansturm Erinnerungen, über die er nur spekulieren konnte. Dann nickte sie, und er fühlte sich zugleich demütig und inspiriert – auf eine Weise, die er nicht hätte erklären können.

Kapitel 43

An diesem Abend las Sebastian gerade in der Bibliothek in Augustin Barruels Werk über die Revolution, da hörte er es an der Haustür läuten. Er hob den Kopf und vernahm eine französische Frauenstimme. Kurz darauf trat Morey in die Tür.

»Eine Madame Sauvage wünscht Euch zu sehen, Mylord. Sie sagt, wegen des Mordes an ihrem Bruder, Monsieur Damion Pelletan.« Der Majordomus wahrte ein bemerkenswert ausdrucksloses Gesicht. Aber er stand seit mehr als zwei Jahren in Sebastians Diensten, und wie Tom und Calhoun war er nicht leicht in Aufregung zu versetzen.

»Führen Sie sie herein«, sagte Sebastian und legte sein Buch beiseite.

Er kam hinter seinem Schreibtisch hervor, als Alexi Sauvage den Raum betrat. Sie blieb unmittelbar hinter der Tür stehen und hielt mit einer Hand den Träger ihres Retiküls fest, mit der anderen den abgetragenen Schal, den sie sich um die Schultern gelegt hatte.

»Bitte nehmen Sie Platz«, sagte er und deutete auf die Sessel vor dem Kamin.

Sie schüttelte den Kopf. »Was ich zu sagen habe, dauert nicht lang. Ich bin nur wegen Paul hier.«

Paul.

Seine Reaktion darauf, dass sie Gibson beim Vornamen nannte, zeichnete sich wohl in seinem Antlitz ab, denn sie hob das Kinn. »Er hat gesagt, ich solle Euch vertrauen, und dass es ein Fehler war, Informationen zurückzuhalten, die Euch helfen könnten, den Mord an Damion zu verstehen. Und dass Jarvis auch Euer Feind ist.« Sie hielt inne, dann fuhr sie fort: »Ich hoffe, er hat recht.«

Sebastian hörte, dass Hero zu ihnen die Treppe herunter kam. Aber er sagte nur: »Welche Informationen?«

»Am Tag vor seiner Ermordung hat mir Damion erzählt, dass er eine Unterhaltung zwischen Vaundreuil und Charles Lord Jarvis mit angehört hatte. Er hatte nicht alles verstanden, was gesagt wurde, aber es war genug, ihn davon zu überzeugen, dass Vaundreuil in ein doppeltes Spiel verwickelt ist, und dass er, statt Frankreichs Interessen zu vertreten, Jarvis gezielt in die Hände spielt, der im Grunde nur vorhat, diese vorläufigen Friedensverhandlungen ins Nichts laufen zu lassen.«

Das passte nur zu gut zu dem, was ihm Lady Peter gesagt hatte. Dennoch fiel es Sebastian schwer, Äußerungen dieser Frau auf Anhieb zu glauben. Er sagte: »So viel ich begriffen habe, waren sowohl André Foucher als auch Camille Bondurant eigens in der Delegation, um solche Ränke zu vermeiden.«

»Ja. Und jetzt ist Foucher ebenfalls tot.«

Sebastian lehnte ich gegen seinen Schreibtisch und verschränkte die Arme vor der Brust. »Wollen Sie an deuten, dass Foucher ebenfalls Vaundreuils Aktivitäten entdeckt haben könnte? Oder dass Damion es ihm erzählt haben könnte?«

»Das weiß ich nicht. Es scheint allerdings einleuchtend zu sein.«

»Und das Attentat am Golden Square?«

»Galt vermutlich mir, von der Annahme ausgehend, dass Damion mir auch erzählt haben musste, was er wusste.«

»Und wie erklärt das alles die makabre Verstümmelung der Leichen? Pelletans Herz und Fouchers Augen?«

»Das weiß ich nicht.«

Sebastian ging zum Beistelltisch und schenkte zwei Gläser Burgunder ein. Er hielt ihr eines hin, und nach kurzem Zögern nahm sie es.

Er sagte: »Vaundreuil spielt vielleicht ein Doppelspiel, er wäre sicher nicht der Erste. Aber ich kann schwerlich glauben, dass er so morbid ist, die Leichen seiner Kollegen zu entweihen. Zu welchem Zweck?«

»Ich will nicht behaupten, dass Vaundreuil der Mörder ist.«

Sebastian musterte ihr feingezeichnetes, beherrschtes Gesicht. Und er verstand, warum sie eine solch wichtige Information so lange vor ihm geheim gehalten hatte. »Ich verstehe. Nicht Vaundreuil, sondern Jarvis. Haben Sie es mir deswegen nicht früher gesagt? Weil Sie annehmen, dass Jarvis der Mörder ist, und Sie befürchteten, ich würde Sie ihm ausliefern, weil er zufällig mein Schwiegervater ist? Oder hatten Sie den Verdacht, ich stünde mit ihm im Bündnis?«

Als sie nicht antwortete, sagte er: »Ich wäre der Letzte, der leugnet, dass Jarvis sowohl brutal als auch skrupellos ist. Er würde ohne ein Blinzeln zehntausende Menschen töten lassen, wenn er dächte, dass es England retten würde ... oder zumindest das England, das er für das Richtige hält. Aber ich kann mir nicht vorstellen, dass er aus reiner Freude daran seinen Opfern das Herz oder die Augen herausschneiden würde.«

»Ich vermute, dadurch soll der Verdacht auf jemand anderen gelenkt werden.«

»Wie etwa?«

»Ich weiß es nicht.«

»Dann ist es keine sehr effektive Taktik.«

Seine Worte lösten Zornesröte auf ihren Wangen aus. »Ich habe nicht erwartet, dass Ihr mich anhört.« Sie stellte den Wein unberührt zur Seite. Aber anstatt zu gehen, sagte sie: »Habt Ihr über den Versuch nachgedacht, Euer Kind im Bauch der Mutter zu drehen?«

Die Frage überraschte ihn. »Ich habe Lady Devlin von Ihrem Vorschlag erzählt.«

»Und?«

Sebastian sah an ihr vorbei zur Tür, auf deren Schwelle Hero stand.

Hero sagte: »Sie schuldigen meinen Vater des Mordes an Ihrem Bruder an, und dann schlagen Sie vor, mein Kind zu retten. Wieso?«

Alexi Sauvage wirbelte zu ihr herum. Körperlich hätten die beiden Frauen unterschiedlicher nicht sein können. Während die Französin klein und fast unnatürlich dünn war, war Hero groß und kräftig. Dennoch besaßen beide Frauen ein großes Selbstbewusstsein und einen seltenen Willen, die Konventionen und Erwartungen ihrer Zeit zu beugen.

Alexi Sauvage sagte: »Ich bin Ärztin. Es ist meine Arbeit.«

»Aber Sie verstehen gewiss, dass ich Ihren Motiven misstraue?«

Etwas flackerte über die Züge der Französin. »Wenn Ihr nicht wollt, dass ich das Kind zu drehen versuche – es gibt bestimmte Körperhaltungen, durch die das gleiche Ziel erreicht werden könnte. Ihr müsst Euch auf den Boden oder eine Matratze knien, auf den Ellbogen abstützen und den Kopf in die Hände stützen, und zwar fünfzehn bis zwanzig Minuten lang alle zwei Stunden. Das könnte das Kind dazu bringen, sich zu drehen.«

Als Hero schwieg, sagte Alexi Sauvage: »Bitte, versucht es. Wenn das Kind sich dann immer noch nicht dreht ... wartet nicht zu lang. Ich verspreche, ich möchte Euch nicht schaden.« Sie sah zu Sebastian hinüber. »Guten Abend, *Monsieur*.«

Dann rauschte sie aus der Bibliothek hinaus.

Sie hörten ihre leichten Tritte, als sie die Treppe hinunterstieg. Hero blickte ihn an. »Traust du ihr?«

»Nein«, sagte er und trank einen tiefen Schluck Wein.

Hero ging zum Fenster und beobachtete, wie die Französin in eine wartende Mietkutsche stieg. Nach einem Augenblick sagte sie: »Meinst du, sie hat recht damit, dass Jarvis hinter der Sache steckt?«

»Ehrlich gesagt, ich weiß es nicht.«

Sie drehte sich zu ihm um. »Ich glaube, du musst mit Hendon sprechen.«

Er wusste, dass sie recht hatte. Hendon war nicht nur in die vorläufigen Friedensverhandlungen eingebunden, sondern niemand wusste so gut wie er, wozu Jarvis fähig war.

Das machte Sebastians Vorhaben nicht eben einfacher.

***

Einst war Alistair St Cyr, fünfter Earl of Hendon, stolzer Vater einer Tochter und dreier kräftiger Söhne gewesen.

Die beiden älteren waren seine Lieblingssöhne gewesen, eine Realität, die Sebastian, sein jüngstes Kind, akzeptiert hatte, auch wenn es ihm mehr Kummer bereitete, als er je zu zeigen bereit gewesen war. Im Lauf der Jahre hatte er unzählige Entschuldigungen für die Härte seines Vaters gefunden, für die unverhohlene Mischung aus Ärgernis und Belustigung, die die Züge des Earls so oft überlief, wenn sein Blick auf seinen jüngsten und unzureichendsten Sohn fiel. Lag es daran, dass Sebastian dem Earl hinsichtlich Temperament, Interessen und Erscheinung so wenig ähnelte? Oder gab es eine gänzlich andere Ursache dafür? Das hatte Sebastian nie ganz gewusst.

Dann waren Hendons Söhne einer nach dem anderen verstorben, zuerst Richard, der Älteste, dann Cecil, der Mittlere. Und so war nur Sebastian, der Jüngste, als Erbe des Earls geblieben. Erst im Erwachsenenalter hatte Sebastian die Wahrheit herausgefunden: Die schöne, immer zum Lachen aufgelegte goldhaarige Countess hatte Hendon hintergangen. Sebastian war tatsächlich nicht der leibliche Sohn des Earls, sondern ein Bastard, den einer der namen- und gesichtslosen Liebhaber der Countess gezeugt hatte. Und Hendon hatte es immer gewusst.

Von Anfang an.

***

Der Earl döste in einem Sessel neben dem Kamin in der Bibliothek seines riesigen Stadthauses am Grosvenor Square, als Sebastian auf die Türschwelle trat. Hendon war nun Ende sechzig. Sein stämmiger Körper war vom Alter leicht gebeugt, sein Gesicht mit den runden, hängenden Wangen voller Falten und erschlafft, und sein fast weißes Haar wurde schütter.

Sebastian blieb auf der Schwelle stehen und betrachtete den Mann, den er neunundzwanzig Jahre lang für seinen Vater gehalten hatte – und den alle Welt noch immer für seinen Vater hielt. Sebastian ging davon aus, dass er im Laufe der kommenden Jahre Hendon all seine Lügen in der Zeit seines Heranwachsens würde verzeihen können. Aber er war sich keineswegs sicher, ob er dem Earl je vergeben konnte, dass er Sebastians Entfremdung von der Frau zugelassen hatte, die er von ganzem Herzen geliebt hatte. Die Tatsache, dass Sebastian eine neue Liebe gefunden hatte, minderte weder seinen Zorn noch die Verletzung. Als er nun jedoch den Blick über die vertrauten, einst so geliebten Züge des alten Herrn wandern ließ, wallten in ihm starke, unerwünschte Emotionen auf, die er rasch unterdrückte.

Vernehmlich schloss er die Tür hinter sich und sah, wie Hendon mit einem leisen Schnarchlaut die Luft einsog und sich dann mit einem Ruck aufrecht setzte.

»*Devlin*.« Der Earl fuhr sich mit der dicken Hand über den unteren Teil des Gesichts. »Ich habe dich nicht hereinkommen hören. Das kommt ... unerwartet.«

Da die beiden seit vielen Monaten kaum mehr als ein Dutzend schmerzliche, höfliche Begrüßungsfloskeln ausgetauscht hatten, war das eine Untertreibung. Sebastian sagte: »Mir ist zu Ohren gekommen, dass du mit der Delegation zu tun hast, die Napoleon hergeschickt hat, um die Möglichkeit von Friedensverhandlungen zwischen unseren beiden Ländern zu erkunden.«

Hendon räusperte sich. »Du hast also davon gehört?«

»Ja.«

Hendon erhob sich und ging zu einem Beistelltisch neben dem Kamin, auf dem seine Pfeife und sein Tabak bereitlagen. »Das habe ich bereits erwartet, da du begonnen hast, den Tod jenes französischen Arztes zu untersuchen – wie war sein Name?«

»Pelletan.«

»Richtig; Pelletan.« Angelegentlich machte er sich an seiner Pfeife zu schaffen und füllte den Kopf mit Tabak, den er mit dem Daumen zusammendrückte. Dann warf er Sebastian einen Seitenblick zu. »Du weißt, dass ich den Verlauf der Verhandlungen nicht mit dir besprechen darf.«

»Das ist mir bewusst. Ich interessiere mich aber für die Haltung mehrerer Personen zu einem möglichen Frieden. Ich hörte, dass Jarvis dafür ist, weiter Krieg zu führen, bis unsere Truppen in Paris stehen und Napoleon vom Thron gestoßen ist.«

»Ich würde sagen, so kann man es zusammenfassen, richtig.«

»Und Liverpool?«

»Ach. Nun, die Einstellung des Premierministers ist etwas anders. Auch er wünscht sich, dass Napoleon verschwindet. Aber er hat auch die wirtschaftlichen und politischen Kosten eines solchen Krieges im Blick. Nach meinem Eindruck könnte Liverpool den korsischen Emporkömmling sogar akzeptieren, sofern Frankreich zustimmt, sich auf seine ursprünglichen Grenzen zu beschränken. Immerhin ist Napoleon inzwischen mit der Schwester des österreichischen Kaisers verheiratet. Man könnte also durchaus ihr gemeinsames, kleines Kind als eine Vereinigung aus Tradition und Moderne betrachten. Eine Art Aussöhnung sozusagen.«

»Das stimmt«, sagte Sebastian. Ohne dass Hendon es ihm eigens zu sagen brauchte, kannte er dessen Einstellung zum Thema. So sehr Hendon Radikalismus und Republikanismus auch ablehnte, besorgte es ihn doch zunehmend, wie hoch der Preis eines zwanzig Jahre währenden Kriegs für Britannien und sein Volk war. »Mit anderen Worten: Du und Liverpool, ihr steht den Verhandlungen offen gegenüber, während Jarvis sie scheitern sehen will.«

»Das hast du gesagt, nicht ich.«

Sebastian beobachtete, wie der Earl ein Hölzchen anzündete und es auf die Pfeife senkte. »Meiner Erfahrung nach erreicht Jarvis für gewöhnlich, was er will.«

Hendon sah auf, seine Wangen wölbten sich nach innen, während er an der Pfeife zog, und die Blicke der beiden begegneten sich durch den aufsteigenden blauen Rauch hindurch. »Ja.«

»Besteht die Möglichkeit, dass Jarvis aktiv darauf hinarbeitet, dass die Verhandlungen scheitern?«

»Indem er die Teilnehmer der Delegation wortwörtlich abschlachtet, meinst du?« Hendon sog erneut an seiner Pfeife und verengte nachdenklich die Augen. »Das ist arg abscheulich, sogar für Jarvis, meinst du nicht auch?«

»Vielleicht. Wie steht es mit der Möglichkeit, dass Jarvis Vaundreuil selbst bestochen hat?«

»Um ehrlich zu sein, habe ich mich das auch schon gefragt. Wohlgemerkt, einen Beweis habe ich nicht; es ist lediglich so ein Gefühl.«

Sebastian nickte und schickte sich an zu gehen. »Danke.«

»Devlin?«

Er blickte zum Earl zurück.

Hendons Zähne erzeugten ein klapperndes Geräusch auf dem Pfeifenstiel. »Wie geht es Lady Devlin?«

»Es geht ihr gut.«

»Und mein Enkel? Wann wird sein Eintreffen erwartet?«

Das Kind wäre kein leiblicher Enkel von Alistair St Cyr. Aber wenn es ein Junge war, würde er eines Tages Viscount Devlin und schließlich Earl of Hendon werden. »Bald«, sagte Sebastian nach dem kleinsten Zögern.

Hendon nickte und deutete ein winziges Lächeln an. Erneut spürte Sebastian den Hauch einer alten Emotion, die er nicht wollte, eine unerwünschte Empfindung, die sich aus allen schmerzhaften und freudigen Erinnerungen einer Kindheit speiste.

»Lässt du es mich wissen?«, fragte Hendon mit rauem Ton.

»Ja.«

Und dann ging Sebastian, denn mehr blieb nicht zu sagen.

***

Es war eine kalte Nacht, und der Nebel war dicht, übel, fast körperlich, wie er sich schwer auf die Stadt senkte. Sebastian ging durch die leeren Straßen; seine Schritte hallten hohl in der von Feuchtigkeit geschwängerten Luft. Er versuchte, eine Ordnung in das Wirrwarr aus Indizien und Erklärungen zu bringen, die diese seltsame Mordserie umgaben. Aber ungebetenerweise kehrten seine Gedanken immer wieder zu einem alten, einsamen Mann zurück, der mit der Pfeife in der Hand neben seinem Kamin stand, in den Augen ein Wust widersprüchlicher Emotionen, die der Earl wahrscheinlich selbst nicht ganz verstand, so nahm Sebastian an.

Er wollte gerade die Stufen zu seinem Haus erklimmen, da bemerkte er, dass ihm jemand hinterherrannte.

Er wirbelte herum, seine Hand schnellte zu dem Dolch in seinem Stiefelschaft, da rief eine atemlose Stimme aus: »Mylord Devlin?«

Einer von Lovejoys Konstablern erschien aus dem Nebel; er sog mit offenem Mund pfeifend die Luft ein, und
sein fülliger Bauch wackelte, als er langsamer wurde.

Sebastian entspannte sich. »Ja, was gibt es?«

Der Wachtmeister blieb stehen, sein rundes Gesicht
war trotz der Kälte schweißbedeckt, und er beugte sich
vor, um sich mit den Händen auf den Knien abzustüt-
zen, während er darum kämpfte, wieder ruhiger zu atmen. »Ich bitte Eure Lordschaft um Entschuldigung,
aber es gibt einen neuen Mord. Sir Henry dachte, Ihr
wolltet das wissen.«

»Was ist geschehen?«

»Im Birdcage Walk ist ein Gentleman ermordet worden.« Der Wachtmeister richtete sich auf, atmete aber
noch immer stoßweise. »Zumindest sagt die Lady – äh,
der Gentleman – der mit ihr – äh, ihm – unterwegs war,
sagt, es wär 'n Gentleman. Ein Gentleman, der wie 'ne
Frau angezogen ist. Sowas hab ich mein Lebtag noch
nich gesehen.«

Kapitel 44

Der Spazierweg, der als Birdcage Walk bekannt war, verlief an der Südseite des St James's Park. Die breite, von Ulmen und Linden gesäumte Fahrbahn durfte von dem einfachen Volk zu Fuß benutzt werden. Nur Mitgliedern der königlichen Familie war es gestattet, auf dem Birdcage Walk zu fahren. Obgleich sie das Privileg nur selten in Anspruch nahmen, war es ausschließlich ihnen vorbehalten.

Seit gut fünfzig Jahren hatte sich der Weg einen gewissen Ruf als Treffpunkt oder Tummelplatz »für warme Brüder« erworben. Die Nähe zu den Kasernen brachte es mit sich, dass junge Gardisten, die sich eine oder zwei Guineen extra verdienen wollten, ebenfalls hier angetroffen werden konnten. Als Sebastian unter den nebelverhangenen kahlen Baumkronen hindurch ging, fragte er sich, ob das der Grund war, weshalb Ambrose LaChapelle hergekommen war.

Als er sich dann jedoch der Ansammlung von Männern in Herrenmänteln am östlichen Ende des Wegs näherte, sah er überrascht, dass die große, brünette Serena an der Seite auf einer Bank saß. Sie hielt den Kopf gesenkt, und ihre Hände steckten zwischen den Knien – eine Haltung, die mehr gepasst hätte, wenn sie Hosen trüge. Ihr grünes Seidenkleid war beschädigt und die schwarze Spitze, die vorher den Halsausschnitt geziert hatte, zerrissen, sodass sie auf eine Schulter herunterhing.

»Ah, Lord Devlin«, rief Sir Henry Lovejoy und löste sich aus einer Gruppe Wachtmeister, die neben der Leiche einer weiteren Frau gestanden hatten, wie Sebastian nun erkennen konnte. Oder wahrscheinlich eines Mannes im roten Samtkleid einer Frau. Ein kurzes, weißes Ledercape, das sie darüber trug, war blutbefleckt. »Ich dachte, Ihr wolltet das sicherlich sehen.«

Sebastian sah wieder zu Serena hinüber. Der französische Höfling hob nicht den Kopf.

»Was ist geschehen?«, fragte Sebastian den Magistraten.

»Ihr Name ist Angel Face. Oder so hat sie sich zumindest genannt, wenn sie Röcke trug. In Beinkleidern nannte er sich James Farragut. Ein Juwelier, der am Haymarket einen Laden betreibt – betrieb. Laut dem …« Sir Henry unterbrach sich, anscheinend auf der Suche nach der passenden Bezeichnung, »… der Person, in deren Begleitung sie – er war, sind sie nur die Straße entlanggeschlendert, als ein unbekannter Mann hinter ihnen auftauchte, Farragut mit einer Waffe in den Rücken stieß und davonlief.«

»Ist Farragut tot?«

»Oh ja. Soweit ich es verstanden habe, ist er fast sofort verstorben.«

Sebastian begab sich zu dem toten Mann und ging neben ihm in die Hocke. Er war schlank, von mittlerer Größe, hatte dunkle Locken und ein feingeschnittenes Gesicht mit einem ausgeprägten Kiefer. Sebastian hatte ihn noch nie gesehen. »Woher wussten Sie, dass mich das interessieren könnte?«

»Die ... Person, die mit dem Opfer promenierte, hat es angedeutet.«

Sebastian erhob sich und ging zu LaChapelle, der unverändert dasaß. Der französische Höfling mochte tollkühn gegen die Kräfte der Revolution gekämpft haben, aber der Mord an seinem Freund hatte ihn augenscheinlich tief getroffen. »Geht es Ihnen gut?«

»Ja.« Serena schob das Kinn vor und pustete sich über das Gesicht. »Oh Gott, das ist meine Schuld. Angel ist meinetwegen tot.«

Sebastian setzte sich neben sie auf die Bank. »Was haben Sie hier getan?«

Ein winziges Lächeln glitt über die angemalten Lippen des Höflings. »Hofhalten natürlich. Man kann hier so manchen großartigen Gardisten auftreiben.«

Hofhalten. Sebastian hatte auch schon die Bezeichnung »jemanden abschleppen« oder »aufgabeln« gehört. Er sagte: »Ist es nicht etwas kühl?«

Serena zuckte die Schultern. »Die Kälte hält die Bastarde fern, die für die Gesellschaft zur Unterdrückung des Lasters arbeiten.«

Sebastian blickte in die Ferne. »Warum sagen Sie, dass Sie für Angel Faces Tod verantwortlich sind?«

Serena blickte starr auf den Leichnam ihrer Freundin. »Ihr war kalt, und ich habe ihr mein Cape geliehen. Es ist sehr auffallend, ich bin dafür bekannt. Ich glaube, dass ihr Mörder es gesehen und gedacht hat, sie wäre ich.«

Sebastian betrachtete den toten Haymarket-Juwelier. In der Dunkelheit und dem Nebel hätte man die beiden leicht verwechseln können, und doch ...

»Da können Sie nicht sicher sein«, sagte Sebastian.

»Bitte? Halten Sie das etwa für Zufall?«

Sebastian schüttelte den Kopf. »Was können Sie mir über den Mann sagen, der sie erstochen hat?«

»Nicht viel, fürchte ich. Es ist alles so schnell gegangen. Zuerst dachte ich noch, er wäre einfach hinter uns her gelaufen, um Angel zu stoßen, aus reiner Grobheit. Manchmal machen die Leute so etwas. Aber dann hat sie gehustet und ist gegen mich getaumelt, hat sich an mein Kleid geklammert, um aufrecht zu bleiben, und ich musste sie auffangen. Bis ich begriff, dass sie erstochen worden war, war der Täter weg.«

Sebastian betrachtete die Linden am Rand des Wegs. Gleich am südlichen Ende des Parks stand das Recruit House, und dahinter lag der Garten, der sich auf der Rückseite des *Gifford Arms* erstreckte. Bisher waren alle Ermordeten entweder Mitglied der französischen Delegation gewesen oder hatten auf die eine oder andere Weise dazu in Verbindung gestanden. Warum zur Hölle war aber LaChapelle angegriffen worden?

Laut sagte er: »Wer könnte Sie töten wollen? Nicht irgendeinen der warmen Brüder, sondern gezielt Sie?«

»Das weiß ich wirklich nicht.«

Sebastian sah dem Höfling wieder ins geschminkte Antlitz. »Haben Sie den Untersuchungsrichtern gesagt, wer Sie sind? Ich meine, wer Sie wirklich sind?«

Serena rollte mit den Augen. »Ernsthaft? Glaubt Ihr wirklich, dass ich das täte? Es wird eine Untersuchung geben. Welchen Aufzug würdet Ihr mir für den Anlass empfehlen? Soll ich als Serena Fox oder als Ambrose LaChapelle gehen, der Gentleman, der in Frauenkleidern über den Birdcage Walk flaniert ist? In beiden Fällen – wie würde man das Eurer Meinung nach wohl aufnehmen?«

»Ich dachte, das schert Sie nicht.«

»Wisst Ihr, wie viele Schwule vom Londoner Mob erschlagen wurden?«

»Nein. Aber ich kann mir denken, dass es eine beträchtliche Anzahl ist.«

»In der Tat.«

Sebastian beobachtete den Nebel, der zwischen den dunklen Baumstämmen waberte. Er roch das feuchte Gras, die nassen Steine der Straße und das vergossene Blut des Ermordeten. »Wenn Sie mir nicht sagen wollen, wen Sie für den Täter halten, dann frage ich mich verflucht nochmal, weshalb Sie die Magistraten angeregt haben, mich rufen zu lassen.«

Unerwartet glitt ein Lächeln über die betrübten Gesichtszüge des Mannes. »Es war erstaunlich, welchen Effekt die Nennung Eures Namens auf die Wachtmeister hatte. In einem Moment konnten sie mich alle nicht schnell genug zum nächsten Knast bringen. Dann schaffte ich es, Euren Namen zu nennen, und er wirkte wie ein magischer Glücksbringer. Ich hatte sie ja gebeten, Provence zu informieren, aber sie konnten anscheinend nicht glauben, dass der ungekrönte König Frankreichs mit einem wie mir Umgang haben könnte.« Sie hielt inne. »Ihr habt offenbar mit allen Sorten Menschen Umgang.«

Sebastian dachte sich, dass Glück da keine Rolle spielte. Aber er stand einfach auf und sagte: »Ich empfehle Ihnen, fürs Erste dunkle Parks und Arkaden zu meiden – oder, gut versteckt, Schusswaffen mit sich herum zu tragen, wenn es nicht anders geht, und auf der Hut zu sein. Sollte Ihnen unverhofft noch jemand einfallen, der ein Interesse daran haben könnte, Sie zu beseitigen, wissen Sie, wo Sie mich finden.«

Er wandte sich bereits Sir Henry zu, da fiel ihm etwas ein, das Lady Giselle ihm am Abend zuvor gesagt hatte, bei der Soirée der Duchess of Claiborne. Er blieb stehen. »Was können Sie mir über die ›Dunkelgräfin‹ sagen?«

Serena lehnte sich zurück. »Großer Gott, was hat sie denn damit zu tun?«

»Ich habe keinen Schimmer. Wer ist sie?«

»Das weiß niemand. Unter anderem deshalb wird sie die ›Dunkelgräfin‹ genannt. Sie lebt in Thüringen in einem Schloss und wurde nie bei Tageslicht gesehen, sondern höchstens mal im schattigen Inneren einer Kutsche erblickt. Wenn sie über das Schlossgelände geht, ist sie immer verschleiert, und sie kleidet sich ausschließlich in Schwarz. Schwarzes Kleid, schwarze Handschuhe, schwarzer Schleier. Sie ist immer in Begleitung eines Mannes – eines Grafen, von dem es allerdings heißt, er sei weder ihr Ehemann noch ihr Liebhaber. Es geht das Gerücht, er sei ein Höfling. Oder ihr Wärter.«

»Ihr Wärter?«

»Mhm. Ihre Dienerschaft wird sorgfältig bewacht. Aber natürlich sprießen die Gerüchte nur so. Es heißt, sie wäre Mitte dreißig und so blond und blauäugig wie unsere liebe Marie Thérèse als Kind. Ach, und sie hat eine Vorliebe für die Fleur-de-Lis.«

Die stilisierte Lilie oder Iris wurde seit tausend Jahren mit der französischen Königsfamilie in Zusammenhang gebracht. Sebastian kniff die Augen zusammen. »Was wollen Sie andeuten?«

»Ich deute gar nichts an. Nur, dass es nachvollziehbar ist, wieso gewisse Gerüchte entstanden sind. Die Reise von Marie Thérèse von Paris nach Wien 1795 wurde in aller Geheimhaltung durchgeführt, genauso wie ihre Jahre im Temple. Manche glauben, dass sie im Gefängnis geschändet wurde und bei ihrer Freilassung schwanger war, sodass man sie versteckte. Andere behaupten, dass ihre Erfahrungen ihr den Verstand verwirrt haben, sodass sie nach ihrer Freilassung entweder nicht in der Lage oder nicht willens war, die hervorstechende Rolle anzunehmen, die man vom einzigen lebenden Kind des gemarterten Königs Frankreichs und seiner Königin erwartete.«

»Also lautet die Theorie, dass eine Täuscherin an ihre Stelle gesetzt wurde, während die echte Marie Thérèse ihr Leben in der Abgeschiedenheit einer deutschen Burg führt?«

»So lautet die Theorie, ganz recht. Allerdings weiß jeder mit ein bisschen Menschenverstand, dass das ein blankes Märchen ist.«

»Wieso?«

Ambrose LaChapelle sah ihm in die Augen. »Weil jeder, der einen derartig gefährlichen Austausch vornehmen würde, sicherstellen würde, dass der Täuscher mental stark und geistig in einem unerschütterlichen Gleichgewicht ist. Während die Marie Thérèse, die die Welt in den vergangenen achtzehn Jahren zu Gesicht bekommen hat ...«

»Ist sie geisteskrank?«, fragte Sebastian ruhig.

In einer typisch männlichen Geste fuhr sich der Höfling mit den gespreizten Fingern durchs Haar. »Ihre geistige Gesundheit hat gelitten, das kann niemand leugnen. Habt Ihr ihre Stimme bemerkt? Es heißt, das sei das Ergebnis ihrer Weigerung, mit den Wärtern zu sprechen. Es sei ihr schwergefallen, die Töne zu erzeugen, als sie schließlich wieder mit dem Sprechen begonnen hat. Dennoch prahlt sie gern mit ihren stolzen Widerworten, die sie auf den Hohn und die Fragen der Revolutionären gegeben haben will, und sie betet oft laut den Rosenkranz.«

»Was ist also wirklich mit ihrer Stimme geschehen?«

»Ich habe gehört, dass schlimme emotionale Traumata langfristig die Stimmbänder eines Menschen beeinträchtigen können. Aber natürlich gibt es auch Leute, die sagen, dass sie so laut und so lange geschrien hat, bis ihre Stimme beschädigt war.«

»Wurde sie im Gefängnis geschändet?«

»Wenn ja, würde sie es niemals eingestehen. Aber wenn man bedenkt, was ihrem Bruder angetan wurde ...« Und wieder hob er vielsagend die Schultern, ohne sich zu äußern. »Ich habe sie sagen hören, dass sie gewöhnlich die ganze Nacht angezogen aufrecht sitzend in einem Stuhl verbracht hat, weil sie Angst davor hatte, sich zu entkleiden und schlafen zu gehen. Warum sollte sie das, wenn nichts geschehen wäre, das ihr Angst machte? Glaubt Ihr wirklich, dass jemand, der dem kleinen Prinzen solch bösartige Dinge angetan hat, die Prinzessin schonen würde? Eine hübsche, aber verachtete junge Frau, allein und ganz deren Gewalt ausgesetzt?«

Sebastian lenkte den Blick erneut auf den Kiesfahrweg. Die Männer des Leichenhauses in der Nähe waren angekommen und hoben die Leiche des Juweliers auf die Trage. Mit einem Stöhnen hoben sie die Last zwischen sich hoch.

Eine neue Erklärung für den Mord an Damion Pelletan und den versuchten Mord an seiner Schwester nahm in seinem Kopf langsam Gestalt an. Er sagte: »Der Mann, der Ihre Freundin getötet hat ... wie sah der aus?«

Der Höfling verzog nachdenklich das Gesicht. »Ich habe ihn nicht gut gesehen. Er hat einen Herrenmantel und einen Schal getragen, den er sich über den unteren Teil des Gesichts gezogen hatte. Mit Sicherheit kann ich nur sagen, dass er dunkles Haar und in etwa Eure Statur hatte, nur etwas stämmiger.«

Die Beschreibung passte zu der des Mannes, der Sebastian in Stoke Mandeville und in der York Street attackiert hatte, auch wenn er nicht zweifelte, dass sie auch zu einer ganzen Zahl anderer Männer in London passte. »Gesagt hat er nichts?«

»Nein. Kein Wort.«

»Haben Sie seine Augen gesehen?«

»Seine Augen? Nein, warum?«

Sebastian schüttelte den Kopf. »Ich frage Sie noch einmal: Wer hätte Grund, Sie zu töten?«

Doch Serena blickte nur in den Park, als suche sie die Antwort dort im Nebel, der um die kahlen Bäume waberte.

Kapitel 45

Donnerstag, 28. Januar

Als Sebastian am nächsten Morgen seine Hessischen Stiefel über die Füße zog, sagte Calhoun: »Sie haben mich doch gebeten, Sampson Bullock etwas genauer zu untersuchen, Mylord?«

Sebastian sah seinen Kammerherrn an. »Haben Sie etwa etwas Interessantes herausgefunden?«

»Ihr hattet recht, Mylord: Bullock hat sechs Jahre im Neunten Infanterie verbracht. Er ist 1802 nach London zurückgekehrt, als nach dem Frieden von Amiens seine Einheit abgebaut wurde.«

»Mit anderen Worten«, sagte Sebastian und stieß den Fuß in den Stiefel, »er weiß mehr über Schwarzpulver als der durchschnittliche Tischler.«

»Deutlich mehr, denke ich. Er war Artillerist.«

***

Sampson Bullock goss gerade Leinöl über eine neue Tischplatte, da kam Sebastian zu ihm. Der Nebel draußen war immer noch so dicht, dass es in der Werkstatt dämmrig war und der Tischler die Laterne entzündet hatte, die über seiner Arbeitsplatte hing. In der Luft hing schwer der Geruch nach warmem Öl, frisch gehobeltem Holz und altem Männerschweiß.

Sebastian blieb kurz mit vor der Brust verschränkten Armen stehen und beobachtete, wie der Schreiner dem blassen, rohen Holz ein tiefes, volles Braun verlieh, als das Öl in die Oberfläche eindrang. Bullock sah zu ihm auf, dann tunkte er das Tuch in die Öldose und rieb das Werkstück weiter damit ein.

»Was wolln Ihr schon wieder?«, fragte er forsch. »Hab Euch nix zu sagen.«

»Ich hörte, Sie waren im Neunten Infanterie. Bei der Artillerie, um genau zu sein.«

»Aye. Na un?«

»Ich könnte mir vorstellen, dass Sie recht gut über Schwarzpulver Bescheid wissen, nicht?«

Bullock blickte weiter auf seine Arbeit hinunter; Sebastian bemerkte allerdings, dass er langsamer und bedächtiger arbeitete. »Schätze schon. Na un?«

»Haben Sie von der Explosion am Golden Square gehört?«

»Ihr wern wohl kaum jemanden hier finden, der nich davon gehört hat.«

»Wussten Sie, dass der Sprengstoff direkt unter Madame Sauvages Wohnung gelegt wurde?«

»Ne, woher sollte ich?«

»Ich dachte, Sie hätten es vielleicht gehört. Es kommt schließlich nicht oft vor, dass jemand versucht, ein Londoner Haus in die Luft zu jagen.«

Der Tischler warf sein Tuch mit solcher Wucht hin, dass dicke goldene Ölkügelchen in alle Richtungen flogen. »Was sagn Ihr da? Dass ich's war? Wolln Ihr das sagen?«

Sebastian verlagerte leicht das Gewicht und ließ die Hände lose herabhängen. »Sie haben gedroht, sie zu töten, erinnern Sie sich?«

»Ja? Na, sie is ja nich tot, oder? Das baskische Weibsstück hat's gekost'.«

Sebastian sah ihm in die kleinen schwarzen Augen. Die Narbe auf seiner Wange glühte in einem dunklen, gefährlichen Violett. »War es ein Missgeschick?, das frage ich mich. Oder der bewusste Versuch, Alexi Sauvage wehzutun? Mit dem Mord an einem Menschen, den sie liebte.«

Als der Tischler nichts erwiderte, fuhr Sebastian fort: »Sie hat Ihren Bruder nicht getötet; er ist im Gefängnis am Fleckfieber gestorben.«

»Sie hat ihn da reingebracht!«

»Sie meinen, weil sie den Mut hatte, aufzustehen und auszusprechen, was alle Nachbarn wussten? Dass Ihr Bruder ein brutaler Schläger war, auch bei seiner Frau?«

»Was, er ...«

Mit wutverzerrtem Gesicht schnappte Bullock sich eine lange, scharfe Ahle und kam um den Tisch herum zu Sebastian, das Werkzeug wie ein Stiletto vorgestreckt.

Sebastian zog seinen eigenen Dolch aus dem Stiefelschaft, und die gut gepflegte Klinge blitzte im Lampenlicht auf, als er die leicht geduckte Haltung eines Straßenkämpfers einnahm.

Der Schreiner hielt inne und verzog die Mundwinkel. Mit der Faust hielt er nach wie vor den abgenutzten Holzgriff der Ahle fest umklammert.

Ein seltsames und unheimliches Lächeln erschien auf den Zügen des Tischlers. »Halten Euch für ganz schlau, was? Hoher, mächtiger Lord, wo ner sinn, wohne in dem großen, prächtigen Haus, von allen anderen reichen Pinkeln umgeben. Denken wohl, Ihr könne hier reinkomme und mit mir reden, als wärn Ihr noch Captain und ich nur son Schwertjunge? Denke wohl, ich müsst nach Euren Regeln spielen?«

»Woher wissen Sie, dass ich Captain war?«

Der Mann grinste noch breiter. »Denken wohl, Ihr sin der Einzige, wo Fragen stellen kann? Ich weiß alles über Euch – Euch und Euer Weib, und über das Kind, wo sie im Leib trägt. Ich kenn sogar den schwarzen Kater, wo Ihr so gern han.«

Sebastian gab sich größte Mühe, seine instinktive Reaktion im Gesicht und in der Stimme zu verbergen. Mit kalter, tödlicher Zielgerichtetheit sagte er: »Sie bleiben meiner Frau fern.«

»Was'n jetzt, Captain? Etwa Schiss?«

»Wenn ich Sie in der Nähe meiner Frau, meines Hauses oder meines Katers sehe, sind Sie ein toter Mann. Verstanden?«

Bullock lachte. »Wolln Ihr etwa sagen, Ihr riskiere, für meine Sorte abzumurksen, gehängt zu werden?«

»Ja.«

Kurz verschwand das selbstzufriedene Lächeln des Mannes, dann kam es zurück. »Ich schätz mal, Ihr meine das tatsächlich. Aber Ihr müsse mich schon kommen sehn, richtig? Und ich kann wirklich leise sein, wenn ich will. So leise wie ein Regentropfen, der's Fenster runterläuft. Oder 'n Köter, der nachts irgendwo allein verreckt.«

»Ich habe außergewöhnlich gute Ohren«, sagte Sebastian.

Dann verließ er Bullocks Werkstatt, bevor er dem Impuls nachgeben konnte, ihn gleich an Ort und Stelle zu töten.

Erst danach fragte sich Sebastian, ob er gerade einen schrecklichen Fehler gemacht hatte.

Kapitel 46

Schon vor langer Zeit war Sebastian zu dem Schluss gekommen, dass es zwei Sorten Verrückte auf dieser Welt gab. Anstalten wie Bedlam waren voller Menschen, die die Gesellschaft als geistesgestört betrachtete: Männer und Frauen, die Stimmen hörten, die zwischen Manie und Verzweiflung hin und her schlingerten oder von Schicksalsschlägen und ihren ganz persönlichen Dämonen so gequält waren, dass sie sich einfach von der Welt entkoppelten. Manche waren zweifellos so geisteskrank, dass sie mordeten. Aber nur selten kamen sie damit davon.

Bei weitem gefährlicher waren nach Sebastians Meinung Menschen wie Sampson Bullock: Trotz fester Verankerung in der realen Welt und scheinbar gesund waren ihre Gedankengänge atemberaubend gewalttätig, und es drehte sich alles nur um ihren Eigennutz. Leicht zu erzürnen und nicht bereit, auch die geringsten Kränkungen oder Beleidigungen zu verzeihen, gingen sie mit völliger Missachtung der Wünsche und Nöte ihrer Mitmenschen durchs Leben.

Manchmal jedoch fragte sich Sebastian, ob er sich irrte und Menschen wie Bullock letztendlich gar nicht geisteskrank waren. Vielleicht fehlte ihnen schlicht ein kleines Detail dessen, was wir gerne für Menschlichkeit halten. Die Schwierigkeit an dieser These war lediglich, dass Sebastian Hunde und Pferde erlebt hatte, die zu der Liebe und dem Mitgefühl fähig waren, die diesem Menschenschlag anscheinend fehlte. Ohne schlechtes Gewissen und Mitempfinden betrachteten diese Menschen alle anderen nicht als ihre Mitmenschen, sondern als Opfer oder günstige Gelegenheiten. Nicht alle waren gewalttätig und mordeten. Aber diejenigen, die so waren, konnten ohne Schuldgefühle töten. Sie waren überzeugt, dass ihre Opfer sich den Tod selbst zuzuschreiben hatten oder dass sie so unbedeutend waren, dass sie keine Beachtung verdienten.

Ein Mann wie Bullock konnte durchaus fähig sein, sowohl Alexi Sauvages Bruder als auch ihre alte, treue Dienerin zu töten, nur um sich auf verquere Weise an der Frau zu rächen, die er für den Tod seines Bruders verantwortlich machte. Aus dem gleichen Grund war Bullock auch problemlos fähig, einem Mann das Herz aus dem Leib zu schneiden. Sebastian hatte keinen Beweis dafür, dass Bullock von der Verwandtschaft zwischen dem jungen französischen Arzt und der Frau, die er hasste, wusste, aber sicherlich bestand die Möglichkeit, dass er die Verbindung irgendwie hatte herstellen können, als er der Frau gefolgt war und sie beobachtet hatte. Andererseits ...

Weshalb sollte Bullock auch noch Colonel André Foucher töten und verstümmeln – oder versuchten, Ambrose LaChapelle zu ermorden? Das wies auf eine Verbindung zum Haus der Bourbonen oder ein Interesse an den Friedensverhandlungen hin, die Bullock nicht besaß. Der Zusammenhang zwischen LaChapelle und der Friedensdelegation war schwach, aber dennoch vorhanden.

Immer noch nachdenklich lenkte Sebastian seine Schritte zum *Gifford Arms*.

***

Monsieur Harmond Vaundreuil fütterte gerade die Enten am See im St James's Park, da trat Sebastian zu ihm.

»Gestern Abend ist ein weiterer Mord geschehen. Gleich da hinten, am Birdcage Walk«, sagte Sebastian. »Wussten Sie das?«

Der Franzose streute eine Handvoll Brotkrumen aus und war scheinbar ganz auf die Enten konzentriert, die quakend um ihn herum wuselten. »Ich hörte, der Angriff richtete sich auf einen der warmen Brüder, die regelmäßig dort verkehren. Was sollte das denn mit mir zu tun haben?«

»Das weiß ich nicht. Das versuche ich gerade herauszufinden.«

»Vielleicht seht Ihr Verbindungen, wo keine sind.«

»Das denke ich nicht.«

Der Franzose lächelte knapp und verstreute noch mehr Brotkrumen.

Sebastian sagte: »Ich habe einige interessante Gerüchte gehört. Damion Pelletan soll herausgefunden haben, dass Sie ein doppeltes Spiel spielen. Angeblich ist es nur ein Vorwand, dass Sie den Interessen Frankreichs dienen, während Sie in Wahrheit mit Lord Jarvis kooperieren, um sicherzustellen, dass die Friedensverhandlungen scheitern.«

Vaundreuil blies die Wangen auf und stellte mit heruntergezogenen, dunklen Brauen ein bewundernswertes Maß an moralischer Empörung zur Schau. »Das ist unerhört! Warum sollte ich dergleichen tun?«

»Der häufigste Grund ist materielle Entlohnung. Oder Rache. Vielleicht für eine Kränkung in der Vergangenheit? Dann gäbe es da noch die Möglichkeit, in der wieder eingesetzten Regierung eine lukrative Position zu erhalten – allerdings können Sie in diesem Fall nichts über Marie Thérèses geringe Meinung von Ihnen wissen.«

Vaundreuil warf die restlichen Brotkrumen mit einer weiten, ärgerlichen Bewegung von sich. »Was deutet Ihr da an? Soll ich Damion Pelletan getötet haben, weil er herausgefunden hat, dass ich ein einflussreicher britischer Agent bin? Und André Foucher? Soll ich ihn aus dem gleichen Grund beseitigt haben? Und weshalb genau sollte ich ihnen das Herz beziehungsweise die Augen herausgeschnitten haben? Als gruselige Souvenirs ihrer vergangenen Treue und ihrer Dienste?« Er wischte mit der Hand vor sich durch die Luft, als wollte er eine lästige Fliege verscheuchen. »Pah! Das ist lächerlich!«

Sebastian betrachtete das rote Gesicht und das vorgereckte Kinn des Franzosen. Es fiel ihm leicht, sich vorzustellen, dass Harmond Vaundreuil zwei seiner Kollegen töten könnte, wenn es ihm zum eigenen Schutz nötig erschien. Dennoch blieb seine Überzeugung bestehen, dass hier etwas anderes vor sich ging – oder etwas von größerer Tragweite.

Sebastian sagte: »Hat Damion Pelletan je mit Ihnen über seinen Vater gesprochen? Insbesondere über die Besuche seines Vaters im Temple im Jahr 1795?«

Der Franzose blickte verwirrt drein. Kurz ließ er den Mund offenstehen, dann schluckte er, bevor er antwortete. »Was?«

»Sein Vater, Dr Philippe-Jean Pelletan, hat im Sommer 1795 mindestens zweimal das Temple-Gefängnis besucht. Er hat den kleinen Dauphin vor dessen Tod behandelt, und es ist möglich, dass er auch Marie Thérèse gesehen hat. Hat Damion Pelletan nie etwas darüber gesagt?«

»Nein. Aber ... Ihr denkt doch sicher nicht, dass Geschehnisse, die so lange her sind, etwas mit den jetzigen Morden in London zu tun haben?«

»Ich weiß es nicht. Wie viel Zeit hat Pelletan mit Colonel Foucher verbracht?«

Vaundreuil runzelte die Stirn. »Ziemlich viel. Sie saßen abends öfter zusammen, tranken Brandy und unterhielten sich.«

»Worüber?«

»Über Fouchers Zeit in der Armee. Über Frauen, Zukunftshoffnungen ...« Er zuckte die Schultern. »Worüber reden junge Männer, wenn sie gemeinsam trinken? Ich habe nie genauer hingehört.«

»Also könnte Pelletan Foucher von den Beobachtungen seines Vaters im Temple beim Besuch der beiden Waisen erzählt haben?«

»Ich schätze schon. Aber ... was wollt Ihr andeuten?«

Sebastian sah den Enten zu, die mit wackelnden, rundgefressenen Bäuchen über das nasse Gras davon watschelten und zufrieden quakten. Was deutete er an?

Dass Marie Thérèse im Temple von ihren Wärtern brutal geschändet worden war? Dass sie geschwängert worden war – oder so schlimm verletzt, dass sie einen Arzt gerufen hatten? Dass die Möglichkeit, es könnte bekannt werden, was im Temple – wirklich – geschehen war, sie so entsetzt hatte, dass sie ihre Untergebenen gedrängt hatte, immer wieder Morde zu begehen in der Hoffnung, die Wahrheit zu verbergen? Sebastian zweifelte nicht, dass sie fähig wäre, die Ermordung einer beliebigen Anzahl Männer zu befehlen, um die Familienehre, die sie für gottgegeben hielt, zu bewahren. Aber war sie so von Sinnen, dass sie ihren Schergen befehlen würde, dem ersten Mordopfer das Herz und dem zweiten die Augen herauszuschneiden?

Er war nicht sicher.

Vaundreuil sagte: »Wollt Ihr andeuten, dass diese Morde auf irgendeine Weise mit dem Tod des Dauphins in Zusammenhang stehen? Aber … das ist heller Wahnsinn!«

Sebastian sah dem Franzosen in die Augen. »Einem Mann das Herz herauszuschneiden, *ist* Wahnsinn.«

Kapitel 47

Claire Bisette besuchte Hero kurz vor elf Uhr an diesem Morgen.

Die Französin wirkte blass und ätherisch; ihre kastanienbraunen Augen lagen tief in ihrem ausgemergelten Gesicht, und das glanzlose, dunkelblonde Haar war zu einem strengen Knoten zurückgesteckt. Ihr altmodisches Kleid war furchtbar verschossen und an den Ellenbogen, den Ärmelaufschlägen und dem Kragen schon ganz dünn. Offenbar hatte sie dennoch versucht, sich sauber und adrett herzurichten. Sie sah aus, als hätte sie seit vierzehn Tagen nichts gegessen.

Sie gab die Namen »angesehener« Menschen als Leumunde für ihre Integrität, Ehrlichkeit und Zuverlässigkeit an, obgleich sie eingestehen musste, dass sie bisher nie in einer solchen Position tätig gewesen war, um die sie sich bewarb. Ihre einzige Qualifikation bestand darin, dass sie ihre eigenen beiden Kinder aufgezogen hatte, die nun jedoch beide tot waren.

Hero nahm die Namensliste entgegen, schickte nach Tee und Sandwichs und verwickelte die ängstliche, erstarrte Frau langsam in ein Gespräch. Sie unterhielten sich nicht nur über Kinder, sondern auch über Voltaire und Rousseau, das Konzept der eingeschränkten Monarchie und die kürzlichen Versuche, eine Expedition an den Nordpol zu schicken. Nach einer halben Stunde sagte Hero: »Morey wird Ihnen die Räume für das Kindermädchen zeigen. Sie können sich mit ihm darüber besprechen, dass er Ihre Sachen herbringen lässt.«

Die Augen der Frau wurden groß. »Aber ... Ihr wollt mich doch sicher nicht einstellen, ohne zuerst meine Referenzen zu überprüfen!«

»Gewiss werde ich sie überprüfen. Und wenn ich erfahre, dass Sie eine Scharlatanin sind, entlasse ich Sie. Allerdings hoffe ich, dass ich keine so schlechte Menschenkennerin bin.«

Claire Bisette lachte überrascht auf. Es war das erste Mal, dass Hero sie lachen hörte. Dann neigte die Frau den Kopf zur Seite und fragte: »Wann soll das Kind zur Welt kommen?«

Heros Hand verkrampfte sich an ihrer Tasse, aber sie sagte ruhig: »Bald.«

»Gibt es ein Problem?«

Als Hero sie schweigend ansah, beeilte sie sich, zu sagen: »Ich bitte um Eure Entschuldigung, Mylady, ich hätte nicht fragen sollen.«

Hero schüttelte den Kopf. »Nein. Aber Sie haben zufällig recht. Das Kind liegt quer.«

»Ach. Mein erstes Kind, Henri, war in dieser Hinsicht auch stur. Aber eine gute Freundin von mir hat ihn im Bauch gedreht.«

»Meinen Sie Madame Sauvage?«

»Ja, genau.«

»Und das, was sie getan hat, hat funktioniert?«

»Ja. Ich habe genau gemerkt, wann er sich drehte. Es fühlte sich so an, als würde sich ein riesiger Fisch in mir umdrehen.«

Hero stelle die Teetasse ab. »Seit wann kennen Sie sie?«

»Madame Sauvage? Wir sind in Paris zusammen aufgewachsen.«

»Dann kannten Sie Damion Pelletan auch?«

»Nein. Meine Familie war nach Nizza umgezogen, als Dr Philippe-Jean Damion nach Hause geholt hat.«

Hero schüttelte verständnislos den Kopf. »Was meinen Sie mit nach-Hause-holen?«

»Damion Pelletan war Alexis Halbbruder. Sie wusste nichts von seiner Existenz, bis sie fast erwachsen war.«

»Wann war das?«, fragte Hero schärfer als beabsichtigt.

Claire Bisette runzelte angestrengt nachdenkend die Stirn. »Genau erinnere ich mich nicht. Es war einige Zeit nach der Schreckensherrschaft. Vielleicht im Sommer 1795?«

Kapitel 48

Die Dowager Duchess of Claiborne war bekannt dafür, das Bett nie vor Mittag oder dreizehn Uhr zu verlassen. Sie nippte gerade an einer heißen Schokolade, noch im Bett thronend, als Sebastian hereintrat und seinen Hut und den Reisemantel auf einen Sessel warf.

»Hat mein nichtsnutziger Butler einfach jeden Versuch aufgegeben, dich zurückzuweisen?«, fragte Henrietta und setzte sich aufrechter hin.

»Hab Nachsicht mit ihm. Er hat es zumindest versucht.«

Sie hob die Hand und richtete ihre Schlafhaube. »Was willst du nun schon wieder?«

Sebastian ging zum Kamin, um sich zu wärmen. »Ich möchte hören, was du mir über Lady Giselle Edmondson berichten kannst.«

»Lady Giselle? Grundgütiger, warum das denn?«

»Tu mir den Gefallen.«

»Nun, lass mich sehen ...« Sie runzelte nachdenklich die Stirn. »Ihr Vater war der dritte Earl of Bandor. Ein attraktiver Mann, aber fürchterlich gefühlsduselig und viel zu angetan von den französischen Philosophen. Er ist, kurz nachdem er von Oxford abgegangen ist, nach Paris gezogen, und weigerte sich, selbst als sein Vater verstarb und er den Titel und die Liegenschaften erbte, nach London heimzukehren.«

»Und er hat eine Französin geheiratet?«

»Ja. Eine der Hofdamen von Marie Antoinette. Giselle hat einen großen Teil ihrer frühen Kindheit in Versailles verbracht. Sie und Marie Thérèse wurden praktisch zusammen aufgezogen.«

»Und dann kam die Revolution.«

Henrietta setzte ihre Tasse mit einem sanften Klappern ab. »Ja. Ein verrückter Mann. Er hätte weggehen können, das haben so viele getan. Aber er war davon überzeugt, etwas Außergewöhnlichem beizuwohnen.«

»Das war ja auch der Fall. Allerdings nicht so, wie er es erwartet hatte. Er und seine Gräfin wurden ermordet?«

»Ja. Giselle hat natürlich überlebt, aber von den beiden jüngeren Kindern wurde nie eine Spur gefunden. Der Junge – er wäre der vierte Earl geworden – wurde vor einigen Jahren für tot erklärt.«

»Wer hat denn jetzt den Titel inne?«

»Ein Vetter.«

»Da der größte Teil von Bandors Vermögen sicher in England war, nehme ich an, dass Giselles Anteil die Revolution überstanden hat?«

»O ja. Sie hätte jederzeit heiraten können, wenn sie es gewollt hätte.«

»Weshalb hat sie es also nicht getan?«

Henrietta warf ihm einen langen, feierlichen Blick zu. »Wirklich, Sebastian, nun nutze doch einmal deine Vorstellungskraft. Du weißt, wie jene Tage waren – was den Edeldamen damals angetan wurde. Ich hörte, es hätte sogar ein Kind gegeben, das glücklicherweise aber kurz nach der Geburt gestorben ist.«

»Verstehe.« Er dachte, das erklärte wohl einiges bezüglich Lady Giselles und Marie Thérèses.

Henrietta sagte: »Die meisten, die sich um die Bourbonen herum versammelt haben, sind Schmarotzer. Aber Giselle nicht. Wenn überhaupt, nehme ich an, dass sie die Prinzessin tatsächlich unterstützt. Sie sind immer zusammen, seit Marie Thérèse aus dem Gefängnis entlassen wurde.«

»Was denkst du von ihr?«

Henrietta stieß einen eigenartig tiefen Seufzer aus. »Nun ... sie ist charmant und hübsch und sicherlich viel liebenswerter als Marie Thérèse.«

»Aber?«, fragte Sebastian nach.

»Sagen wir, mich hätte es sehr besorgt, wenn einer meiner Söhne sie hätte ehelichen wollen.«

»Und das bedeutet?«

Doch Henrietta schüttelte nur den Kopf und erklärte ihre Andeutungen nicht weiter.

***

Ambrose LaChapelle betrachtete in einem kleinen Laden in der Bond Street ausgestellte importierte Spitze, als Hero aus ihrer Kutsche stieg und ihm zu Leibe rückte.

Lächelnd sagte sie: »Geht ein Stück mit mir, *Monsieur*. Ich würde mich gern mit Ihnen über etwas unterhalten.«

Er warf einen raschen, verstehenden Seitenblick auf ihren gewölbten Bauch und sah wieder weg. *»Könnt* Ihr denn gehen?«

»Gewiss kann ich gehen. Ich verspreche, dass ich nicht die Absicht habe, mitten auf der Bond Street niederzukommen, also legen Sie diesen alarmierten Blick ab.«

Er hob das Kinn und schob es zur Seite, als wäre ihm sein Halstuch plötzlich zu eng geworden. »Warum ich?«

»Ich habe gerade etwas Außergewöhnliches herausgefunden. Und als ich so darüber nachdachte, kam mir in den Sinn, dass Sie es mir am wahrscheinlichsten erklären können.«

»Ich glaube, das gefällt mir nicht«, sagte der französische Höfling.

Aber Hero lächelte nur knapp und entschlossen und zog ihn unnachgiebig auf den Bürgersteig.

Kapitel 49

Nachdem Sebastian das Haus seiner Tante in Mayfair verlassen hatte, verbrachte er mehrere Stunden in St Katharine's, wo er mit den Bewohnern von Cat's Hole und Hangman Court sprach. Er entwickelte eine These, der noch zu viele Details fehlten, um auch nur annähernd schlüssig zu sein, und langsam fragte er sich, ob nur seine eigenen Vorurteile und Spekulationen dahinter steckten.

Schließlich stieß er auf einen halbblinden, besoffenen ehemaligen Soldaten, der behauptete, er hätte in der Nacht, in der Pelletan ermordet worden war, mehrere Fremde in der Nähe vom Hangman Court gesehen. Aber seine Beschreibungen waren ungenau, und er sagte, die beiden Männer wären wohl nicht gemeinsam unterwegs gewesen. Der Soldat schwor außerdem, dass er es bemerkt und auf jeden Fall im Kopf behalten hätte, wenn auch eine Frau dabei gewesen wäre.

Da war sich Sebastian allerdings nicht sicher.

Er stand auf der London Bridge, die Ellbogen auf dem Steingeländer abgestützt, und blickte auf das kalte, aufgewühlte Wasser hinunter, da kam Ambrose LaChapelle zu ihm.

»Ihr seid schwer zu finden«, sagte der Franzose.

Sebastian wandte ihm den Blick zu. »Ich wusste nicht, dass Sie mich suchten.«

Heute trug der Höfling die auf Hochglanz polierten Hessischen Stiefel, die rehledernen Kniehosen und den eleganten Herrenmantel eines Städters. Nur die weichen Locken, die unter der Krempe seines Zylinders hervorlugten, erinnerten an Serena Fox.

Sebastian sagte: »Gestern Abend noch haben Sie behauptet, Sie wüssten nicht, wer ein Interesse daran haben könnte, Sie zu ermorden. Haben Sie Ihre Meinung geändert?«

»Sagen wir, Eure Gattin hat mich dazu gebracht.«

»Lady Devlin?«

LaChapelle hatte die behandschuhten Hände hinter dem Rücken verschränkt und betrachtete die vielen Bootsmasten, die unter der Brücke auf der Themse zu sehen waren. Nach einer Weile sagte er: »Wie viel hat Madame Sauvage Ihnen über die Kindheit ihres Bruders erzählt?«

»Meint Ihr, auf der Île de la Cité?«

»Nein, vorher.«

Sebastian musterte das elegante, feingliedrige Antlitz des Höflings. »Ich wusste nicht, dass es ein ›Vorher‹ gab.«

Der Franzose nickte, als hätte Sebastian nur bestätigt, was er bereits gewusst oder angenommen hatte. »Bis zum Sommer des Jahres 1795 hatte Philippe-Jean Pelletan nur ein Kind, ein Mädchen namens Alexandrie. Doch dann ist er eines Tages Anfang Juni zur Île de la Cité nach Hause gekommen und hat einen kleinen Jungen mitgebracht. Er behauptete, der Knabe wäre sein leiblicher Sohn, ein Kind der Liebe aus einer heimlichen, zehn Jahre alten Affäre. Den neugierigen Nachbarn erzählte er, der Junge und seine Mutter seien während der Schreckensherrschaft inhaftiert gewesen. Die Mutter sei verstorben, und Pelletan brächte deshalb nun den Knaben mit nach Hause, um ihn als seinen Sohn aufzuziehen.«

»Wollt Ihr sagen, dieses Kind war Damion?«

»Ja. Ich muss nicht eigens erwähnen, dass es Gerüchte gab. Philippe-Jean war bereits seit einigen Jahren Witwer. Weshalb also hatte noch nie jemand von diesem Knaben gehört? Doch nicht nur das; der Junge hatte sehr helles Haar, während Pelletan schwarze Haare und dunkelbraune Augen hatte.«

Ein kalter Windstoß trieb Sebastian die Gischt ins Gesicht. Er konnte den Fluss und die alten, nassen Steine der Brücke riechen; dazu gesellte sich der Rauch Tausender Kohlefeuer, die irgendwo in der nebelverhangenen Stadt brannten. »Was wollt Ihr andeuten? Dass Philippe-Jean Pelletan irgendwie in ein Komplott verwickelt war, das den Dauphin erfolgreich gegen ein totes oder sterbendes Kind ausgetauscht hat? Dass Damion Pelletan keineswegs sein Sohn war, sondern der verschwundene Dauphin Frankreichs? Das kann nicht Euer Ernst sein.«

»Verstehen Sie mich nicht falsch; ich will nicht behaupten, dass ich das selbst glaube. Das heißt jedoch nicht, dass diese Möglichkeit nicht von anderen in Erwägung gezogen worden wäre.«

Manchmal wirkte eine scheinbar unbedeutende Information wie eine einzelne Kerze, die in einem dunklen, leeren Raum entzündet wurde und hell, aber nutzlos brannte. Manchmal jedoch erhellte ihr Licht Dinge, die bis dahin unerklärlich oder einfach nicht sichtbar gewesen waren. Sebastian sagte: »Deshalb also haben der Comte de Provence und Marie Thérèse Damion Pelletan außer der Reihe konsultiert. Es ging gar nicht um ihre Gesundheit, sondern sie wollten mit eigenen Augen sehen, wie sehr er dem toten Prinzen ähnelte. Welche Schlüsse haben sie gezogen?«

Der Franzose zuckte die Achseln. »Meiner Erfahrung nach finden wir Ähnlichkeit, wenn wir danach suchen, ob sie nun da ist oder nicht. Wer könnte es nach so vielen Jahren mit Sicherheit sagen?«

Sebastian dachte an den Leichnam, den er auf Gibsons Liege gesehen hatte – an die hohe, gewölbte Stirn und die hervorstechende Nase, die der von Marie Thérèse so ähnlich sah – oder der von tausend anderen Menschen. Er sagte: »Woher haben die Bourbonen Einzelheiten über Damion Pelletans Kindheit erfahren?«

»Denkt Ihr denn, wir hätten keine Kontakte nach Paris?«

»Ich bezweifle nicht, dass Sie die haben, obgleich ich mich erinnere, dass der Comte de Provence mich glauben machen wollte, diese ›Kontakte‹ hätten ihm aus irgendwelchen Gründen nichts über den Zweck von Harmond Vaundreuils Besuch in London sagen können.«

LaChapelle lächelte nur knapp und zuckte die Schultern.

Durch den Nebel klang das Platschen der Ruder eines Fährmanns zu ihnen herauf. Wenn es um starke Mordmotive ging, dachte sich Sebastian, dass seine Thronfolge zu wahren wahrscheinlich sehr weit oben angesiedelt war – auch wenn der fragliche Thron vorübergehend von einem korsischen Usurpator besetzt war. Das Wiederauftauchen des verschwundenen Dauphins würde alle derzeitigen Ansprüche auf die französische Krone aus dem Feld schlagen – und Marie Thérèses Aussichten darauf, eines Tages Königin zu werden.

»Gewiss«, sagte LaChapelle, »es gibt für keine der Thesen echte Beweise.«

»Ihres Wissens nicht.«

»Meines Wissens nicht«, lenkte LaChapelle ein. »Wie auch immer, wenn man bedenkt, was auf dem Spiel steht, könnte eine geringe Wahrscheinlichkeit schon ausgereicht haben, um Pelletans Leben in Gefahr zu bringen.«

Sebastian sah, wie der Höfling den Blick auf die Brückenpfeiler richtete, die von dem aufgewühlten Flusswasser umtost wurden. Wäre der Comte d'Artois in London, so hätte Sebastian ihn verdächtigt, denn der jüngste der drei Brüder der Bourbonen konnte ebenso grausam und bösartig sein, wie er eitel und selbstverliebt war. Doch Artois war weit weg in Schottland. Sollte der an den Rollstuhl gefesselte, ungekrönte König selbst jedoch in die Sache verwickelt sein, dann verstünde Sebastian nicht, warum LaChapelle sich für das anvisierte Opfer bei dem Überfall am Birdcage Walk halten sollte.

Sebastian sagte: »Weshalb gab es diesen Mordversuch an Ihnen? Ich verstehe, wieso Foucher getötet – und verstümmelt – wurde, um Vaundreuil dazu zu bringen, die Friedensverhandlungen zu beenden. Aber weshalb Sie?«

»Vielleicht wegen der Dinge, die ich weiß – oder vermute.«

»Jemand hat mir erzählt, Lady Giselle habe während der Schreckensherrschaft ein Kind geboren, das nicht überlebte. Wie ist dieses Kind gestorben?«

LaChapelle sah Sebastian in die Augen. Er war ein Mann, der das Leben von seiner barbarischsten Seite gesehen hatte, der sich keine Illusionen über seine Mitmenschen machte oder über die Abgründe, die in ihnen lauerten. Und doch entdeckte Sebastian einen Anflug von Furcht in seinen Augen – die Art Angst, die Menschen instinktiv erlebten, wenn sie mit Beweisen der schlimmsten Schandtaten konfrontiert waren, die an Wahnsinn grenzten.

»Sie hat es erstickt.«

Kapitel 50

Als Sebastian zu Gibsons Praxis kam, saß Alexandrie Sauvage neben dem Eingang in der Hocke bei einem Gassenkind. Sie hielt den Kopf gebeugt und konzentrierte sich ganz auf einen Verband, den sie dem abgerissenen Mädchen um den Finger wickelte. An der Art, wie sie sich versteifte, erkannte er, dass sie ihn bemerkt hatte. Sie sah jedoch nicht auf, sondern sagte zu der Kleinen: »Nächstes Mal denkst du daran, Felicity: Gänse beißen.«

Das Mädchen kicherte und bedankte sich artig, dann lief es davon zu der Bande Gassenkinder, die im Schatten des Towers schon auf es warteten.

Alexandrie Sauvage erhob sich langsam und drehte sich zu Sebastian um. »Warum seid Ihr hier?«

»Ich muss mit Ihnen sprechen.«

Der Wind ließ ihre dunkelroten Locken um das Gesicht herum flattern, und sie verschränkte die Arme vor der Brust, als fröre sie. Sie machte keine Anstalten, in die Praxis hineinzugehen, sondern betrachtete ihn, ohne mit der Wimper zu zucken.

Er sagte: »Warum haben Sie mir nicht gesagt, dass Damion nur Ihr Halbbruder war?«

»Nur‹? Das sagt Ihr ja gerade so, als würde ihn die Tatsache, dass wir verschiedene Mütter haben, weniger wichtig für mich machen. Wollt Ihr das andeuten?«

»Nein. Aber die Tatsache, dass manche Menschen ihn für den verschwundenen Dauphin Frankreichs hielten, könnte etwas mit seiner Ermordung zu tun haben, das deute ich an. Warum zum Teufel haben Sie es mir nicht gesagt?«

»Himmel, warum sollte ich irgendwelche lächerlichen, Jahrzehnte alten Gerüchte aufwärmen? Damion war mein Bruder – wenn Ihr so wollt, eben mein Halbbruder. Er war kein Bourbone.«

»Sind Sie sich da so sicher?«

»Ja!«

»Wie alt waren Sie, als Ihr Vater Damion mit nach Hause brachte?«

Feindselig funkelte sie ihn an. »Vierzehn.«

»Aber Sie hatten ihn nie zuvor gesehen?«

»Nein. Ich wusste nicht einmal, dass es ihn gab.«

»Und das fanden Sie nicht seltsam?«

»Damals schon. Aber heute?« Sie schüttelte den Kopf. »Nein. Seine Mutter war eine Adlige. Die Geburt wäre als eine Schande betrachtet worden, die man vertuschen musste. Ihre Eltern haben jeglichen Kontakt zwischen ihr und meinem Vater unterbunden.«

»Hat Ihr Bruder je mit Ihnen über seine Mutter gesprochen?«

»Nein, kaum. Er hat sich nur an wenige Dinge aus ihrem Leben vor dem Gefängnis erinnert. Wenn das Trauma des eigenen Lebens zu groß wird, um es zu bewältigen, verweigert der Geist manchmal einfach die Erinnerungen.«

»War sein Leid denn traumatisch?«

»Er und seine Mutter haben Jahre in Gefangenschaft verbracht, ohne Licht und richtiges Essen, unter Bedingungen, die viel schlimmer waren als diejenigen, die Marie Thérèse erleiden musste. Dann haben sie ihn der Mutter aus den Armen gerissen und sie getötet. Von dieser Erfahrung hat er sich weder körperlich noch geistig je ganz erholt. Er hatte schreckliche Albträume und immer schwache Beine – deshalb hat er auch nie als Arzt in der französischen Armee dienen können.«

»Hat er deshalb auch die Dunkelheit gehasst?«

»Ja.«

Was diese Angst implizierte und das Wissen, wie er seinem Tod begegnet war, lastete schwer in der Stille zwischen ihnen.

Sebastian sah sie unverwandt an. »Hat Ihr Vater jemals etwas davon gesagt, dass er vielleicht an einem Rettungsversuch des Dauphins aus dem Temple beteiligt war?«

»Großer Gott, nein! Wie oft muss ich Euch das denn noch sagen? *Damion war mein Bruder.*«

»Wusste Ihr Bruder davon, dass es Mutmaßungen gab, er wäre der verschwundene Dauphin?«

»Gewiss wusste er das. Nichts konnte ihn mehr auf die Palme bringen.«

»Manchmal ist die Wut nur das Ergebnis der Weigerung, an die Wahrheit zu glauben.«

»In diesem Fall nicht.«

Sie ging zu einem alten Wassertrog vor dem etwas zurück stehenden Nachbarhaus. Noch immer stand sie mit verschränkten Armen da, als würde sie sich selbst halten, und auf ihre Züge legte sich der entrückte Ausdruck eines Menschen, der in die ferne Vergangenheit blickt.

Sie sagte: »Als mein Vater die Autopsie an dem Kinderleichnam im Temple durchführte, entnahm er das Herz. Seit fast zwanzig Jahren bewahrt er dieses Herz nun schon in einem Kristallbehälter in seinem Studio auf. Warum sollte er das tun, wenn er wüsste, dass der Junge ein Betrüger war? Wenn er wüsste, dass der echte Dauphin am Leben wäre und sich als sein Sohn ausgibt?«

»Vielleicht hat er befürchtet, selbst hereingelegt worden zu sein. Ich bezweifle, dass der Plan des Austauschs von ihm kam. In dem Wissen, dass er nur eine winzige Rolle in einer größeren Charade spielte, konnte er vielleicht niemandem mehr trauen oder Glauben schenken.«

»Und deshalb hat er das Herz genommen? Weil die unwahrscheinliche Möglichkeit bestand, dass der tote Knabe der echte Sohn Louis’ XVI war? Wollt Ihr das andeuten? Wenn dem so wäre, warum hätte er es dann seinen eigenen Kindern vorenthalten? Warum hätte er es Damion nicht selbst gesagt?«

»Vielleicht zu Ihrem Schutz?«, sagte Sebastian. »Schon die bloße Tatsache, dass er das Herz des Kindes aufbewahrt hat, zeigt mir, dass Ihr Vater Sympathien für die Königsfamilie hegt. Hat Damion das auch?«

»Wohl kaum. Er hat die Bourbonen verachtet.«

»So wie Sie.«

»So wie ich.«

Sie blickte zur Straße. Die Kinder warfen einem Schwein welke Kohlblätter über, die sie gefunden hatten. Alexandries Gesicht wirkte streng, doch an ihrer Wange konnte er einen Muskel verräterisch zucken sehen.

Er sagte: »Im Grunde spielt es gar keine Rolle, ob Ihr Bruder der verschwundene Dauphin war oder nicht. Entscheidend ist, dass jemand es glaubte – jemand, der ihn als mögliche Bedrohung der jetzigen Linie der französischen Thronfolger gesehen hat. Eine Bedrohung, die man ausschalten musste.«

Sie legte die Fingerspitzen an den Mund. »Wollt Ihr sagen, dass man ihm deshalb das Herz herausgenommen hat? Weil man ihn für einen Bourbonen hielt? Was wollen die denn mit dem Herzen? Es irgendwann im Val-de-Grâce in einen Schrein legen? Als wäre er ein Märtyrer der Revolution und nicht jemand, den sie selbst getötet haben?«

»Ich habe den Verdacht, dass sie ihn tatsächlich als Märtyrer der Revolution betrachten.«

»Und was ist mit dem Colonel in der französischen Delegation? Weshalb haben die ihn ermordet und ihm die Augen herausgeschnitten?«

»Vielleicht, um das wahre Motiv des Mordes an Damion Pelletan zu verschleiern? Um Vaundreuil einzuschüchtern. Damit er diese Friedensverhandlungen verlässt, die dazu führen könnten, dass Napoleon auf dem französischen Thron sitzt? Ich bin mir nicht sicher.«

Sie legte den Kopf schräg. »Wer? Welcher der Bourbonen steht Eurer Meinung nach hinter dieser Sache?«

»Das weiß ich nicht.«

Sie fixierte ihn mit strengem, forschendem Blick. »Das glaube ich nicht.«

Als er schwieg, stieß sie den Atem aus. »Ich gehe diese schreckliche Nacht gedanklich immer wieder durch. Die bittere, lähmende Kälte. Das glitzernde Eis. Das Echo unserer Schritte in der Stille. Ich versuche die ganze Zeit, mich an etwas zu erinnern – irgendeine Einzelheit –, die helfen könnte, aber ich kann nicht.«

»Sie haben ausgesagt, dass Sie meinten, hinter sich auf der Straße Schritte gehört zu haben.«

»Ja.«

»War es eine Person oder waren es zwei?«

»Nur eine. Oder zumindest war nur eine Person in unserer Nähe. Weiter weg kann es noch andere gegeben haben.«

»Waren es Männer- oder Frauenschritte?«

»Die von einem Mann, wenigstens da bin ich mir sicher. Warum fragt Ihr?«

»Ich habe den Abdruck eines Frauenschuhs auf dem Weg gefunden.«

Sie schüttelte den Kopf. »Wäre dort eine Frau gewesen, hätte ich es gewusst. Ich hätte es *gespürt*.«

Ein anderer Mann hätte ihre Überzeugung vielleicht in Zweifel gezogen, Sebastian nicht. Da er selbst ungewöhnlich scharf sehen und hören konnte, hatte er vor langer Zeit gelernt, sich noch mehr auf Sinne zu verlassen, für die es noch keine Bezeichnung gab.

Sie sagte: »Sicherlich wollt Ihr nicht andeuten, dass Marie Thérèse von Frankreich oder eine ihrer Hofdamen meinem Bruder durch die Gossen von St Katharine's gefolgt ist und ihm ein Messer in den Rücken gestoßen hat?«

Sebastian schüttelte den Kopf. Er glaubte, nicht einmal Lady Giselle würde eigenhändig töten. Sie würde die Drecksarbeit Männern wie dem dunkeläugigen Meuchelmörder überlassen, der Sebastian vor Stoke Mandeville angegriffen hatte. Sebastian war ursprünglich davon ausgegangen, dass der Täter Brite war, aber jetzt wurde ihm klar, dass es auch ein Franzose sein konnte, der seit gut zwanzig Jahren in diesem Land lebte und seinen angeborenen Akzent vollständig abgelegt hatte.

Aber wie immer kam er doch wieder auf diesen verfluchten Abdruck eines Frauenschuhs zurück. Und ihm war allzu bewusst, dass ihm etwas Wichtiges noch entging.

Dabei lief die Zeit ab.

Kapitel 51

In jener Nacht kam ein steifer Nordwind auf. Er wirbelte den dichten und erstickenden Londoner Nebel auf, der die Stadt seit Tagen im Griff gehabt hatte, und brachte Eiseskälte mit sich.

Sebastian hörte den Wind bis in den Schlaf hinein: eine tiefe, klagende Kadenz, die sich unter den untröstlichen Trauergesang seiner Träume legte. Frauen mit traurigen Augen fuchtelten mit den Händen gen Himmel und schrien das Leid über ihre leeren Bäuche und die leeren Wiegen hinaus, auch wenn das Blut ihrer ermordeten Kinder an ihren eigenen Händen klebte. Dann wurde der Wind zum donnernden Wasser, das an eine Felsenküste brandete, und er war wieder ein Junge, der auf einer Klippe stand, und dem die Sonne das Gesicht wärmte, während er auf die See hinausblickte und Ausschau nach einer lachenden Frau mit goldenem Haar hielt, die niemals zu ihm zurückkehren sollte.

Er schrak auf und erblickte die geraffte blaue Seide des Betthimmels. Als er sich aufsetzte, fiel ihm das Atmen so schwer wie einem Mann, der in einem heftigen Sturm versuchte, Luft zu holen. Schatten tanzten im Raum, der Wind ließ das verlöschende Feuer aufflackern und die schweren Vorhänge vor den Fenstern wackeln.

Er stand auf und ging zum Kamin, um mehr Kohle nachzulegen. Die eiskalte Luft biss in seine nackte Haut, doch er ignorierte es, blieb mit einer Hand an der Kaminumrandung stehen und sah auf die auflodernden Flammen. Vom Bett hörte er eine leise Bewegung, und Hero kam herbei, um ihm eine Decke um die Schultern zu legen.

Als er an diesem Abend heimgekommen war, hatte er sie auf dem Bett kniend vorgefunden, die Stirn auf die verschränkten Hände gestützt. Vielleicht traute sie Alexandrie Sauvage nicht genug, um sie das Kind in ihrem Leib drehen zu lassen. Aber sie war verzweifelt genug, um alle zwei Stunden zwanzig Minuten lang in dieser unbequemen Haltung zu verharren, die bisher jedoch nicht dazu geführt hatte, dass sein widerspenstiger Nachkomme eine Position einnahm, die am ehesten dazu beitragen würde, sein Leben sowie das seiner Mutter zu retten.

Sie sagte: »Du kannst nicht jeden Mord aufklären, jedes Geheimnis lösen und jedes Unrecht wiedergutmachen.«

»Nein.«

Sie schnaubte ungläubig. »Das sagst du zwar, aber du glaubst es nicht.«

Er lächelte schief. »Nein.«

Sie ließ sich auf dem Sessel neben dem Kamin nieder, einen Quilt fest um sich gewickelt. »Hältst du es wirklich für möglich, dass Marie Thérèse hinter dieser ganzen Sache stecken könnte?«

»Wenn du in dem Glauben aufgezogen wirst, dass du von einem Heiligen abstammst und deine Familie von Gott gesalbt wurde, eine Position grenzenloser Macht und Autorität einzunehmen, dann könnte sich das durchaus verzerrend auf deine Denkweise auswirken – auch ohne den Schaden, den es anrichtet, drei Jahre lang von Männern eingekerkert zu sein, die dich hassen.«

Hero schwieg kurz, und ihre Augen umwölkten sich von einer beunruhigenden Erinnerung.

»Was ist?«, fragte er.

»Ich musste gerade an eine Abendgesellschaft denken, an der ich vor einigen Jahren teilgenommen habe. Marie Thérèse war auch dort und hat eine Geschichte über ihren Bruder erzählt, aus einer Zeit, als Marie Antoinette den Kindern erlaubte, die Kühe im Petit Trianon zu melken. Der kleine Dauphin hätte begeistert aufgeschrien, als ihm versehentlich etwas frische, warme Milch ins Gesicht spritzte. Es war das einzige Mal, dass ich sie entspannt und fast glücklich gesehen habe. Ich glaube, dass sie die Zeit vor der Revolution, als ihre Eltern und ihr Bruder noch lebten, als eine goldene Phase ihres Lebens betrachtet, eine Zeit der Freude, Liebe und Heiterkeit. Wenn sie wirklich geglaubt haben sollte, dass Damion Pelletan der verschwundene Dauphin war, kann ich mir nicht vorstellen, dass sie ihn hätte töten lassen. Die anderen vielleicht schon. Aber nicht einen Mann, den sie für ihren geliebten kleinen Bruder hielt.«

»Du könntest recht haben. Es ist möglich, dass sie nichts darüber weiß. Aber damit ist noch nicht ausgeschlossen, dass der Mord ihretwegen begangen wurde.«

»Aber wer steckt dahinter?«

»Ich würde auf Lady Giselle setzen.«

Sie blinzelte. »Kannst du das beweisen?«

»Beweisen? Nein. Um ehrlich zu sein, bin ich nicht einmal ganz sicher.« Er grinste schief. »Es ist ja nicht so, als hätte ich mich noch nie geirrt.«

Sie beobachtete die Flammen, die an der frischen Kohle leckten. »Wie erklärst du dir die Explosion am Golden Square? Ich meine, wieso sollte Lady Giselle versuchen, Alexi Sauvage zu töten? Nur, weil sie dabei war, als Damion Pelletan getötet wurde?«

»Möglich. Auch wenn ich nicht davon überzeugt bin, dass die Bourbonen mit dem Zwischenfall am Golden Square etwas zu tun hatten. Das war wahrscheinlich Sampson Bullocks Werk.«

»Woher weißt du dann, dass er nicht auch Damion Pelletan ermordet hat?«

»Das tue ich ja nicht. Wahrscheinlich würde ich glauben, dass er Pelletans Mörder ist, wenn nicht das Herz herausgerissen worden wäre. Außerdem deutet so vieles immer wieder auf die Bourbonen hin.«

»Was noch nicht heißt, dass sie schuldig sind.«

»Nein. Aber dass sie mit hinein verwickelt sind. Auf irgendeine Weise.«

Sie stand mit den langsamen, anmutigen Bewegungen auf, die in letzter Zeit typisch für sie geworden waren. Im Feuer leuchtete ihr dunkel herabfallendes Haar, und ein sanftes Lächeln umspielte ihre Lippen, als sie die Hände um seine Wangen legte und seinen Mund küsste. Er umfasste ihre Hüfte und atmete den vertrauten Duft ein, der zu ihr gehörte. Er erwiderte den Kuss, dann legte er die Stirn an ihre und spürte, wie in seinem Herzen Liebe und Freude aufstiegen. Beide waren jedoch zugleich mit einer Furcht verwoben, die größer als all seine je durchlittenen Ängste war.

Selbst nachdem sie wieder ins Bett gegangen waren und sie längst schlief, verfolgten ihn die nächtlichen Schatten noch immer in Bildern von leeren menschlichen Armen und stillstehenden Wiegen.

Freitag, 29. Januar

Am nächsten Morgen kam Sebastian gerade zu Tisch herunter, als Morey die Haustür für Lady Peter Radcliff öffnete.

Sie trug einen randvoll gestopften Rucksack und hatte das Kind dabei, das alle Welt als ihren Bruder kannte. Der Junge stand auf der obersten Stufe und drückte seine beiden Holzbötchen an die Brust. In seinem blassen Gesicht lag ein angespannter Ausdruck, und er zitterte, als könne ihm nie wieder warm werden.

Lady Peter trug eine kirschrote Samtpelisse mit einem dicken weißen Pelzkragen und dazu eine Seidenhaube, deren steife Samtkrempe ihr Gesicht verbarg. Doch als sie den Kopf drehte, sah Sebastian eine dünne Linie Blut, die aus ihrer gerissenen Lippe quoll, und blauviolette Flecken, die ihr hübsches Gesicht sprenkelten und hatten anschwellen lassen.

»Es tut mir so leid«, flüsterte sie mit gebrochener Stimme. »Ich weiß, ich hätte nicht herkommen sollen. Aber ich wusste nicht, wo ich sonst hin konnte.« Und dann verdrehte sie die Augen nach hinten, als hätte sie sich nur mit letzter Willenskraft auf den Beinen halten können.

Sebastian fing sie auf, bevor sie auf den Marmorfliesen aufprallte.

***

»Ich glaube nicht, dass sie schwere innere Verletzungen erlitten hat«, sagte Gibson mit leiser Stimme. »Auch wenn jemand es durchaus darauf angelegt hat. Wer hat ihr das angetan?«

»Nun, ihr Gatte, der jüngere Sohn des dritten Duke of Linford und Bruder des derzeitigen vierten Duke.«

Sie standen vor dem abgedunkelten Zimmer, in dem Lady Peter, mit mehreren wärmenden Quilts zugedeckt, lag. Ihre Augen waren geschlossen, auch wenn Sebastian nicht glaubte, dass sie schlief. Hero hatte den Knaben, Noël, zum Kleinen Salon geführt, wo sie ihm Milch und Gebäck einflößte und versuchte, den missmutigen, schwarzen Kater etwas zugänglicher zu stimmen.

Gibson sagte: »Ich wollte sie dazu bringen, ein bisschen Laudanum zu nehmen, doch sie hat sich geweigert. Vielleicht kannst du ihre Meinung ändern.«

Als Gibson ging, setzte sich Sebastian neben sie. Er sah, wie sie schluckte und die Augen öffnete, die in Tränen schwammen. Sie blinzelte, und eine einzelne Träne löste sich und lief seitlich in ihr Haar.

»Es ist alles gut«, sagte er. »Sie sind jetzt in Sicherheit.«

Sie schüttelte den Kopf, aber er wusste nicht, ob sie damit seine Aussage zurückwies oder leugnen wollte, dass sie auf Schutz angewiesen war. »Peter ...« Sie schluckte. »Er hat mich noch nie so geschlagen, nicht so fest. Früher hat er immer darauf geachtet, mich an Stellen zu schlagen, die man nicht sehen konnte. Aber dieses Mal … habe ich wirklich geglaubt, er würde mich umbringen.«

»Was hat ihn so außer sich gebracht? Können Sie sich etwas vorstellen?«

»Er war fast die ganze Nacht aus und hat getrunken. Als er nach Hause kam, war er schon zornig. Er steckt tief in Schulden, müsst Ihr wissen, und sein Bruder weigert sich, dafür aufzukommen. Als der Herzog ihn letztes Mal vor dem Schuldengefängnis rettete, hat er geschworen, dass er es nicht wieder tun würde. Ich weiß, dass es ihm ernst war, aber Peter wollte das nicht glauben. Jetzt wird er langsam verzweifelt. Er ist alles durchgegangen, was ich vor Jahren mit in die Ehe gebracht habe, und nun will er das angreifen, was mein Vater für Noël hinterlassen hat. Ich habe ihm gesagt, dass ich lieber sterben als ihm dabei helfen würde. Da hat er mich geschlagen.«

Sie schwieg kurz, dann fuhr sie fort: »Er hat mir … solche Schimpfwörter an den Kopf geworfen. Sagte, er hätte all die Jahre meinen Bastard durchgebracht und das Mindeste, was ich tun könne, wäre, ihm jetzt beizustehen, wo er es braucht.«

»Er weiß, dass Noël Ihr Sohn ist?«

Sie nickte. Die Tränen strömten nun über ihre Wangen. »Ich habe ihm nie etwas vorgemacht.«

»Haben Sie ihm auch gesagt, dass Damion Pelletan der Vater des Jungen war?«

»Nein, aber ich glaube, er hat es erraten.« Sie spielte mit den Fingern an den Spitzenbesätzen der Decke. »Als Damion mich zum ersten Mal bat, mit ihm davonzulaufen, sagte ich, dass ich es nicht könne. Ich wollte es durchaus, aber ich hatte ein Gelübde abgelegt und glaubte, ich müsse es um Peters willen einhalten. Aber dann ...«

Ihre Stimme erlosch. Sebastian wartete, bis sie nach einer Weile schluckte und weitersprach. »Letzten Mittwoch hat Noël eines seiner Boote in der Halle liegenlassen. Peter ist darüber gestolpert, und er drehte sich zu Noël um und gab ihm eine so feste Ohrfeige, dass seine Nase blutete. Ich wollte es nicht glauben. Peter hatte ihn noch nie geschlagen. Aber so hat es auch bei mir begonnen; eines Tages hat er die Beherrschung verloren und mir ins Gesicht geschlagen. Er hat geschworen, er würde es nie wieder tun. Aber das hat er natürlich doch. Ich wusste also ... ich wusste, es würde bei Noël genauso sein. Da habe ich begriffen, dass ich weggehen musste – ob mit oder ohne Damion.«

»Haben Sie dann Damion gesagt, dass Sie mit ihm gehen würden, wenn er nach Frankreich aufbrechen würde?«

»Ja.«

»Besteht die Möglichkeit, dass Lord Peter Ihre Pläne entdeckte?«

»Das weiß ich nicht.« Sie verzog das Gesicht und schluchzte so heftig, dass ihre Lippe erneut aufsprang und zu bluten begann. »Es ist möglich. *Oh Gott.* Ist das alles meine Schuld? Ist Damion meinetwegen gestorben?«

Sebastian wusste, dass die meisten Menschen ihr die Schuld geben würden, ganz gleich, ob Damion ihretwegen gestorben war oder nicht. Sie hatte ein uneheliches Kind geboren und dann geplant, ihren adligen Ehemann für ihren ehemaligen Geliebten zu verlassen.

Aber er fand keinerlei Grund, sie wegen des Durcheinanders, zu dem ihr Leben geworden war, zu be- oder verurteilen. Sie hatte als junge, verletzliche Frau ihrer Leidenschaft und dem Zauber der Liebe nachgegeben und unwissentlich ein Kind gezeugt. Da ihre mögliche Zukunft zunichte gemacht war, zwangen sie ihre Eltern und das Diktat einer borniertén, gnadenlosen Gesellschaft mit ihren Ansichten darüber, was schicklich war, ihr Kind nicht als ihres anzuerkennen und einen Mann zu heiraten, der ihr im Tausch gegen das Vermögen ihres Vaters Ehrbarkeit verlieh. Sie war das Bündnis gutgläubig eingegangen, fest entschlossen, das Gelübde einzuhalten, das sie einem Mann gegenüber ablegte, dessen Charme und Weltläufigkeit über seine Selbstsucht und gewalttätige Launenhaftigkeit hinweg täuschten.

Er sagte: »Lord Peter hat behauptet, in der Mordnacht bei Ihnen zu Hause gewesen zu sein. Stimmt das?«

Sie drehte auf dem Kissen den Kopf hin und her. »Nein. Er sollte Brummell und Alvanley an dem Abend zum Essen treffen, ist aber nicht erschienen. Er sagte, er hätte den Abend in einer billigen Schenke in Westminster mit Trinken verbracht und wäre dort in einen Streit geraten. Als er früh am nächsten Morgen nach Hause kam, waren seine Kleider blutbefleckt.«

»War er verletzt?«

»Nein. Seine Knöchel waren vielleicht aufgekratzt, aber das war alles.«

»Wo ist er jetzt?«

»Er hat geschlafen, als ich gegangen bin.« Sie atmete zitternd ein. »Ich habe alles vermasselt. Was soll ich nur tun?«

Sebastian legte die Hand auf ihre, die auf der Tagesdecke ruhte. »Vorerst müssen Sie sich nur ausruhen und gesund werden.«

»Noël ...«

»Streichelt unseren schlechtgelaunten schwarzen Kater im Kleinen Salon. Ihm geht es gut.«

»Ich sollte nach ihm schauen.«

»Ich werde ihn herbringen lassen, wenn Sie etwas geschlafen haben.«

Ihre Hand zitterte, dann wurde sie ruhig. Und als er beobachtete, wie ihre Lider sich senkten und der Schlaf sie übermannte, kam ihm in den Sinn, dass der Mörder von Damion Pelletan nicht nur einem fürsorglichen, jungen Arzt das Leben genommen hatte.

Sondern er hatte einem kleinen Jungen auch den Vater und einer einsamen jungen Frau die Aussicht darauf genommen, die Liebe und das Glück doch noch zu erlangen, die ihr vor so langer Zeit gestohlen worden waren.

Kapitel 52

Bevor Sebastian die Glocke an Lord Peter Radcliffs Stadthaus in der Half Moon Street betätigte, lockerte er seine Krawatte, zerzauste sich das Haar und spritzte sich ein paar Tropfen Brandy aus der Flasche, die er in der Hand hielt, ins Gesicht. Dann stützte er sich mit einem Ellbogen am Türrahmen ab, setzte ein etwas benebeltes Lächeln auf und wartete.

Radcliffs Butler war ein kleiner, schmaler Mann mit weit vorstehenden, langen und krummen Zähnen und einer langen, spitzen Nase. Aus wässrig-grauen Augen beäugte er Sebastian und rümpfte die Nase.

»Ach, da sind Sie ja«, sagte Sebastian und schwankte leicht, als er sich aufrecht hinstellte. »Ich möchte zu Radcliff.«

Der Butler rümpfte erneut die Nase. »Ich fürchte, Lord Peter ist derzeit für Gäste indisponiert.«

»Schläft wohl noch, was?« Sebastian lächelte breit, schob sich an dem entsetzten Butler vorbei und ging quer durch die Halle zur Treppe. »Das passt schon. Es wird ihm nichts ausmachen, wenn ich ihn wecke.«

»Aber – Mylord! Das könnt Ihr nicht tun!«

Sebastian nahm zwei Stufen auf einmal. »Keine Sorge. Ich garantiere, dass er sich freuen wird, mich zu sehen.« Auf halber Treppe hielt er inne, drehte sich herum und hielt die Flasche in die Höhe, als wäre sie ein seltener Preis. »Was Sie hier sehen, ist der beste Brandy, für den nie ein Penny in die Steuerkisten vom alten King George gewandert ist.« Zwinkernd legte er den Finger auf die Lippen. »Aber psst, nichts verraten, gell?«

»Mylord, bitte!«

»Das wäre alles«, rief Sebastian fröhlich und lief die restliche Treppe hinauf.

Im zweiten Stockwerk riss er zwei Zimmertüren auf, bevor er die richtige fand. Die Kammer lag im Dunkeln; die schweren Vorhänge an den Fenstern waren fest zugezogen, um das Licht auszuschließen. Es war ein großer, rechtwinkliger Raum, mit einem hohen Baldachin und zierlichen Kommoden möbliert, und die pastellfarbenen Wände mit hellen, bordierten Leisten abgesetzt. Die Luft roch nach altem Schweiß, Verzweiflung und den alkoholgeschwängerten Ausdünstungen des Mannes, der in den Tiefen des Bettes laut schnarchte.

Sebastian zog die Tür hinter sich zu und sperrte sie ab, durchquerte das Zimmer, um das Gleiche mit der Tür zu tun, die zur Ankleidekammer führte.

Der Mann im Bett regte sich nicht.

Radcliffs Kleidung war auf dem Boden verstreut, wo er sie auf seinem torkelnden Gang zum Bett offenbar hatte fallen lassen. Zuerst war da die Krawatte, dann ein hervorragend geschnittener Mantel, der mit nach außen gedrehten Ärmeln dalag. Sebastian entdeckte die Weste, deren verknitterte weiße Vorderseite mit getrocknetem Blut befleckt war, und er spürte einen Zorn aufwallen, der in seinen Ohren ein grelles Summen erzeugte.

Das war Julias Blut.

Mit der Flasche immer noch in der Faust blieb er neben Lord Peter stehen.

Dieser lag in den zerwühlten Laken auf dem Rücken, ein nacktes Bein baumelte über die Bettkante, und sein Nachthemd war bis zur Hüfte hochgerutscht. Den Kopf hatte er zur Seite gedreht, das goldene Haar klebte ihm an der verschwitzten Stirn, und mit geschürzten Lippen pfiff er leise beim Atmen.

Sebastian sah ihn eine Weile an, dann ging er zum Fenster und zog die Vorhänge auf.

Das kalte Vormittagslicht durchflutete das Zimmer. Lord Peter stieß einen halb erstickten Schnarchton aus, dann atmete er gleichmäßig weiter.

Sebastian stellte die Flasche ab und griff mit beiden Fäusten in die Rüschen des Nachthemds. »Komm schon, auf mit dir«, sagte er, zerrte den schlaffen Körper des Besoffenen aus dem Bett, drehte ihn um und stieß ihn mit so viel Wucht gegen den hölzernen Bettpfosten, dass das ganze Gestell wackelte.

»Wa...?« Radcliff schwankte, öffnete die flatternden Lider, und sein Mund stand dümmlich offen, als die Beine unter ihm nachgaben, sodass er neben dem Bett zum Sitzen kam.

Sebastian schloss die Hand um den Hals der Brandyflasche und schmetterte sie gegen den geschnitzten Bettpfosten. Brandy und Glassplitter regneten auf den Kopf und die Schultern des Betrunkenen.

Radcliff schüttelte den Kopf wie ein Hund, der aus dem Regen kam. »Was zum Teufel?«

Sebastian beugte sich hinunter, griff mit einer Hand erneut nach Radcliffs Nachthemd und drückte dem Mann eine spitze Ecke der zerbrochenen Flasche unter das Kinn. »Geben Sie mir nur einen Grund, Ihnen die Kehle aufzuschlitzen«, sagte er und betonte jedes Wort sehr deutlich, »und glauben Sie mir, das werde ich. Ich musste gerade einen Arzt holen lassen, um die Verletzungen Ihrer Frau zu behandeln. Es ist nicht Ihnen zu verdanken, dass sie noch am Leben ist.«

»Julia? Was hat das Weibsstück gesagt? Wenn sie Euch erzählt hat ...«

Radcliff winselte, als Sebastian den Druck der Glasscherbe an seinem Hals erhöhte.

»Tun Sie's nicht. Ich will nie wieder ein solches Wort hören, wenn Sie von Ihrer Gattin sprechen. Habe ich mich klar ausgedrückt? Für einen Kerl wie Sie habe ich keine Gnade. Für einen Mann, der seine eigene Frau mit Fäusten traktiert, gibt es in der Hölle einen Spezialplatz, und ich wäre nur zu glücklich, Sie dorthin zu schicken.«

Lord Peter sah aus hervorquellenden Augen zu ihm hoch. Er war zwar noch nicht ganz nüchtern, inzwischen aber immerhin hellwach. »Ihr seid ja wirr.«

»Schon möglich. Langsam habe ich den Verdacht, das sind wir alle. Jeder auf seine Weise.«

»Ihr könnt nicht einfach hier eindringen, mich bedrohen und so tun, als wäre ich irgendein ...«

Sebastian verlagerte das Gewicht auf eine Art, dass Lord Peter sich unterbrach und scharf einatmete.

Sebastian sagte: »Falls Sie es noch nicht bemerkt haben: Ich bin bereits hier. Ihr Fehler war, mich anzulügen. Sie haben ausgesagt, Sie wären am Donnerstagabend mit Ihrer Frau hier zu Hause gewesen. Das stimmt nicht. Sie haben sich mit ihr gestritten. Sie waren wütend, weil sie die Freundschaft mit einem alten Kindheitsfreund wiederbelebt hat ...«

»Er war nicht nur ein ›alter Freund‹! Er war ihr Liebhaber.«

»Vor neun Jahren, nicht jetzt.«

»Hat sie Euch das erzählt?«

»Ja. Und ich glaube ihr.« Sebastian ließ den Blick über das Gesicht seines Gegenübers wandern, das vor Schweiß glänzte und durch die Nachwirkungen des übermäßigen Alkoholgenusses und der zu kurzen Nacht schlaff war. »Sind Sie deshalb Pelletan nach St Katharine's gefolgt und haben ihm das Messer in den Rücken gestoßen?«

»Das habe ich nicht getan! Ich schwöre. Ich leugne nicht, dass ich wütend war; welcher Mann wäre das nicht? Ich bin sogar zu dem Gasthaus gefahren, in dem der Bastard logierte. Ich wollte ihm sagen, dass Julia meine Frau ist und er zur Hölle nochmal besser die Finger von ihr lässt. Aber nicht mal das habe ich gemacht.«

»Warum nicht?«

»Weil er, als ich hinkam, auf dem Bürgersteig vor dem Lokal stand und mit Lady Giselle gesprochen hat.«

Sebastian sah ihn an. »Wollen Sie mir jetzt sagen, Sie haben beobachtet, dass Damion Pelletan mit Lady Giselle Edmondson gesprochen hat?«

Radcliff sah Sebastian ob seiner vehementen Nachfrage verblüfft an. »Ja. Warum?«

»Woher wissen Sie, dass die Frau Lady Giselle war?«

»Weil ich sie wiedererkannt habe. Woher denn sonst? Sie trug zwar einen Hut mit Schleier, hatte den Schleier aber zurückgeschoben, und das Licht der Öllampe neben der Tür ist voll auf ihr Gesicht gefallen.«

»Konnten Sie irgendetwas von der Unterhaltung verstehen?«

»Nein, natürlich nicht. Wofür haltet Ihr mich, zur Hölle? Ich belausche doch nicht die Privatgespräche anderer Leute.«

»War sie in Begleitung eines Mannes?«

»Ja, aber ich könnte nicht sagen, wer es war. Er stand im Hintergrund.«

»Was ist dann passiert?«

»Das weiß ich nicht. Ich bin gegangen.«

»Sie sind gegangen? Weshalb?«

»Zuerst hatte ich vor, im Schatten zu warten, bis sie weg ist, und Pelletan dann zu konfrontieren. Aber je länger ich dort stand, desto klarer wurde mir, dass das ein Fehler wäre.«

»Ach? Und warum?«

»Weil ich kein Mörder bin, was auch immer Ihr glaubt. Und mir wurde klar, dass ich mit der Wut, die ich hatte, durchaus zum Mörder werden könnte, wenn ich mich ihm näherte. Deshalb bin ich gegangen. Ich behaupte nicht, es täte mir leid, dass der Bastard tot ist, denn das tut es nicht. Aber er ist nich durch meine Hand gestorben.«

»Wohin sind Sie gegangen, als Sie die York Street verlassen haben?«

»Weiß ich nicht. Ich bin eine Weile durch die Straßen geirrt – wie lange, kann ich nicht sagen. Dann bin ich in irgendeiner Spelunke in Westminster gelandet. Irgendwann bin ich mit einem Besoffenen in eine Schlägerei geraten. Danach habe ich die restliche Nacht mit einer Hure in einem Hinterzimmer verbracht. Die würde ich nicht mal wiedererkennen, wenn ich sie träfe.«

Sebastian studierte Lord Peters verhärmte Züge. Er hatte gesagt, für Männer wie Radcliff hätte er keine Gnade, aber das stimmte nicht ganz. Wenn es auch keine Gnade war, so spürte er doch eine Spur Mitleid, auch wenn er wusste, dass das vermutlich nicht angebracht war. Lord Peter war auf seine Weise selbst Opfer. Opfer einer Gesellschaft, die den Schein über das Sein stellte, die Herkunft über wahre Werte. Er war Opfer eines Erbrechts, durch das jüngere Söhne verhätschelt und verwöhnt wurden, obschon es sie zugleich mit dem Wissen quälte, dass die Liegenschaften und die hochherrschaftlichen Häuser, mit denen sie als Kinder aufwuchsen, niemals ihnen gehören würden. Außerdem war er Opfer seiner eigenen Schwäche, deren Erkenntnis ihn dazu brachte, aus Wut und Frustration seine Frau zu schlagen, wo er doch nichts mehr wollte, als bewundert, mit Milde behandelt und geliebt zu werden.

Sebastian sagte: »Hören Sie mir genau zu, denn ich werde das nur ein einziges Mal sagen. Ihre Frau wird Sie verlassen, und Sie werden es erlauben.«

»*Was?* Ihr habt kein Recht ...«

Radcliff machte ein ersticktes Geräusch, als Sebastian die Glasscherbe an seinem Hals leicht bewegte.

»Wenn Ihre Schulden so erdrückend sind, wie ich vermute, sollten Sie in Betracht ziehen, das Land zu verlassen. Ich hörte, Amerika sei ein guter Ort für Leute, die einen Neuanfang suchen.«

Radcliffs Gesicht verzog sich angewidert. »*Amerika?*«

»Ganz ehrlich, es könnte mir nicht gleichgültiger sein, wohin Sie gehen. Sie werden keinen Versuch machen, Ihre Frau oder ihren Sohn noch einmal zu kontaktieren. Und sollte ich jemals hören, dass Sie wieder Hand an sie gelegt haben, werde ich Sie töten. So einfach ist das. Drücke ich mich klar aus?«

»Was schert es Euch, was mit ihr geschieht?«

»Es schert mich«, sagte Sebastian und ließ ihn los.

Sebastian ging die Treppe hinunter und verließ das Haus. Er bemerkte den Butler, die zwei Hausmädchen und einen Diener kaum, die ihm mit großen Augen hinterhersahen, als er vorbeiging.

Draußen roch es nach Kohlefeuer und aufziehendem Regen. Er blieb auf dem Bürgersteig stehen und sah zu dem Wirrwarr an Hausdächern und Schornsteinen hinauf, die sich vor dem grauen Himmel dunkel abhoben. Hatte Radcliff gelogen? Sebastian bezweifelte es. Männer wie Radcliff waren im Grunde Feiglinge, die ihre Frauen schlugen, weil es ihnen ein Gefühl der Macht und Kontrolle verlieh. Beides Dinge, die ihnen im echten Leben bitter fehlten. Sebastian konnte sich nicht vorstellen, dass jemand wie er den Mut hätte, einem Rivalen durch die kalten, dunklen Gassen von St Katharine's zu folgen und ihm dann in einem verqueren Ritualmord aus Rache das Herz herauszuschneiden.

Doch weit mehr beschäftigte Sebastian, als er sich in Richtung des Anwesens vom Comte d'Artois in der Audley Street wandte, die entscheidende Information, die Lord Peter ihm unwissentlich geliefert hatte. Sebastian hatte geglaubt, Marie Thérèse und Lady Giselle

hätten die Mordnacht gemeinsam in Klausur verbracht, um für König Louis XVI zu beten, der den Mär-
tyrertod gestorben war. Er hatte geglaubt, ihre Rolle bei
Pelletans Tod – falls sie eine spielten – wäre darauf be-
schränkt gewesen, ihre Untergebenen aus der Distanz
zu führen.

Nun war er sich dessen nicht mehr sicher.

Kapitel 53

Es hätte Sebastian nicht überrascht, wenn sich Lady Giselle geweigert hätte, ihn zu empfangen. Aber er hatte sie unterschätzt. Sie ließ ihn benachrichtigen, dass sie wenig später herunterkäme, doch anstatt ihn dann in den Kleinen Salon führen zu lassen, empfing sie ihn in einer kleinen Kammer voller Bücherregale im Erdgeschoss, die aussah, als wäre sie dem Gebrauch eines Butlers oder eines Geschäftsmannes vorbehalten.

Sie trug ein schlichtes taubengraues Kleid aus Wolle, das mit schwarzen Bändern verziert war. Ihr helles Haar fiel in weichen Locken um ihr hübsches Gesicht, und ein schlichtes schwarzes Samtband war um ihren langen, schlanken Hals gebunden. Ihr einziger Schmuck bestand aus einer kleinen goldenen Uhr, die sie an der Brust trug, und zierlichen Perlenohrringen.

»Lord Devlin«, sagte sie, streckte ihm die Hand entgegen und lächelte verschwörerisch. »Verzeiht, dass ich Euch hier empfange, aber Marie Thérèse hält sich im Kleinen Salon auf. Ich fürchte, die Nennung Eures Namens genügt, um sie in Aufruhr zu versetzen.«

»Vielen Dank, dass Sie mich empfangen – besonders unter solchen Umständen.«

»Bitte nehmt doch Platz. Habt Ihr etwas Interessantes herausgefunden?«

Er setzte sich auf den angewiesenen Platz, einen Schreibtischstuhl aus rotem Leder mit Armlehnen aus abgewetztem Holz. »Das habe ich in der Tat. Ich frage mich: Wo haben Sie und Marie Thérèse den Donnerstag vor einer Woche verbracht? Ich weiß, dass Sie den Tag dem Gebet für ihren Vater, den König, gewidmet haben. Aber waren Sie hier in London oder in Hartwell House?«

Der Hauch eines Schattens glitt über ihr Gesicht, so schnell, dass er es kaum bemerkte. War es Verstehen? Berechnung? Oder nur die Erinnerung an eine Sorge?

»Hier«, sagte sie. »Wir waren einige Tage zuvor nach London gekommen, damit Marie Thérèse Dr Pelletan aufsuchen konnte. Am frühen Freitagmorgen sind wir wieder nach Hartwell House aufgebrochen.«

»Ich sollte Ihnen sagen, dass mir bekannt ist, warum Marie Thérèse so darauf versessen war, Damion Pelletan aufzusuchen. Es hatte nichts mit seinem Ruf als Arzt zu tun, sondern einzig und allein mit der Tatsache, dass sein Vater Damion zum ersten Mal in dem Sommer nach Hause mitbrachte, in dem der junge Dauphin im Temple gestorben war. Ich glaube, der Prinzessin waren die Gerüchte zu Ohren gekommen, dass er der verschwundene Dauphin sein könnte, und sie wollte ihn sehen, damit sie selbst einschätzen konnte, ob er ihr Bruder war.«

Eine lange Weile zeigte sich auf Lady Giselles Antlitz weder Konsterniertheit noch Besorgnis. Sie lächelte nur traurig und sagte: »Natürlich habt Ihr recht. Marie Thérèse hat die Hoffnung nie aufgegeben, dass ihr Bruder eines Tages lebend gefunden werden könnte. Ihr habt keine Vorstellung davon, wie viele Betrüger sie über die Jahre befragt hat. Jedes Mal war sie voller Vorfreude, nur um bitter enttäuscht zu werden, wenn sie ein weiteres Mal erkannte, dass sie hereingelegt worden war.«

»Aber Damion Pelletan hat nie behauptet, er wäre der verschwundene Dauphin.«

»Nein, das hat er nicht, und das ist einer der Gründe, weshalb sie gerade ihn unbedingt treffen wollte.«

»Und was war ihre Schlussfolgerung?«

»Um ehrlich zu sein, sah sie in ihm so viel von ihrer verstorbenen Mutter, dass die Emotionen sie überwältigten. Sie hatte vorgehabt, ihn mit einer Reihe von Fragen über seine Vergangenheit auf die Probe zu stellen, doch dann war sie so aufgelöst, dass sie es nicht schaffte. Ich musste sie wegführen.«

»Sind Sie deshalb am Donnerstagabend erneut zu Pelletan gegangen?«

Er erwartete, dass sie leugnen würde, doch dafür war sie zu klug. Und ihm wurde klar, dass sie wahrscheinlich von Anfang an geahnt hatte, wohin seine Fragen führten, und weshalb er sie stellte.

Sie legte den Kopf schief und sah ihm geradeheraus in die Augen. »Woher wisst Ihr davon?«

»Sie wurden erkannt.«

»Ach so.«

Als sie nichts weiter sagte, meinte er: »Sie haben ausgesagt, dass Sie den Tag mit Marie Thérèse im Gebet verbracht haben. Warum haben Sie nicht die Wahrheit gesagt?«

»Es schien mir das Beste. Jetzt sehe ich ein, dass es ein Fehler war. Verzeiht.«

»Soll ich das so verstehen, dass Sie zum ersten Mal in achtzehn Jahren die Prinzessin am Todestag ihres Vaters allein gelassen haben?«

Sie schüttelte den Kopf. »Nein. Ich fürchte, gelegentlich wird Marie Thérèses Trauer einfach zu viel für sie. Wenn das eintritt, dann ist sie nicht mehr zu beruhigen und in Gefahr, sich selbst zu verletzen. In solchen Fällen ist Schlaf die einzige Zuflucht.«

Mit anderen Worten, Lady Giselle hatte die hysterische Prinzessin mit Laudanum ruhiggestellt.

Sie verschränkte die Finger auf dem Schoß, und ihre beherrschten Züge strahlten eine ruhige Seligkeit aus, die St Louis selbst gut angestanden hätte. Sie sagte: »Marie Thérèse hat mich gebeten, nochmals zu Pelletan zu gehen und ihm die Fragen zu stellen, die sie selbst nicht hatte aussprechen können. Das habe ich getan.«

»Was haben Sie herausgefunden?«

»Nur sehr wenig. Er wurde zornig, als er begriff, weshalb ich gekommen war, und weigerte sich, noch länger über die Angelegenheit zu sprechen. Also sind wir wieder gegangen.«

»Wir?«

Ihre Stimme bekam einen leicht erschöpften Unterton. »Ihr glaubt doch nicht ernstlich, ich würde einen solchen Besuch unbegleitet abstatten? Der Vetter meiner Mutter, Chevalier d'Armitz war so freundlich, mich zu begleiten.« Erneut legte sie anmutig den Kopf schief und runzelte in einer Darbietung von Verwirrung die Stirn. »Warum stellt Ihr mir diese Fragen?«

»Weil Sie und Ihr Vetter zu den letzten Menschen gehören, die Damion Pelletan lebend gesehen haben. Was tat er, als Sie das Inn verließen?«

Sie zuckte die Schultern. »Als ich ihn zuletzt gesehen habe, stand er vor dem Inn auf dem Bürgersteig und sah in den Nachthimmel hinauf. Wie schon gesagt, hat ihn das Gespräch sichtlich aufgewühlt. Vielleicht hat er versucht, sich wieder zu beruhigen, bevor er hineinging.«

»Haben Sie sonst jemanden gesehen, als Sie dort waren?«

»Wir haben im Kaffeeraum mit einer Dienerin gesprochen, falls Ihr das meint. Sonst erinnere ich mich an niemanden.«

»Und Ihr Vetter, Chevalier d'Armitz? Vielleicht hat er noch jemanden bemerkt. Kann ich mit ihm sprechen?«

»Es tut mir leid, aber ich glaube, er ist derzeit nicht in London.«

»Wie schade«, sagte Sebastian.

»Ja, nicht wahr?«

»Erzählen Sie mir von ihm.«

Sie lächelte und zuckte leicht die Achseln. »Was gibt es da zu erzählen?«

»Ist er schon lange in England?«

»Fast sein ganzes Leben.«

»Er ist also jung?«

»In den Zwanzigern, ja.« Sie blickte auf die Uhr, die an ihrem Mieder befestigt war. Sebastian hatte die Gastfreundschaft bereits überstrapaziert, und sie zögerte nicht, ihn das spüren zu lassen. Sie stand auf. »Nun müsst Ihr mich entschuldigen, Mylord, fürchte ich. Wir haben vor, morgen früh nach Hartwell House zurückzukehren, und Marie Thérèse hat ihren Wunsch geäußert, ein letztes Mal zur Bond Street zu fahren.«

Sebastian stand ebenfalls auf, den Hut in der Hand. »Dann eilen Sie sich am besten«, sagte er. »Es sieht nach Regen aus.«

»Hoffentlich erst nach Mitternacht«, sagte sie und lächelte traurig. »Ich möchte heute Abend noch an einer kleinen Zeremonie in der Kapelle teilnehmen.«

Er betrachtete ihr feingezeichnetes Antlitz. Sie war eine schöne Frau, jung genug, um noch Kinder zu bekommen und als Witwe interessant genug, um Freier anzuziehen, hätte sie es gewünscht. Stattdessen hatte sie ihr Leben einer zerbrechlichen, angeschlagenen Prinzessin gewidmet, die von den Gutmütigen als hochnäsig und neurotisch, von weniger gutmütigen Menschen als halbverrückt betrachtet wurde.

Laut sagte er: »Warum sind Sie all die Jahre bei Marie Thérèse geblieben?«

»Weil sie mich braucht«, sagte sie schlicht. »Als sie vor achtzehn Jahren aus dem Gefängnis entlassen wurde, habe ich versprochen, bei ihr zu bleiben, bis die Bourbonen wieder ihren rechtmäßigen Platz auf dem französischen Thron erobert haben. Ich stehe zu meinem Wort.«

»Und wenn die Bourbonen nie wieder eingesetzt werden?«

Sie sah ihn mit der klaren, nicht wankenden Zuversicht einer Jeanne d'Arc an – oder auch mit der Art der Behörden, die in früherer Zeit Hexen auf dem Scheiterhaufen verbrannt hatten. »Sie werden. Es ist Gottes Wille.«

»Könige von Gottes Gnaden und solche Dinge?«

Sie spannte den Kiefer an. »Ihr könnt spotten, soviel Ihr wollt. Trotzdem bleibt der Fakt, dass Gott den Bourbonen die Herrschaft auf Erden überantwortet hat, so wie er die geistliche Herrschaft dem Papst übertragen hat. Deshalb darf kein Monarch irdischer Autorität unterworfen werden, denn sein Recht zu herrschen kommt aus Gottes Wille, nicht dem seiner Untergebenen. Jeder Versuch dieser Untertanen, ihren rechtmäßigen König abzusetzen oder seine Macht zu beschneiden, ist ein Affront gegen Gott und kann deshalb nicht lange Bestand haben.«

»Die Vereinigten Staaten von Amerika scheinen durchaus Bestand zu haben.«

»Und wie lange hat die französische Revolution Bestand gehabt? Kaum mehr als zehn Jahre. Ich bezweifle, dass Napoleon länger bleiben wird.«

»Napoleons Fehler ist der gleiche, den auch die Bourbonen machen: Er versucht, sich gegen den Lauf der Geschichte zu stemmen. Das Zeitalter der Monarchen geht vorüber. Selbst wenn Napoleon besiegt wird und die Armeen Russlands und Britanniens die Bourbonen wieder einsetzen, wird es nicht von Dauer sein.«

Sie hielt sich sehr gerade. »Mir war gar nicht bekannt, dass Ihr solch radikales Gedankengut hegt, Mylord.« Es gelang ihr irgendwie, die Anrede ›Mylord‹ wie Hohn klingen zu lassen. Er nahm an, dass sie das – unbewusst – auch war. »Und woran glaubt Ihr dann? *Menschenrechte?*«

»Tatsächlich gibt es nur sehr wenig, woran ich glaube.«

Er hatte sie gezielt provozieren wollen, und das war ihm viel besser gelungen als erwartet. Aber nun schien ihr bewusst zu werden, wie sehr sie sich selbst verraten hatte. Sie blinzelte, und die stählerne Moralität, die Menschen wie Cotton Mather, Oliver Cromwell und Maximilien Robespierre angetrieben hatten, verschwand wieder hinter der Ausstrahlung ruhiger Gelassenheit, die sie üblicherweise auszeichnete.

Sie sagte: »Ich bin davon überzeugt, dass Ihr an viel mehr glaubt, als Ihr Euch selbst eingesteht, Mylord.«

»Vielleicht.«

Sie begleitete ihn in die Halle und nickte ruhig dem Butler zu, der die Tür aufzog.

»Sagt mir; Mylord«, sagte sie und blieb neben ihm stehen. »Seid Ihr demjenigen, der hinter diesen grässlichen Morden steckt, eigentlich dichter auf der Spur?«

»Ich glaube ja.«

»Wirklich? Dann werden wir hoffentlich alle nachts bald besser schlafen können.«

»Waren Sie denn verängstigt?«, fragte er und sah sie an.

»Die Furcht ist seit vielen Jahren unser steter Begleiter.«

»Ich glaube, in diesem Fall brauchen Sie nicht besorgt zu sein.«

»Aber Ihr lasst es uns wissen, wenn Ihr mehr herausfindet?«

»Gewiss.«

Von oben erklang eine Frauenstimme. »Giselle. *Où estu?*«

»Ihr müsst mich entschuldigen, Mylord.« Sie deutete eine Verbeugung an. »Und nochmals Danke.«

Er sah ihr nach, als sie davonging und wieder ihr gelassenes Selbstbewusstsein ausstrahlte. Er glaubte keine Sekunde, dass sie aus Angst vor einem brutalen Mörder in den Straßen Londons keinen Schlaf fand. Aber dass sie besorgt war, glaubte er.

Allerdings aus einem vollends anderen Grund.

Kapitel 54

Sebastian ging durch die kalten, regenüberfluteten Straßen Mayfairs und versuchte nachzudenken. Würde eine Frau, die an das gottgegebene Recht der Könige glaubte, einen Plan schmieden, einen jungen Mann zu töten, den sie für den einzigen überlebenden Sohn Louis' XVI von Frankreich hielt? Oberflächlich betrachtet schien die Antwort nein zu lauten. Andererseits drehte es sich hier um eine Frau, die ihr Leben der Wiedereinsetzung der Dynastie der Bourbonen verschrieben hatte, nicht der Rehabilitation eines schwächlichen jungen Prinzen, der im Temple gestorben sein konnte – oder auch nicht. Wenn Lady Giselle Damion Pelletan als eine Bedrohung für die Re-Inthronisierung Marie Thérèses und ihres Gatten betrachtete, würde sie ihn dann töten?

Sebastian glaubte, dass sie es täte.

Was hatte Alexi Sauvage über ihren Bruder gesagt? *Damion hat die Bourbonen verachtet.* Hatte er Lady Giselle gegenüber dieses Gefühl in Worte gefasst? Falls ja, hätte das sehr wohl zu seinem Tod führen können.

In den Königshäusern Europas gab es haufenweise Könige, die den Händen eines Usurpators zum Opfer gefallen waren. Väter waren von ihren Söhnen, Neffen von Onkeln, Vettern von Vettern getötet worden. Wie erklärte Lady Giselle solche Ungereimtheiten?, fragte er sich. Ging die göttliche Vorsehung mysteriöse Pfade? Wahrscheinlich. Denjenigen, die Gott auf ihrer Seite wähnten, fiel es oftmals nur allzu leicht, in seinem Namen zu morden. Sie fühlten sich in ihrer bequemen Selbstgerechtigkeit sicher.

Und doch ... Und doch sträubte sich seine Vorstellungskraft noch immer gegen das Bild von Lady Giselle und ihrem unbekannten Chevalier, die in einer der kältesten Nächte des Jahres Damion Pelletan durch die finsteren Straßen von St Katharine's verfolgten. Sebastian wusste, dass ihm noch irgendetwas entging. Die Frage lautete: Was war es?

Er kam immer wieder auf das Bild von Damion Pelletan zurück, der vor dem Gifford Arms stand, den Kopf in den Nacken gelegt, um den kalten Nachthimmel zu betrachten. Wie viele Menschen hatten von Damions und Alexi Sauvages Absicht gewusst, an dem Abend zum Hangman's Court zu gehen? Lady Giselle? Nein, sie war bereits wieder weg gewesen, als Alexandrie Sauvage eintraf. Lord Peter? Möglich, wenn er länger dort geblieben war als beabsichtigt. Jarvis' Mann? Ebenfalls möglich – wenn er nahe genug gewesen war, um ihre Unterhaltung mit anzuhören. Harmond Vaundreuil? Auch möglich.

Sampson Bullock?

Sebastian blieb stehen. Der Wind frischte auf und blies ihm kalt und feucht ins Gesicht, im Schlepptau alle Gerüche der Stadt. War es möglich, dass Sampson Bullock gewusst hatte, dass Alexi Sauvage und ihr Bruder an dem Abend zum Hangman's Court unterwegs gewesen waren? Ja, denn Bullock hatte sie seit Tagen ausspioniert. Was, wenn er nicht nur von ihren Plänen, nach St Katharine's zu fahren, gehört hatte, sondern auch von ihrer Absicht, ihren *Bruder* darum zu bitten, dass er sie begleitete?

Zwei Details in diesen miteinander verwickelten Mordfällen ließen Sebastian keine Ruhe finden: der blutige Abdruck eines Frauenschuhs in dem Durchgang und der brutale Mord an Foucher. Wenn man sie mit dem Anschlag auf Serena auf dem Birdcage Walk kombinierte, schien letzterer entweder auf die Bourbonen oder einen anderen Feind der Friedensverhandlungen Napoleons zu verweisen. Aber wie konnten sie mit der Explosion am Golden Square in Zusammenhang stehen? Wenn Alexi Sauvage den Mörder ihres Bruders identifizieren könnte, wäre sie doch mit ihm getötet worden.

Doch in Sebastians Kopf formte sich langsam ein Bild, eine Erklärung, die nicht nur diese Unstimmigkeiten auffangen könnte.

Es war Zeit, nochmals mit Mr Mitt Peebles zu sprechen.

***

Als Sebastian am Gifford Arms ankam, sah er eine Bierkutsche, die zur Hälfte mit Truhen beladen war, vor dem Inn stehen. Die Maultiere davor standen mit gespreizten Beinen und gesenkten Köpfen im kalten Wind. Mitt Peebles trug seine Lederschürze und wirkte ganz in seinem Element, als er zwei Arbeiter, die einen schönen Verhandlungstisch trugen, durch die Tür des Gasthauses lotste.

»Vorsichtig«, rief er, als einer der Männer gegen den Türrahmen stieß.

»Was ist denn hier los?«, fragte Sebastian und ging zu ihm.

»Sie reisen ab – oder zumindest, wer von denen noch übrig ist. Schätze, sie wollen hier weg, solange es noch geht. Habt Ihr gehört, dass noch einer tot gefunden wurde? Die Augen waren ihm rausgerissen. Wer macht denn sowas? Also, kein Engländer, wenn Ihr mich fragt.«

»Sagen Sie, Harmond Vaundreuil kehrt nach Frankreich zurück?«

»Na, ich kann natürlich nich sicher sagen, *wohin* er fährt. Aber ich kann's mir ja denken, was?«

Sebastian beobachtete, wie die Arbeiter den schweren Tisch auf den Karren wuchteten. »Ich möchte gern wissen, ob Sie wohl einen Tischler namens Sampson Bullock kennen?«

»Bullock?« Mitts Gesicht mit den Hängebacken wurde ausdruckslos, während er nachdachte. »Glaube nich, nein.«

»Er ist ein Riese von Mann, groß und breit gebaut, und die lockigen schwarzen Haare trägt er lang. Haben Sie ihn je hier beim Gasthaus gesehen?«

Mitt schüttelte den Kopf. »Nich dass ich mich erinnern tät. Warum? Glaubt Ihr, er ist der, wo hinter allem steckt?«

»Im Moment weiß ich es wirklich nicht.«

Mitt grunzte, und seine vorquellenden Augen wurden im kalten Wind wässrig. »Ich hoff nur, es spricht sich nich rum, dass diese Sachen irgendwas mit dem Inn zu tun hätten. Wär nich gut, wenn die Leute glauben, das Lokal wär verhext. Wär gar nich gut.«

Sebastian beobachtete, wie die beiden Möbelpacker wieder zurück ins Hotel gingen. »Ist Monsieur Vaundreuil da?«

»Aye. Hab ihn als Letztes bei einem Kaffee gesehen.«

Sebastian ging in den Kaffeeraum, wo er Vaundreuil und seinen Verwalter Bondurant antraf. Sie standen neben einem der Tische bei den Fenstern, die zur Straße wiesen. Vor ihnen auf dem Tisch stand eine geöffnete dunkle Lederschatulle, und sie sahen offenbar gerade die Unterlagen durch, die darin lagen. Bondurant sah zu Sebastian herüber, legte ruhig das letzte Blatt in die Kiste, verschloss sie und ging hinaus.

»Ich hörte, Sie reisen ab«, sagte Sebastian und sah dem Angestellten hinterher.

Vaundreuil rieb sich mit der Hand über die untere Gesichtshälfte. Seine Augen waren rotgerändert und geschwollen. »Macht Ihr mir daraus einen Vorwurf?«

»Nein. Aber was ist mit den Verhandlungen?«

Der Franzose zuckte die Achseln. »Sie waren nicht wirklich zielführend.«

Sebastian ging zum Kamin und stellte sich mit dem Rücken davor. »Als ich Sie gestern Morgen gesehen habe, waren Sie fest entschlossen zu bleiben. Weshalb haben Sie Ihre Meinung geändert?«

»Meine Tochter ist schuld. Sie sagte, ich bräuchte etwas Rot-Ulme für das Halsweh, über das ich mich beklagte, und ging gestern Nachmittag zur Apotheke, um sie zu besorgen. Jemand ist ihr gefolgt.«

»Hat sie ihn gesehen?«

»Nein. Der Nebel war zu dicht. Sie hat nur Schritte gehört, und dann das Husten eines Mannes. Aber sie hatte keinen Zweifel, dass er ihr folgte. Er ist stehengeblieben, wenn sie stehenblieb, und wieder weitergegangen, wenn sie weiterging. Den restlichen Weg zurück zum Inn ist sie gerannt.«

Sebastian musterte das angespannte Gesicht seines Gegenübers. »Wen vermuten Sie dahinter?«

»Vielleicht die Bourbonen? Oder irgendein Industrieller wie dieser Schotte, Kilmartin? Wer kann das schon sagen? Ich weiß nur, dass es mir jetzt reicht.«

»Und was ist mit Jarvis? Könnte er hinter den Morden stecken?«

»Nein.«

»Ganz sicher?«

Vaundreuil drehte sich zum Fenster um und schaute den Arbeitern zu, die jetzt einen ganzen Stapel Hutschachteln aufluden. »Ob ich sicher bin – nein, wohl nicht«, sagte er nach einer Weile. »Es lässt sich nicht leugnen, dass Jarvis irgendein triftiges Spiel spielt – ein triftiges und gefährliches. Wir sind jetzt an einem Punkt angelangt, an dem ich niemandem mehr traue.« Er lachte freudlos auf. »Oh, und bitte sagt jetzt nichts über die Ironie, die darin liegt, dass ich das so ausspreche, denn die sehe ich sehr wohl. Die einzige Person, die sich in dieser ganzen Geschichte keinerlei Vorwürfe machen muss, ist Madeline. Und ich will, dass sie in Sicherheit ist.«

»Wann legt Ihr Schiff ab?«

»Um zehn Uhr heute Abend.«

»Dann rate ich Ihnen, Ihre Tochter möglichst bald an Bord zu bringen und in Ihrer Kabine zu bleiben, bis das Schiff an Greenwich vorbei ist.«

Das Geräusch von Frauenschritten auf der Treppe lenkte Vaundreuils Blick zum Eingang. »Aber warum sollte denn jemand meiner Tochter schaden wollen? Wer würde so etwas tun?«

Madame Madeline Quesnel trat in die Tür zum Café. Sie trug ein schwarzes Reisekleid aus Wolle und hielt eine Reisetasche in der Hand. Sie blickte von ihrem Vater zu Sebastian.

Sebastian sagte: »Wenn es um das Schicksal von Nationen geht, lassen sich manche Männer durch nichts aufhalten.« *Manche Männer und manche Frauen.* Er verbeugte sich vor ihr und lächelte. »Ich wünsche eine sichere Reise, *Madame.*«

Kapitel 55

Das letzte Licht schwand gerade vom Himmel, als Charles Lord Jarvis über den Hof vor Carlton House zu seiner Kutsche ging.

Er war über den neueren Verlauf der Dinge gelinde erfreut. Es würde keine Friedensverhandlungen mehr mit dem unverfrorenen Emporkömmling Napoleon geben. Der gierige kleine Opportunist Vaundreuil eilte just in diesem Moment mit eingekniffenem Schwanz heimwärts. Der Krieg in Europa würde zu seinem richtigen Ende geführt werden, britische Truppen würden siegreich über die Champs-Élysées marschieren, und die radikalen Kräfte wären zerschmettert. Ein weiteres Jahrhundert oder noch länger würde sich keine Nation gegen die Vorrangstellung Britanniens in der Welt erheben, noch würde irgendeine Volksgruppe es erneut wagen, ihre Oberen zu stürzen und die Rechte des einfachen Volks zu verkünden.

Er blieb stehen; ein Lakai öffnete eilends die Kutschtür und klappte den Tritt heraus. Jarvis stieg ein, ließ sich auf dem gemütlich gepolsterten Sitz nieder und glättete seinen Kutschrock auf dem Schoß, da öffnete sich die Tür erneut, und Viscount Devlin stieg ein, um den Platz gegenüber einzunehmen.

»Ist es recht, wenn ich mitfahre?«

»Nun, nein.«

Der Viscount lächelte. »Ich bleibe nicht lang. Ich nehme an, Euch ist zu Ohren gekommen, dass Harmond Vaundreuil London verlässt?«

»In der Tat.«

»Ist das Euer Werk?«

»Nicht ganz.«

»Ihr habt aber seiner Tochter sehr wohl jemanden auf die Fersen gesetzt.«

Jarvis lehnte sich zurück und zog lediglich die Brauen hoch.

Devlin sagte: »Vaundreuil denkt, Ihr habt Pelletan und Foucher ermordet.«

»Harmond Vaundreuil ist ein korrupter Narr. Weshalb sollte ich mich auf ein solch ekelhaftes Possenspiel einlassen, wenn der Chef der Delegation längst auf meiner Lohnliste stand?«

»Vielleicht haben Pelletan und Foucher gedroht, Vaundreuil an Paris auszuliefern.«

»Ach. In dem Falle hätten sie unter allen Umständen eliminiert werden müssen. Meiner Kenntnis nach war Foucher allerdings bezüglich Vaundreuils verräterischen Machenschaften mit erstaunlichem Unwissen gesegnet. Und Ihr wisst ja, meine Kenntnis ist sehr umfassend.«

Devlin beobachtete aus dem Kutschfenster einen abgerissenen, jungen Straßenfeger, der ihnen aus dem Weg sprang. »Ihr sagtet neulich, dass einer Eurer Männer in der Mordnacht von Pelletan das *Gifford Arms* beobachtet hat.«

»Ja.«

»Wiederholt bitte, was er sagte.«

Jarvis seufzte. »Wirklich, Devlin, Eure Obsession wird sehr ermüdend.«

»Tut mir den Gefallen.«

»Nun gut. Mal sehen … Ein unbekannter Mann und eine verschleierte Frau sind mit einer Kutsche vorgefahren. Aus Gründen, die Ihr zweifellos besser begreift als mein Informant, entschied sich Pelletan, vor dem Inn mit den beiden zu sprechen, anstatt im Lokal. Es kam zu einem hitzigen Wortgefecht, aber da mein Informant unglücklicherweise nicht über Euer übersteigertes Hörvermögen verfügt, ist das Thema des Gesprächs nicht bekannt.«

»Was geschah dann?«

»Der Mann und die Frau sind zu ihrer Kutsche zurückgekehrt und haben Pelletan in einem ziemlich aufgewühlten Zustand stehen lassen. Er stand immer noch da, als Alexandrie Sauvage eintraf. Die beiden haben sich ebenfalls gestritten. Pelletan ging dann ins Inn und kam in einem Herrenmantel und Handschuhen wieder heraus. Er und Sauvage sind daraufhin mit einer Droschke davongefahren.«

Jarvis sah, wie Devlin sich vorbeugte und die Lippen öffnete.

»Was ist?«, fragte er und betrachtete ihn missbilligend.

»Und der Mann mit der ersten Frau? Ihr sagtet, sie gingen zur Kutsche zurück. Wann sind sie weggefahren?«

»Unmittelbar, nachdem Pelletan und seine Schwester davongefahren sind.«

»Seid Ihr Euch sicher?«

Jarvis war für sein untrügliches Gedächtnis bekannt. Es war eine seiner größten Gaben, denn er konnte sich wortgetreu an Unterhaltungen und Berichte erinnern, wenn andere Männer längst vergessen hatten, dass sie überhaupt stattgefunden hatten. Auf Devlins Frage kräuselte er lediglich verächtlich die Lippen.

Devlin sagte: »Sagt Eurem Kutscher, er soll anhalten.«

»Nur zu gern.«

Der Viscount schickte sich an, hinunterzuspringen, hielt jedoch mit den Händen am Türrahmen inne und blickte zurück. »Kennt Ihr zufällig einen jungen französischen Émigré namens Chevalier d'Armitz?«

»Vage. Weshalb?«

»Könnt Ihr ihn mir beschreiben?«

»Etwa mittelgroß. Untersetzt. Dunkles Haar.«

»Was wisst Ihr über ihn?«

»Nur wenig. Er gehört zu der Horde von Émigrés, die die Bourbonen umgeben. Er hat einen Mann getötet – und ich meine damit, nicht im Duell. Irgendein Hauptmann der Home Guard hat Armitz des Verrats bezichtigt und wurde am Abend desselben Tages hinterrücks erstochen.«

»Interessant. Er hat zweimal versucht, mich zu töten.«

»Wie schade, dass es ihm nicht gelungen ist«, sagte Jarvis.

Devlin lachte nur.

***

Hero stand am Fenster des Kinderzimmers. Eine Hand ruhte auf ihrem gewölbten Bauch, und sie sah zu den dunklen Sturmwolken hinaus, die sich über der

Stadt zusammenballten. In den letzten sechs Monaten war sie oft hergekommen, um die Arbeiter zu beaufsichtigen, die die Zimmer vorbereiteten, und sich einer für sie vollends untypischen Weinerlichkeit hinzugeben, und zuletzt, um etwas Ruhe und Frieden zu finden.

Doch an diesem Abend lächelte sie.

Den größten Teil der vergangenen beiden Tage hatte sie alle zwei Stunden fünfzehn bis zwanzig Minuten auf den Knien verbracht, sich dabei selbst gesagt, dass sie eine leichtgläubige Närrin war, und es dennoch durchgezogen. Dann, als sie bereits angewidert ihre Bemühungen aufgeben wollte, hatte sie etwas gespürt, das sich anfühlte, als würde ein riesiger Fisch in einem engen Fass Purzelbaum schlagen. Im Lauf der letzten Monate war sie mit den Bewegungen ihres Kindes vertraut geworden. Deshalb wusste sie auch ohne dass es ihr jemand eigens sagte, dass Alexi Sauvages absonderlicher Ratschlag funktioniert hatte. Das Kind hatte sich zu guter Letzt gedreht, und ihre Aussichten darauf, die Geburt mitsamt dem Kind zu überleben, waren gerade gestiegen.

Hero wusste, dass niemand sie je als demütig bezeichnen würde; sie war eine stolze, ungeduldige und resolute Frau. Aber sie stand nicht darüber, einen Fehler einzugestehen. Und als sie so beobachtete, wie das letzte Tageslicht aus dem Himmel floss, wusste sie, dass sie Sauvage sowohl eine Entschuldigung als auch ihre aus tiefstem Herzen kommende Dankbarkeit schuldete.

In der Absicht, eine Kutsche zu ordern und sich auf den Weg zum Tower Hill zu machen, wollte Hero sich gerade vom Fenster wegdrehen, als ihr eine Bewegung ins Auge fiel. Im Schatten eines Karrens, der am Wegesrand parkte, stand ein Mann. Er war groß, breitschultrig, wie ein Handwerker gekleidet und hatte einen schäbigen Hut tief über das dunkle, lockige Haar gezogen, das etwas zu lang war. In der hereinbrechenden Dämmerung waren seine Züge nicht zu erkennen. Dennoch konnte sie sich des Eindrucks nicht erwehren, dass er das Haus mit einer Bosheit betrachtete, die fast mit Händen greifbar war.

»Claire«, sagte sie zu der Französin, die damit beschäftigt war, Kleider zusammenzulegen und in eine Kommode im kleinen Zimmer nebenan zu räumen. »Sehen Sie den Mann dort, neben dem Wagen? Wissen Sie, wer das ist?«

Claire Bisette trat zu ihr, eine Chemise in der Hand. »Nein. Ich habe ihn noch nie gesehen. Warum?«

Doch Hero schüttelte nur den Kopf. Sie wollte kein ungutes Gefühl eingestehen, für das sie keine Erklärung hatte.

Sie verließ die Kinderzimmer und gab Anweisung an die Stallungen, ihre Barouche vorzufahren, zog sich ein Kutschkleid aus grünem Rips an und darüber ein Vandyke-Cape mit schwarzen Bordüren. Als sie das Haus verließ, war ein eisiger Wind aufgekommen, der den Lampenanzünder und seinen Jungen dazu brachte, eilig zu der letzten Öllampe zu laufen, die am Ende einer geraden Reihe zum Grosvenor Square stand, um sie zu entzünden.

Sie fielen ihr ins Auge, als der Bursche ihr in die Kutsche half. Und einen kurzen Augenblick sah sie auch den Mann wieder. Groß und dunkel, mit langem schwarzem Haar und einer Narbe auf der einen Wange stand er an der Ecke zur Davies Street.

Dann zog er sich zurück, und der Wind ließ eine ausgerissene Seite einer Zeitung im Rinnstein flattern und trug den Geruch des aufziehenden Regens heran.

Kapitel 56

Als Sebastian die französische Kapelle in der Little George Street erreichte, hatte feiner, kalter Regen aus dem schweren, schwarzen Himmel eingesetzt.

Er hielt in den Schatten der Ställe in der Nähe an. Die Nacht roch nach nassem Pflaster, frischem Pferdedung und dem heißen Öl einer in der Ferne flackernden Straßenlampe. Aus den drei hohen Fenstern der Kirche und von den Kutschlaternen der einzelnen Barouche vor dem Portal sickerte schwaches Licht. Auf dem Kutschbock döste ein Kutscher, der in die Livree des Comte d'Artois gekleidet war. Ansonsten lag die Straße leer und dunkel im aufziehenden Sturm.

Sebastian zog den Hut zum Schutz vor dem Regen tiefer und versuchte, das Portal der Kapelle zu öffnen. Die Türen waren verschlossen. Er warf dem schlafenden Kutscher noch einen Blick zu, dann huschte er um die Kapelle herum zu dem Weg, der zur Sakristeitür führte. Der Regen wurde stärker, schlug in Graupel um und biss wie scharfe Nadelstiche in die Haut. Er hatte die wenigen Stufen fast erreicht, da hörte er den festen Schritt einer Person, die den Weg hinter ihm betrat.

Sebastian wirbelte herum.

Mit einem leisen, nervösen Lachen blieb ein junger Mann stehen, der einen offenen Herrenmantel und einen Zylinder trug. Er war vielleicht fünfundzwanzig

Jahre alt und hatte unauffällige Züge bis auf seine dunklen Augen, die so dicht bewimpert waren die wie einer Frau.

»Chevalier d'Armitz, nehme ich an?«

»Ja.«

»Sie waren sehr leise«, sagte Sebastian. »Sie haben mich nicht zufällig ausspioniert?«

»Nun, warum sollte ich?« Der Franzose hielt den linken Arm gerade an der Seite, sodass seine Hand von seinem Mantel halb verdeckt war. Er musste sich sicher gewesen sein, dass niemand in den tiefen Schatten des Wegs den Dolch sehen würde, den er in der Hand hielt. »Ich dachte nur, Ihr solltet wissen, dass die Kirche geschlossen ist.«

»Ich sehe Kerzenlicht.«

Der Chevalier trat einen Schritt näher, dann noch einen. »Es ist eine private Zeremonie.«

»Ach? Und welche Art Zeremonie könnte das sein?«

»Eine Bestattung.«

»Es steht aber kein Leichenwagen da.«

»Der Leichnam ist bereits an einem anderen Ort beerdigt worden.« Der Regen trommelte. Der Chevalier kam näher, das Messer verborgen haltend, und setzte eine leutselige Miene auf, als unterhielten sie beide sich angeregt. »Bei bestimmten Familien Emigrierter ist es Tradition, das Herz eines geliebten Menschen an einem anderen Ort zu verwahren. Die Urnen werden hier in der Kapelle in einem Gewölbe aufbewahrt, bis der Tag kommt, an dem sie wieder nach Frankreich gebracht werden können.«

»In diesem Fall zum Val-de-Grâce?«

»Zufällig ja.« Er blieb einen guten Meter vor Sebastian stehen, und sein Lächeln wandelte sich langsam in einen angestrengten Ausdruck. »Ihr seid schwer zu töten, Monsieur le Vicomte.«

»Und doch probieren Sie es immer weiter.«

»Dieses Mal habe ich bessere Aussichten, glaube ich.«

»Ach? Weil Sie im Gegensatz zu mir ein Messer in der Hand halten?«

Kurz huschte der Anflug von Überraschung über das Antlitz des Chevaliers, gefolgt von Unsicherheit, dann verschwand er wieder. »Ich hörte, Ihr habt die Augen und die Ohren einer Katze. Das habe ich persönlich nie geglaubt.«

»Das ist Ihr Fehler.«

Er schüttelte den Kopf. »Ich halte das für ein Bild, das Ihr pflegt.«

»Ich hörte, Sie erstechen Männer am liebsten hinterrücks. Wortwörtlich. Allerdings ist Ihnen mein Rücken nicht zugewandt.«

»Ich bin anpassungsfähig«, sagte der Chevalier. Immer noch lächelnd machte er einen Ausfallschritt nach vorn und zielte mit dem Messer auf Sebastians Herz.

Sebastian drehte sich und griff mit der einen Hand nach dem ausgestreckten Arm des Chevaliers, mit der anderen nach seiner Faust. Mit zusammengebissenen Zähnen drehte Sebastian die Faust fest um, wobei er den Griff des Dolchs als Hebel nutzte. Er sah, wie das Entsetzen in d'Armitz' Antlitz aufblitzte, als ihm bewusst wurde, wie falsch er die Situation eingeschätzt hatte.

Das Messer glitt aus der hilflos schlaffen Hand des Chevaliers und fiel in die von Sebastian. Sebastian riss den Arm des Franzosen nach oben und jagte ihm die Klinge mitten ins Herz.

»Aber ...«, spie der Chevalier aus, und seine Augen weiteten sich, als er sich plötzlich in eine Realität gestoßen fand, über die er keine Kontrolle hatte, einen Gegner vor sich, den er nicht hereinlegen, und einem Schicksal ausgesetzt, dem er nicht entkommen konnte. Dann wurde die Verblüffung von Zorn abgelöst, von einer empörten Wut, die noch schlimmer wurde, weil er begriff, dass ihn das Glück nun verlassen hatte.

»Nicht so anpassungsfähig, wie Sie dachten«, sagte Sebastian und zog die Klinge heraus.

Um sie herum fiel der Regen in Strömen, nässte das nach oben gewandte Antlitz des Franzosen und mischte sich mit dem Blut, das seine weiße Weste durchtränkte. Das Licht der Erkenntnis erlosch bereits in seinen Augen. Nur die Wut blieb, ähnlich einem feurigen, heißen Stück Kohle, das in einer gnadenlosen Dunkelheit letztlich doch zum Erlöschen verdammt war.

***

Die Tür zur Sakristei öffnete sich bei Sebastians Berührung lautlos. Dahinter lag ein kleiner, ungepflegter Raum, in dem die Luft nach Feuchtigkeit, kaltem Weihrauch und einem bestimmten Mief roch, der oft mit der Kleidung alter Männer in Verbindung gebracht wird. Ein schmaler Streifen flackernden Kerzenlichts fiel durch einen offenstehenden Spalt der Kapellentür herein.

Sebastian blieb im Schatten stehen. Von hier aus konnte er den größten Teil der beiden leeren Bankreihen und die hölzerne Westempore über dem Haupteingang sehen. Anscheinend war die Kirche bis auf den Priester leer, der in sein weißes Gewand mit der goldbestickten schwarzen Stola gekleidet war. Er stand vor einem der in die Wand gebauten Schreine, der offenstand und eine leere Nische enthüllte. Darin stand eine Reihe Urnen. Er hatte beide Hände gehoben, und seine tiefe, monotone Stimme klang in der Stille wider.

»Requiem aeternam dona ei, domine.«

Sebastian hörte Stoff, der sich bewegte, einen leichten Schritt, und Lady Giselle Edmondson trat in sein Sichtfeld. Sie trug ein schwarzes Kaschmirkleid mit hoch angesetzter Taille, das ausgebogt und mit Crêpe abgesetzt war. Ein schwarzer Schleier aus Spitze umschmeichelte ihren Kopf, und die feinen Falten betonten ihr strahlendes Haar, während sie das Gesicht frei ließen. In den Händen hielt sie eine durchsichtige Urne aus Kristallglas, die zwei silberne Griffe, einen silbernen Deckel und einen silbernen Boden aufwies. Darin lag ein rotbraunes Herz, das vermutlich einst Damion Pelletan gehört hatte.

»Et lux perpetua luceat ei ...«

Sie blieb mit gesenktem Kopf und geschlossenen Augen stehen, und ihre schönen Züge wirkten wie eine Studie höchster Konzentration und Ehrfurcht, als die Worte des Priesters über sie hinweg erklangen.

»Requiescat in pace ...«

Sebastian verlagerte das Gewicht, sodass er die restliche Kapelle sehen konnte. Halb erwartete er, auch Marie Thérèse zu finden. Aber bis auf den alten Priester und Lady Giselle war dir Kirche vollends leer.

»*Anima eus, et animae omnium fidelium defunctorum, per misericordiam ...*« Der Gesang des Priesters stieg in einem Crescendo an. Sebastian drückte die Tür weiter auf und trat in die Kirche hinein.

»*Dei requiescat in p...*« Der Priester drehte den Kopf. Seine Stimme erlosch mit einem hohen Quiekton, er riss die Augen auf und ließ den Mund offenstehen.

Giselle musste zunächst noch angenommen haben, dass Sebastians Schritte die ihres Vetters waren, denn sie drehte sich nur langsam um, hob den Kopf und öffnete die Augen. Sie reagierte beherrschter als der Priester.

Sie sah Sebastian an, dann sagte sie: »Ich nehme an, das ist das Blut meines Vetters?«

Erst da bemerkte Sebastian den dunklen Blutstreifen quer auf seinem Mantel und der Weste sowie das blutige Messer, das er immer noch in der Hand hielt. »Ja.«

»Ist er tot?«

»Ja.«

Er sah die Emotionen in ihren Augen aufleuchten. Wut gemischt mit Berechnung anstatt Trauer.

»*Monsieur!*«, protestierte der Priester. »Ihr bringt eine blutige Mordwaffe ins Haus des Herrn?«

»Ich bitte um Vergebung, Vater.« Den Blick weiterhin auf Lady Giselle gerichtet, legte Sebastian das Messer sorgsam zu seinen Füßen ab. Das Metall klackerte leise auf dem Steinboden.

Sie sagte: »Mir ist bewusst, was Ihr denken müsst, dennoch täuscht Ihr Euch. Der Chevalier hat Damion Pelletan nicht getötet.«

»Das weiß ich.« Sebastian ging weiter auf sie zu, die leeren Hände zu beiden Seiten herunterhängend. »Aber Sie hatten vor, ihn zu töten. Deshalb sind Sie an jenem Abend seiner Droschke gefolgt, als er vom *Gifford Arms* wegfuhr, nicht wahr?«

»Vielleicht. Aber letztendlich ist es nicht von Belang, was wir *vorhatten*. Würden alle Menschen, die ihren Nächsten Schlechtes wünschen, zur Rechenschaft gezogen, wäre England in Kürze ziemlich leer.«

»Was ist also an jenem Abend geschehen?«

Sie zuckte mit den Achseln. »Als die Droschke Pelletan und die Frau am Eingang zum Cat's Hole absetzte, ließ ich meinen Kutscher links ranfahren und habe ihnen den Chevalier auf die Fersen gesetzt.«

»Zum Hangman's Court?«

»Wenn das der Name dieses Drecklochs ist, lautet die Antwort ja.«

»Was geschah dann?«

»Während Armitz wartete, bemerkte er einen anderen Mann, der im Schatten herumlungerte – einen großen, groben Kerl mit dunklen, lockigen Haaren.«

»Sampson Bullock.«

»Ja.«

Sebastian betrachtete ihre ruhigen, sorgsam beherrschten Züge. »Woher kannten Sie seinen Namen?«

»Spielt das eine Rolle? Armitz beobachtete jedenfalls, wie Bullock Pelletan folgte, als er Hangman's Court verließ. Die Frau muss irgendwann etwas gehört haben, denn sie wollte sich gerade umdrehen. Da schlug Bullock ihr mit einem Knüppel auf den Schädel und stieß Damion Pelletan eine Waffe in den Rücken. Armitz wartete, bis der Mann weg war, dann kam er zu mir.«

»Und Sie sind zusammen dorthin zurückgegangen, wo Pelletan und seine Schwester lagen?«

Sie neigte leicht den Kopf zur Seite. »Woher wisst Ihr ...«

»Woher ich weiß, dass Sie dort waren? Ich habe die Abdrücke Ihrer Schuhe gesehen.«

»Aber Ihr konntet doch nicht wissen, dass sie zu mir gehörten.«

»Nein«, stimmte er ihr zu. »Warum sind Sie mit d'Armitz zum Cat's Hole zurückgekehrt?«

Sie bewegte die Hände besitzergreifend auf der Kristallurne. »Ich habe das Herz gebraucht.«

Sebastian sah ihr vorgerecktes Kinn und die Selbstgerechtigkeit in den täuschend sanften blauen Augen. »Sie haben ihm das Herz herausgeschnitten, nicht wahr? Deshalb sind Sie mit Armitz dorthin zurückgegangen. Er hat es nicht über sich gebracht, also haben Sie es gemacht.«

»Ja.«

Obgleich er es gewusst hatte, machte ihr gelassenes Eingeständnis die Tat noch schlimmer. Er konnte das Bild von dieser zartgliedrigen, ätherisch schönen Frau nicht abschütteln, die im Dreck einer dunklen, von Unrat übersäten Gosse Damion Pelletan das Herz aus dem noch warmen Leib metzelte. Er sagte: »Sie haben Pelletan für den verschwundenen Dauphin gehalten, den einzigen überlebenden Sohn des ermordeten Königs von Frankreich, und dennoch hätten Sie ihn ermordet, wenn Ihnen nicht jemand zuvorgekommen wäre. Weshalb?«

Sie erwiderte seinen Blick. »Er taugte nicht zum Regieren. Er ist nicht als Prinz aufgezogen worden, und sein Geist war vom Einfluss der Revolution hoffnungslos verdorben. Wenn die Bourbonen wieder auf dem Thron Frankreichs eingesetzt werden, dann nicht mit ihm.«

»Aber Sie möchten dennoch, dass sein Herz einen Ehrenplatz unter den königlichen Grabstätten in Val-de-Grâce bekommt?«

»Er ist trotz allem der Sohn des Heiligen Louis.«

»Weiß Marie Thérèse das? Weiß sie, dass Sie den Menschen, den sie für ihren leiblichen Bruder gehalten hat, töten wollten?«

Anstatt ihm zu antworten, wandte sich Lady Giselle dem Priester zu. »Bitte fahren Sie fort, Vater.« Zu Sebastian sagte sie: »Ihr dürft jetzt gehen.«

Sebastian stieß den Atem in einem freudlosen Schnauben aus. »Nicht ohne Damion Pelletans Herz. Seiner Schwester kommt die Entscheidung zu, was damit geschehen soll.«

»Nein.« Sie schüttelte den Kopf. »Sein Name war nicht Damion Pelletan, und die Frau, die ihn begleitete, war nicht seine Schwester.«

»Sie irren sich«, sagte Sebastian und näherte sich ihr. Wahrscheinlich würde er niemals beweisen können, dass der Chevalier d'Armitz sowohl Colonel Foucher als auch den Schwulen James Farragut ermordet hatte; sowie er auch keine Möglichkeit hatte, zu beweisen, dass der Chevalier auf Anweisung dieser Frau gehandelt hatte. Aber er wollte verdammt sein, wenn er es zuließe, dass sie Damion Pelletans Herz in einer Stätte beisetzte, die einem von ihm selbst gehassten Herrschergeschlecht gewidmet war.

»Geben Sie mir das Herz«, sagte er.

»Monsieur«, protestierte der Priester und versuchte, zwischen sie zu treten.

»Vater ...«, begann Sebastian, als Lady Giselle dem Geistlichen einen Stoß versetzte, der ihn gegen Sebastian taumeln ließ.

»Hölle noch mal«, fluchte Sebastian und half dem alten Mann, sich wieder aufzurichten. Giselle wirbelte herum und rannte zur Vorderseite der Kapelle.

Mit der einen Hand hatte sie die schweren Röcke ihres Kleids zusammengerafft, mit der anderen hielt sie die Urne fest an sich gedrückt. Sie hatte die Tür schon fast erreicht, da fiel ihr offenbar ein, dass die abgesperrt war. Sie zögerte nur einen Augenblick, bevor sie die Richtung änderte und zurück zur Sakristei strebte. Aber Sebastian hatte den nörgelnden Priester bereits zur Seite geschoben und lief los, um ihr den Weg abzuschneiden. Kurz begegnete ihr zorniger Blick dem seinen. Dann drehte sie sich um und rannte die schmalen Holzstufen zur Empore hoch.

Er hechtete ihr hinterher und nahm zwei der steilen Stufen auf einmal. Er platzte auf die quietschende Empore und sah sie mit dem Rücken zur Balustrade stehen. Die Urne hatte sie wie eine Waffe erhoben.

»Kommt keinen Schritt näher«, sagte sie mit einer tödlichen Ruhe.

Abrupt blieb er stehen. »Ich tue Ihnen nichts an. Ich will nur das Herz.«

Sie schüttelte den Kopf. »Ihr habt gefragt, woher ich den Tischler, Bullock, kannte. Ich will es Euch sagen: Ich habe es mir zur Aufgabe gemacht, ihn zu kennen. Mir war klar, dass er sich als nützliche Ablenkung erweisen könnte, wenn es so aussehen würde, als ob Ihr mehr als nur lästig werden könntet – was Ihr seid. Deshalb war mein Vetter, bevor er hierherkam, auch in der Tichborne Street. Er hat dafür gesorgt, dass Bullock über das Kind Bescheid wusste. Er ist sehr wütend auf Euch. Er hat geschworen, sich an Euch genauso zu rächen wie an Alexi Sauvage.«

»Damion Pelletans Sohn ist in Sicherheit.« Sebastian trat einen Schritt auf sie zu, dann noch einen. »Bullock wird ihn nie kriegen.«

Sie lachte hell auf; es hallte in der kleinen Kirche wider. Der Regen trommelte aufs Dach, und der Wind trieb ihn in Wellen gegen die Fenster. »Ich spreche doch nicht von Noël Durant, Ihr Narr. Welches Interesse habe ich am Bastard eines Prinzen? Ich spreche von *Eurem* Kind. Eurem ungeborenen Kind.«

Sebastian blieb regungslos stehen; eine Gänsehaut prickelte ihm über die Kopfhaut.

»Bullock wird es töten«, sagte sie mit kaltem Triumph. »Sowohl das Kind als auch die Mutter.«

Sebastian machte noch einen Schritt auf sie zu. »Ich glaube Ihnen nicht.«

»Dann ist es die stärkste Rache, nicht?«, sagte sie und schlug ihm mit der schweren Urne gegen den Kopf.

Die scharfe Kante eines silbernen Griffs schnitt ihm in die Kopfhaut. Heißes Blut rann seitlich an seinem Gesicht herab. Er riss einen Arm hoch, um sie von sich zu stoßen, doch sie holte erneut mit der Urne aus; ihre

Züge waren von Wut, Hass und blinder Entschlossenheit verzerrt.

Er schleuderte sie von sich. Das Blut lief ihm inzwischen in die Augen. Sie verlor das Gleichgewicht und taumelte zurück, stieß fest gegen die Holzbalustrade der Empore. Sebastian hörte, wie das Holz krachend barst und sah, wie das Entsetzen sich in ihrem Gesicht abzeichnete.

Die alte Brüstung gab nach, das Geländer zerbrach. Sie suchte mit einer Hand fuchtelnd nach Halt. Hätte sie die Urne losgelassen, hätte sie sich vielleicht retten können. Aber sie hielt sie fest und fiel mit einem Wutschrei rückwärts in den Abgrund. Ihre schwarzen Röcke bauschten sich um sie herum.

»*Mon Dieu!*«, schrie der Priester, als sie mit dem lauten Knacken eines Knochens auf dem Boden aufschlug.

Der Aufprall schleuderte die Urne aus ihrer Hand, und das Kristall zerschellte auf dem Fliesenboden. Ein Schauer klarer, glitzernder Fragmente ergoss sich, und das Herz kam nur Zentimeter neben ihrer ausgestreckten Hand zu liegen. Sie sah mit weit aufgerissenen, blicklosen Augen zur Decke hinauf. Aber Sebastian hielt sich nicht damit auf, zu überprüfen, ob sie tot war, sondern rannte zur Tür.

Kapitel 57

Paul Gibson saß mit dem Rücken zur Tischkante, und in seinen Augenwinkeln bildeten sich Lachfältchen, während er Alexi beobachtete, die einen Teekessel mit Wasser füllte und auf den Dreifuß setzte.

»Ich habe dir nicht Unterkunft angeboten, damit du dich in die Köchin und Haushälterin eines einbeinigen Iren verwandelst.«

Sie sah zu ihm auf. Das Licht des Kaminfeuers ließ ihr Haar auf eine Weise aufleuchten, die ihn an neblige Sonnenaufgänge und die ersten roten Blätter im Herbst erinnerte. »Mrs Frederick wird wieder hier sein, sobald sie sich sicher ist, dass sie ihren Standpunkt deutlich gemacht hat.« Sie richtete sich auf, stellte sich zwischen seine gespreizten Beine, legte ihm die Hände auf die Schultern und sah ihm in die Augen, als sie seinen Tonfall imitierte. »Und was ist an einem einbeinigen Iren so schlecht, hm?«

Er legte die Hände in ihre Taille. Immer noch war er überwältigt von der Erkenntnis, dass sie ihn begehrte und in ihm etwas von Wert sah. Er hatte eine schreckliche Angst, sie würde zuletzt doch erkennen, dass er ihrer nicht würdig war und sie mehr von einer Kombination aus Dankbarkeit und Mitleid angetrieben wurde als von einer tiefen Anziehungskraft und der Art respektvoller Liebe, die bestehen konnte.

»Alexi ...«, begann er, unterbrach sich aber, als es an der Tür klopfte.

»Und weiter?«, sagte sie und löste sich lachend von ihm, als er zögerte.

Bedauernd stand er auf. »Das wird Devlin sein, der wegen der Ergebnisse der Autopsie am Haymarket-Juwelier herkommt.«

Er griff nach einem Kerzenleuchter und humpelte durch den Flur zur Haustür. Aber es war nicht Devlin, sondern die einschüchternde, große Tochter von Lord Jarvis. Neben ihr stand ein Bursche, der einen Schirm über sie hielt. Feiner Regen hatte eingesetzt, den der stärker werdende Wind wie spitze Nadeln vor sich her trieb.

»Großer Gott, Lady Devlin.« Gibson trat rasch einen Schritt zurück. »Bitte, kommt herein. Stimmt etwas nicht?«

»Es stimmt alles«, sagte sie und schüttelte kurz ihre nassen Röcke, als sie durch den engen Eingang trat. Sie nickte dem Kutscher zu, der den Schirm zuklappte und zur wartenden Kutsche zurück hastete. »Ich würde gern mit Alexi Sauvage sprechen. Ist sie da?«

»Ja, bin ich.«

Mit einem Blick über die Schulter sah Gibson Alexi mit hoch erhobenem Kopf und verschränkten Armen da stehen. Die Blicke der beiden Frauen trafen sich.

»Ich halte Sie nicht lange auf«, sagte die Viscountess. »Ich bin gekommen, um mich für mein rüdes Verhalten zu entschuldigen. Ich habe Sie der niedrigsten Motive bezichtigt, obgleich Ihr alleiniges Interesse der Rettung meines Kindes galt, und das tut mir leid.«

Alexi trat neben Gibson und öffnete überrascht den Mund. »Hat es funktioniert? Hat das Kind sich gedreht?«

Ein seltsames Lächeln umspielte die Lippen der Viscountess, und Gibson dachte bei sich, dass er sie nie nahbarer oder liebenswerter erlebt hatte. »Ja. Ich weiß nicht, wie ich Ihnen danken kann, außer mit einer Entschuldigung.«

Sie drehte sich wieder um, doch Alexi streckte die Hand aus und hielt sie auf. »Ich wollte gerade Tee machen. Bitte leistet uns doch Gesellschaft.«

Die Viscountess schüttelte den Kopf. »Ich möchte nicht stören.«

»Bleibt doch wenigstens, bis der Sturm sich etwas gelegt hat«, sagte Gibson, als der Regen noch fester prasselte.

Sie zögerte, dann lächelte sie langsam. »Nun gut. Danke.«

Er ging ihr voraus zum Salon, und Alexi verschwand in der Küche. »Als ich Euch anklopfen hörte«, sagte er und stellte den Kerzenständer auf der Truhe neben der Tür ab, »dachte ich, es wäre Devlin, der wegen Farraguts Autopsie kommt.«

Sie stellte sich vor den Kamin und streckte die Hände in die Wärme des Feuers. »Haben Sie etwas herausgefunden?«

»Nur das hier. Ich muss zugeben, das hat mit der Ermordung des armen Mannes nichts zu tun.« Er griff nach einem der schweren, mit Alkohol gefüllten Behälter mit Proben, die auf dem Kaminsims standen. »Ich gebe zu, es ist schwer zu erkennen.«

»Was ist es denn? Es sieht aus wie ...«

Sie unterbrach sich, und alle Farbe wich ihr aus dem Gesicht, während sie an ihm vorbei zur Tür starrte.

Gibson, der plötzlich nasse Wolle, frisch geschnittenes Holz und alten Männerschweiß roch, drehte sich um. Er fühlte sich, als wäre er hilflos in einem Traum gefangen, der sich in einen unaufhaltsamen Albdruck verwandelte.

Sampson Bullock füllte den Türrahmen aus. Sein Hut und seine Schultern waren dunkel vom Regen, er verzog das Gesicht zu einer triumphierenden Grimasse. Er hielt Alexi vor sich fest; um die eine Hand hatte er sich eine breite Strähne ihres feurigen Haares gewickelt, und er drückte ihr die Klinge eines Fleischermessers an die Wange. Ihr Gesicht war alabasterweiß, und ihre Kehle bewegte sich, als sie mühsam schluckte.

Sie war so klein, dass ihr Scheitel nicht einmal auf Höhe der breiten Schultern des Tischlers war. Gibson spürte das Herz fest gegen seine Rippen pochen, und in seinen Ohren rauschte es. Sein Blick traf den von Alexi, und unbewusst machte er einen Schritt vor. »Was zur ...«

»Noch einen Schritt näher, und die Frau Doktor hier verliert ein Auge«, warnte Bullock und erhöhte den Druck auf die flache Klinge, bis sie sich in Alexis Gesicht drückte, ihre Züge verzerrte und schließlich einen Tropfen Blut auf ihrer Wange erscheinen ließ.

Gibson blieb stehen und drückte den Behälter mit der Probe so fest, dass ihm die Hände wehtaten. Plötzlich wurde ihm unangenehm bewusst, wie er keuchend ein- und ausatmete. Die heftig flackernden Kerzenflammen wurden von einem kalten Windzug bewegt, der offenbar von der offenen Küchentür kam.

»Wer sind Sie?«, wollte die Viscountess wissen.

»Wisse Ihr das nit?« Der Tischler lachte humorlos. »Wollner sagen, Euer Gatte, der hochherrschaftliche Viscount Devlin hat Euch nichts über mich erzählt?«

»Sein Name ist Sampson Bullock«, sagte Alexi mit bewundernswert ruhiger Stimme. »Er ist hier, weil er mich für den Tod seines Bruders verantwortlich macht.«

Bullock umfasste ihr Haar so fest, dass sie aufschrie, als er ihren Kopf in einem unnatürlichen Winkel zurückzog. »Du bist verantwortlich, du verdammtes Weibsstück. Ich habe dir gesagt, dass es dir noch leidtun wird, wenn du deine Frackonase in Sachen steckst, die dich nichts angehn. Jetzt tut's dir leid, was? Wegen dir ist dein Bruder tot, und deine Dienerin auch. Jetzt bist du dran.« Er zog das Messer von ihrer Wange und zeigte damit auf Hero Devlin. »Und sie.«

Gibson machte einen vorsichtigen Schritt nach vorn, dann noch einen, den Behälter mit der Probe immer noch fest in beiden Händen. Er zitterte so furchtbar, dass er den Behälter beinahe fallenließ, und er bewegte sich linkisch humpelnd.

»Verdammt, ich sagte, du sollst dich nicht rühren«, fluchte Bullock. Er nickte zu dem Behälter in Gibsons Händen. »Was zur Hölle is das da?«

»Das?« Gibson hob das Glas hoch. »Ein Herz.« Er sah Alexi in die Augen. Verzweifelt versuchte er, ihr klarzumachen, was er vorhatte, auch wenn ihm bewusst war, dass das unmöglich war. Er hoffte, sie begriff zumindest, *dass* etwas bevorstand.

Er zog den Korken aus der breiten Öffnung des Behälters. »Es ist sehr seltsam geformt. Wollen Sie es sehen?«

Dann schüttete er den Inhalt in das Gesicht des Schreiners.

Brüllend wich Bullock zurück, weil der Alkohol in seinen Augen brannte. Das Messer hielt er fest, ließ Alexi aber los, um sich mit der Hand über das Gesicht zu reiben.

Sie duckte sich unter seinem Arm hindurch, schnappte sich den Kerzenständer von der Kommode und hielt die Flammen an seinen Mantel.

Der alkoholgetränkte Stoff entzündete sich mit einem Fauchen, die Flammen sprangen nach oben, wo sie auf sein langes schwarzes Haar übergriffen.

»Alexi!«, schrie Gibson voller Sorge, dass die Flammen auch den Alkohol entzünden würden, der unvermeidlich auf ihren Kopf und ihre Schultern getroffen war.

Bullock stieß noch einen Schrei aus, drehte sich blind hin und her, und sein schäbiger Hut flog davon, als er versuchte, die Flammen an seinem Kopf auszuschlagen und den brennenden Mantel loszuwerden. »Ich bring euch um!«, schrie er. »Ich bring euch alle um!«

Devlins Frau hastete zum Kamin. Erst, als sie mit beiden Händen nach dem Schürhaken griff, erkannte Gibson, was sie vorhatte. Mit ihrem ganzen Gewicht trat sie nach vorn und schwang den Haken gegen den Kopf des Tischlers.

Die solide Eisenstange drang mit einem hässlichen, satten Knacken seitlich durch Bullocks Schädeldecke. Er ging zu Boden, stürzte im Fallen über das Tischende, und die Flammen griffen von seinem Mantel und dem Haar auf den fadenscheinigen, alkoholdurchtränkten Teppich über.

»Schnell!«, rief Gibson, humpelte und fiel beinahe in seiner Eile, zu den Fenstern zu gelangen. »Die Vorhänge!«

Alexi war am schnellsten und riss den verschossenen, schweren Stoff in einer Wolke aus Staub und Spinnweben herunter. Hero Devlin zog sich das Cape aus, und Rauchwölkchen stiegen auf, als sie damit auf die Flammen schlug, die schon zur Tür krochen.

»Hier!«, schrie Alexi und warf die Vorhänge auf das Feuer.

Gemeinsam schlugen und stampften sie, bis auch die letzte Flamme erloschen war und der Schreiner mitten auf dem schwarzen, verkohlten Teppich lag. Sein Kopf war eine blutige, breiige Masse.

»Ich gehe davon aus, dass er tot ist«, sagte die Viscountess.

»Ja«, sagte Alexi.

Keuchend und hastig atmend, mit hitzegeröteten, triumphierenden Gesichtern wechselten die drei frohlockende Blicke, die keiner Worte bedurften.

Beim Klang eines fernen Rufs und einem Poltern an der Haustür wirbelten sie herum.

Devlin platzte in den Salon, blieb wie angewurzelt stehen und schaute von seiner Frau zu Gibson und Alexi und schließlich zu dem blutigen, schwarzen Leichnam zu ihren Füßen.

»Was zur Hölle?«

Die Viscountess hatte einen seltsamen, verblüfften Ausdruck im Gesicht, der Gibson verwunderte. Bis er den nassen Fleck sah, der ihre Röcke durchtränkte und sich auf dem Teppich zu ihren Füßen ausbreitete. Dieser Fleck hatte nichts mit dem Alkohol zu tun, den er verschüttet hatte.

»Nun«, sagte Gibson und lachte schwindlig vor Erleichterung auf. »Du bist vielleicht eine Spur zu spät, um uns mit Mr Bullock zu helfen. Aber immerhin kommst du genau rechtzeitig, um deine Frau nach Hause zu geleiten – und zwar rasch, denke ich. So wie es aussieht, hat dein Kind entschieden, dass dies ein famoser Augenblick ist, um in Erscheinung zu treten.«

Kapitel 58

Samstag, 30. Januar

Obgleich sich das Kind gedreht hatte, lag Hero die ganze Nacht und noch den halben nächsten Tag in den Wehen. Zunächst half Sebastian ihr dabei, vor dem Kamin auf und ab zu gehen, während der Sturm draußen den Wind immer wieder auffrischen ließ und den Regen gegen das Haus peitschte. Als die Schmerzen dann so stark und in so kurzen Abständen kamen, dass sie nicht mehr gehen konnte, saß er neben ihr und hielt ihr die Hand. Hätte er den Schmerz für sie übernehmen können, hätte er es getan. Nach weiteren Stunden dachte er sogar, dass er sein Leben geben würde, wenn er damit diese unendlichen, unmenschlichen Qualen beenden könnte.

Doch noch immer weigerte sich das Kind zu kommen.

»Heilige Muttergottes, warum tun *Sie* denn nichts?«, wütete er im Lauf des Nachmittags einmal gegen Alexi. Gibson hatte darauf bestanden, die französische Ärztin zu Rate zu ziehen, und gesagt, dass sie allein im vergangen Jahr mehr Kinder zur Welt geholt hatte als er in seiner gesamten Zeit als Arzt. Doch als die Stunden voranrückten und Hero mit grimmigem, schweigendem Dulden die Wehen ertrug, bezweifelte Sebastian die Weitsicht seines Freundes.

Die Französin sah ihn an, und ihr Gesicht war vor Erschöpfung gerötet und ganz faltig. »Euer Sohn kommt, wenn er dazu bereit ist, Mylord.«

»Erstgeborene pflegen sich Zeit zu lassen«, sagte Gibson sanft.

Wie viel Zeit?, wollte Sebastian schreien. Aber irgendwie beherrschte er sich und überspielte sein kaltes, seelenzermarterndes Entsetzen mit aufgesetzter Ruhe.

Gelegentlich hörte er die Stimmen von Hendon, Jarvis und Lady Jarvis, die unten Wache hielten. Claire Bisette brachte immer wieder Essen, das sowohl Gibson als auch Alexi mit einem Appetit verspeisten, den Sebastian ekelerregend fand. Und dann, als Sebastian gerade dachte, dass Hero nun wirklich nicht mehr konnte, sagte Alexi: »Es kommt.«

Er konnte nicht hinschauen. Also sah er in Heros Gesicht. Und er wusste, dass kein Mann, der sich je arrogant der überlegenen Kraft, Leidensfähigkeit und des Mutes seines Geschlechts gerühmt hatte, je zugesehen hatte, wie eine Frau ein Kind gebar.

»Ihr habt es geschafft, Mylady«, sagte Alexi, und ihre Stimme klang ungewöhnlich bewegt.

Hero umklammerte Sebastians Arm, grub ihm die Finger tief ins Fleisch, ihr ganzer Körper zitterte und bebte vor Erschöpfung und Triumph. »Ist es gesund? Bitte sagt mir, dass es gesund ist.«

Ein herzhafter Schrei war die Antwort, der Sebastians Augen von Tränen brennen ließ, sodass er das Gesicht in Heros schweißnassen, wirren Haaren barg.

»Ihr habt einen feinen Buben«, sagte Alexi und hielt einen strampelnden, schreienden Säugling hoch, der mit einer dicken Masse aus Blut und etwas Weißem, Wächsernem beschmiert war.

Hero stieß ein müdes, zittriges Lachen aus und breitete die Arme aus, um ihren Sohn zu empfangen.

Sie lag da und lächelte unendlich lang auf ihr weinendes Kind hinunter. Den Ausdruck in ihrem Gesicht, der ihre Züge weich zeichnete, hatte Sebastian noch nie gesehen. Dann sah sie auf, ihre Blicke begegneten sich, und er verliebte sich aufs Neue in sie.

»Ich sagte dir, dass es ein Junge ist«, flüsterte sie. »Das Nächste kann dein Mädchen sein.«

Allein bei dem Gedanken, sie erneut dieser Tortur auszusetzen, wurden seine Beine plötzlich schwach, und er musste sich setzen.

»Haben Sie einen Namen ausgesucht?«, fragte Alexi.

»Simon«, sagte Hero. Nach monatelangen Diskussionen hatten sie zuletzt einen Kompromiss gefunden: Sie gab den Jungen ihre Namen, er den Mädchen. »Simon Alistair St Cyr.«

Sie hielt das Kind so, dass es Sebastian ansah, sodass er seinen Sohn zum ersten Mal richtig anschauen konnte. Er hatte dichtes, schwarzes Haar, das ihm am Kopf klebte, aber seine Augen waren fest zugekniffen, und das Gesicht vom Schreien ganz rot und verzogen.

»Welche Augenfarbe hat er?«, fragte Gibson.

»Ich weiß es nicht«, antwortete Hero. »Er schreit so sehr, dass ich es nicht sehen kann.«

Dann, als würde er der intensiven Blicke gewahr, die auf ihn gerichtet waren, atmete Simon St Cyr zitternd ein, hörte auf zu schreien und öffnete die Augen.

»Der Herr schütze uns«, sagte Gibson.

Sie waren gelb.

Der Tag dämmerte grau und stürmisch herauf, und die Wolken waren schwer von drohendem Regen.

Paul Gibson stand neben dem Grab von Damion Pelletan. Ein kleines Loch war in die weiche, erst kürzlich aufgeschüttete Erde des Grabes gegraben worden. Alexi stand neben ihm und hielt eine kleine Holzkiste mit dem Herzen ihres Bruders in den Händen. Der Wind wehte das Haar um ihren Kopf und ließ die schwarzen Röcke ihres Trauergewands flattern. Ihr Gesicht war blass, aber gefasst, und sie hielt den Kopf gerade. Er fragte sich, ob sie betete, und es wurde ihm bewusst, dass er nicht einmal das über sie wusste: ob sie an einen Gott glaubte und in ihrer Religion Trost fand.

Als sie in der Nacht in seinen Armen gelegen hatte, hatte er sie gefragt, ob sie sicher war, dass Damion Pelletan der Sohn ihres Vaters gewesen sei und nicht der verschwundene Dauphin aus dem Temple. Sie hatte ihn ruhig angeschaut. Dann war ihr Blick in weite Ferne gerückt. Sie hatte den Kopf geschüttelt, den Atem angehalten und dann »Nein« gesagt.

Die Wahrheit würden sie wohl nie erfahren. Vielleicht sollten manche Fragen nie beantwortet werden. Er fragte sich, ob einst jemand wissen würde oder sich überhaupt dafür interessieren würde, wie viele Millionen Menschen ihr Leben in diesem endlosen Krieg verloren hatten, der von einem Ende Europas zum anderen wütete. Manche starben erfüllt von dieser befremdlich selbstlosen Anmaßung, die sie Patriotismus nannten, andere um des Ruhmes willen, für Gott oder um sich Bier und Huren leisten zu können; andere wegen irgendwelcher halb oder komplett falsch verstandener Prinzipien. Die meisten jedoch starben einfach, weil sie zur falschen Zeit am falschen Ort waren oder das taten, was ihnen befohlen wurde.

Er vermutete, dass arrogante, über alle Maßen ehrgeizige und von unersättlicher Gier getriebene Männer immer Wege finden würden, andere zu überzeugen, für sie in den Tod zu ziehen.

Er beobachtete Alexi, die die kleine Holzkiste mit Damion Pelletans Herzen tief in die kleine Grube versenkte, die dafür ausgegraben worden war, und dann eine Handvoll Erde von dem Haufen daneben nahm und hineinfallen ließ.

Gibson nickte dem Kirchendiener zu, der das Loch rasch mit Schaufeln voller Erde füllte, die die Kiste vor ihren Blicken verbargen.

Das Herz eines ungekrönten Königs oder das eines einfachen Arztsohnes? Spielte es eine Rolle?, fragte Gibson sich. Seiner Ansicht nach nicht, jedoch wusste er, dass um solche Fragen Kriege geführt wurden, Menschen starben und andere Menschen, so wie er, dank verstümmelter Gliedmaßen humpelnd durch ihr Leben wandern mussten.

Sie blieben Seite an Seite stehen, bis alle Erde aufgehäuft auf dem Grab lag und der Kirchendiener davonging. Sie standen ganz still, bis Alexis Hand nach seiner suchte. Ihre Blicke trafen sich, während der Wind an ihrem Haar zupfte, und sie verzog die Lippen zu einem zittrigen Lächeln.

Anmerkungen der Autorin

Der Stadtteil St Katharine's und die anschaulichen Namen *Cat's Hole* sowie *Hangman's Court* waren echte Orte, die es inzwischen nicht mehr gibt. 1827 wurden die alte Kirche und die klösterlichen Gebäude mit den zugehörigen Straßen abgerissen, um die heutigen St Katharine Docks zu erbauen. Mehr als elftausend Menschen verloren durch diese frühe städtebauliche Renovierungsmaßnahme ihr Heim. Die meisten wurden nie entschädigt.

Um einen Einblick in die Geburtspraxis der Regentschaftszeit zu gewinnen, empfehle ich Judith Schneid Lewis' *In the Family Way: Childbearing in the British Aristocracy, 1760 – 1860*. Lewis' Bericht ist ein bisschen von ihrer Auffassung beeinflusst, dass es gut war, männliche Geburtshelfer heranzuziehen. Infolgedessen ignoriert sie die schädlichen Auswirkungen der Abschaffung des Gebärstuhles zugunsten »bescheidenerer« Gebärstellungen. Außerdem spielt sie die Anzahl der Leben, die durch ergiebige Aderlässe und die katastrophalen Schonkostdiäten, die man werdenden Müttern nahelegte, verspielt wurden, herunter. (Sie waren besonders für Frauen wie Prinzessin Charlotte tödlich, die an Porphyrie litt.) Dennoch zeigt sie auf hervorragende Weise, bis zu welchem Grad Frauen der oberen Gesellschaftsschicht noch Aktivitäten pflegten, wie zum Beispiel die Oper zu besuchen oder Abendgesellschaften auszurichten, noch bis die Wehen einsetzten. Damit lässt sie viele Mythen und falsche Vorstellungen platzen. Sebastians Anwesenheit bei der Geburt seines Sohnes war normal. Prinz Leopold blieb während der gesamten fünfzig Stunden ihrer Wehen an Prinzessin Charlottes Seite. Es war auch üblich, dass Familienmitglieder in einem Zimmer in der Nähe warteten, so wie Hendon, Lord und Lady Jarvis es hier tun.

Richard Croft war damals tatsächlich der angesehenste Geburtshelfer (1816 wurde er nach dem Tod seines älteren Bruders »Sir Richard«.) Er begleitete Prinzessin Charlottes missglückte Niederkunft und beging nach ihrem Tod tragischerweise Selbstmord.

Die Unterscheidung zwischen Chirurgen oder Wundärzten und Allgemeinärzten, die in England gemacht wird, geht auf das Mittelalter zurück, als die meisten Ärzte Geistliche waren und die Kirche ihren Angehörigen verbot, auf die Art zu praktizieren, wie Chirurgen es taten. Interessanterweise wurde dieser Unterschied nicht überall auf dem Festland gemacht, denn der mittelalterliche Klerus hat dort die Medizin nie dominiert.

Die Invasion in Russland im Jahr 1812 war ein Desaster für die französischen Streitkräfte, und im Dezember desselben Jahres wurde tatsächlich ein Putsch gegen Napoleon versucht. Vaundreuils Friedensdelegation in London habe ich mir allerdings ausgedacht.

Es war Tradition, die Leichen der französischen Königsfamilie in Saint-Denis zu bestatten und ihre inneren Organe an verschiedene andere Kirchen zu schicken. Die meisten dieser Herzschreine wurden während der Revolution zerstört und ihr Inhalt verbrannt. Manchmal wurden die Herzen aber auch an Künstler verkauft. Das Herz Louis' XIV wurde zum Beispiel an den Landschaftsmaler Pau de Saint-Martin verkauft. Es wird vermutet, dass die roten Mäntel der Gestalten im Vordergrund seines Gemäldes Vue de Caen, das heutzutage im Museum von Pontoise hängt, ihre ungewöhnliche Pigmentierung dem königlichen Herzen verdanken.

König Louis XVI von Frankreich und seine Königin Marie Antoinette sowie ihre beiden überlebenden Kinder Marie Thérèse und Louis Charles wurden im August 1792 in einem Turm des Temple eingesperrt, einem Gefängnis, das vorher eine mittelalterliche Festung der Tempelritter war (das Gebäude wurde später in der Restauration zerstört). Mit ihnen wurde Madame Elisabeth, die jüngere Schwester Louis' XVI, inhaftiert. Allerdings habe ich bezüglich ihrer Person nur wenige Belege. Der König wurde am 21. Januar 1793 guillotiniert, die Königin im Oktober desselben Jahres und Prinzessin Elisabeth wenig später. Im Sommer vor der Verurteilung der Königin wurde der kleine Dauphin von seiner Mutter, Tante und Schwester getrennt und in einer separaten Zelle unter ihrer eingesperrt.

Der Dauphin, Louis Charles, war erst sieben Jahre alt, als er ins Gefängnis geworfen wurde. Berichten zufolge war er ein glücklicher, gesunder Junge mit runden

Wangen, der den erzwungenen Einschluss in den Tuilerien genoss, weil das, wie er einem Höfling anvertraute, bedeutete, dass er seine Eltern viel öfter sah als in Versailles. Seine Behandlung im Gefängnis war allerdings noch grausamer als hier beschrieben.

Interessanterweise wurde berichtet, dass der Arzt, der den Dauphin als Erster behandelte, Dr Joseph Desault, gesagt haben soll, das Kind im Temple gliche nicht dem Prinzen, den er vor der Revolution gekannt hatte. Desault ist am 01. Juni 1795 plötzlich gestorben, nachdem er andeutete, dass dunkle Machenschaften im Gange wären. Seine Frau blieb bei der Behauptung, dass er vergiftet worden sei.

Nach Desaults Tod wurde Dr Philippe-Jean Pelletan mit der Behandlung des Jungen betraut. Als das Kind starb, wurde Pelletan in den Temple gebracht, um die Autopsie durchzuführen. Nach der Leichenschau wickelte Pelletan das Herz des Knaben tatsächlich in sein Taschentuch und schmuggelte es in seiner Manteltasche aus dem Gefängnis. Er präparierte das Herz in Alkohol und bewahrte es in seinem Studio auf.

Die daran anschließende Geschichte über das Herz ist lang und verwickelt. Einer von Pelletans Studenten hat das Herz gestohlen. Er verstarb bald an Tuberkulose, und Pelletan konnte das Herz von der Witwe seines Studenten zurückfordern. Nach der Restauration hat Pelletan versucht, das Herz zuerst Marie Thérèse, dann König Louis XVIII und mehreren anderen Mitgliedern der Königsfamilie zu übergeben, doch keiner von ihnen hat es angenommen.

Schließlich übergab Pelletan das Herz kurz vor seinem Tod dem Erzbischof von Paris. Das Herz befand sich im

Palast des Erzbischofs, als er 1830 in der Revolution von Aufrührern überfallen wurde. Der Kristallbehälter wurde zerstört und das Herz zu Boden geworfen.

Mehrere Tage nach dem Aufruhr jedoch kehrte Philippe-Jean Pelletans Sohn Gabriel, ebenfalls Arzt (der echte Pelletan hatte zwei Söhne und eine Tochter; Damion und Alexi habe ich allerdings erfunden), mit einem der Aufrührer namens Lescroat zum Palast zurück, und es heißt, er habe das Herz unter den Trümmern gefunden. Es wurde in einen neuen Behälter gelegt und schließlich dem Bourbonen übergeben, der Anspruch auf den französischen Thron erhob.

Anschließend reiste das Herz durch Europa – von Spanien über Österreich nach Italien, und immer wieder wurde es durch Krieg und Zerstörung bedroht, bevor es letztendlich 1975 in der Basilika von St Denis außerhalb von Paris bestattet wurde, dem traditionellen Beisetzungsort der französischen Könige. Kontroversen über seine Echtheit dauerten aber an. Jüngere DNA-Tests haben ergeben, dass das Herz trotz seiner unklaren Herkunft tatsächlich von einem Abkömmling der mütterlichen Linie der Habsburger von Marie Antoinette stammt.

Dieser Nachweis ist trotzdem nicht so schlüssig, wie er scheinen mag, denn Louis Charles hatte einen älteren Bruder, Louis-Joseph, der 1789 gestorben ist (was nur eine mögliche Erklärung wäre). Sein Herz wurde in Val-de-Grace bestattet und ging während der Revolution verloren. Der Erzbischof von Paris, dem Philippe-Jean Pelletan jenes Herz übergab, das er im Besitz hatte, besaß in seiner Kollektion noch ein anderes Herz, von dem es hieß, es hätte zu Louis Joseph gehört. Es besteht also die Möglichkeit, dass die Herzen in den Aufständen von 1830 verwechselt worden sind. Zum Herz des Dauphins gibt es aber jedenfalls inzwischen ein eigenes Buch: *The Lost King of France: How DNA Solved the Mystery of the Murdered Son of Louis XVI and Marie Antoinette* von Deborah Cadbury.

Marie Thérèses Tortur im Temple war weitgehend so, wie ich es beschrieben habe. Es ist nicht bekannt, ob sie im Gefängnis vergewaltigt wurde, auch wenn viele Menschen seinerzeit annahmen oder sogar einfach akzeptierten, dass es so gewesen sein musste. Es existieren auch Briefe, die auf eine daraus folgende Schwangerschaft hindeuten. Die neueste Biografie der Princesse Royale, wie sie bezeichnet wurde, ist Susan Nagels *Marie Thérèse: The Fate of Marie Antoinette's Daughter*. Nagel ist Professorin für Humanistik, keine reine Historikerin, und für ihr Buch gibt es ernüchternd wenige Quellenangaben. Außerdem hegt sie eine sehr große Sympathie für ihr Thema und neigt dazu, ihre Berichte entsprechend zu färben. Aber die Geschichte dieser unglücklichen Prinzessin ist eine faszinierende Lektüre.

Napoleon hat sich bezüglich Marie Thérèses tatsächlich mit den Worten »der einzige Mann in ihrer Familie« geäußert, aber den Kommentar gab er 1815 ab.

Über Jahre nach ihrer Entlassung aus dem Temple wurde Marie Thérèse von Männern belagert, die behaupteten, der verschwundene Dauphin zu sein. Es waren auch tatsächlich viele Pläne geschmiedet worden, den Jungen aus dem Gefängnis zu schmuggeln und gegen einen sterbenden, halb stummen Jungen auszutauschen. Das lieferte dem fortbestehenden Glauben, dass einer der Pläne in die Tat umgesetzt worden wäre, natürlich Nahrung.

Ein Totengräber der Kirche Ste Marguerite in der Rue Saint-Bernard in Paris, zu der der Leichnam des Dauphins überstellt wurde, bestattete den Prinzen an einer Seite des Friedhofs und markierte das Grab. Im späteren neunzehnten Jahrhundert wurde jenes Grab zweimal ausgehoben (1846 und 1894) und die Überreste darin untersucht. Beide Autopsien kamen zu dem Schluss, dass die Überreste diejenigen eines Jungen waren, der tatsächlich an Tuberkulose gestorben, bei seinem Tod aber älter als zehn Jahre gewesen war. Diese Überreste sind allerdings nie einer DNA-Probe unterzogen worden.

Hartwell House, das im Besitz der Familie Lee war, von der Robert E. Lee abstammt, wurde damals tatsächlich von den Bourbonen angemietet und sozusagen heruntergewirtschaftet. Heutzutage ist es ein Hotel.

Louis Stanislas, der fettleibige Comte de Provence, regierte nach der Restauration bis zu seinem Tod 1824 als König Louis XVIII von Frankreich (mit einer unbedeutenden Unterbrechung während der kurzen Rückkehr Napoleons von der Insel Elba). Provences Äußerung bezüglich der »achtundneunzig Prozent« klingt überraschend modern, wurde in jener Zeit aber oft getroffen. Auf ihn folgte sein Bruder, Comte d'Artois, der als König Charles X regierte. Dessen ultraroyalistische, die Jesuiten unterstützende Politik – die Marie Thérèse befürwortete – trug dazu bei, die Revolution 1830 anzufeuern.

Marie Thérèse starb 1851 kinderlos und ist im heutigen Slowenien im Franziskanerkloster Castagnavazza bestattet. Im Jahr 1830 regierte sie zwanzig Minuten lang als Königin von Frankreich.

Die französische Kapelle beim Portman Square gab es tatsächlich. Ursprünglich zur Notre Dame de l'Annonciation geweiht, wurde sie später zu Ehren von St Louis umgewidmet. Es gab eine Zeit, in der etwa dreißig Bischöfe und achttausend französische Priester in London im Exil lebten.

Die größte Autorität in Sachen Homosexualität im Georgianischen England ist Rictor Norton. Er veröffentlicht seine Materialien großzügigerweise online auf der Website https://rictornorton.co.uk. Seine Artikel über die Schwulenbewegung im Untergrund Londons sind faszinierend und haben mir den Hintergrund für mein Porträt von Serena Fox geliefert.

Es existiert tatsächlich die Legende einer Dark Countess, der man nachsagte, sie wäre die echte Marie Thérèse. Die Dark Counts – in Deutschland als Dunkelgrafen und in Frankreich als Comte und Comtesse des Ténèbres bekannt –, waren ein wohlhabendes, zurückgezogen lebendes Paar, das in Thüringen Zuflucht suchte. Der Mann nannte sich »Count Vavel de Versay«, doch die Identität der Frau wurde geheim gehalten. Als die Countess 1837 starb, wurde sie ungewöhnlich schnell bestattet. Der Arzt, der ihren Tod bestätigte, berichtete, dass sie etwa sechzig Jahre alt wäre, also etwa zur gleichen Zeit geboren wie Marie Thérèse.

Der Count wurde schließlich als Leonardus Cornelius van der Valck identifiziert, ein niederländischer Diplomat, der früher als Botschafter in Paris stationiert war.

Die Mutmaßungen über die Identität seiner Gefährtin bestehen jedoch fort. Gerüchte, die die Dunkelgräfin mit Marie Thérèse in Verdingung brachten, begannen bereits 1799, dem Jahr, in dem die Prinzessin den Duke of Angoulême heiratete. Das geheimnisumwitterte Paar ist in Deutschland besonders populär. In Ostdeutschland existiert eine Gesellschaft Madame Royale, der »Interessenkreis Dunkelgräfin«, der sich mit ihr auseinandersetzt und Symposien abhält.

Noch ein Wort zu Adelstiteln: Es klingt für amerikanische Ohren vielleicht seltsam, aber die Gattin des jüngeren Sohns eines Herzogs wäre tatsächlich als »Lady sein-Vorname« bezeichnet worden, wie Lady Peter. Dementsprechend wäre Hero, obwohl man erwarten würde, dass sie »Hero St Cyr« genannt würde, in Gesprächen mit ihrem eigenen Vornamen und dem Titel ihres Gatten genannt werden, also »Hero Devlin«. Man denke zum Beispiel an die berühmte Sally Jersey, die die Frau von George Villiers, dem fünften Earl of Jersey war.